フィデルマは教皇のお膝元ローマにいた。所属する修道院の『宗規』に，教皇の認可と祝福をいただくためだ。幸い，ウィトビアの事件を共に解決した，サクソン人のエイダルフが随行員として加わっている，カンタベリー大司教指名者《デジグネイト》ウィガードの一行と同行することができた。ところが，肝心のウィガードがローマで殺されてしまった。犯人はどうやらアイルランド人修道士らしい。場合によってはアイルランドとサクソンの争いが再燃しかねないこの事態に，フィデルマとエイダルフが再び調査にあたることになった。裁判官・弁護士でもある美貌の修道女フィデルマが纏《もつ》れた謎を解く。長編第二作。

登場人物

〝キルデアのフィデルマ〟……修道女。七世紀アイルランドのドーリィー〔法廷弁護士〕でもある。
〝カンタベリーのエイダルフ〟……カンタベリー大司教指名者《デジグネイト》に随行する修道士。〝サックスムンド・ハムのエイダルフ〟

ローマの人々
ゲラシウス司教……教皇の伝奏官《ノメンクラートル》
フーリウス・リキニウス……ラテラーノ宮殿衛兵隊の小隊長《テッセラリウス》
マルクス・ナルセス……ラテラーノ宮殿衛兵隊の十人隊長《デクリオン》
コルネリウス……教皇の侍医。ギリシャ人
ローナン・ラガラッハ……アイルランド人修道士
オシモ・ランドー……外事局の副主任。ギリシャ人
アントニオ……蠟燭売りの少年

サクソンの一行

ウィガード司教……………………カンタベリー大司教指名者
ウルフラン修道院長………………シェピーの修道院の院長。ケント王妃の妹
イーファー…………………………シェピーの修道院の修道女
パトック修道院長…………………スタングランドの修道院の院長
エインレッド………………………スタングランドの修道院の修道士。パトックの召使い
セッピ………………………………スタングランドの修道院の修道士
イネ…………………………………修道士。ウィガード司教の召使い

〝フィデルマ〟の命名に助言してくれた
ピーター・ヘイニングと
〝修道女フィデルマ〟の最初の帰依者となってくれた
マイク・アシュレイに

サクソンの司教冠《ミトラ》

ピーター・トレメイン

甲 斐 萬 里 江 訳

創元推理文庫

SHROUD FOR THE ARCHBISHOP

by

Peter Tremayne

世界のいずこにおいても
　正義の原理は　ただ一つ――
強者の利得あるのみ
　　　　　　　　『国家』プラトン

歴史的背景

この作品の舞台は、六六四年の夏も盛りを過ぎたローマである。

当時のキリスト教では、聖職者の独身制という観念は、ローマ・カトリック教会においても、今日ケルト・カトリック教会(1)と呼ばれている宗派においても、決して広くゆきわたってはいなかった。いわゆる〝暗黒時代《ダーク・エイジ》〟について関心の薄かった読者も、このことは念頭に留めておいていただきたい。いつの時代にも、肉体的な愛を神への献身という形に昇華させる禁欲主義者は存在していたものの、聖職者の結婚が咎められるようになったのは、三二五年のニカイアの総会議《カウンシル》(2)以降である。だが、この時点においても、まだ禁制となってはいなかった。ローマ・カトリック教会における聖職者の独身制という観念は、異教《ペイガン》のウエスタ（ローマ神話の、炉と家庭を守る女神）に仕える巫女やダイアナを斎《いつ》く神官たちの慣行から来たものである。だが、五世紀になると、ローマは、修道院長や司教といった高僧たちに、妻と寝所を共にすることを禁じるようになっていた。やがては、結婚さえもご法度として禁止するにいたった。しかし、ローマ・カトリック教会においても、一般の聖職者たちは別扱いで、彼らの結婚は批判はされても禁止されることはなかった。実際のところ、西欧のカトリック聖職者に遍《あまね》く独身制を強制しようとの真剣な取り組みが始まったのは、教皇レオ九世（在位一〇四九～五四）の改革からである。
だが、東方正教会（ギリシャ正教会）においては、修道院長や司教より下位の聖職者は、結婚の権利を今日もなお持ち続けている。

このローマ・カトリック教会の姿勢が教会の権威ある教条《ドグマ》としてすでに確立された後も、聖職者の結婚を〝肉体の罪〟として断罪するローマの考え方は、ケルト・カトリック教会にとっては、なお長い年月、受け入れがたい観念であり続けた。ケルト・カトリックの修道士や修道女たちは、コンホスピタエ（男女共住修道院）、あるいはダブル・ハウスと称される修道院や大修道院で共に暮らし、イエス・キリストの教えに従いつつ子供を育てていた。こうした事実は、この作品の中に描かれるさまざまな緊張を理解するうえで、欠くことのできない知識である。

サクソンの司教冠《ミトラ》

ゴシック文字はアイルランド（ゲール）語を、
行間の（　）内の数字は巻末訳註番号を示す。
聖書の引用は、原則として『舊新約聖書・文
語譯』（日本聖書協会）に拠る。

第一章

夜は、暖かく馨《かぐわ》しかった。だが、重苦しい香りだ。むせかえるばかりの芳香に満ちたこのような夜の息吹《いぶ》きは、ローマの夏ならではのもの。暗い帷《とばり》に包まれたラテラーノ宮殿(1)中庭では、手入れの行き届いた花壇を縁取る薬草が、やや刺激的な風味を秘めた甘美な香りを夜の闇の中に放っている。ほとんど息苦しいまでに蒸し暑い夜の庭には、麝香《じゃこう》にも似たバジルやきりっとしたローズマリーの香りも際立つ。

宮殿衛兵《クストーデス》の若い士官は、ブロンズの兜《かぶと》の眉庇《まびさし》の下に手をやって、額に吹き出した小さな汗の粒を拭った。蒸し暑かった。分厚い毛織りのサグ（マント）は、両肩から背にはね上げられている。だが、二、三時間もすれば、その温《ぬく》もりがありがたくなるであろうことは、わかっていた。夜明けを前に、空気は急に冷え込むのだ。

近くのサン・ジョヴァンニ（聖ヨハネ）大聖堂[2]から、鐘の音が一度だけ響きわたった。真夜中を告げる鐘、アンジェラス[3]（御告げの祈り）の時刻だ。鐘の音を耳にして、若い士官は、定められたラテン語の祈りの言葉を忠実に呟《つぶや》いた。「〝アンジェラス・ドミニ・ヌンティアヴィト・マリアエ……（主《しゅ》の御使い、マリアに告げ給い……）〟」だが彼は、その一語一語に、あるいは祈りの言葉全体が伝える深い意味に、さして注意を払ってはいなかった。ただ機械的に唱えていただけだった。彼が物音に気づいたのは、祈りを上の空で唱えていたからかもしれない。

若い彼の耳は、一度だけ響いたアンジェラスの柔らかな鐘の余韻と中庭中央の小さな泉水の水音に混じって、それとは別種の音を聞きとっていた。敷石に擦《こす》れる革の音である。若い衛兵士官は顔をしかめ、その音がどこから聞こえてくるのかを確かめようと、頭をそちらへ傾けた。

中庭の向こう端の闇の中から聞こえてくる。重い足音だ。間違いない。

「誰だ、そこにいるのは？」と、士官は問いかけた。

返事はなかった。

今夜の警備当直であった士官は、幅の広い短剣《グラディウス》を革の鞘《さや》から抜き出した。歴史に名高い古代ローマの軍団が、世界諸国の民にローマ帝国の威光を知らしめたのは、この短剣をもってであった……彼は、ふたたび顔をしかめた。自分としたことが、何をとりとめもなく考えているのだ。現在、その短剣は、〝ローマの司教にして、遍《あまね》く世界に広がるキリスト教全教会の聖なる父〟たるローマ教皇の宮殿を守護するものとなっているのに。〝キリスト教の教えに従う全ての都市や教会の御母にして導き手〟であり〝教会の聖なる御燈《みあかし》を掲げ給う者〟である教皇の、その宮殿の安全を警護する剣であるはずなのに。

「そこにいるのは何者だ？　姿を見せろ」と彼は、声を荒らげてふたたび誰何《すいか》した。

やはり、返事はなかった。だが……確かだ、足を引きずるようにして急いでいる何者かの足音だ。若い士官は、それをはっきりと聞きとった。中庭からは、何本かの通路が延びている。その暗い通路の一つへと、陰深い中庭を横切っていく足音だ。士官は、庭の暗闇に、胸の内で舌打ちをした。それでも、大きな素早い足取りで石畳の中庭を横切り、目指す通路の入口に辿りついた。暗がりの中に、肩を丸めて通路を足早に遠ざかる人影が見えた。

「止まれ！」

若い士官は、精一杯の厳しい口調で、男に命じた。

だが相手は、突如、走りだした。踵《かかと》の低い革サンダルの足音が、石敷きの通路に騒々しく響いた。

士官も、威厳をかなぐり捨てて、通路を走りだした。だが、目指す獲物は、敏捷な若者である彼よりも上手《うわて》らしい。彼が通路の外《はず》れまでやって来た時には、追跡中の何者かの姿は、すでになかった。この通路は、彼が今まで警備していた庭より広い中庭に通じているのだが、こちらのほうは赤々と炎を上げて燃えさかる数本の松明《たいまつ》によって明るく照らし出されている。その理由は簡単。この大きなほうの中庭を取り囲んでいるのは、教皇のラテラーノ宮殿の高官がたの部屋であるのに対して、小さな中庭は教皇庁の来客たちの寝室への入口にすぎないのだから。

若い士官は立ち止まり、目を凝《こ》らして大きな矩形の庭を見まわした。向こう端には、宮殿の重要な建築の一つが建っており、その入口の前で、同僚の衛兵が二人、警護にあたっていた。もし彼らに手伝ってくれと呼びかけたら、獲物に警戒されてしまおう。彼は口をぐっと結ぶと、ふたたび目を凝らして辺りを見まわした。誰の姿もなかった。そこで彼は、通路から出てきた者はいないかと彼らに訊ねてみることにして向きを変え、中庭を横切りかけた。だがその時、左後方で、かすかな音が聞こえた。

彼は足を止め、くるっと振り返って、闇の中を覗きこんだ。

大きな中庭に面したその建物の各室の扉は中庭側に並んでいるが、その一つの前に黒い人影が立っていた。

「名を名乗れ！」と彼は、鋭く誰何した。

人影は一瞬身を強張らせたが、二、三歩、前へ出てきた。しかし、誰何には答えようとしない。

「こっちに出てきて、名前を言え！」衛兵士官は、抜き放った剣を鎧《よろい》の胸当ての前に構えながら、厳しく問いかけた。

「何じゃと！　先ずそちらのほうこそ、名乗るべきであろうが！」と、かすれた声がすぐに返ってきた。

若い士官は、この返事に驚きながら、それに答えた。

「衛兵隊の小隊長《テッセラリウス》リキニウスだ。さあ、そちらも、名乗れ！」この肩書を告げながら、リキニウスは誇らしさを覚えずにはいられなかった。実は、つい最近昇進して、小隊長になったばかりだったのだ。古代ローマ帝国の軍隊では、これは、その日の合言葉を記した木札《テッセラ》を上官である将軍から授かる士官を意味していた。今のラテラーノ宮殿の衛兵隊にあっては、小隊長の位である。

「修道士のイーン・ディニャじゃ」しわがれた、外国語訛りのラテン語で、答えが返ってきた。男がさらに進み出てきたので、近くの松明の揺らめく明かりが、彼の顔に落ちた。やや太り気味の男だった。咽喉《のど》に問題でもあるのか、ぜいぜいとかすれた息遣いが混じる声だ。あるいは、直前まで駆け足をしていたかのようにも聞こえる。

衛兵士官リキニウスは、男を疑わしげにじろじろと見まわしたうえで、光が十分に当たるようにもう一歩前へ出よと、身振りで命じた。修道士は、満月のような丸顔で、前頭部は左右の耳を結ぶ線まで剃り上げている。アイルランド式の剃髪《ていはつ》だ。

「修道士アイン・ディナ？」彼は、修道士が告げた名前を繰り返そうとしてみた。

修道士は、その通りとばかりの微笑で、それに応えた。

「こんな時間に、ここで何をしてたんです？」と、士官はさらに説明を求めた。

小太りの中年の僧は、両手を広げてみせた。

「ここが、儂の仕事部屋なのだよ、衛兵殿」修道士は背後の建物を身振りで指し示しながら、問いに答えた。

「向こうの小さい中庭にいたんじゃないんですか？」リキニウスは短剣で暗い通路を指して、そう訊ねた。

丸顔の僧は、驚いたように、目を瞬《しばたた》いた。

「どうして、儂がそっちにいたと？」

リキニウスは、苛立たしげに溜め息をついた。

「たった今、通路で不審な人物を追っかけていたものでね。あれ、あんたじゃなかったんですか？」

修道士は、首を強く振った。

「儂は、今ここに出てくるまで、机に向かっていたのですぞ。ちょうど中庭へ出ようと部屋の扉から一歩出たところで、あんたに呼び止められたのだ」

リキニウスは、戸惑いながら短剣を鞘に納め、額をぐいっと拭った。

「では、誰も見なかったんですな？　駆けてきた者がいたはずなんですがね」

ふたたび修道士は、断言するかのように、首を振った。

「あんたが儂を誰何するまでは、誰一人」

「それは申し訳なかった、修道士殿。もう、結構です」

小太りの修道士は、それはありがたいというように軽く頭を下げると、すぐさま中庭を急ぎ足で横切り、街路に面して塀に設けられている小さなアーチ形の門をくぐり、街のほうへ向かった。敷石にすれる革サンダルの足音が、遠ざかっていった。

そこへ、主要門の警備の任についていた衛兵隊の十人隊長《デクリオン》の一人が、何か面倒でも起こったのかと、中庭を横切ってやって来た。

「ああ、リキニウス！　あんたか？　どうしたんだ？」

小隊長のリキニウスは、困惑の態《てい》で、顔をしかめた。

「誰かが、小さな中庭をこっそり歩いていたんだ、マルクス。だから、誰何して、ここまで追跡してきたんさ。だが、どうやら、撒《ま》かれてしまったらしい」

マルクスと呼ばれた十人隊長は、くすっと笑った。

「何だって、そいつを追っかけねばならんのだ、リキニウス？　いつであろうと、誰が小さいほうの中庭を歩いていたって、構わんだろ？」

リキニウスは同僚の言葉に傷ついて、相手の顔を苦々しげに見つめた。それにもまして、今夜、ここの見張り任務につかされてしまったことが、忌々《いまいま》しかった。

「知らないのか？　あそこに、来客がたの部屋が割り当てられているだろうが？　教皇猊下《げいか》の特別な賓客がたのさ。遙か異国のサクソン諸王国からの司教殿やら修道院長殿やらだ。俺、その特別な客人がたの警備を仰せつかっちまったのよ。サクソン人たちは、ローマに何かと敵が多いらしい(4)からな。この来客棟《ドムス・ホスピターレ》の辺りで、少しでも挙動が怪しい者を見かけたら誰何しろって命令さ」

もう一人の衛兵もやって来て、小馬鹿にしたような笑いを、リキニウスに向けた。

「サクソン人って、今なお異教徒《インフィデリス》だと思ってたぜ、違うんか？」彼はそこでちょっと言葉を切って、修道士が立ち去ったほうを頷いてみせた。

「たった今、誰を誰何してたんだ？　あの男、お前が追っかけとった怪しげな奴じゃなかったのか？」

「あれは、アイン・ディナっていうアイルランド人修道士さ。自分の執務室から、ちょうど出てきたとこだったそうな。てっきり、あいつが俺の追っかけていた奴だと思ったんだがなあ」

マルクスは、いささか意地悪く、にやっとした。

「あれは、執務室の扉なんかじゃないぜ。あそこは、サケルラリウスの、つまり教皇猊下の財務長官殿の収納室だ。もう何年も前から、錠前がかけっぱなしさ。少なくとも、俺がここの衛兵になってからは、ずっと開かずの間よ」

仰天したリキニウスは、同僚をちらっと見やるや、手近の金属製燭台から松明を摑み取ると、修道士が今出てきたばかりだと称した扉へ向かって突進した。南京錠《パドロック》も錆びた差し錠《ボルト》も確かに十人隊長マルクスの言った通りだった。衛兵士官リキニウスの口から、ラテラーノ宮殿衛兵にはおよそ似つかわしくない罵倒の言葉が飛び出した。

男は、木の机を前に、屈みこむような姿勢で坐っていた。すっかり没頭しているらしく、唇を一文字にきつく引き結び、机上の上質皮紙《ヴェラム》の上に俯《うつむ》いている。このような姿勢ではあっても、長身の男であることは、見て取れた。頭には何も被っていないので、頭頂の剃髪《トンスラ》も、よく見て取れる。それを取り巻く頭髪は黒々としており、浅黒い肌や黒い瞳に釣り合っていた。容貌も、彼が暖かな気候の中で暮らしてきたことを物語るものだった。その中で、鷲を思わせる薄い鼻梁が目立つ。古代ローマ貴族の鼻である。頬がこけているせいで、高い頬骨がさらに際立って見える。皮膚には、薄く傷痕が残っていた。おそらく、子供の頃、その当時猛威をふるっていた天然痘に罹《かか》ったのであろう。幅の狭い唇は、まるで紅を差したかのように赤かった。彼は、身じろぎもせず静かに机に屈みこんでいた。

たとえ剃髪が見えなくとも、房付きの白い布の肩掛け（マップーラ）、踵のない黒い浅靴（カムパーギ）、白い靴下（ウドネス）という装いが、彼は聖職者であると、はっきりと物語っていた。いずれもかつてローマ帝国の上院議員という顕職にあった人物が身にまとっていた服装に由来する、伝統的な服装である。ただし今では、ローマ・カトリック教会の高僧であることを示す装いだ。さらに目立っているのが、深紅の薄絹のチュニカ（腰丈の上着）と、高価な宝石を嵌《は》めこんだ装飾的な黄金の磔刑像十字架《クルシフィックス》で、これらが彼は並の僧ではないことを告げていた。

柔らかな鈴の音に、上質皮紙に集中していた注意力を乱されて、彼は煩わしげな表情を浮かべながら、そちらへ視線を向けた。

ひんやりとした大理石の広い部屋の反対側で扉が細く開き、褐色の質素な毛織りの法衣をまとった若い修道士がするりと入ってきた。入室者は注意深く扉を閉めると、広い袖の中で腕を組んで、高僧が坐っている机のほうへ、何やら家鴨《あひる》の歩みを思わせる足取りで、急いで近づいた。平底の浅靴が、大理石のモザイクによる模様が広がる床に、乾いた音を響かせた。

「〝主の恵みがありますよう〟」若い僧は頭を下げ、先ず挨拶のラテン語の言葉を唱えた。

年長の僧は、身を起こして椅子の背に上体を凭《もた》せかけ溜め息をもらすと、定めの返事の言葉を返すことなく、ただ片手を振って、用件を告げよと相手に伝えた。

「申し上げます、尊者《ヴエネラブル》(5)ゲラシウス様、外の部屋に、若い修道女が参っておりまして、お目にかかれますよう、求めております」

ゲラシウスの黒い眉が、険しく吊り上がった。

「求めておる、だと？　若い修道女が、と申したな？」

「アイルランドからでして、教皇猊下の御許可と祝福を賜《たまわ》りたいと、自分の所属する修道院の宗規(6)を持参しております。また、〝アード・マハ（現在のアーマー）のオルトーン(7)〟大司教殿から教皇猊下へ宛てた私的な親書も携《たずさ》えております」

ゲラシウスは、かすかな笑みを面《おもて》に浮かべた。

「では、アイルランド人は、ローマ・カトリック教会の慣例にあれほど異を唱えはしたものの、やはりローマの祝福を願っている、というのか？　奇妙な矛盾ではないか、ブラザー・ドヌス？」

修道士は法衣のゆったりとした袖の中で両腕を組んだまま、つっと肩をすくめてみせた。

「私は、彼らがペラギウス(8)の異端思想に従う者たちだということ以外に、この僻遠の国については何も存じませんもので」

ゲラシウスは、口許をすぼめた。

「で、その若い尼僧が、求めておると言うのか？」彼はもう一度、この単語に抑揚をつけて発音した。

「この尼僧は、これで五日間も、教皇様の謁見を賜りたいと待っていたようでございます、尊者ゲラシウス様。どうやら、手続き上の遅滞がありましたようで」

「そうじゃな、その尼僧がアード・マハの大司教からの便りを携えてきたのであれば、すぐに会ってやらねばなるまい。何しろ、若い尼僧の身でローマまではるばると旅をしてきたというのだからな。よろしい、その尼僧に会い、その者が携えてきた修道院の宗規に目を通そう。そのうえで、尼僧の言い分を聞き、教皇猊下が謁見なさるべきかを考えてみるとしよう。その若い尼僧、名前はあるのであろう、ブラザー・ドヌス？」

「いかにも」と、若い修道士は答えた。「でも、何やら奇妙な名でして、私には発音いたしかねます。フェリシティーとかフィデリアとか、そのような名前でした」

かすかな笑みが、ゲラシウスの薄い唇のあたりに浮かんだ。

「そのどちらであろうと、なかなかよろしい。フェリシタスであればローマの幸運の女神であるし、フィデリアのほうは信ずるに足る者、誠実で心根確かなる者、という意味だからな。こちらへと、告げるがよい」

若い修道士は頷くと、ひたひたと足音を反響させながら、広い部屋を横切って、扉へ向かった。

ゲラシウスは机上の書類を片寄せると、彫刻をほどこした木の椅子の背凭れに上体をあずけ、彼の雑務処理係を務めてくれるドヌス修道士に呼ばれて入ってくるであろう若い外国人の登場を待ち受けた。

扉が開き、法衣に身を包んだ長身の修道女が入ってきた。

ゲラシウスは、その法衣がローマのものとは異なっていることに気づいた。生成《きな》り羊毛の法衣《カミラ》の上に白い亜麻布《リネン》のチュニカをまとっているということは、その着用者が温暖な気候のローマに到着してまだ間《ま》もないことを物語っている。広い部屋のモザイクの床を進み出てくる尼僧のはずむような若々しい足取りは、尼僧の法衣に当然期待される慎ましやかな挙止には、あまり似つかわしくない。しかし、近づいてくる彼女の身のこなしは、決して粗暴ではなかった。

ゲラシウスは、彼女が長身ではあっても、よく均整のとれた体形をしていることを見て取った。言うことを聞かない赤毛が一房、被り物の下からこぼれ出ている。彼の黒い目は、尼僧の魅力的な面立ちに惹かれ、そのきらめく緑の瞳に魅せられていた。

　修道女は、やや眉をひそめて、彼の前に立ち止まった。ゲラシウスは椅子にかけたまま、エメラルドを嵌めこんだ幅広の黄金の指輪が薬指に輝く左手を、彼女のほうへ差し伸べた。若い女性は、ややためらったが、右手を伸ばしてゲラシウスの手を軽く握ると、首を折るようにして、つっと頭を下げた。

　ゲラシウスは、顔に浮かびかけた驚きの色を、辛うじて抑えた。ローマでは、聖職者たちは彼の前に跪《ひざまず》き、その高い地位に対する敬意を示す作法として、彼の司教指輪に接吻をするのが定めである。ところが、この風変わりな若い異国の尼僧は、彼の位への追従《ついじゅう》ではなく、ただそれを認識したという印として、頭を垂れたのみである。しかも、苛立ちを隠そうとしているかのように、その表情はやや強張っていた。

「よく見えられた、シスター……フィデリアだったかな？」とゲラシウスは、彼女の名前を口ごもった。

　若い修道女は、表情を変えはしなかった。

「アイルランド王国のキルデア[9]の修道女で、フィデルマ[10]と申します」

　ゲラシウスは、彼女の声がしっかりとしており、壁掛け《タペストリー》に飾られた部屋の壮麗さにも、いっこうに気圧された様子がないことに気づいた。不思議だ、と彼は思い返した。この種の異国の者たちが、ローマの力や富や尊厳に感動する様子を見せないのは、どうしてなのだ？　ブリトン人やアイルランド人というと、彼はカエサルやタキトゥスの著作で読んだ傲慢《ごうまん》なゴール人[11]を連想する。クラウディウス[12]によってローマへ捕虜として連れてこられたブリトン人の王がいたな、と彼は思い出した。あの王も、万人を威圧するローマの威容を目にして、それに畏怖を覚えるどころか、「ローマはこうした物を持っていながら、なおもブリテン島のあばら家まで欲しがるのか?」と言っただけだった。ゲラシウスは、古代ローマ帝国の貴族的な過去に誇りを持っている男だった。自分もローマ帝国の黄金期であった初期の皇帝たちの御代に生まれていたかったと、夢想することも多い。だがゲラシウスは、はっと身じろぎをした。何ということを考えているのだ? 信仰に生きる自分の慎ましい念願とは、およそかけ離れた夢想ではないか? 彼は、自分の前に立っている人物へと、思考を引き戻した。

「修道女フィデルマ、かな?」とゲラシウスは、その名を注意深く繰り返してみた。

若い尼僧は、優雅な仕草で、彼の発音をその通りと認めた。

「私は、〝アード・マハのオルトーン〟大司教殿のご指示で、こちらへ参りました。その用向きは……」

ゲラシウスは片手を上げて、淀みなく続こうとする相手の言葉を押しとどめた。

「ローマへ来たのは、これが初めてかな、シスター?」と、彼は穏やかに問いかけた。

彼女は言葉を切り、頷いた。そうしながらも、訝《いぶか》った。教皇庁の高官に話しかけるにあたって、何か礼法に悖《もと》る誤ちを犯してしまったのだろうか? 近侍の僧が、わざわざ名前を教えるまでもないと考えるほどの高い地位の人物だというのに？

「我が麗しき都に来て、どのくらいになる？」

ゲラシウスは、戸惑った。この若い尼僧の溜め息を耳にしたような気がするが？　その胸も、わずかに上下しているようだが？

「私は、〈ローマの司教〉である教皇猊下への拝謁を願って、こちらに五日間、滞在しております……失礼ながら、私はあなた様のお名と肩書を伺わせていただいておりませんもので」

ゲラシウスの薄い唇が、微笑の気配を見せて、かすかに震えた。この娘、何と率直に切りこんでくることよ。

「儂は、司教ゲラシウスじゃ」と、彼は答えた。「教皇猊下への請願に関して、伝奏官《ノメンクラートル》を務めておる。儂の任務は、猊下への請願者全てに会い、謁見をお許しになるべきか否かを判断して、猊下にご助言申し上げることでな」

修道女フィデルマは、目を輝かせた。

「ああ、どうしてあなた様の前に連れてこられたのか、それでわかりました」そう答えながら、少し気が楽になったかのように、彼女は硬い姿勢から肩の力を抜いた。「教皇庁での慣行を教えて下さる方を存じ上げない者にとりましては、適切にそれに応じますのは、なかなか難儀でございます。もし私がこの先も何か誤りを犯しましょうと、それは異国に生まれ育った者ゆえの間違いであるとご理解下さって、ご容赦いただけましょうか？」

ゲラシウスは厳《いか》めしく頷いたが、そこにはかすかな諧謔《かいぎゃく》味が覗いていた。

「よくぞ申された、シスター。初めて我らの都を訪れた者にしては、見事なラテン語を話されるな」

「私は、ギリシャ語にも熟達しておりますし、ヘブライ語も存じております。ほかにも何ヶ国語かに、いささか通じております。サクソン語も少々話せます」

ゲラシウスは、相手をじっと見据えた。この尼僧、儂を揶揄《やゆ》しておるのか？　だが、彼女の声に得意げな気配はなかったし、またゲラシウスも、彼女の一貫した率直さを見て取っていた。

「そのような学識を、どこで学んだのかな？」

「私は、見習い修道女として、聖ブリジッド[13]が創設なされましたキルデアの修道院で、教育を受けました。その後、アイルランドの大王都タラにおいて、モラン師[14]の訓育を受けました」

ゲラシウスは驚いて、眉をひそめた。

「アイルランドから出ずして、そのように何ヶ国語も習得したのか？　なるほど、儂も、アイルランドの学問所について、聞いたことがあったが、今、その教育制度がいかに優秀であるかの実証を、目にしているわけだな。坐りなされ、シスター。そして、その方《ほう》がローマを訪れた目的について、論じ合おうではないか。アイルランドからの旅は長く難儀で、危険も多かったことと思うが。無論、一人旅ではなかったのであろうな？」

フィデルマはゲラシウスが身振りで示した辺りをさっと見渡し、小さな木製の椅子を見つけて、それを司教と向かい合う位置に運んだ。そして、ゲラシウスに答える前に、先ずその椅子に腰を下ろした。

「私は、〝カンタベリーのエイダルフ〟修道士[15]のご一行に入れていただいて、ご当地に参りました。サクソン人の国ケント王国のカンタベリー大司教に指名されておられるウィガード[16]殿の秘書官《スクリーバ》を務めておいでの方です」

ゲラシウスは、訝しげに問い返した。

「確か、その方たちアイルランド人は、カンタベリーとは見解を異にしておると聞いていたが。それとも、その方は、コロンバ[17]の教えではなく、ローマの宗規を受け入れておる少数派のアイルランド人聖職者なのかな？」

フィデルマ修道女は、仄《ほの》かに笑みを浮かべた。

「私は、私どもの小さな島アイルランドをキリスト教の信仰へと導き給うたパラディウス[18]とパトリック[19]の規則を奉じております」と、彼女は静かに答えた。「私はウィトビアの教会会議《シノド》[20]に出席いたしましたが、その折にサクソンの弁論者がたとお近づきになりました。カンタベリーの大司教デウスデーディトゥス[21]殿が〈黄色疫病《イエロー・プレイグ》〉[22]でお亡くなりになられましたのは、その会議の終わり頃でございました。後任の大司教の候補者として、ウィガード殿がサクソンにおいて推薦を受けられたのですが、ウィガード殿はご自分がその地位に就かれることに教皇猊下の祝福を願うため、ご当地ローマを訪れるご予定だと申されました。また私のほうは、オルトーン大司教殿から『キルデア修道院宗規』をローマに持参するようにとのご指示を受けましたので、ウィトビアで知り合いました畏友エイダルフ修道士殿が秘書官として加わっておいでのウィガード殿のご一行に加えていただいてローマへ向かおうと決めたのです」

「だが、その方は、あのウィトビアの教会会議に出席して、何をしておったのじゃ、シスター？　儂はすでに、ローマ・カトリックの慣行を支持する弁論陣と、その方のアイルランド・カトリック派の弁論陣との間で議論が戦わされたという報告は、聞いておる。我らローマ・カトリック派の代表者たちが論争で勝利をおさめ、その方たちアイルランド・カトリック派の弁論者たちは引き下がることになったのではなかったかな？」

フィデルマはゲラシウスの声に潜むからかいの響きは無視して、質問に答えた。

「私は、私どもの教会の代表がたに法律上の助言をしてさし上げるために、教会会議に出席しておりました」

ゲラシウス司教の眉が、驚きにつっと上がった。

「法的助言をするために、会議に出席していた、と申すのか？」彼は、戸惑って問い返した。

「私は修道女であるだけでなく、アイルランドの〈ブレホン法〉(23)の法廷に立つドーリィー〔弁護士。時には裁判官としても活躍〕でもありますので……つまり、民法法典『シャンハス・モール』と刑法法典『アキルの書』を学んで、司法に関する資格を授かった弁護士なのです。私どもの国においては、この二つの法典に基づいて、正義が行《おこな》われております」

ゲラシウスの顔は、不信の色に塗りつぶされていた。

「では、アイルランドの王たちは、法廷に女性《にょしょう》が弁護士として立つことを認めている、と申すのか？」

フィデルマ修道女は、無造作に肩をすくめた。

「私どもアイルランド人の間では、国王から戦場における指揮官にいたるまで、あらゆる公的地位に、女性も男性と同等に就くことができます。偉大なる女性戦士であった女王〝赤い髪のマハ〟[24]の名など、人々によく知られております。でもローマでは、女性は男性と同等なる者とは見做されていない、と伺っておりますが」

「いかにも、その通りじゃ」とゲラシウスは、語気も荒く、それに答えた。

「ローマの女性は、社会に貢献する専門職の地位に就くことはできないのでしょうか？」

「無論、できぬ」

「では、人口の半分を占める人々の才能を生かすことを、拒否しておられるわけですね。奇妙な社会ですわ」

「女性に男性と同等の地位を与えるという社会ほど、奇妙ではないぞ、シスター。その方も、ローマで気づくはずじゃ、父親や夫が、それぞれの家庭の女どもを、いかに見事に監督し保護しているかに」

フィデルマは顔をしかめて、皮肉った。

「でも私は、ローマの街を一人で歩きまわるというはしたないことをいたしましたのに、別に誰からも袖を引かれたりはしませんでしたわ。不思議ですわね」

「その法衣が、既婚婦人の長衣と同じ役割を果たしてくれたのだ。法衣を着た者であれば、一般に開かれている信仰の場所のみならず、劇場であれ、商店であれ、法廷でさえも、訪れることができる。しかし、この特権は、法衣を着ておらぬ者や未婚の女性には与えられぬ。若い娘は、家の近辺から出ることはできぬのじゃ。しかしな、上流階級の婦人なら、自分の宮殿や館の中で、秘かにやるのであれば、それも父親や夫を通して行うのであれば、事業に腕をふるうことができる」

修道女フィデルマは顔を翳《かげ》らせて、頭を振った。

「では、ローマは、女性にとっては、悲しみの街です」

「ローマは、我らを異教《ペイガン》の暗黒より光の中へ救い上げ給うた聖ペテロと聖パウロの街ですぞ。したがって、その光を遍く世界に広げる役も、ローマに与えられておるのじゃ」

ゲラシウスは椅子の背に身をあずけつつ、誇らしげに、というよりいささか誇らしすぎる口調で、そう告げて、若い尼僧をじっと見つめた。彼は、自分の国を、自分の街を、自分の階級を、誇りとする人間なのだ。

フィデルマは、それに対して答えることはしなかった。彼女は、話を続けても相手の胸に閂《かんぬき》をかける結果になるだけだという場合には、話の機微を見て取って、退く賢さもそなえていた。ややあって、途切れた会話の糸をふたたび取り上げたのは、ゲラシウスのほうであった。

「では、旅路は変事に見舞われることなく終えることができたのだな？」

「マッシリア（マルセイユの古名）から先は、穏やかでございました。ただ、南の水平線に帆影《ほかげ》が一つ出現いたしました時に、恐怖にかられた船長が危うく船を岩礁に乗り上げそうになった、ということはありましたけれど」

ゲラシウスの面《おもて》に、深刻な表情が浮かんだ。

「それは、ムハンマド（マホメット）を狂信的に奉じておるアラビア人の船だったのであろう。彼らは、地中海一帯を舞台に、我らの皇帝コンスタンス[25]のあらゆる船や港を荒らしまわっておるのだ。我らの南部の港も、ことごとく絶えざる襲撃を受けておってな。その方たちの船が奴らの魔手から逃れ果《おお》せたとは、ありがたいことであった」ゲラシウスは、一瞬、考えをめぐらせているかのように無言になったが、すぐに言葉を続けた。「ローマの街に、よい宿を見つけることができたかな？」

「お気遣い、ありがとうございます。宿は見つかりました。ここからさほど離れていない、小さな宿に泊っております。メルラーナ通りの福者《ブレッシド》[26]プラッセード[27]礼拝堂の隣りです」

「ああ、助祭のアルセニウスと女房のエピファニアが営んでおる宿だな」

「その通りでございます」

「よかろう。その方と、どう連絡をつければよいかは、わかった。さて、〝アード・マハのオルトーン〟大司教からその方が預かってきた親書を、読んでみるとしようか」

フィデルマ修道女は、異を唱えるように、形のよい顎をつんと突き出した。

「これは、教皇猊下にのみ、お目をお通しいただくものでございます」

ゲラシウスは煩わしげに眉根を寄せ、怖《お》じることなく自分を堂々と見つめている緑の瞳を、じっと見据えた。だが気を変えたらしく、面にさっと微笑を広げて、頷き返した。

「いかにも、その方が言う通りじゃ、シスター。しかし、ここでは、そうした物は全て、伝奏官である儂の執務室を通すことになっておるのだ。儂は、その方が教皇猊下の祝福を頂くために持参してきた修道院の宗規のほうにも、目を通さねばならぬ。このような検査も、儂の管轄下となるのでな」彼は、そこを、ややおどけ気味に強調してみせた。

修道女フィデルマは、法衣の襞《ひだ》の下から、筒状に巻いた上質皮紙の書類を取り出し、手を伸ばして、それを司教に手渡した。彼は上質皮紙を広げ、その内容にさっと目を通してから、机の片側に置いた。

「時間ができたら、読むとしよう。その後、書記によく調べさせることにする。万事、問題がなければ、今日から七日のうちに、教皇猊下の謁見を賜れるよう、手配しておく」

彼は、フィデルマの唇の両端がぐっと下がったことに気づいた。

「もう少し早く、というわけには？」と彼女は、失望して、彼に問いかけた。

「我々の麗しき都から、ずいぶん急いで立ち去りたい様子じゃな？」

「私の心は、故国に恋焦がれております、司教様。そのせいなのです。故郷の岸辺を離れて、もう何ヶ月にもなりますもので」

「では、我が子よ、あと二、三日遅れようと、構うまい？　帰国する前に見ておくべきものが、数々あるぞ。とりわけ、これが最初のローマ巡礼というのであれば、なおのことじゃ。きっと、ヴァティカンの丘は、訪れたいと思っておろうな？　キリストは、ご自分の教会は、聖なる人、巌《ペテロ》の上に建立さるべし(28)と定め給うたが、その聖ペテロの墳墓がある岩山が、ヴァティカンの丘だからな。聖ペテロが皇帝ネロによるキリスト教徒迫害を避けてローマの街から立ち去ろうとしておられた時、我らの主は彼の前に姿を現し給うた。それは、この丘の上でのことであった。聖ペテロは踵《きびす》を返してローマの街へ戻り、信徒らと共に十字架に架けられ、この丘に埋葬され給うたのじゃ」

　ゲラシウスは、フィデルマがこのような知識を欠いていると思い込んでいるらしい。彼女は、彼に対する苛立ちを、面を伏せて隠した。

「では、ゲラシウス司教様、お呼び出しをお待ちしております」と言いつつ、フィデルマは立ち上がり、引き下がってよろしいと告げられるのを待ち受けるかのように、彼の前に立った。実を言うと、ゲラシウスはまたもや驚かされ、その表情を押し隠さねばならなかった。このような場合、相手は皆、彼からの指示を待つのが常であるのに、この若い尼僧は、いともやすやすと、この場の主導権を握ってしまった。

「聞かせてもらえぬか、〝ギルデアのフィデルマ〟、アイルランドには、その方のような者が大勢おるのかな？」

フィデルマは、彼が何を言おうとしているのかを訝って、眉をひそめた。

「儂は、その方の国の男たちなら、大勢知っておる。そう、このラテラーノ宮殿にも、何人かのアイルランド人が働いておるからな。しかし、アイルランドからの女性となると、ほとんど会ったことがない。アイルランドの女たちは、皆、その方と同様、率直に振舞うのか？」

フィデルマ修道女は、静かに微笑んだ。

「私には、自分のことしか申し上げられません、ゲラシウス司教様。でも、すでに述べましたように、私の国では、女性は男性に従属してはおりません。我らの創造主は、我々を平等にお創りになられたと、私は信じております。おそらく、いつの日にか、アイルランドへ旅をなさることもございましょう。その折に、私どもの国の美しさと豊かな宝をご覧になって下さいませ」

ゲラシウスは、くっくっと笑い声をもらした。

「ああ、そうしようとも、そうしたいものじゃ。ただ、儂はすでに長い歳月を過ごしてしまった。おそらく、今となっては、遙かなる異国までの長旅は無理であろうな。ともかく今は、その方が我らの都を楽しむことができるようにと、願っておるぞ。もう、下がってよろしい。神のご加護あらんことを」

ともかく、この面会の最後の時点で自分が主導権を握れたことに満足して、ゲラシウスは手を伸ばし、小さな銀の鈴を振った。

そのうえで、彼はふたたび左手をフィデルマに差し伸べた。ところが苛立たしいことに、若い尼僧は、またもや、ローマの儀礼に従って彼の地位の象徴である司教指輪に接吻しようとはせず、ただその手を取って、軽く頭《こうべ》を垂れただけであった。

長身の尼僧は、後ろを向き、大きな部屋を横切って、扉を開けて待っているドヌス修道士のほうへと、立ち去っていった。

第二章

　修道女フィデルマは、何やらほっとして、装飾的な彫刻がほどこされたオーク材の扉からラテラーノ宮殿の中央大広間《アトリウム》へと出てきた。ここは、過去三百五十年間、〈ローマの司教〉でもある歴代の教皇の即位式が行《おこな》われてきた場所だ。教皇庁の公的儀式の場であるこの主要大広間が荘厳なる建造物であることは、確かである。大理石の無数の円柱が高い丸天井へと延び、床には果てしなく連続するモザイク・タイルの模様が、あたかも敷物を延べたように広がり、壁面は彩り豊かな壁掛け《タペストリー》で装われている。頭上を覆うのは、艶やかに磨き上げられた、暗褐色のオーク材の円蓋《ドーム》だ。むしろ、世俗の王者にふさわしい宮殿である。

　出入口の全ての扉の前には、宮殿の衛兵、クストーデスが立っていた。彼らは、いずれも儀式用の軍装で装い、その上によく磨かれた胸当てをつけ、頭には羽毛飾り付きの兜《かぶと》を頂いている。胸の前には、鞘《さや》から抜き放った短剣も、構えられていた。現世の富貴をきわめて印象的に物語る景観だ。その中を、聖職者たちが、何だか傍《はた》からはわかりかねる神秘的な用件を抱えているらしく、あちらへこちらへと、忙《せわ》しなく行きかっているが、彼らの質素な法衣が、世界中ありとあらゆる国々から集まってきている王侯貴族や有力者たちの装いと、奇妙な対比を見せている。

　フィデルマは足を止めて、この華麗なる光景に、今一度じっくりと視線を向けた。実は、今日、ドヌス修道士がゲラシウス司教の前に連れて行こうと呼びに来てくれるまで、彼女はすでに数時間もこのざわめきに満ちた人々の中で待たされていたのである。この大広間が、世界中のあらゆる人々を引き寄せる中心地であることに、疑問の余地はないようだ。アイルランド五王国(1)を統《す》べておられる大王《ハイ・キング》(2)の王都タラの宮廷も、この豪華にして壮大なるラテラーノ宮殿と較べれば、風変わりな、鄙《ひな》びて沈滞した淀みとしか見えないだろう。だがフィデルマは、ざわざわとしゃべり合っている人々の群れの間を縫って、ふたたびゆっくりとした足取りで歩きだしながら、改めて感じていた、タラの物静かな威厳や大王領ミー（アイルランド中央部。現在のミース州）の清澄な美しさのほうが、自分には好ましいと。

　その時、反対のほうから、人の間をかき分けるようにして進んできた尼僧が、フィデルマにぶつかった。

「まあ、失礼を……」

　若い尼僧は顔を上げたが、相手が誰であるかに気づくと、驚いて言葉を途切らせた。

「シスター・フィデルマ！　ローマに着いて以来、お目にかかるの、初めてですね」

　年齢は二十五歳ぐらいであろうか、痩せたサクソン人の修道女イーファーだった。どことなく憂いの翳が漂う容貌で、きちんと梳きつけていない灰色の髪が、被り物の下からはみ出している。瞳は褐色をしているが、ほとんど表情のない目だった。体は細いのに、逞しい手をしている。力仕事のせいなのだろう、皮膚の厚くなった筋ばった手だ。イーファー修道女が宗門に入る前は農場で働いていたと知っても、フィデルマには意外ではなかった。フィデルマは彼女を見下ろして、微笑みかけた。マッシリアの港からオスティアまでの船旅の大部分を、フィデルマはイーファー修道女たちの一行と共にしてきたのであった。イーファーは、"カンタベリールマのウィガード"が教皇によって正式にカンタベリー大司教に叙任される儀式に立ち会うために、ケント王国からローマに向かおうとしていた少人数の巡礼団の一員だった。フィデルマは、この娘に同情を覚えていた。地味な、だが自分の影にさえ怯えるような大人しい娘だった。その動作や、少し前屈みのぎごちない姿勢、それに頭や首を被り物で絶えず包み込もうとする癖も、できるだけ人目に立ちたくないという彼女の気持ちの表れなのだろうと、フィデルマは見ていた。

「こんにちは、シスター・イーファー。ご機嫌はいかが？」

若い尼僧は、不安げに顔をしかめた。

「実を言いますと、私、ケントに帰りたいのです。そりゃ、聖ペテロがイエス様と共に歩まれ、イエス様とお話をなさった地、そしてまた殉教なさった地でもあるローマに来ているなんて、すごく感動的な体験です。でも……」と彼女は、落ち着かぬ様子で顎をぐっと上げた。「私、この街、嫌いです。本当のとこ、何だか、怖い気がするんです、シスター。人が多すぎます。奇妙な人たちが、多すぎます。こんな街より、私、くつろげる土地のほうが好きです」

「その願い、私も同感ですよ、シスター」フィデルマの同情は、心からのものだった。イーファーと同じように、彼女もまた、都市の暮らしより自然の中の生き方のほうを好ましく感じる人間だった。

フィデルマの肩越しに前方を眺めていたイーファーのぼんやりとした顔を、さっと不安の影がかすめた。

「ウルフラン院長様が、おいでになりました。〝四十人の殉教者の礼拝堂〟にお供することになっているんです。今朝は、コンスタンティヌス帝[4]の母君の聖ヘレナ[5]のお墓に詣でてきました。どこへ行っても、この街の人たち、私たちを異国からの巡礼団だと見て取って、聖遺物《レリック》だの記念の品《メメントー》だのと、やたらに物を売りつけようとします。みんな、どうしても振り払うことのできない物乞いみたいな人たち。シスター・フィデルマ、これを見て下さい」

イーファーは、髪留めに利用していた小さな安物の銅細工の装身具を、フィデルマに示した。フィデルマは、それを注意深く眺めてみた。銅の台に色ガラスの小片を一個、嵌《は》めこんだものだった。

「この中に、聖ヘレナの髪の毛が入っているんだと言われて、二セステルティウス（小額の貨幣単位）を渡して手に入れたんですけど……私には、ローマの貨幣のこと、さっぱりわからなくて。高すぎたんでしょうか？」

　フィデルマはブローチをじっくり吟味《ぎんみ》して、眉をひそめた。ガラスの中に、毛髪が幾筋か、封じ込められていた。

「もしこれが本当に聖ヘレナの髪の毛なら、確かに高い代価を払う価値があるでしょうね。でも……」と言いさして、フィデルマは肩をすくめた。

　若いサクソン人の尼僧は、がっかりしたようだ。

「では、本物ではないと？」

「ローマには、先ほど、あなたが言っていた通り、大勢の巡礼がやって来ます。そして、さまざまな品を聖遺物だと称して巡礼たちに売りつけて、それによって暮らしを立てている者たちも、これまた大勢いますから」

　イーファーは、きっと私ともっと話をしたがっているものと、フィデルマは察していた。ところがイーファーは、ふたたびフィデルマの肩の向こうへと素早く視線を走らせると、謝るような身振りを見せた。

「もう、行かないと。ウルフラン院長様に見つかってしまいました」

　ケント王国から来た若い尼僧は、落ち着かなげな面持ちのまま身を翻《ひるがえ》し、鳥の嘴《くちばし》めいた顔に厳《いか》めしく咎めるような表情を浮かべて待っている、法衣をまとった長身の女性のほうへと、人混みを押し分けるようにして、急ぎ足で去っていった。フィデルマは、若い修道女に対する悲しみに、胸をつかれた。イーファーは、ウルフラン修道院長一行の一員として、ケント王国からのこの巡礼団に加わっていた。二人とも、シェピー(6)の修道院の尼僧である。ただし、イーファーの話によると、ウルフラン院長のほうは、ケントの王女で、ケント王妃サクスバーグの妹だという。そしてウルフランは、自分のこの身分を常にまわりの人々に意識させていた。

フィデルマがマッシリアからオスティアへ向かう航海中にこの娘と親しくなろうと努めたのも、おそらく、このせいだったのであろう。なぜなら、ウルフランはイーファーに奴隷並みの対し方をしていたのである。だがイーファーは、フィデルマから差し出された友情を受け取るのを恐れるかのように、いつも孤独の中に引きこもろうとしていた。誰とも親しくなろうとはせず、あれをせよ、これをやれと命じるウルフラン院長の横暴に、ひたすら大人しく従っていた。奇妙な、孤独な娘だと、フィデルマは彼女のことを思い返した。別に、人嫌いというのではないのだろう。でも、人と親しくなろうとはしない娘だった。内向的というのだろうか。イイーファーに何かを持たせて運ばせようとしているウルフラン院長の甲高い命令口調が、辺りの喧騒を超えて、フィデルマの耳にまで届いた。院長の尊大な姿が、群衆の中を過《よぎ》って、宮殿の門へと向かっていく。後ろには、上下に揺れるような歩き方で、痩せたイーファーがついていく。まるで、航跡に小舟を従えながら、逆巻く波を切って進みゆく軍船を思わせた。

フィデルマは、ちょっとその場に留まって、二人が人混みの中に消えていくのを見守っていたが、やがてそっと溜め息をつくと、宮殿の扉を通り抜け、壮麗な正面壁面《ファサード》の前の、強い陽射しに照りつけられている大理石の大階段へと出た。たちまち、ローマの太陽が彼女を包み込んだ。息苦しくなって思わず立ち止まるほど、陽射しは強烈だった。壮大な宮殿のひんやりとした内部からローマの日中の熱《ほて》りの中へ出て行くのは、冷たいシャワーの後、すぐさま熱いシャワーを浴びるようなものだった。フィデルマは目を瞬《しばたた》いて、大きく息を吸い込んだ。

「シスター・フィデルマ！」

彼女は階段へと押し寄せてくる大勢の人々のほうに視線を向け、目を細く凝《こ》らしながら、声の主を探そうとした。よく聞きなれている深い、中高音《バリトン》の声だ。褐色の粗い法衣をまとった若者が、人々の群れから逸れて、彼女に向かって手を振っていた。その褐色の頭髪の頭頂部は、〝茨の冠《コロナ・スピネア》〟の形に剃られている。ローマ・カトリック教会の聖職者の剃髪《ていはつ》である。筋肉質の体付きで、体格から見れば、修道士というより戦士を思わせる、なかなかの美男子だ。年齢も背丈も、フィデルマとほぼ同じくらいであろうか。気づかぬうちに、フィデルマは満面の笑みで彼に応えていた。だがそれと同時に、頭の片隅では、彼との再会にどうしてこのように喜びがこみ上げてくるのだろうと、訝《いぶか》ってもいた。

「ブラザー・エイダルフ！」

この度、フィデルマは、ノーサンブリア王国からここまでのうんざりする長旅を、カンタベリーの大司教に叙階されようとしているウィガード司教の秘書官《スクリーバ》兼通訳を務めるエイダルフ修道士と、共にしてきた。ブリテン島の海辺の町ウィトビアにヒルダが創設したストロンシャルの修道院で開催されたウィトビア教会会議《シノド》で二人は知り合い、たまたまその修道院で発生したキルデアの修道院長エイターンの殺害という陰鬱《いんうつ》な事件を、力を合わせて解決したのであった。もともとエイダルフは、生まれ故郷のサックスムンド・ハムで、サクソンの世襲の行政官であるゲレファの家に生まれた若者であったから、二人の才能がうまく補い合ったのである。彼は、サクソン人に布教に来たアイルランド僧フルサ[7]の導きでキリスト教に改宗しており、師によってアイルランド王国のダロウ[8]へ送られて、そこで神学の教育も受けていた。その後も彼は、アイルランドの優れた医学校トゥアム・ブラッカーン[9]で勉学を続けたので、医学の知識も身につけていた。彼は、その後ローマを訪れて、二年間滞在したうえで、故郷サクソンの地へ帰った。だがその時には、それまでのアイルランド・カトリックであるコロンバ派の信仰の在り方を退けて、ローマ・カトリックの教えに従う聖職者となっていた。したがって、ヒルダの修道院の会議には、彼はローマとカンタベリーを支持する者として、出席していたのだ。一方、フィデルマのほうは、リンデスファーン[10]やアイオナ[11]の修道院から教会会議に集まってくるアイルランド人布教者たちに助言するために、はるばるアイルランドからウィトビアにやって来ていたのであった。

その二人の若い聖職者たちが、今、ラテラーノ宮殿の陽に照らされた白い大理石の大階段で、偶然の出会いを、嬉しげな微笑を浮かべながら喜び合うことになったのだ。

「ローマでの任務は、うまく運んでいますか、フィデルマ？」と、エイダルフが問いかけた。「もう教皇猊下《げいか》の拝謁を賜《たまわ》ることができましたか？」

フィデルマは、首を横に振った。

「いいえ、司教様にお目にかかっただけですわ。ご自分のことを、〝伝奏官《ノメンクラートル》〟と言っておいででした。私がキルデアから携《たずさ》えてきた請願を評定して、教皇様をお煩わせするべきかどうかを決定なさるのですって。〈ローマの司教〉猊下を取り巻く教皇庁のお役職の方々、私が持参したアード・マハの大司教様から教皇猊下へ宛てた親書など、興味ないご様子です」

「気にくわないようですね？」

フィデルマは、〝そうです〟と言わんばかりに、鼻を鳴らした。

「私は単純な人間ですもの、エイダルフ。このような仮の世の世俗的な華麗さや儀式、私は嫌いです」と彼女は、周囲に立ち並ぶ教会を始めとする、信仰に関わる壮麗な建造物を、片手を伸ばしてぐるっと指し示した。「聖マタイのお言葉を、覚えておいでかしら？　主《しゅ》はお教えになっていらっしゃるではありませんか、〝なんぢら、己《おの》がために財宝《たから》を地《ち》に積《つ》むな、ここは虫《むし》と錆《さび》とが損《そこな》ひ、盗人《ぬすびと》うがちて盗《ぬす》むなり〟（『マタイ伝』第六章十九節）と。こうした地上の宝は、単純明快な信仰の本質から、私どもの目を眩《くら》ましてしまいますわ」

エイダルフ修道士は口許をすぼめ、咎め立てをする振りをして、頭を振ってみせた。ごく真面目な表情を見せてはいるものの、その目には穏やかな揶揄《やゆ》の色がはっきりと覗いていた。彼は、フィデルマが学究的な鋭い知性をそなえており、自説を相手に納得させるために、たちどころに聖書を引用できる人物だと、よく承知していた。

だがエイダルフは、「ローマに、このような宝を大切に伝えさせているのは、金銭的価値や信仰のためだけではないのです。これが、彼らの歴史だからです。これが、過去についての彼らの思いだからなのです」と、ローマの弁護を試みた。「もし教会が、人々に来世の用意をさせるためにこの地上に存在しているのであれば、もちろん教会は、地上の華麗な面影や現世の豪勢な有様を映し出しているべきでしょう?」

フィデルマは、即座にこれに反論を唱えた。

「聖マタイが言っておられるように、[12]人は二人の主《あるじ》に仕えることはできません。一人を愛すれば、もう一人を憎むはず。一方を奉じるなら、もう一方を見下すはずです。神と〝富の邪神マモン〟の両方に仕えることなど、できません。このように華麗きわまりない宮殿に住まい、現世の壮麗さを誇示する者は、神よりマモンを尊んでいるのですわ」

エイダルフ修道士は、いささか衝撃を受けたようだ。

「あなたが話題としておられるのは、教皇様の宮居ですよ。あなたは、間違っている。この華麗なる宮殿に身を置くということは、キリスト教の遺産というだけでなく、ローマそのものの遺産のただ中に住む、ということなのです。ローマのどこを歩こうと、あなたはローマの歴史の中に立っているのです」

フィデルマは、この熱っぽい主張を嘲《あざけ》るかのように、彼に憫笑《びんしょう》を向けた。

「あなたが世界のどこへ行こうと、どこに立とうと、その場所は誰かにとっては、歴史的な記憶の宿る場所ですわ」と、フィデルマの返事は、にべもなかった。「私は、ベン・エイダー〔エイディーンの丘〕の上に立ったことがあります。草木も生えぬ、見映えのしない山頂でした。でもそこは、ガウラの壊滅的な戦[13]の後、オシーンの息子オスカー[14]の傷つき血にまみれた遺体が埋葬のために運ばれてきた場所です。夫の亡骸《なきがら》を目にして、悲しみのあまり妻のエイディーンは息絶えました。その遺体の上に築かれた石塚を、私は見てきましたわ。灰色の石を積んだその小さな塚も、この巨大な建造物に劣らず、胸を引き裂く歴史を内に秘めておりましたよ」

「でも、ご覧なさい、これを――」とエイダルフは、広大なラテラーノ宮殿やそれに隣接するサン・ジョヴァンニ大聖堂を、熱っぽく指し示した。「これは、キリスト教世界の心臓部です。過去三百五十年間、地上のキリスト教世界の最高指導者が住まわれてきた場所です。この煉瓦《れんが》の一枚一枚に、モザイク・タイルの一片一片に、こうした歴史がこもっているのです」

「素晴らしい建造物の集まりですわ。それは、認めます」

畏敬の念を欠く彼女の対応に、エイダルフは首を横に振った。

「三百五十年前に、皇帝コンスタンティヌス[15]は、時の〈ローマの司教（教皇）〉に大聖堂を建立させようと、メルキアデスに宮殿とその敷地を与えました。でも、その場所は、その時にはすでに、歴史を持った土地だったのです」

フィデルマは、修道士の熱中ぶりに、大人しく耳を傾けるしかなかった。

「つまり、これは古代ローマの貴族、ラテラーヌス一族のものだったのです。非道きわまりない皇帝ネロが、キリスト教徒を迫害していた時代のことです。やがて、ネロを暗殺しようとする陰謀が企てられました。首謀者は、雄弁家としても名高い執政官ガイウス・カルプルニウス・ピソ[16]でした。彼は財産家で、人望も厚かった。しかし、企ては未然に発覚し、陰謀に加担していた人々は捕らえられ、死刑の宣告を受けてしまった。また、ほかの人々は、貴族という地位への敬意から処刑はまぬがれたものの、自害を強要されました。

　ピソのほかに、『サテュリコン』の著者ペトロニウス・アルビテル[17]、詩人ルカン[18]、哲学者のセネカなども、それに加わっていました。こうした知識階級の人々のほかに、この宮殿の主《あるじ》であったプラティウス・ラテラーヌス[19]という人物も、その中にいました。彼は財産を剝奪されて、処刑されています」

　フィデルマは、ラテラーノ宮殿の豪華なファサードに、なおも批判の視線を向け続けていた。

「美しい建物ね」と彼女は、大人しく答えた。「でも、美しい谷間《たにあい》や威厳にみちた山並み、あるいは風吹きすさぶ荒々しい断崖のほうが、遥かに美しい。なぜなら、それは本当の美しさですもの。人間の束の間の建造物によって損なわれていない、純粋な自然の美ですもの」

　エイダルフは、嘆かわしげに彼女を見つめた。

「あなたが、芸術に関心を持たぬパリサイ人だとは、思ってもいませんでしたよ、シスター」

　フィデルマは、それに異を唱えるかのように、眉をつっと上げ、頭を一振りした。

「そういうことではありませんわ。あなたは、このローマで二年間学び、多くの知識を身につけられた。でも、こうした建造物を称賛なさりながら、言い忘れていらっしゃることがあります。元のラテラーノ宮殿は取り壊され、メルキアデスはその廃墟に別の宮殿を建設したのですよ。また、その建物も、過去二百年の間に二度も、取り壊されています。とりわけ、二百年前のヴァンダル族[20]による破壊の後では、すっかり建て替えられました。となると、あなたのおっしゃる連綿たる歴史って、どこにあるのかしら？　これらは皆、一時的な記念物にすぎませんわ」

　エイダルフは、彼女を、悔しげな驚きの表情で見つめた。

「では、そのことを、ちゃんと知っていらしたのですね？」彼は、フィデルマの指摘はそのままにして、詰《なじ》るような口調で、そう訊ねた。

　フィデルマは、表情たっぷりに、肩をすくめてみせた。

「礼拝堂《チャペル》の衛兵の一人から、聞いていました。でも、あなたがあんまり熱っぽくご自分の知識を伝えようとしていらしたので……」と彼女は渋い顔をしてみせたものの、彼の拗《す》ねている顔を見ると、片手をその腕にかけて、謝るように微笑みかけた。彼女の頬に、悪戯っ子めいた笑みが、さっと広がった。

「どうなさったの、ブラザー・エイダルフ。私は、ただ、人工の建造物は、もっと壮大な自然の大聖堂に較べれば、ほんの束の間の聖堂にすぎないと指摘しただけですよ。人間は、大自然の造化を、しばしば自分の哀れな建築物で破壊してしまいます。このところ、よく考えるのですけれど、この驚異の都を取り囲む〝七つの丘〟(21)は、今のようにさまざまな建物で覆いつくされる前には、どのような姿だったのでしょうね」

サクソン人修道士の拗ねた子供のような顔は、見ものだった。

「どうか機嫌を悪くなさらないで、エイダルフ」とフィデルマは、彼の自尊心をチクリと傷つけてしまったことを悔やんで、宥《なだ》めるような口調で話しかけた。「私は、自分の意見を、どうしても言わずにはいられない性分なの。でも、あなたがローマについて話して下さったことには、どれも興味がありますわ。この街は、今教えて下さったこと以外にも、いろいろ面白いものを秘めているのでしょうね。さあ、しばらく私と一緒に歩きまわって、私に見せたいと思われるところへ、案内していただけません?」

フィデルマは幅の広い大階段を下りて、厳めしい顔をした衛兵たちに押し戻されながらも下に群がっている物乞いたちの間を縫いつつ、進み始めた。枯れ枝のような痩せた手を差し伸ばして無言の懇願を続ける彼らの顔は、骸骨さながらだった。その苦悩に苛まれた暗い目が、二人の後を追ってくる。これは、宿から〈ローマの司教〉の華やかな宮殿へと向かう途中で、フィデルマが毎日目にしている光景だった。それに慣れるまでに、彼女は数日かかっていた。

「このような光景、アイルランドでは見られません」とフィデルマは、物乞いたちを見やりながら、エイダルフに話しかけた。「私どもの法律は、自分や家族が生きてゆくだけの手立てを持たない貧困者たちの救済を、明確に定めていますもの」

　エイダルフは、これには異を唱えなかった。アイルランドで数年間学んでいる彼には、フィデルマの言っていることは真実であると、わかっていた。ブレホン〔裁判官〕によって執行される古代アイルランドの法律〈フェナハス法[22]（ブレホン法）〉には、病人が病のことで不安に怯えたり、困窮《こんきゅう》者が飢えを恐れたりすることのないよう、彼らの救済が配慮されている。そのことを、エイダルフも知っていた。全て、この法典の中に規定されているのである。

「このような豊かさの陰でかくも夥《おびただ》しい人々が生きるために物乞いをしなければならないとは、悲しいことですわ。とりわけこのような豊穣さが、貧しい者たちを救い給う神に捧げられているなんて」と、フィデルマは言葉を続けた。「この絢爛《けんらん》豪華な建物の中にお住みになっておられる司教がた、聖職者がたは、聖ヨハネの書簡を、もっと熱心にお読みになるべきです。その中で、主は〝世《よ》の財宝《たから》をもちて兄弟《きやうだい》の窮乏《ともしき》を見《み》、反《かへ》って憐憫《あはれみ》の心《こころ》を閉《と》づる者《もの》は、いかで神《かみ》の愛《あい》その裏《うち》にあらんや〟（『ヨハネ第一書』第三章十七節）と。この箇所、ご存じでしょ、エイダルフ？」

　エイダルフは、唇を嚙んだ。そして、アイルランド人修道女のこのあまりにも率直な言葉が、誰かの耳に入らなかったかと、辺りを見まわした。

「ご用心を、フィデルマ」と、彼は囁《ささや》いた。「ペラギウスの異端を信奉していると思われてしまいますよ」

フィデルマは、苛立たしげに、ふんと鼻を鳴らした。

「ローマがペラギウスを異端としたのは、彼がイエスのお言葉から逸脱してしまったからではなく、〝ローマはイエスのお言葉を奉じていない〟と批判したからです。それに、私はただ、『ヨハネの第一の書』から引用しただけです。もしこれが異端なのでしたら、いかにも私は異端者ですわ、エイダルフ」

彼女は足を止め、懐中を探って貨幣を一枚取り出すと、ほかの物乞いの者たちから少し離れて立ち、見えない目で前を見つめながら手を差し出している小さな男の子の掌《てのひら》に、それを落としてやった。男の子は、貨幣を握りしめた。天然痘の痕を留めるやつれた顔に、かすかな笑みが浮かんだ。

「〝ドゥ・エト・デス（ここにて受け、かしこにて与えよ）〟」とフィデルマは、昔から伝わる決まり文句を唱えながら、微笑んだ。「私は、これを与えます。お前が人に与えられるように」

フィデルマは、傍らに従うエイダルフをちらっと見やりながら、歩き続けた。二人は、今、ローマ七丘の中で一番高く大きな丘、四つの頂を持つエスクイリヌス丘の麓《ふもと》に来ていた。貧民たちの居住区が広がる地域である。フィデルマはラビカーナ通りを横切って、キスピウスという名で知られている頂へと向かう幅の広い大通り、メルラーナ通りに沿って曲がったが、歩きながら彼女は、ごく真面目な面持ちで、ふたたびエイダルフに向かって引用句を聞かせた。つい先ほど、フィデルマが物乞いの子に施しをするのを、彼が賛成しかねるといった顔で眺めていたからだ。「〝なんぢに請《こ》ふ者《もの》にあたへ、借《か》らんとする者《もの》を拒《こば》むな〟」

「ペラギウスですか?」と彼は、戸惑ってフィデルマに訊ねた。

「『マタイ伝』です」とフィデルマは、それに対して真剣な口調で答えた。「第五章四十二節ですわ」

エイダルフは、お手上げだとばかりに、大きく溜め息をついた。

「ほれ、我がサクソンの友エイダルフ」とフィデルマは、歩みをふと止めて、彼の腕に手を置いた。「ローマのカトリック教会の規則と、我々アイルランド人が、それから、おそらくはブリテン諸王国の人々が従うケルト・カトリック教会(アイルランド・カトリック教会)の規則の違いについて、ずっと議論が戦わされてきていますけど、その根底にある違いが、ここに現れているのではないかしら?」

「すでにサクソン諸王国では、ローマ・カトリック教会の在り方に従うと、決断が下されたのです、フィデルマ。私の宗旨を変えさせることは、できませんよ。それに、私は、単純素朴な修道士で、神学者ではありません。ノーサンブリア国王オズウィーが、ストロンシャルの会議で、ローマ・カトリック教会の規則に従うと決断された時、私にとっては、もう論争は終わったのです。今の私は、ローマ・カトリック教会に従うカンタベリー大司教へと指名されておられる方の秘書官であり通訳である、ということを、どうか忘れないで下さい」

フィデルマは、エイダルフを興味深げに、静かに見守った。

「ご心配なく、エイダルフ。私はただ、一人で面白がっているだけですから。あらゆる論議が繰り広げられてきた中で、私は今でもローマ・カトリック派が正しいとは思っていません。でも、私たちの友情のために、これ以上、この問題を論じ合うのは止めましょうね」

フィデルマは、広い大通りを、エイダルフと並んで進み続けた。二人の考えがこうも違っているにもかかわらず、彼が相手であると、なぜか心地よい。フィデルマは、そのことに気づいていた。見解を異にする問題を論じている時にも、彼女は彼を揶揄することができたし、彼のほうも、いつも機嫌よく彼女が投げかける餌に食いついてきた。そうした論争にもかかわらず、二人が敵意を抱き合うことなど、決してなかった。

「ウィガード司教は、教皇様から手厚いもてなしを受けておいでなのでしょうね？」フィデルマは、少ししてから、そう話しかけた。

七日前にローマに到着して以来、フィデルマは彼と会う機会がなかった。だが、ウィガードとその主だった随行者たちは、彼らより数日前にローマに入っており、教皇ウィタリアヌス[23]の個人的な賓客として、ラテラーノ宮殿の中に宿泊するよう招かれている、と耳にしていた。ストロンシャルにおいて、ローマ・カトリックを奉じるカンタベリー派がアイルランド勢を退けて成功をおさめたとの知らせに、教皇はさぞかしご満悦なのではと、フィデルマはつい推測したものだ。

ローマに着き、エイダルフと別れた後、フィデルマはメルラーナ通りの裏手に建つ小さな宿泊所に宿をとるように、人から勧められた。ピウス二世（在位一四五八～一四六四年）が福者《ブレッシド》プラッセードに奉献した礼拝堂のすぐ近くであった。ここに宿を定めるのは、主として巡礼者で、したがって滞在期間はさまざまとなる。ゴール人の助祭アルセニウスとその妻の女性助祭エピファニアという中年の夫婦者が経営している宿だった。子供が授からなかった二人は、いわば異国からの旅人たちの父親役、母親役を務めているのだ。ここに寄宿するのは、主としてアイルランドからの巡礼たちであった。

もう一週間になるが、その間《かん》にフィデルマがこの大いなる都ローマで見たものは、アルセニウスとエピファニアの倹《つま》しい旅籠《はたご》と壮麗なるラテラーノ宮殿、そしてその間の街路で繰り広げられるさまざまな段階の貧困の姿だけであった。

「教皇猊下は、我々を温かくもてなして下さっていますよ」とエイダルフは、フィデルマに受け合った。「我々はラテラーノ宮殿の中の豪勢な部屋を提供されていますし、すでに拝謁の機会も与えられました。明日は、双方からの贈り物が公式行事として取り交わされ、続いて晩餐会が催されます。そして、十四日以内に、教皇猊下は、ウィガード殿をカンタベリー大司教に正式に叙任なさることになっています」

「その後、ケント王国への帰国の旅をお始めになるの？」

エイダルフは、頷いた。「そして、あなたのほうも、すぐにアイルランドへお帰りですか？」

エイダルフは、横を歩くフィデルマに、ちらっと視線を走らせながら、訊ね返した。

フィデルマは、顔をしかめた。

「〝アード・マハのオルトーン〟大司教殿からの親書を教皇様にお渡しし、私が所属しているキルデアの修道院の宗規に祝福を頂くことができ次第、すぐにでも。あまりにも長いこと、アイルランドを離れているのですもの」

しばらく、二人は黙《もだ》したまま、歩を進めた。香りを漂わせ樹脂をにじませるシダレイトスギが木蔭を作ってくれてはいるのだが、それでも街路は暑く、埃っぽい。糸杉《サイプレス》の木の下で、商人たちが盛んに売り買いをやっているし、ローマの主要道路の一つであるこの大通りを行きかう人々は、途切れることなく続いている。だが、そうした路上の喧騒の中に、フィデルマは、この息苦しいまでの暑さを何とか凌《しの》ごうとしているキリギリスたちの鳴き声を聞きとった。時たま太陽の前に雲が一片《ひとひら》かかる時だけ、この奇妙な鳴き声は、はたと途切れるのだった。フィデルマにも、その訳がすぐにはわからなかった。

この先のエスクイリヌス丘の斜面は、居住者の人口がかなり少ない地区となる。富裕な階級の別荘《ヴィラ》や葡萄園、菜園などが広がる地域なのだ。セルウィウス・トゥッリウス（在位紀元前五七八〜五三四年。ローマの王）がこの景観にさらに光彩を添えるオークの林を付け加え、ファグタリスはブナの木立を設けた。詩人ウェルギリウスが住んだのもこの辺りであったし、皇帝ネロはここに〝黄金の離宮〟を建てた。ポンペイウスがユリウス・カエサルへの謀反を計画したのも、この地においてであった。エイダルフは、かつての二年間のローマ滞在の間に、こうしたことをたっぷりと学んでいた。

「ローマを、まだ十分に見物なさっていないでしょう?」エイダルフは、二人の間の心地よい沈黙をふと破って、彼女にそう問いかけた。

「私は、ローマに到着して以来、どうして貧しき者たちのための教会が、このような富でもって飾り立てられているのか理解しようと、そうしたことばかり考えて……ああ、止めましょう」フィデルマは彼が眉をひそめたのを見て、笑いだした。「そうでした、これについては、もう何も言わない、という約束でしたね。それで、私に何を見せて下さるおつもり?」

「そうですね、ヴァティカンの丘の上には、天上の王国への鍵を預かる門番の、尊い漁夫(聖ペテロ)その人の亡骸も、葬られています。聖パウロの墓も、その近くですよ。でも、この二つの墓所には、厳しい贖罪《しょくざい》でもって身を潔《きよ》めてからでないと、近づくわけにはゆかないのです。敬虔なる思いをもって詣でないと、男であれ女であれ、恐ろしいことが身に降りかかる、と言われていますのでね」

「恐ろしいことって、どのような?」と、フィデルマは疑わしげだった。

「教皇ペラギウス(在位五七九~五九〇年。ペラギウス二世)が――これ、異端者ペラギウスのことではありませんよ。彼は、教皇になったことはありませんからね。そうではなく、この名で呼ばれる二人目の教皇のことです――そのペラギウス二世が聖ペテロと聖パウロの亡骸の上に掛けられていた銀の覆いを取り替えようと考えられて、お二人の墓に近寄ろうとされた時、この上もなく恐ろしい幻をご覧になった、と言われています。聖骸布取り替え作業の監督は、その場で即座に息を引き取り、亡骸を目にした修道士や召使いたちも、十日のうちに全員死んでしまったのです。そこで人々は、教皇が異端者ペラギウスと同じお名前だから、こういうことになったのだ、と言い始めました。そういうわけで、以後、教皇はペラギウスという名を名乗ってはならぬ、という禁令が布告されたのです」

フィデルマは目を凝らして、エイダルフの満足そうな顔を見つめた。

彼は、このようなペラギウスに関係する話を持ち出して、私に秘かな仕返しをしているのだろうか?

「ペラギウスは……」とフィデルマは、危険な気配を秘めた声で、言いかけた。ところが突然、これ以上真面目な表情を保っていられなくなったエイダルフが、声をあげて朗らかに笑いだした。

「もう、止めましょう、フィデルマ。もっとも、私はこの話を本当だと信じていますけどね。でも、もう仲直りをしませんか?」

フィデルマは、不満げにぎゅっと唇を引き結んだものの、すぐに表情を和ませて、自分も笑顔になった。

「でも、聖ペテロのお墓は、また別の日にしましょう」と、フィデルマは答えた。「実は、私の泊っている宿の女将《おかみ》の女性助祭が、ほかの何人かの宿泊者と一緒に、聖ペテロが投獄されていたという場所に連れて行ってくれたのです。でも、驚きました。独房には鎖が一塊置かれていて、その傍らに聖職者が一人、鑢《やすり》を手に待ち構えていたのですもの。そして、これこそ聖ペテロを縛《いまし》めていた鎖だと称して、鑢でそれを削っては、削り屑を法外な値で売りつけていたのですよ。ローマへの敬虔な巡礼たちは、うまい金儲けのカモのようね」

フィデルマは、少し前から、エイダルフが肩越しに後ろのほうへ視線を向けることに気づいていた。

「シスター、丸顔の修道士が一人、我々をつけているようですよ。どうやら、アイルランドやブリテンの剃髪《トンスラ》をした僧侶のようだ。右手後ろのほうを、ちらっと見て下さい。道路の反対側の糸杉の木蔭に立っています。ご存じの修道士ですか?」

フィデルマは驚いて、ちょっと彼の顔を見つめたが、すぐに振り向いて、言われた方向へ素早く目を走らせた。

一瞬、フィデルマの視線は、中年の男の、不意をくらって大きく瞠《みは》られた暗褐色の目と、絡み合った。エイダルフが告げた通りの剃髪である。前頭部が両耳を結ぶ線まで剃り上げてある。この様式の剃髪は、彼がアイルランドかブリテンの僧であることを、明確に告げるものだった。身にまとっているのは、質素な毛織りの法衣で、顔が満月のように丸い。フィデルマの凝視を受けて、男は一瞬凍りついたが、顔を赤らめると、さっと背を向け、道の反対側を縁取る糸杉の陰の人混みの中へと、消えてしまった。

フィデルマは訝しげに眉をひそめながら、前へ向きなおった。

「知らない人です。でも、彼のほうは、どうやら私に関心があるみたい。あの人が私たちをずっとつけていたのですって？」

エイダルフはすぐに頷いた。「ラテラーノ宮殿の大理石階段のところで、見かけたのです。我々がメルラーナ通りを進み始めると、彼もついてきました。初めは、偶然だと思ったのですがね、少し前、我々が足を止めた時、あの男も立ち止まったことに気づきました。本当に、見覚えありませんか？」

「ありませんわ。きっと、アイルランド人で、私がアイルランド語でしゃべっているのが耳に入ったのでしょう。私と故国《くに》のことをしゃべりたかったけれど、勇気がなかった、ということではないかしら」

「多分、そうかも」だがエイダルフは、十分納得してはいないようだ。

「とにかく、もう行ってしまいましたわ。さあ、私たちも歩きましょう。何をしゃべっていましたっけ？」

まだ気懸りそうではあったが、彼もフィデルマの例に倣《なら》った。

「あなたは、またもや、ローマ批判をしておいででしたよ、シスター」

フィデルマの目が、きらっと光った。

「ええ、そうでした」と彼女は認めた。「まだ他にも、気づいたことがありますよ。私の泊っている宿には、興味ある場所を教えるローマ案内の本が何冊も、置いてあります。寺院や地下墓所がどこにあるか、どこで聖遺物や聖者に所縁《ゆかり》の品を手に入れて、土産に持ち帰ることができるか、そのためには、巡礼はいくら金を払うべきか、などと。そうした本が、旅籠に備えられているのですよ、〝ローマ市内の聖地案内〟といった書名で……」

「しかし、寺院がどこにあるのか、誰が葬られているのか、などについての記録を取っておくことは、必要ですよ」とエイダルフはフィデルマをさえぎって、抗議した。

「地下墓所や寺院のランプに入っていた聖者所縁の油だと偽って、小型のガラス瓶《アムプラエ》に高い値をつけて巡礼に売りつけることも、必要なのですか？」とフィデルマは、鋭く反論した。「寺院や地下墓所のランプに入っていたという油に、奇蹟的な力が宿っているとは、到底思えませんけど？」

エイダルフは溜め息をつくと、頭を振って降参した。

「多分、そういう名所の見学は、諦めたほうがよさそうですね」

今度もまた、フィデルマはすぐさま後悔した。

「私ときたら、自分の主張に夢中になって、またもや口を滑らせてしまいましたね、エイダルフ。どうか、許して……下さるでしょ？」

サクソン人エイダルフは、感心できないという顔を、もっと続けるつもりだった。しかしフィデルマに、彼女独特の悪戯っ子のような表情で微笑みかけられると――

「よろしい。では、二人の意見が一致しそうな場所を探すとしましょう、フィデルマ。そうだ……ここからそう遠くないところに、サンタ・マリア・マッジョーレ（聖母の大教会）がありますよ。〝雪の聖母の教会〟と呼ばれている教会です」

「〝雪の……〟？」

「私が聞いた話では、ある八月の夜、処女マリアが、当時の〈ローマの司教〉リベリウス教皇（在位三五二〜三六六年）とヨハネという名の貴族の前に姿を顕《あら》わされ、明日の朝、エスクイリヌス丘の上の、雪が小さく残っている箇所に行き、そこに教会を建立するようにと、御告げになられたのだそうです。そこで、二人が行ってみると、本当に教会を建てる敷地の広さに、地面が雪に覆われていました。そこで、彼らはその地に教会を建立した、ということです」

「そのような伝説が伝わっている教会は、数多くありますよ、エイダルフ。その教会のどこが、そんなに興味深いのかしら？」

「今夜、そこで、〝リンデスファーンの福者エイドーン(24)〟に捧げる儀式が催されるのです。エイドーンは、十三年前の今日、亡くなられました。そこで、大勢のアイルランド人やサクソン人が、今夜、そこに集まるはずです」

「では、私も出掛けますわ」とフィデルマは、エイダルフに、彼の提案に賛成することを、はっきりと伝えた。「でも、エイダルフ、その前に、円形闘技場《コロッセウム》に行ってみたいのですけど。大勢の殉教者がたが最期を迎えられた場所を、ぜひ訪れたいのです」

「いいでしょう。そして、ローマと、カンタベリーと、アード・マハの違いについて、これ以上の議論は止めるとしましょう」

「賛成しますわ」とフィデルマも、彼に同意した。

二人は、メルラーナ通りを歩きだした。彼らに少し遅れて、彼らの後ろ姿をじっと目で追いつつ、用心深く糸杉の並木の陰に身を隠すようにして、丸顔の修道士が二人をつけ始めた。

第三章

たった今、眠りにおちたばかりという気がするのに、けたたましい呼び鈴の音に、それが妨げられてしまった。フィデルマは低く抗議の呻《うめ》きをあげながら寝返りをうち、逃げてゆこうとする心地よい夢の名残を捉えようとした。しかし、夜の静けさを引き裂く執拗《しつよう》なベルの響きと、それに続く鋭い人声に、すっかり目が覚めた。やはり起こされてしまった同宿者たちの不安げなざわめきや、自分たちの眠りがどうして乱されたのかを知ろうとする人々が口ぐちに問い質《ただ》している声も、聞こえる。今やフィデルマは、はっきりと目を覚ましていた。夜は、まだ闇に閉ざされているらしい。彼女は寝台からするりと抜け出して法衣をまとい、手探りで蠟燭《ろうそく》を取り上げようとした。ちょうどその時、部屋の扉を怖《お》ず怖《お》ずと叩く音がして、フィデルマがそれに答える間《ま》もなく、扉が開いた。終夜、廊下に灯されているランプの明かりの中に立っていたのは、恐ろしい不安を抑えつけようとするかのように両手を捩《よ》じったり揉みしだいたりしている、怯えきった宿の女将《おかみ》エピファニアであった。

「シスター・フィデルマ！」と彼女は、恐怖のあまりの泣き声で、フィデルマに呼びかけた。

フィデルマは静かに彼女の前に立って、不安に押し潰されている女《おんなあるじ》主を見守った。

「落ち着いて、エピファニア」とフィデルマは、穏やかに命じた。「一体、どうしたのです？」

「ラテラーノ宮殿の衛兵隊の士官さんなんです。シスターに、一緒に来いと言ってます」

即座に、いくつかの思いがフィデルマの胸を過《よぎ》った。オルトーン大司教のローマに赴くようにとの命令など、受けるのではなかったという後悔が。もしかして、教皇への、あるいは巡礼から金銭を巻き上げるローマの愚劣な聖職者たちへの批判がまずかったのだろうか、という後ろめたい思いが。誰かがそれを耳にして、告発したのかも？　彼女は、顔や態度には、初めから動揺を覗かせてはいなかったが、胸の内の動揺も、何とかすぐに抑えこむことができた。

「士官は、どこへ来いと言っているのです？」とフィデルマは、平静にエピファニアに訊ねてみた。「それに、どういう理由でなのかしら？」

急に女将は押しのけられて、フィデルマの部屋の戸口に、宮殿衛兵《クストーデス》の正式制服を着用した、若い美男の士官の姿が現れた。彼はフィデルマと目を合わせようとはせず、傲慢《ごうまん》な態度で彼女の頭の上のほうへ視線を据えたままである。

フィデルマも、今では、宮殿衛兵隊小隊長《テッセラリウス》と呼ばれる衛兵士官の徽章がわかるほどには、ローマ滞在の日を重ねていた。

「我々は、修道女殿をラテラーノ宮殿に連れてくるよう、命じられました。それも、即刻です」

若者の口調は素っ気なかった。

何とか、フィデルマはかすかな微笑を頰に浮かべてみせることができた。

「どういう目的で？」

若者は、無愛想な顔のままであった。

「自分は、何も聞かされてはおりません。ただ、命令に従っているだけです」

「その命令、私に、顔を洗って着替えをすることは、許して下さるのでしょうね？」と彼女は、無邪気さを装って訊ねた。

衛兵は、はっとして彼女の顔に視線を向け、素っ気ない表情を緩めて、狼狽《ろうばい》したかのように、一瞬ためらった。

「我々は、外で待っています、修道女殿」と言うと、彼は入ってきた時と同じように、さっと引き下がっていった。

エピファニアは、低い呻き声をもらした。

「どういうことなんでしょ、シスター？　ああ、どうなってるんでしょう？」

「服を着て、衛兵に連れられて宮殿に行ってみるまでは、私にだってわからないの」とフィデルマは、自分の不安を隠そうと、ことさら無頓着を装って、宿の女将に答えた。

女将も、混乱し躊躇《ためら》いながら、出ていった。

フィデルマは、一瞬、戸口に一人立ちつくした。寒く、心細かった。だが、すぐに振り向くと、気を取り直して、洗面器に水を張り、機械的に身仕舞いに取り掛かった。胸に渦巻く混乱を静めるために、その一つ一つの動作を、故意にゆっくりと続けた。

十分後には、外見上は一応静かな落ち着きを見せて、フィデルマは中庭へと下りていった。女将が、門のところに立っていた。同宿者たちも、それぞれの部屋の窓から、不安そうに彼女を見下ろしている。部屋に入ってきた士官のほかにも二人、ラテラーノ宮殿衛兵が中庭に立っていた。

若い士官は、姿を現したフィデルマを見て、安心したように頷くと、一歩進み出てきた。

「出発する前に、自分は役目がら、正式に確認せねばならんのです。アイルランド王国から来られた、〝ギルデアのフィデルマ〟殿ですね？」

「そうです」とフィデルマは、頭を軽く下げた。

「自分は、ラテラーノ宮殿衛兵隊小隊長の、リキニウスであります。ラテラーノ宮殿衛兵隊の司令官《スペリスタ》のご下命を受け、この任務を果たしています。修道女殿をただちに司令官のところへお連れするようにとのことです」

「わかりました」とフィデルマは、何一つわかってはいなかったのだが、そう答えた。「何らかの罪で、訴えられているのですか？」

若い士官は、ちょっと上げた肩をすくめて、自分は何も知らないということを、彼女に伝えてみせた。

「これまた、自分は命令を果たしているだけだとしか、お答えできません、修道女殿」

「お供しましょう」とフィデルマは、溜め息をついた。このような状況では、ほかにどうしようがあろう？

　助祭の女将が、蒼ざめた顔で唇を震わせながら、門を開けてくれた。

　フィデルマは、衛兵隊の小隊長と並んで門を出た。その後に、二人の衛兵が続いた。その一人が掲げる松明《たいまつ》の明かりが、まだ暗い夜の通りを進む彼らの行く手を照らした。

　遠くで聞こえる犬の吠え声のほか、ローマの街は驚くほど静かだった。ひんやりとした静寂だ。このような冷気を、フィデルマはこの街で、まだ味わったことがない。母国アイルランドの早暁の冷え込みのような鋭い寒気ではないものの、辺りの空気は毛織りの法衣の温《ぬく》もりがありがたく思えるほどに、冷え冷えとしている。曙光《しょこう》の最初の一筋が、丘陵の彼方の東の空をそっと指でまさぐり始めるまでには、まだ一時間はありそうだ。石畳の道に彼女の革のサンダルがすっすっと軽やかな乾いた音をたて、底に鋲を打った兵士たちの軍靴《カリグラ》が重く響く。それ以外に、何の音も聞こえない。

　彼らは、無言でメルラーナ通りを南へ向かって歩き続けた。行く手にあるのは、半球状の丸屋根《ドーム》を高く頂くサン・ジョヴァンニ（聖ヨハネ）大聖堂だ。この偉容を前にしては、ほかの幾棟ものラテラーノ宮殿の建物さえ、いささか、かすんでしまう。目的地は、それほど遠くはない。せいぜい半マイル程度だろう。宮殿への毎日の往復で、フィデルマはそう把握《はあく》していた。

　ラテラーノ宮殿の門は、何本もの松明の揺らめく明かりに照らされていた。抜き身の短剣を胸に構えるという伝統的な警備の姿勢で、数人の衛兵がその前に立っていた。

衛兵隊小隊長は、連行してきた修道女を引き連れて階段を昇り、教皇の謁見を求めてフィデルマが長時間待たされていた、あの中央大広間《アトリウム》を通り抜けて脇扉の一つからいったん外へ出ると、今度は何の装飾もない石畳の通路を進み始めた。今出てきたばかりの華麗な大広間とは極端な対比を見せる、陰気な通路だった。装飾がほどこされ、勢いよく水を溢れさせている噴水が中央に据えられた小さな中庭に出ると、彼らはそれを横切って、二人の衛兵が立っている部屋の前へと、やっと辿りついた。小隊長は足を止め、そっと扉を叩いた。

扉の向こうから、入れとの指図の声が返ってくると、若い士官は扉を開けて、フィデルマに中へ入るようにと促した。

「〝キルデアのフィデルマ〟であります！」彼はそう告げると引き下がり、フィデルマを通した後の扉を閉めた。

修道女フィデルマは、扉を入ったところで立ち止まり、室内を見まわした。

何枚かの壁掛け《タペストリー》が壁を飾っている。大きな部屋だ。しかし、ゲラシウスの部屋で目にした華麗さは、ここにはなかった。家具は最小限で、華やかな装飾よりも実用本位の部屋であることを物語っている。見るからに機能性を重んじた執務室で、明るい照明が、室内を十分に照らしていた。鋼《はがね》色の髪を短く刈り込み、いささか好戦的な感じの顎をした人物が、フィデルマを迎えに進み出てきた。がっしりとした体格である。鎧《よろい》も着けていないし、武器を吊るしてもいないが、軍人であることは、はっきりと見て取れる。

「〝ギルデアのフィデルマ〟殿ですな？」その声に、高圧的な響きはなかった。むしろ、不安が聞き取れるのではなかろうか？　フィデルマが不審な思いを抱いたまま肯定の印に頷くと、彼は言葉を続けた。「儂は、マリヌス、ラテラーノ宮殿衛兵隊の司令官でしてな」

大きな暖炉の中では、薪が音をたてながら燃え上がり、早暁の冷気を和らげていた。司令官は、身振りでフィデルマをそちらへと誘《いざな》った。炉の前には、椅子が二脚置かれており、司令官マリヌスはその一つに腰を下ろしながら、フィデルマにも坐るようにと招いた。

「どうしてここに呼び出されたのかと、訝《いぶか》っておられような？」と、彼は口を切った。むしろ、形式的な質問のようだ。それに対してフィデルマは、面《おもて》にかすかに笑みを浮かべて答えた。

「人間でありますからには、当然、私も好奇心は持っております、司令官殿。でも、やがては、よい折にご自分からお話し下さるものと信じております」

マリヌスは、この答えに、一瞬、興味をそそられたかのようにフィデルマを見つめたが、すぐに真剣な面持ちに戻った。彼の面に滲《にじ》み出ているものが憂慮の色であることは、間違いないようだ。

「いかにも、その通りじゃ。実は、ラテラーノ宮殿を、いや、〈ローマの司教〉たる教皇猊下《げいか》の権威そのものをさえ揺るがしかねぬ事態が、出来《しゅったい》しましてな」

フィデルマは椅子の背に身を委ねて、先を待ち受けた。

「さまざまなことが、教皇庁の威厳、サクソン諸王国の安寧、シスター殿の母国とサクソン諸王国の間に、あるいはサクソン諸王国とブリテン諸王国との間に、生じるやもしれぬ戦乱の可能性——こうしたもろもろの危険をはらむ出来事が、突発してしまった」

フィデルマは、宮殿衛兵隊司令官に、戸惑いを混じえた驚きの目を注いだ。

マリヌスは、片手を伸ばして、空中に漂っている説明を掴もうとするかのような仕草を見せて、言葉を続けた。

「これ以上説明する前に、一つ、やっておかねばならぬことがあるのだが……」

そう言いさして、彼は躊躇《ためら》いを見せた。沈黙が続いた。

「どのようなことを?」やや間《ま》を置いて、フィデルマは彼を促した。

「深夜十二時頃、どこにおられたかを、聞かせてもらえますかな?」

「もちろん」フィデルマは驚きを抑えて、即座に返答した。「大司教への叙任を受けることになっておいでの〝カンタベリーのウィガード〟殿の秘書官《スクリーバ》エイダルフ修道士殿と一緒に、〝リンデスファーンの福者《ブレッシド》エイドーン〟の生涯とその業績を称える儀式に、参列しておりました。昨日は、聖エイドーンがお亡くなりになった日でございましたので」

マリヌスは、頷いた。だが、この返答を、彼はすでに承知していたようであった。「ごく正確な返答ですな、〝ギルデアのフィデルマ〟殿」

「私は、母国では、〈フェナハス(ブレホン)の法廷〉の弁護士でございます。正確さは、私の職業の一部です」

司令官は、ふたたび頷いた。彼が口にしなかった質問に対してのこの答えも、彼はすでに知っていたのだろうか？　その態度は、何か別のことに気を取られているかに見える。

「それにしても、アイルランド人とサクソン人が、どうして〝リンデスファーンのエイドーン〟のミサに、共に出席されたのかな、修道女殿？」

「聖エイドーンはアイルランド人の修道士で、サクソンの地ノーサンブリア王国をキリスト教へ導かれた方だからです。アイルランド人からもサクソン人からも、等しく崇敬《すうけい》を捧げられておいでなのです」

「ミサが始まった時刻は……？」

「ちょうど、真夜中の鐘が鳴っておりました」

「だが、その前は、二人とも、どこにおられた？」マリヌスは急に身を乗り出し、探るように目を光らせながら、顔を突き出してきた。

フィデルマは、驚きに目を瞬《しばたた》いた。

「エイダルフ修道士殿と私は、ほかの巡礼がたと一緒に、異教徒であったローマ皇帝たちの御代に多くの人々が信仰のために命を落とされた円形闘技場《コロッセウム》を見に行っておりました。それから聖なる寺院を何箇所か訪れて、その後、聖エイドーンに捧げる儀式が執り行われる教会へと向かいました。私どもの一行は、十二人でした。エイダルフ修道士殿も含めて三人のノーサンブリアの修道士がた、聖コロンバン[1]が創設されたボッビオ[2]の修道院からみえた二人の修道女と四人の修道士がた、それに、私が泊っておりますプラッセード礼拝堂近くの旅籠《はたご》から来た二人の案内人も、加わっておりました」

マリヌスは、待ち遠しげに先を急いだ。

「すると、真夜中過ぎまで、エイダルフ修道士と行を共にしておられたのですな？」

「そう申し上げました、司令官殿」

「では、ローナン・ラガラッハという名のアイルランド人修道士と、面識は？」

フィデルマは、首を横に振った。

「その名を耳にしたことは、ございません。どうして、そのようなお訊ねを？　そろそろ、どういうことが起こったために私がこちらへ連れてこられたのか、お話し下さってもよろしいのでは？」

マリヌスは深く溜め息をつくと、考えをまとめようとするかのように、やや黙りこんだ。

「サクソン諸王国において、あらゆる修道院長や司教たちを統《す》べる権威を持つのがカンタベリーの大司教だが、その地位に叙任されることになっておられたウィガード殿が、深夜、殺害された。ご遺体は、宮殿の警備にあたっていた衛兵によって発見された。それのみか、ウィガード殿の部屋は荒らされており、教皇猊下への貴重な献上品も盗まれておった。それは、今日の午後、公式な儀式をもって教皇猊下に贈呈されることになっていた品々であった」

「私は、〝カンタベリーのウィガード〟殿の死に関して、何らかの関与ありと疑われているのでしょうか？」司令官《スペリスタ》から聞かされた情報の由々しさに気づいて、フィデルマは冷ややかに問い返した。

マリヌス司令官は気の重そうな顔で、両手を広げてみせた。これは、何かについての謝罪を表す仕草であるから、この場では少々奇妙な動作である。

「儂は、こうした質問をしなければならぬのですわ。多くの人間がウィガード殿の死を望んでいたようですからな。とりわけ、サクソン諸王国においてカンタベリーがローマ派の規則を支持することに反対していた者たちは、そう考えていたに違いない」

「となりますと、ウィトビアの教会会議《シノド》では、非常に多くの人間がローマ派を支持するカンタベリーの主張が通らぬことを望んでおりましたから、彼らを全て対象とすることになりましょう」とフィデルマは、氷のような声で彼に答えた。

「しかし、ローマにおいて、この機会を持っていた者は、それほど多くはありませんぞ」とマリヌスは、抜け目なく、それに応じた。

「最近、ヒルダ院長の修道院で開催された教会会議において、カンタベリー派が勝利を手にしましたが、それに憤慨している何者かがウィガード殿を殺害した、とおっしゃるのですか？」

「まだ、そういう結論に達してはいないのだが」

「では、なぜ私はここに呼ばれているのでしょう？」

「我々を助けてもらうためだ、シスター・フィデルマ」と、新しい声がそれに答えた。「もし、そうしてもらえるなら、だが」

フィデルマは、部屋を見まわした。長身瘦軀《そうく》のゲラシウス司教が、カーテンで隠されている脇の扉から進み出てくるところだった。マリヌス司令官が彼女を問い質《ただ》しているのを、そこで聞いていたに違いない。

フィデルマは、どうしたものかと迷いながらも、司教という地位に敬意を表して、椅子から立ち上がった。

ゲラシウスは左手を彼女に差し出した。フィデルマは、今回は、その手を取ることさえせず、ただ自分の胸の前で両手を重ね、軽く低頭することをもって、彼に応えた。薄く一文字に引き結ばれた唇が、彼女の強い意志を表明していた。もしこの二人のローマ人が、私に、ウィガード殺害に何らかの関わりを持つ者という容疑をかけているのであれば、従順な敬意を表す動作など、彼らに示す必要はあるまい。ゲラシウスは溜め息をつくと、マリヌスが立ち上がったあとの椅子に、腰を下ろした。ラテラーノ宮殿衛兵隊の司令官は、その椅子よりわずかに下がった場所に、恭《うやうや》しく控えた。

「修道士を呼び給え、マリヌス」と、ゲラシウスは指示を出した。「その方《ほう》も坐るがいい、〝ギルデアのフィデルマ〟」

ふたたび椅子に腰を下ろしながらフィデルマは、少し戸惑いを覚えた。ゲラシウスも、マリヌスと心痛を分かち合っているらしい。彼もまた、その肉の薄い顔に不安の色を浮かべている。

マリヌスは部屋を横切って扉へ向かい、外の誰かに合図をした。

ちょっと、間《ま》があいた。ゲラシウスはじっと炎に見入っていたが、執務室に入ってきてその場にひっそりと佇んだ何者かの気配に、その目を上げた。

フィデルマは椅子にかけたまま、振り向いた。その目が驚きに大きく瞠《みは》られた。

「ブラザー・エイダルフ！」

エイダルフはいささか疲れた顔に微笑を浮かべながら、司令官と共に進み出て、ゲラシウス司教の前に、躊躇《ためら》いがちに立った。

「腰を下ろすがいい、〝カンタベリーのエイダルフ〟」

マリヌスが木の椅子を二脚、石畳の床を引きずって運んできて、その一つに坐った。エイダルフも、もう一つに腰掛けた。

フィデルマは、問いかけるような面持ちで、ゲラシウスを振り向いた。

司教は両手を広げて、宥《なだ》めるように微笑した。

「修道女殿は、このサクソン人修道士が我々に語ったことを、確認してくれたわけだ……」

「それで……?」フィデルマは戸惑いを見せて、言葉を続けようとした。

しかし司教は片手を上げて、彼女を制した。

「このウィガード殿の死は、深刻な事態なのだ。何人《なんぴと》といえど、嫌疑からはずすわけにはゆかぬ。修道女殿は、ヒルダの修道院で開催された教会会議において自分はカンタベリー派と対立する陣営の代表の一人であったと、隠すことなく認めておられる。となると、その激論の場からカンタベリー大司教指名者《デジグネイト》へと華々しく浮上したウィガード殿に対して、修道女殿が報復を考えられたという可能性は、大いにあろう」

フィデルマの苛立たしげな吐息に構わず、司教は先を続けた。「しかしエイダルフ修道士が、話してくれた。ウィトビアの教会会議の論戦の最中《さなか》に発生したエイターン院長殺害事件が、修道女殿の非凡なる活躍をもって解決したことをな」

フィデルマは、目を伏せ顔に表情を覗かせることなく静かに坐っているエイダルフに、ちらっと視線を走らせた。

「その活動は、エイダルフ修道士殿と共に行《おこな》った調査でした。修道士殿の助けなしには、あの事件の明確な解決はあり得ませんでしたでしょう」と彼女は、冷たい声で司教に告げた。

「いかにも、そうであろうな」と、ゲラシウスは同意した。「しかし、たとえエイダルフ修道士が修道女殿の人格について、そのようにはっきりと保証してくれようと、我々は確かめておかねばならぬのだ……」

　ふたたびフィデルマは、眉をしかめた。

「何を、でございましょう？　このご質問は、どこへ向かおうとしているのでしょうか？」

「シスター・フィデルマ、昨日会った折に、自分は母国では法廷に立つ弁護士だと言っておられたな。エイダルフ修道士も、その通りだと言っておった。どうやら、難問を解き明かす稀なる才能を持っておられるようじゃ」

　フィデルマは、ゲラシウスの勿体《もったい》ぶった迂遠《うえん》な話の進め方に、苛立ちを覚えていた。どうして、もっと直截《ちょくせつ》的に核心に触れないのだろう？

　司教は、まだ慎重に話を続けていた。「大事なのは、ラテラーノ宮殿が今切実に必要としている才能を修道女殿が持っておられる、ということだ。つまり我々は、修道女殿に、ウィガード殿の死の真相を、エイダルフ修道士と共に調査してもらいたいのだ。かつウィガード殿が持参された献上品を盗み去ったのは何者かも、発見して欲しいと望んでいるのだ」

　フィデルマが司教の言葉を吸収するまでの間、短い沈黙が続いた。だがすぐに彼女は、あることを思いついた。

「ラテラーノ宮殿には、このような調査をなさる法律の専門家がおいでのはずだと思いますが？」彼女は、暗に、司令官のことに言及しているかのように、司令官のほうをちらりと見やりつつ、ゲラシウスに問いかけた。

「ああ、おりますわい。ローマは今なお、世界の法と政治の本源《ほんげん》ですぞ」と答える司令官の声には、誇りと無念さの両方が覗いていた。フィデルマは、危うく、ローマの法律が彼女の国まで及んだことは一度もありませぬと、指摘しそうになった。アイルランドの古代法は、すでに西暦前八世紀の大王《ハイ・キング》オラヴ・フォーラ(1)の御代に集大成されている法制度なのである。だがフィデルマも、どこで口を噤《つぐ》むべきかは、心得ていた。

「このローマの司法は」とゲラシウスが、司令官より穏やかな口調で、その先を引き継いだ。「現行の法を遵守するローマ市民監察局長《プラエトール・ウルハヌス》とその配下の者たちによって、施行されておる。だが、外国人が絡んでくるので、今回の事件は在住外国人監察局《プラエトール・ペレグリヌス》の管轄となる。これは、事件に関わってくる者たちが外国人である場合の法律問題一切を扱う機関でな」

「では、どうしてアイルランドの法律に関する知識しか持たぬ私や、サクソンの世襲の行政官《ゲレファ》の家に生まれたというだけのエイダルフ修道士殿の助勢を、お求めになるのでしょう?」

ゲラシウスは口許をすぼめるようにして、慎重な言葉を選びながら、それに答えた。

「このローマにおいて、我々は、アイルランド人、ブリトン人、サクソン人たちのカトリックと、我々のローマ・カトリックとの間に存在する亀裂に敏感になっており、この問題に関して、我々はいかなる役割を果たすべきかを、意識しているのだ。シスター・フィデルマ、これは政治的な問題でな。三十年前に、アイルランドのクミアン司教は、アイルランドとブリテンの教会をローマと一体化しようと試みられたが、それ以来、我々もそのような融和を推し進めたいと、努力してきた。儂は、この歳であるから、ホノリウス司教(2)とその後継者ヨハヌス司教のお二人が、それぞれ、アイルランドの修道院長や司教たち全員に書簡を送られ、我々の間に広がりつつある亀裂をこれ以上深めないで欲しいと願われたことを、はっきり記憶しておる……」

「私も、ローマ・カトリック教会の宗規に従う者と、それ以前の教会会議で決定されたカトリックの宗規を固く守り続けている我々アイルランド人との間に軋轢《あつれき》が生じていることは、十分承知しております、ゲラシウス司教様」と、フィデルマは口をはさんだ。「でも、このお話は、どこへ向かおうとしているのでしょうか？」

ゲラシウスは、唇を噛んだ。自分の話の流れをさえぎられたことが、面白くないようだ。

「どこへ？」彼は返事が聞けると予期していたかのように、いったん言葉を切った。「今言ったように、教皇猊下《げいか》はこうした軋轢に心を痛めておいでになり、これらの教会の信徒たちがふたたび一つに結びつくことを望んでおられる。カンタベリー大司教に叙任されようとしている人物の殺害というこの度の事件は、サクソン諸王国をアイルランド・カトリック教会から引き離してローマ・カトリックへ向かわせようと望むカンタベリーの説得が成功したウィトビア教会会議の直後であり、しかも〈ローマの司教〉の宮殿に滞在中の出来事であった。となるとこの事件は、サクソンとアイルランド双方の王国を荒廃させかねぬ戦乱の口火となるやもしれぬ。さらには、この両派の武力衝突は、必然的にローマをも、その渦中に引き込むことになろう」

フィデルマは、異を唱えるかのように、鼻を鳴らした。

「どうしてでございましょう、わかりかねますが」

フィデルマに答えたのは、しばらく無言であったマリヌス司令官だった。

「先ほど、ローナン・ラガラッハという僧を知らないかと、訊ねましたろう?」

「忘れてはおりません」

「ウィガード殿を殺害したのが、その男でしてな」

フィデルマの眉が、わずかに上がった。

だが、「では」と続けた彼女の声は、静かなままだった。「そこまでわかっておいでなのでしたら、どうして私とエイダルフ修道士殿に調査をお求めなのでしょう? すでに、犯人を押さえておいでのようですが?」

ゲラシウスが、どうしようもないのだとばかりに両手を広げてみせた。どうやら彼は、現状に満足していないらしい。

「政治上の配慮なのだ」と彼は、熱心にそれに答えた。「戦乱を避けるためなのだ。〝キルデアのフィデルマ〟、我々が修道女殿に助力を求めている理由も、そこにある。ウィガード殿は、ローマ派の人間だった。その彼が、こともあろうにローマの教皇猊下の宮殿で殺害されてしまった。アイルランドの布教者たちを退けてローマの宗規を受け入れ、カンタベリーを自分たちの宗教上の中枢と見做すことにしたサクソン諸王国の間から、当然、不信の声があがるであろう。するとローマは、そうした疑惑の声に応えて、アイルランド人の僧侶がウィガード殿を殺害したと主張することになる。サクソン人は、アイルランドに立腹する。だがアイルランド人も、自分たちの敗退のすぐ後に、まるでその後を追うかのように出てきた、あまりにも都合よい事件ではないか、おそらくこれは、自分たちアイルランドをさらに貶《おとし》めるための策動だ、と言いだすのではあるまいか？　そしてサクソンは、その報復として、サクソン諸王国に今なお留まっているアイルランド人聖職者たち全員を国外追放とすることだろう。まあ、一番よくて、全員の国外追放、だが最悪の場合には……」彼は、言葉を切った。「おそらくまっしぐらに戦闘に突入ということになるやもしれぬ。どういう事態が待ち受けているか、さまざまな可能性が考えられようが、いずれにせよ、喜ばしいものではない」

　修道女フィデルマは、憂色濃いゲラシウス司教の顔を、注意深く見つめた。前に会った時、フィデルマは彼を、ある程度年齢を重ねた人物、老人とは言えないまでも、世の中のさまざまな変化を時代が嘆かわしい方向へ向かいつつある兆《きざ》しと見ようとしがちな年齢の人物だと、頭で受けとめていた。しかし今、彼女はゲラシウスの活力に気づいた。精気や豊かな情感は若者の特性だと思っていたが、彼にはそれがあった。ゲラシウス司教は、人から敬われる年齢に連想される温厚、忍耐、謙虚といった性質には無縁の、断乎たる決意の人でもあるのだ。

「その仮定は、論理的に考えてみると、ということです。可能性にすぎません」とフィデルマは、彼の意見を断じた。

「ローマは、可能性といえど、そうした事態は防がねばならぬと、心を砕いておるのだ。我々は、カトリック教会内部に殺戮《さつりく》と破壊をもたらした教派間の戦乱を、あまりにもしばしば、経験してきた。だが、今の我々は、キリスト教圏内の同盟を必要としておる。とりわけムハンマド教徒どもが、地中海沿岸の全域を急襲しては我々の貿易を妨害し、海港での略奪を恣《ほしいまま》にしておる今、それが必要なのだ」

「そこまでは、お考えを理解できます、ゲラシウス司教様」とフィデルマは、彼女の返事を期待するかのように視線を自分に向けている司教に向かって、そう答えた。

「結構。だが、さまざまな形で敵意が噴出してくるのは、必定じゃ。となると、それを鎮静させるのに、その方《ほう》とエイダルフ修道士が二人してこの事件の調査を行うという以上に適切な手立ては、ほかにあるまい、シスター・フィデルマ？　何しろ、修道女殿はアイルランドの法律家、エイダルフ修道士は自国の法律に詳しいサクソン人。しかも、ウィトビアにおける事件を共に解決したとして、高い評価を博した二人なのだからな。もし二人が同一人物を犯人と指摘するのであれば、二人のどちらかを、偏った結論を出したと言って責めることは、誰にもできまい。ところが、我々ローマ人がある者を有罪だ、あるいは無実だと断定しようものなら、我ローマ派は自分たちに異を唱えている者を犯人だと指弾してローマに有利な結論を出したと、たちまちサクソンとアイルランドの双方から、非難を浴びせかけられよう」

フィデルマは、ゲラシウスの思慮がいかに細心緻密であるかに、気づかされた。今フィデルマが前にしているのは、宗教人であるだけでなく、鋭利な知性をそなえた政治家なのだ。

「そのローナン・ラガラッハなる人物は、ウィガード殿を殺害したと認めているのでしょうか?」

「いや」ゲラシウスの答えは、素っ気なかった。「しかし、彼を有罪とする証拠は、きわめて明白だ」

「では、持ち上がるかもしれない紛糾を避けるために、この事件は〝カンタベリーのエイダルフ〟と〝ギルデアのフィデルマ〟によって解決をみた、と公表なさりたいわけですね！」

「完全に理解してもらえたようじゃな」

フィデルマは、エイダルフを見やった。修道士はかすかに眉をしかめながら、フィデルマの目を見返した。

「この件の扱いについて、賛成されますか、エイダルフ修道士殿?」とフィデルマは問いかけた。

「私は、エイターン院長の殺害という事件をあなたがどのように解決されたかを、見てきました。この度のウィガード殿殺害という事件の解明に関しても、できる限りの手助けをさせていただきます。我々二人の祖国、アイルランドとサクソンにおいて、多くの人々が流血の惨禍《さんか》に遭うのを防ぐためになるのですから」

「修道女殿は、この任務を引き受けるおつもりかな、〝ギルデアのフィデルマ〟?」と、ゲラシウスは彼女の返答を促した。

フィデルマは振り向いて、鷹を思わせる彼の肉の薄い面《おもて》を見つめたが、ふたたびその暗褐色の瞳に憂色が濃く浮かんでいることに気づいた。彼女は口をすぼめるようにして、考えこんだ。彼がこのように憂慮しているのは、単にキリスト教世界の北西の果てで起こるかもしれない軋轢についてだけなのではないのだ。とにかく今は、心を決めるしかない。彼女は頷いた。

「わかりました。でも、条件がございます」

「条件？」マリヌスはこの言葉を聞き咎め、顔をしかめた。

「どのような？」とゲラシウスは、フィデルマを促した。

「ごく簡単なものです。一つは、エイダルフ修道士殿はこの調査において私と対等の共同作業者であり、私どもの判定は二人の意見の一致をもって出したものである、とお認め下さることです。第二の条件は、調査を行うにあたって、私どもに無条件なる権威をお与え頂きたい、ということです。問い質したいと我々が考える人物には、それが誰であろうと質問することができ、どこへであろうと行くことができる、という権限です。たとえローマ教皇その方《かた》が相手であろうと。私ども二人には、いかなる制約もお加え下さいますな」

ゲラシウスの肉の薄い面に浮かんでいた緊張がほぐれて、微笑へと変わった。

「気がついてはおらぬのかな、ヴァティカン市の一部、すなわち教皇庁に隣接する地区には、外国生まれの者は、聖職者といえども立ち入れぬ箇所があるのだと？」

「だからこそ、この条件をお出ししたのです、ゲラシウス司教殿」とフィデルマは答えた。

「もし私どもがこの調査をお引き受けするとなりますと、さまざまな場所を訪れる必要が出てまいりましょう。したがって、そういうことができる権威を、私どもにお授け下さいませ」

「無論、その必要はありますまい。我々は、すでに犯人を捕らえておるのですぞ。修道女殿が果たされるべき任務は、その男が有罪であると確認して下さることだけなのだ」と、マリヌスがさえぎった。

だが、フィデルマは彼に指摘した。「司令官殿が捕らえておいでの人物は、無実を訴えておりますのでは？　いかなる男、あるいは女も、疑問の余地なく有罪が立証されるまでは無実であると、エール（アイルランドの古名の一つ）の〈フェナハス法〉、すなわち〈ブレホン法〉は、定めております。私もまた、ローナン・ラガラッハの有罪を自分で証明するまでは、この観点から調査を進めるつもりでおります。もし司令官殿が、私に、単にこの男の有罪を公表することだけをお求めになるのでしたら、私にはこの事件をお引き受けすることはできません」

ゲラシウスはためらい、不本意そうな視線を、ちらっとマリヌスと交わし合った。宮殿衛兵隊司令官は、渋い顔で頷いた。

「必要な権限を与えるとしよう、フィデルマ」やや間《ま》を置いた後で、ゲラシウスは同意した。「エイダルフ修道士と二人で、適切だと考えるやり方をもって調査を行うがいい。このことを、在住外国人監察局長に伝えるよう、手配しておく。だが、心に留めておいてもらわねばならぬ事がある。その方たちが行《おこな》ってよいのは、ただ聴き取り調査のみだ。法をその手で施行することはできぬぞ。法の執行に関しては、その方たち自身も、直接的には在住外国人監察局の司法権の下で執り行われているこの街の司法制度に従わねばならぬのだからな。では、調査権限付与の書類は、マリヌスが調え、監察局長が署名するよう、計らっておく」

「結構でございます」とフィデルマは、この指示を受け入れた。

「いつから、始めるつもりじゃ？」

フィデルマは、さっと立ち上がった。「即刻という時間以上に適切な潮時はございません」

ほかの人々も、やや引きずられる感じで、立ち上がった。

「どのように進めるおつもりか？」マリヌスが、いささか荒っぽい口調で問いかけた。「おそらく、このローナン・ラガラッハという僧に会われたいのでしょうな？」

「私は、一歩一歩、進めてゆきたいと思っております」と答えて、フィデルマはエイダルフに視線を走らせた。「先ず初めに、来客棟《ドムス・ホスピターレ》へ行き、ウィガード司教殿の部屋を見てみることにしましょう。ご遺体は、医師によって検分されておりましょうね？」

それに答えたのは、ゲラシウスであった。

「教皇ご自身の侍医、〝アレクサンドリアのコルネリウス〟によって行われた」

「では、お会いするのは、〝アレクサンドリアのコルネリウス〟殿からといたします」

フィデルマは扉のほうへさっと歩み寄ったが、そこで思い出し、ゲラシウスを振り返った。

「下がってよろしゅうございますか、司教閣下？」

この声には、揶揄《やゆ》が潜んでいたのだろうか？　ゲラシウスははっきり見極められないままに、曖昧に片手を振って、出て行ってもよろしいとの意を伝えた。エイダルフがまごついている司教に向きなおって、彼の手の上に低頭し、その司教指輪に軽く口付けをしている間に、フィデルマはすでに扉から出て、その前で待ち受けていた。

「さあ、行きましょう、エイダルフ。やるべきことが山ほどありますよ」と彼女は、彼をそっと急がせた。

「儂が、ウィガード殿の部屋に案内しよう」と、二人と共に扉へ向かいながら、マリヌスが、そう申し出てくれた。

「その必要は、ございません。エイダルフ修道士殿が、私を伴ってくれましょうから。それより、調査権限付与の命令書を、できる限り速やかに調えて下さり、それが正午のアンジェラスの鐘が鳴る前に、私どもに届きますよう、お計らいいただければ、ありがたいのですが」

フィデルマが扉を開けてみると、彼女を宿からここまで連行してきた若い衛兵士官が、そこに立っていた。命令を待って、ずっと扉の外に立っていたようである。

「それから」とフィデルマは、マリヌスに向かって言葉を続けた。「もし配下の宮殿衛兵隊のお一人に手伝ってもらえますと、助かります。私どもの権威の象徴にもなってもらえますでしょうから。一目でそうとわかる人に手伝ってもらうほうが、好都合です。この若い人など、よさそうですわ」

マリヌスは、異議を唱えるべきかと迷って、口許をすぼめたが、すぐに、ゆっくりと頷いた。

「小隊長《テッセラリウス》！」

若い小隊長は、さっと直立不動の姿勢をとった。

「何なりと、ご用命を、司令官殿！」

「これより先、儂が直接任務の解除を告げるまで、フィデルマ修道女殿、あるいはエイダルフ修道士殿の指示に従うように。お二人は、儂とゲラシウス司教殿と在住外国人監察局長殿の権威の下に、仕事をなさるのじゃ」

仰天した若い士官の顔は、見ものだった。

「司令官殿？」彼は、自分が正しく指示を聞き取ったのか信じかねて、口ごもりながら、上官に問いかけた。

「はっきりと命じたはずだぞ」

小隊長は真っ赤になり、大きく息を呑んだ。

「ご下命通りに、司令官殿！」

「よろしい。権限付与の文書は、後ほどお届けしましょう、シスター・フィデルマ」とマリヌスは、フィデルマに確約した。「もし儂の力添えが必要となったら、遠慮なくお訪ね下され」

フィデルマは、エイダルフを後ろに従えて、さっと執務室の前から立ち去った。すっかり驚きながら、若い衛兵士官は、その後を追った。

「ご命令は、何でありますか、修道女殿？」中庭までやって来た時、若者は、そう訊ねた。すでに空は明け方の淡い灰色となって、明るみをましていた。鳥たちが歌い始めたにぎやかな合唱と、中央の噴水の勢いよく流れおちる水音とが、混然と響き合っていた。

フィデルマはふと歩みを止めると、寝ていた自分をかなり手荒くここまで連れてきた若者に、じっくりと視線を向けた。朝の光の中で見ても、やはり彼は、かすかに傲慢《ごうまん》さを覗かせている。それに、その華麗な服装が、無論これはラテラーノ宮殿衛兵の公式の制服ではあるものの、彼を頭の先から足の爪先まで、生粋《きっすい》の古代ローマ貴族に見せている。フィデルマは、にっこりと微笑んだ。

「名前は何と言います、小隊長殿？」

「フーリウス・リキニウスであります」

「定めし、古代ローマの貴族の出なのでしょうね？」

「もちろん……そのう、はい」若者はフィデルマのからかいに気づかず、顔をしかめた。

フィデルマは、そっと溜め息をもらした。

「それは、好都合です。この街やラテラーノ宮殿の慣習について、詳しく助言してくれる人が必要ですのでね。私たちは、大司教指名者であったウィガード殿の死について調査をするという任務を、委ねられました」

「しかし、あれは、アイルランド人修道士がやったことです」と若者は、戸惑いを見せた。

「それを確認するのは、私たちです」とフィデルマは、厳しい口調で若者に告げた。「でも、この死亡事件について、何か知っているようですね？」

彼は、やや長いこと、好奇心をもって彼女を見つめていたが、やがて肩をすくめて、それに答えた。

「ほとんどの衛兵は、そう思っとりますよ、修道女殿！　でも、自分は、あのアイルランド人修道士は有罪だと、はっきり知っています」

「ずいぶん、確信があるようですね、フーリウス・リキニウス？　どうしてです？」

「衛兵詰所で任務についていた時、同僚で十人隊長《デクリオン》のマルクス・ナルセスが、アイルランド人ローナン・ラガラッハを連れて入ってきたんです。大司教指名者のウィガード殿の遺体が発見されたすぐ後のことでした。そのローナンなる僧は、ウィガード殿の部屋の辺りにいたために逮捕されたんです」

「それは、状況証拠と呼ばれるものですね」とフィデルマは、若者に答えた。「でも、今、はっきり知っている、と言っていましたね。どういうことです？」

「二日前に、自分は中庭の警備についていました。ウィガード殿の部屋のある区域です。真夜中頃、そこをこっそりと歩いている男がいましたので、自分は追っかけました。それが、このアイルランド人だったんです。でも彼は、自分は誰にも追いかけられてはいなかった、その人物とは別人だと否定しました。しかし、彼は嘘をついていたんです。偽名を名乗ったんです、

〝アイン・ディナ修道士〟とかいう名を……」

「イーン・ディニャ修道士と言ったのですね？」とフィデルマは、それとなく彼の発音を正しながら、問い返した。それに対して、衛兵士官は、その通りと頷いた。フィデルマは頬に浮かぼうとする微笑を隠そうと、少し顔を彼からそむけた。エイダルフもアイルランド語が流暢なので、若い士官にわからないように、この冗談を面白がっていた。

だがフィデルマは気持ちを元に戻して、真面目な顔になり、リキニウスに答えた。「わかりました。でも、その修道士は、あなたに、自分は〝ごくありふれた、名乗るほどもない〟修道士と答えたのですよ。私の国の言葉で、そういう意味なのです。それから、どうなりました？」

「修道士は、ここの部屋の一つから、今出てきたところなのだと言いました。でも、あとになって、これもやはり嘘だと判明しました」

「名前と同様に？」とエイダルフが、何食わぬ顔で、チクリと問い返した。

「自分がこの嘘に気づいた時には、修道士はもう逃げ去っていました。そのアイルランド人修道士は有罪だと自分が確信しているのは、こういうことがあったからです」

「でも、何に関して、有罪なのです？」とフィデルマは、彼に注意した。「その修道士が殺人について有罪であるかどうかは、これから調べることです。この点については、あとでローナン・ラガラッハというその修道士に会って、質してみます。さあ、フーリウス・リキニウス、先ずはウィガード殿のご遺体をお調べになった医師殿のところへ、案内して下さい」

第五章

教皇にして〈ローマの司教〉ウィタリアヌスの専属侍医、〃アレクサンドリアのコルネリウス〃は、背が低く浅黒い肌をした男だった。アレクサンドリア出身の黒髪のギリシャ人で、ずんぐりとした太い鼻が顔の中で目立つ。反対に、唇はごく薄い。髭は丁寧に剃ってはあるが、それでも青黒い剃り跡が、一日に三回はきつく剃り上げないと髭が目立つのではないかという印象を、人に与えよう。黒い瞳は、全てを見通しそうだ。フーリウス・リキニウスがフィデルマとエイダルフを案内して部屋に入ってくるのを見て、彼は何やら迷いの見える態度で、立ち上がった。

「どういうことかな、小隊長《テッセラリウス》?」邪魔をされた苛立たしさがにじむ声であった。

「医師のコルネリウス殿ですね?」いともやすやすとギリシャ語に切り替えて、そう質問を放ったのは、フィデルマであった。しかしすぐに、エイダルフがあまりギリシャ語を得意としてはいなかったことに気づいて、彼女はその問いを口語のラテン語で言いなおした。

アレクサンドリア人は、彼女を考えこむような目で、じっと見つめた。

「いかにも、儂は教皇猊下《げいか》専属の侍医だ」と彼は、はっきりと認めた。「で、その方《ほう》は?」

「私は〝ギルデアのフィデルマ〟、こちらは〝カンタベリーのエイダルフ〟です。私どもは、ゲラシウス司教殿のご命令で、ウィガード殿の死について調べております」

医師は、見くびったように鼻を鳴らした。

「調べることなど、何もあるまい、修道女殿。ウィガード殿の死に関しては、何ら不審な点はありませんぞ」

「では、お教え下さい、どのような死に方だったのでしょう？」

「首を絞められとった」返事は即座に返ってきた。

フィデルマは、ウィトビアで、まだデウスデーディトゥス大司教の秘書官《スクリーバ》であった頃のウィガードに、会っていた。彼女は、その時の記憶をまさぐった。

「私が覚えておりますところでは、ウィガード殿は大柄な方でした。よほど力の強い者でない限り、扼殺《やくさつ》は難しいのでは？」

コルネリウスは、鼻を鳴らした。彼には、意見表示や息継ぎの代わりに鼻をふんと鳴らすという、耳障りな癖があるらしい。

「驚かれるかもしれぬがな、修道女殿、強靭な男の首を絞めるにも、ほんのわずかな力で十分ですぞ。単に頸動脈か咽喉部動脈を押さえるだけで、頭部への血流は遮断され、即座に失神してしまう。おそらく、長くても三秒ほどだな」

「自分の首にそのような圧迫が加えられるのを当人が許したなら、ということですね」フィデルマは、慎重にそれに答えた。「ご遺体は、今どちらでしょう？　まだお部屋にあるのでしょうか？」

　コルネリウスは、首を横に振った。

「安置所へ、移させておいた」

「残念でした」

　暗に非難されたコルネリウスは、不快の色を見せて、口をぐっと引き結んだ。

「ウィガード殿の死に関してなら、儂に話してやれぬことは一つもないぞ」と、医師の声は冷たかった。

「そうでしょうね」とフィデルマは、物柔らかに答えた。「ご遺体を、私どもにお見せいただけないでしょうか？　そうすれば、どのようにしていろんな発見をなさったかを、私どもに説明して下さることがおできになりましょうから」

　コルネリウスは躊躇《ためら》いを見せたが、すぐに肩をすくめて、わざとらしい会釈をしてみせた。

「こちらへ、どうぞ」彼は、くるっと向きなおると、先に立って部屋を出て、小さな扉のほうへ進んだ。扉の先は、狭い石のらせん階段になっていた。医師の後について、彼らも下の薄暗い通路へと下りてゆき、さらに進んで、大きな冷え冷えとした部屋へ到着した。床は大理石で、テーブル状の、これまた大理石の石板が、いくつか並んでいる。これらの台の用途が何であるかは、上に置かれている布にくるまれた物体が、歴然と物語っていた。染みがにじみ出ている

亡骸《なきがら》である。亜麻布《リネン》に包まれて、それぞれの台に一つずつ置かれているのは、言うまでもなく、

衛兵リキニウスは、分《ぶん》を心得て、コルネリウスはその一つに近寄り、無造作に布を脇へはねのけた。

フィデルマとエイダルフは歩み寄り、台上を見下ろした。

半白の髪をした、すっと後ろのほうへ引き下がった。生前、〝カンタベリーのウィガード〟は、大柄な肥満漢で、いつも陽気な顔をしていた。だがフィデルマは、ウィトビアで会った時に受けた彼の印象を、思い出した。あの時、その天使のような顔の下には冷たい計算高さと剣のように鋭い野心が隠されていると、彼女は感じたのではなかったか？　丸々とした顔にきらめく目は、狡猾《こうかつ》な狐の目ではなかったか？　表情を動かす筋肉が緩んでしまった蒼白い蠟《ろう》のような今の顔は、生前の彼をよく知っていた人間にさえ、それとは見分けられないほどに変容していた。

フィデルマは、遺体の首のまわりに、かすかな傷の名残を認めて、目を凝《こ》らした。

彼女が調べているのに気づいて、コルネリウスが薄笑いを浮かべて寄ってきた。

「おわかりになったろう、修道女殿。絞め殺されたのだよ」

「でも、手で絞められたものではありませんね」

コルネリウスは眉を吊り上げて、じっとフィデルマを見つめた。明らかに、彼女の細部も見逃さぬ注意力に驚いたらしい。

「いかにも。ウィガード殿は、自分の〈祈禱用の細帯《プレイヤー・コード》〉で絞め殺されておられる」

聖職者たちは、結び目を作った紐を法衣の上に締めていた。これは、帯《ベルト》でもあり、祈りを捧げる時の心覚えでもあった。それぞれの結び目が、日々の祈りで何を何回唱えるかの数を表しているのである。

「お顔は、まるで眠っておられるかのように、穏やかな表情をしておいでです」と、フィデルマは告げた。「暴力的な最期を迎えられた気配は、全くありませんね」

アレクサンドリアの医師は、肩をすくめた。

「おそらく、それと気づかぬうちに亡くなられたのであろうな。今言ったように、頸動脈が圧迫されるや、無意識状態となるのに、そう長くはかからぬ……ここ、それから、ここだ」と彼は、首の二箇所を指し示した。「いいかね……」彼は、優秀な学生に知識を授けようとする教師のように、我知らず自分の専門を熱っぽく語り始めていた。「この二つが同じ動脈であることを確認し、それまで広く考えられていたように空気を運ぶのではなく、血液を運んでいるのだと証明してみせたのは、偉大なる医師、〝ペルガモンのガレノス(1)〟だった。彼は、これらの頸動脈を圧迫すると昏睡《こんすい》に陥ることを明らかにして、この動脈をカロティッドと名付けた。昏睡を意味するギリシャ語から取った命名だ」

エイダルフ修道士は、面白がっているような視線をちらっとフィデルマへ向けてから、口をはさんだ。

「聞いたことがあるのですが、キリスト生誕の三百年前、お故国《くに》のアレクサンドリアに素晴らしい医学校を創設なさったヘロフィルス[2]は、血管の中を流れているのは、空気ではなく血液である、と論じられたそうですね。ガレノスよりも、四百年も前のことではありませんか？」

　コルネリウスは、驚きの色を見せて、サクソンの修道士を見つめた。

「サクソン人よ、医学者に関する伝承を、いささか知っておるようだな？」

　エイダルフは、無邪気そうに、澄ました顔を作ってみせた。

「私は、アイルランドの輝かしい医学校、トゥアム・ブラッカーンで、数年、学んだことがありますもので」

「ああ、そうか」とコルネリウスは、この説明に満足して頷いた。「では、いくらか医学の心得があるのだな？　確かに、偉大なるヘロフィルスはその理論に到達していた。しかし、それを明確に実証し、それに頸動脈という名をつけたのはガレノスだ。そのほかに鎖骨、これは俗に襟元の骨《カラーボーン》と呼ばれておる骨のことだが、そのまわりにも、この名称がついた血管が、何本か走っている。これらの中で、頭から血液を運んでくるのが静脈、逆に頭へ血液を送りこむのが動脈だ。ウィガード司教の場合、これらが全て圧迫されていた。おそらく、死は数秒のうちに訪れたであろうな」

　彼が話している間、フィデルマは遺体の四肢や手を調べていた。とりわけ、指と爪に注意を向けていた。やがて彼女は、身を起こした。

「コルネリウス殿、何か争った痕は、ありましたでしょうか？」

医師は、首を横に振った。

「遺体は、どのような姿勢で横たわっていました？」

「そうだな、寝台に、俯《うつぶ》せに、だった。いや、詳しく言うと、胴体は寝台の上に、足は床の上に、という形だった。ちょうど、寝台の傍らで祈っている、といった姿勢だ」

フィデルマは、考えこみながら、静かに吐息をついた。

「では、ウィガード殿の寝室へ参りましょう。ご遺体の正確な位置を知ることは、私にとって、きわめて重要ですので」

フーリウス・リキニウスが、咳払いをはさんだ。

「十人隊長《デクリオン》のマルクス・ナルセスにも、我々のところへ来るよう、伝えましょうか？　遺体を発見しただけでなく、殺人者を逮捕したのも、この男でしたから」

怒りの色が、フィデルマの面《おもて》にちらっと走った。

「ローナン修道士を逮捕したのは、その衛兵だった、というのですね？」とフィデルマは、穏やかにリキニウスの言葉を訂正した。「ええ、私どもは、これからウィガード殿の寝室に行きますから、ぜひマルクス・ナルセスを、そこに連れてきて欲しいですね。さあ、すぐ彼を探しに行って下さい。私どもは、コルネリウス殿が案内して下さるでしょうから」

医師は、自分が彼女の言うままに行動するだろうと決め込んでいるフィデルマの顔をむっとした顔で見つめたものの、異は唱えなかった。

「では、こちらへ」

三人は遺体安置所を後に、小さな中庭を横切り、いくつもの迷路のような通路を辿って、中央の堂々とした噴水がひときわ見事な美しい中庭へとやって来た。コルネリウスはフィデルマとエイダルフを連れて中庭を通り抜けると、三階建ての建物に入り、大理石の階段を昇り始めた。ここは明らかに〈ローマの司教〉の賓客に提供されるラテラーノ宮殿の来客棟《ドムス・ホスピターレ》であるようだ。三階の中廊下で、コルネリウスは足を止めた。宮殿衛兵《クストーデス》が一人、扉の前に立っていたが、コルネリウスの権威に敬意を払って、彼が彫刻のほどこされた背の高い扉を押し開き中へ入っていくに任せた。

そこは、心地よく設《しつら》えられた応接の間で、その奥が、亡き大司教指名者《デジグネイト》の寝室であった。堂堂とした続き部屋で、丈の高い窓はいずれも陽の光まばゆい長方形の中庭に面している。

コルネリウスは、二人を寝室へと導いた。

フィデルマは、この部屋が、ラテラーノ宮殿のほかの部屋に劣らず贅を凝らしたものであることを見て取った。壁は高価な壁掛け《タペストリー》で飾られ、タイル敷きの床には、敷物がいくつも延べられている。彼女がこれまでなじんできた狭い、ありきたりの修道院個室とは、雲泥の差だ。ゆったりとした木製の寝台には、宗教的意味合いを持った無数の意匠が、入念な技巧で、一面に彫りこまれている。寝台掛け《ベッド・カヴァー》が少し乱れているほか、寝台には人が寝た形跡もなければ、寝ようとして寝具が捲《めく》られた様子も見られない。寝台の足のほう半分には、誰かが横たわったかのような乱れがわずかに見られる。だが、掛け布はきちんと寝台を覆っていた。

コルネリウスは、寝台の端を指さした。

「ウィガード殿は、寝台に横になると足がくる辺りに、寝台を横切る形で俯せに横たわっておられた」

「ウィガード殿の姿勢を、私どもに正確に見せてはいただけません？」とフィデルマは、彼に依頼した。

コルネリウスが顔に浮かべたのは、嬉しげな表情とはとても言い難いものであったが、それでも彼は、近寄って、寝台を横切る恰好で、俯せになってくれた。腰から上の上体を寝台に伏せ、跪《ひざまず》く形で両脚を寝台の側面に沿わせて、膝から下を床につけている。

フィデルマは、しばらくその場に立ったまま、考えこんだ。

エイダルフのほうも、医師がとっている姿勢をじっと見守った。

「ウィガード殿は、入ってきた殺人者にご自分の祈りの紐で絞殺されたようですが、この恰好からすると、その時、跪いて祈っておられたのかもしれませんね？」

「その可能性は、あるでしょうね」とフィデルマは、じっと考えこみつつ、エイダルフに答えた。「もし祈っていらしたのであれば、祈りの紐は手に握っていらしたはずですね。そうでなければ、紐は腰に締めていらしたはずです。いずれにせよ、殺人者は、先ずウィガード殿に素早く一撃を加えたのではないかしら？　警戒する暇《いとま》も与えずに。だから、殺人者は、紐を奪おうとしてウィガード殿に警戒させたりはせずに、それを手にすることができたのでしょう」

エイダルフは、しぶしぶフィデルマの説に同意した。

「もう、起きてもよろしいかな？」と、快適とは言えない姿勢をまだ強いられていたコルネリウスが、不機嫌な声で二人に問いかけた。

「もちろんですとも」とフィデルマは、宥《なだ》めるような口調で、彼に答えた。「本当に助かりましたわ。これ以上、ご厄介をおかけすることは、ないと思います」

コルネリウスは大きく音をたてて息を吸い込みながら、起き上がった。

「それで、ご遺体は、どうされる？　教皇猊下は、今日の昼ごろ、バシリカ様式の大聖堂で、鎮魂ミサを執り行われるおつもりだ。その後、亡骸はメトロニア門から運び出されて、アウレリアヌス城壁の外の、キリスト教徒墓地に埋葬されねばならぬ」(3)

「そのように慌ただしく埋葬を？」

「こちらの習慣でな」

エイダルフが、言葉を添えた。「この地の暑さの中では、公衆衛生上、できるだけ速やかに埋葬するほうがいいのです」

フィデルマは、その説明には半ば上の空だった。今や彼女は、乱れた寝台掛けのほうに気を取られていた。ややあって、彼女は視線を上げると、コルネリウスに素早く微笑みかけた。

「もう、ご遺体は、十分拝見しました。どうぞ、教皇様のお望み通りになさって下さい」

コルネリウスは、まるで今は出て行くのが残念になったかのように、扉の前でややためらった。

「ほかには、何か……?」

「いえ、何も」とフィデルマは、きっぱりとそれに答えると、ふたたび寝台へ向きなおった。

アレクサンドリアの医師は、また鼻を鳴らすと、振り返って部屋を出て行った。

エイダルフは、興味をかき立てられて、寝台を調べているフィデルマを見守った。

「何か、見つけたのですか、フィデルマ?」

フィデルマは首を横に振った。

「でも、ここには、何かがあります。それが何かは、まだわからないのですけど、何かが……」

彼女は言葉を切って、頭を振った。「私の恩師、〝ダラのモラン〟は、よくおっしゃっておいででした。できる限りの情報を集めるまでは、判定してはならぬと」

「叡智の人ですね」とエイダルフは、敬意を表した。

「だからこそ、アイルランドの全ブレホンの長《おさ》になっておいでなのです」とフィデルマも、それに同意した。先ほど、コルネリウスは、就眠者の下半身が横たわるはずの部分に伏せて遺体の姿勢を再現してくれたが、フィデルマはその箇所を指さしてみせた。「ウィガードは、ここ、寝台脇のこの箇所に立って、あるいは跪いていたのですが、時刻からすると、床《とこ》に入る用意をしていらしたのかもしれません。それとも、横になるために、寝台掛けを捲ろうとしていらしたのかも。あるいは、跪いて祈りを捧げていらしたとも考えられますね」

彼女は考えこみながら、まるで霊感を求めるかのように、その箇所を見つめ続けた。

「いずれにせよ、ウィガードは扉に背を向けていらしたと推測すべきでしょうね。殺人者は、ウィガードが振り向いたり危険を察知したりなさらないほど密《ひそ》やかに、部屋に入ってきた。そして、〈祈禱用の細帯〉を取り上げ、それを用いて、手向かう暇も与えずに素早く被害者を絞殺することができた、と考えるべきなのでしょうね。ウィガードは、そういうことに気づく間《ま》もなく、お亡くなりになったのだと思います」

「それは、これまでに入手できた情報によれば、ということですよ」とエイダルフは、眉をひそめた。「我々、そのローナン修道士なる人物に会い、この件に彼がどういう光を投じてくれるかを、見てみるべきではありませんか？」

「ローナン修道士は、もう少し先にしましょう」とフィデルマは、部屋を熱心な視線で見まわしながら、それに答えた。「ゲラシウス司教は、ウィガードが教皇様へと持参してきた献上品が盗まれたと言っておられました。エイダルフ、あなたは〝カンタベリーのウィガード〟の秘書官として、この贈呈品がどこにしまわれていたか、ご存じだったのでしょうね？」

エイダルフは、隣室を指さした。

「ウィガード殿の居間の長櫃《ながびつ》に納めてありましたよ」

フィデルマは、取っつきの部屋へ戻った。この部屋も調度品や壁掛けで飾られ、ラテラーノ宮殿の豪奢と優雅を反映していた。エイダルフの言葉通り、鉄の帯をめぐらせた大きな木製の長櫃が、壁際に置かれていた。蓋は開いたままなので、中に何も入っていないことは、すぐに見て取れた。

「長櫃には、何が入っていたのでしょう？　ご存じ、エイダルフ？」

エイダルフは、いささか自慢げな笑みを見せた。

「それは、もちろん。ウィガード殿の秘書官としての任務ですからね。ローマに到着するやすぐに、任務に取り掛かるようにと、呼び出されましたから、これについては、よく知っています。サクソン諸王国は、それぞれ、カンタベリーを通して、教皇猊下に献上する品をウィガード殿に託しました。自分たちは全て、ウィトビアの決定に従うとの決意を表明するためです。つまり、自分たちはローマの支配を受け入れる、自分たちサクソン諸王国の宗教上の頂上にあるのはローマ・カトリックのカンタベリー大司教であることを認める、という意思を示す贈り物です。それから、壁掛けもありました。ケント王イアルセンバートの妃で、シェピー島に修道院を建立し奉献された敬虔なるサクスバーグにお仕えする女官たちによって織られたものです」

「そのような壁掛けが？　そのほかには？」

「ノーサンブリア王オズウィーは、書物を贈られました。リンデスファーンの修道士たちによって作られた彩飾本の『ルカ福音書』です。東アングリア王エイダルフからは、宝石で飾られた小筺《こばこ》でした。マーシア王ウルフヘーラは黄金と銀で作られた鐘、西サクソン（ウェセックス）王ケンウァールは自国の職人たちの手になる二個の銀製聖餐杯《チャリス》。それから、もちろん、カンタベリーからの贈り物もありました」

「何だったのです？」

「カンタベリー初代の大司教アウグスティヌス⑷のサンダルと杖です」

「わかりました。そうした品が全て、この長櫃に納められていたのですね？」

「その通りです。ほかにも、金や銀の聖餐杯が五個。これは、教皇の祝福を頂いたうえで、サクソン五王国の大聖堂に、一つずつ配られることになっていました。信者たちから奉献された金貨や銀貨の袋も、あったのです。こうした貴重な品々が、今は何一つ残っていません」

「そのような宝物を」とフィデルマは考えこみながら、ゆっくりと呟《つぶや》いた。「それだけの量の貴重品を運び出すのは、なかなか大変でしょうね」

「持ち去られた品は、国王の身代金にも相当するほどの貴重品ですからね」と、エイダルフは答えた。

「となると」とフィデルマは、さらに考えこんだ。「私ども、ウィガード殺害には、二つの動機を考慮しなければならないようですね。一つは、ローナン修道士が逮捕された時点で、ゲラシウス司教が推測されたものです。つまり、ウィトビアの教会会議《シノド》でカンタベリーが勝利を手にしたことに承服できないコロンバ派の不満分子の憤慨が、ウィガード殺害の動機である、というもの。もう一つの動機は、物盗り。ウィガードは盗難に絡んで殺された、というものです」

「二つの動機は、重なっているのかもしれませんよ」と、エイダルフは意見をはさんだ。「アウグスティヌスの聖遺物《レリック》は、金銭に換えがたい、計り知れぬ価値あるものですからね。もしコロンバ派の不満分子がウィガード殿を殺害したのであれば、アウグスティヌスの聖遺物を失うことも、カンタベリー派にとっては途方もない打撃となるはずですからね！」

「鋭い指摘ですわ、エイダルフ。でも、この聖遺物が計り知れない価値を持つのは、これが何であるかを知っている者のみ、そして聖職に関わりある人たちにのみ、です。そうでない人間にとっては、何の値打ちもないものです」

その時、扉を控えめに叩いて、フーリウス・リキニウスが入ってきた。同僚の衛兵が一人、彼の後に従っている。好感のもてる容貌、というのが、フィデルマの第一印象だった。中背で、広く力強い肩。くっきりとした顔立ち。黒い髪は、手入れが行き届き、緩やかに波打っている。彼が身嗜《みだしな》みによく気を配っていることにも、彼女は気づいた。手はきれいに洗ってあるし、爪も清潔だ。彼女の母国アイルランドでは、手の爪が清潔であることは、社会的地位と美を示す基準とされている。

「衛兵のマルクス・ナルセス、十人隊長です、修道女殿」と、リキニウスが連れの名を告げた。

「私どもの権限や意図については、もう聞いていますか？」とフィデルマは、十人隊長に訊ねた。

マルクス・ナルセスは頷いた。彼の動作はきびきびとしており、その表情も生き生きしているようだ。

「ウィガード殿のご遺体を発見し、その後、ローナン修道士を逮捕したのが、あなただったと聞きましたが？」

「その通りです、修道女殿」と、十人隊長は肯定した。

「では、それがどのように展開したかを、自分の言葉で話して下さい」

マルクス・ナルセスは、フィデルマからエイダルフへと視線を移しながら考えをまとめている様子であったが、すぐにフィデルマへ視線を戻した。

「昨晩のことです、というより、むしろ今日になっていました。自分の小隊の当番は、第一時限で終わります。十人隊長の任務というのは……」

「十人隊というのは、衛兵十人から成る小隊です、修道女殿」とリキニウスが、説明をしたくて、口をはさんだ。「ラテラーノ宮殿の衛兵隊は、そのように構成されているのです」

「ありがとう」とフィデルマは、そのことは十分承知してはいたものの、生真面目に、リキニウスに答えた。「マルクス・ナルセス、続けて下さい」

「自分の十人隊は、来客棟のある区画を警護することになっとりました。この来客棟は、教皇猊下の特別な客人である外国からの賓客がたのために割り当てられているのです」

「自分も、その前の晩、同じ任務に就いとりました」とリキニウスが、ふたたび言葉をはさんだ。「衛兵隊司令官《スペリスタ》は、サクソンの大司教指名者とその随行員がたが快適に過ごされることに、とりわけ気を使っておられましたので」

フィデルマは、考えこむように、若者をじっと見つめた。

「今も、そうでしょうかねえ？」とフィデルマは、低く呟いた。だがすぐに、もどかしげに待っている十人隊長に声をかけた。「先を、どうぞ、マルクス・ナルセス」

「当直警備というのは、退屈な任務です。予期せぬ事態なんて、起こりはしません。でも、ちょうど深夜のアンジェラスの時刻でした、バシリカ様式大聖堂の鐘が聞こえてました。自分が中庭を横切ってる時……」と彼は、丈の高い窓から、下のほうを指し示した。「今見下ろしておられる、その中庭ですが、その時、この建物から何か音が聞こえてきたような気がしたのです」

「どのような音でした？」

「よくわかりません」と十人隊長は、顔をしかめた。「何か、金属が硬い物の上に落ちたような。自分には、どっちから聞こえてきたのかも、よくわからなかったです」

「わかりました。それから？」

「自分は、ここは大司教に叙任されようとしておられる方とその随行員がたの宿舎になってる区画だと、知っとりました。そこで階段を昇って、この部屋の外の中廊下まで来ました。万事異常はないか、点検しようと考えたのです」

若い衛兵は、渇いた咽喉《のど》を潤そうとするかのように言葉を切って、大きく息を吸い込んだ。

「階段の上まで昇ると、自分は中廊下に目を走らせました。そして、自分から遠ざかるように中廊下の向こう端の、もう一つの階段に向かおうとしている法衣をまとった人物に、気づいたのです。つまり、階段は、二つあるわけでして。一つは、この建物のこっちの端にあって、あの中庭から昇れるようになっとります。もう一つは、中廊下の反対の端にあって、これも、また別の小さな中庭や庭園に通じとります」

「階段を昇っていった時、中廊下は暗闇だったのかな、それとも明かりが灯っていたのだろうか?」と、エイダルフが問いを発した。

「壁の燭台の松明《たいまつ》が三本、灯っとりました。自分は……」と言いさして、ちょっと言葉を切ったマルクス・ナルセスは、すぐに笑顔となった。「ああ、どういう意味か、わかりました、修道士殿。そう、中廊下は、その男、つまりローナン・ラガラッハ修道士を見て取るに十分なほど、明るかったです」

フィデルマは、驚いて眉をつっと上げた。

「見て取れる?」と彼女は、この単語に抑揚をつけて繰り返した。「ローナン・ラガラッハ修道士を知っていたのですか?」

衛兵は困惑に頬を染め、すぐさま首を振って、自分の言葉を訂正した。

「自分は、中廊下を逃げるように遠ざかっていく男を見た。そして、しばらくして、その男をふたたび見かけて捕らえた。その時点で、その男がローナン・ラガラッハ修道士であると判明した、と言いたかったんで」

リキニウスは、憂鬱《ゆううつ》そうに、それを認めた。

「その男は、自分に、〝アイン・ディィナ〟とか名乗ったのと、同じ男で……」

彼の声は、フィデルマがほっそりとした手を上げて制止したので、先細りに途切れた。

「私ども、今はマルクス・ナルセスの証言を聞くことにしましょう」と彼女は、リキニウスをそっと窘《たしな》めた。「十人隊長、先を続けて。そのローナン・ラガラッハ修道士は、あなたに逮捕された時、本名を名乗ったのですか？」

「初めは、本名を明かしませんでした」と、衛兵は答えた。「〝アイン・ディィナ〟と名乗ろうとしていました。しかし、同僚の一人が、彼はムネラ・ペレグリニタティスで働いている書記だと、思い出したもので……」

「それ、外事局のことです」と、フーリウス・リキニウスが、素早く補ってくれた。

「同僚が、彼の名前はローナン・ラガラッハだと、思い出しました。そこでやっと、その修道士も、自分が誰かを認めました」

「私たち、少し先走りしすぎているようですね」とフィデルマは、彼を抑えた。「あなたが、のちにローナン修道士だと知ることになる人物と初めて出会った時点に、話を戻しましょう。あなたは、ウィガード殿の部屋の前に延びている中廊下の向こう端に彼の姿を認めた、と言っていましたね？　そういうことですね？」

十人隊長は、頷いて、それを肯定した。

「その修道士に、止まれと呼びかけたのだな？」とエイダルフが、彼を促した。「挙動不審だと感じたのかね？」

十人隊長は、その示唆に、すぐに飛びついた。

「初めは、そうは感じなかったのです。階段を昇っていって、中廊下にまでやって来た時に、向こう端に修道士を目にしたんですが、それと同時に、大司教の叙階を前にした司教殿の部屋の扉が少し開いていることにも、気づいたんです。自分は、司教殿に呼びかけました。でも、返事がなかったもんで、扉を押し開けて、もう一度呼びかけました。それでも返事がないので、自分は部屋に入っていきました」

「部屋には、明かりが灯っていましたか？」と、フィデルマは訊ねた。

「明かりは、十分でした、修道女殿。どちらの部屋にも、蠟燭《ろうそく》が数本、灯っとりました」

「それで、何を見て取りました？」

「部屋に入ってすぐには、何も荒らされとるようには見えませんでしたが、あの長櫃の蓋だけは、開いていました」と彼は、宝物《ほうもつ》が入っていたはずの長櫃を指さしてみせた。「中は、空っぽでした。辺りには、そこから取り出されたような品など、何も見当たりませんでした」

「わかりました。で、それから？」彼が言葉を途切らせたので、フィデルマはふたたび先を促した。

「自分は、もう一度、司教殿に呼びかけながら、寝室へと入っていきました。そして、ご遺体を見つけたのであります」

「ご遺体がどのような姿勢で横たわっておられたか、聞かせて下さい」

「よかったら、どういうふうだったか、お見せしますが？」

フィデルマが頷くと、十人隊長は寝室へと彼女を導き、寝台の足許のほうに跪くと、〝アレクサンドリアのコルネリウス〟がやってみせたのとほとんど同じ姿勢をとってみせた。

「大司教指名者殿は、上体を寝台に俯せに横たえておられました。首のまわりに、いくつか結び瘤《こぶ》を作った紐が見て取れました。脈を確かめるために触ってみましたが、肌は冷たかったです。それで、もう亡くなられてると、わかりました」

「冷たかった、というのですね？」フィデルマは、熱心に問いかけた。「肌は、触ってみて、冷たかったのですね？」

「その通りで」とマルクス・ナルセスは、立ち上がりながら、はっきりと答えた。その時、彼の短剣の鞘《さや》の先が、寝台掛けに引っかかった。そのせいで、掛け布がずれて、寝台の下にあった何かが、フィデルマの目を捉《とら》えた。だが彼女は、表情を変えることなく、そのまま若い十人隊長を熱心に見つめ続けた。

「それから?」彼女は、また言葉を途切らせた隊長に、促しの声をかけた。

「司教殿が〈祈禱用の細帯〉で絞殺されておられることは、歴然としとりました。はっきりと、殺害です」

「一目見て、どう思いました?」フィデルマは、興味を覚えた。「司教殿が亡くなっておられると知った時、先ず、どう思いました?」

マルクス・ナルセスは、この質問をじっくり考えてみるかのように、唇をすぼめながら、一瞬、間を置き、それからフィデルマに答えた。「中廊下を急いで去っていくところを自分が目にした、あの男。あいつが、きっと人殺しなんだと、思いました」

「そうでしょうね。空になった長櫃のほうは、どうです? それについては、どう考えました?」

「多分、奴が盗みを働いている最中《さなか》に、司教殿はそれに気づかれ、その結果、無残にも命を奪われてしまわれたのだと、考えました」

「そうかも知れませんね。あなたが急いで立ち去ろうとするところを目にした人物ですが、長櫃の中にあったかなり嵩《かさ》ばる品を詰めた麻袋とか、あるいはそうしたものを運ぶに適した何らかの道具を、所持していましたか?」

十人隊長は、しぶしぶ頭を振った。

「思い出せません」

「どうしました？　これまでのところ、かなり明確に見て取っていたではありませんか？」とフィデルマは、鋭く指摘した。「この点も、同じようにはっきりと述べられるはずでしょう？」

隊長は、思いがけず彼女の口調に厳しい追及の気配が加わったことにたじろいで、目を瞬《しばたた》かせた。

彼は頷いて、それを認めた。

「はあ、確かに、麻袋や大きな袋を運んでいる様子は、ありませんでした」

「そうですか。で、あなたが触ってみた時、ご遺体は冷たかった。そうした状況を、どう推理します？」

「司教殿は、もう死んでおられた、ということだけです」

「わかりました。では、先を。次に、どうしました？」

「自分は、階段を下りかけていた相手に大声で警告を発し、その時にはすでに姿が見えなくなっとったそいつを追っかけようと、走りだしました」

「中廊下の反対端にある階段は、どこに通じていると言っていましたっけ？」

「この建物の裏にある、もう一つの長方形の中庭に出ます。運よく、二人の十人隊の衛兵がちょうどその中庭を歩いとりまして、この建物から急いで出て行く修道士の姿に気づいたのです。彼らに、止まれ！と命じられて、修道士は立ち止まりました」

「立ち止まったのですか?」フィデルマには、意外だった。

「そうするしかなかったのですよ。武装しとる衛兵が二人も、立ちはだかったんですからね」と十人隊長は、小気味よさそうに微笑した。「二人の衛兵は、何者だ、何をしようとしとるのか、と訊ねました。修道士は、〝アイン・ディナ〟とか名乗って、通してくれと言い、すんでのところで、立ち去ろうとしとりました。でも、ちょうどその時、自分の警告の声が聞こえたもので、二人は自分が行くまで修道士を捕まえといてくれました。これで、全部です」

「修道士を捕まえていた?」今度は、エイダルフが質《ただ》した。「つまり、逃げようとした、ということかな?」

「初めは、そうでした」

「ほう」とエイダルフは、思った通りとばかりに、笑顔を見せた。「無実の人間の振舞いではないな」

フィデルマはエイダルフの言葉には取り合わず、質問を続けた。「その修道士に、大司教指名者の部屋近くで何をしていたのか、訊ねてみましたか?」

マルクス・ナルセス十人隊長は、小馬鹿にしたような笑いを浮かべた。

「未来の大司教様の殺害を白状するだろうって期待して、ですか?」

「でも、訊ねてみたのですか?」とフィデルマは、答えを求めた。

「自分は、修道士に、間もなく大司教になるはずだった方の部屋から、あんたが逃げ出すところを見たんだと、告げました。でも、彼は、自分は殺人には何の関わりもないと、それを否定しました。自分は修道士を衛兵隊本部の独房へと引っ立てていって、ただちにマリヌス衛兵隊司令官に報告しました。司令官はすぐにやって来られて、ローナン修道士を取り調べられました。でも彼は、全てを否定しました。自分が言うことは、これで全部です」

フィデルマは、ほっそりとした指で鼻梁をさすりながら、考えこんだ。

「でも、あなたがローナン修道士に告げた言葉は、正確ではありませんでしたね、違いますか？」と彼女は、ほとんど優しいといった声で、そう問いかけた。

十人隊長は、眉根を寄せた。

「つまり、あなたは、彼が大司教指名者の部屋から逃げ出すところは見ていなかった、違いますか？　あなたは、中廊下の先のほうを行く彼の姿を見ただけだった、と述べていますよ」

「ごく正確に言えば、そうですが。でも、はっきりしてますよ、彼が……」

「証人の証言は、正確でなければなりません。勝手に結論を引き出すことも、許されません。それは、裁判官の仕事です」と、フィデルマは彼を窘めた。「ところで、あなたは、来客棟から走り出てきたローナン修道士を、部下たちが捕まえた、とも言っていますね？」

「それは、正確に言って、その通りです」と十人隊長は、不機嫌な声で答えた。

「ローナンは、何か携《たずさ》えていましたか？」

「いえ、何も持っとりませんでした」

「ウィガード殿の長櫃から消え失せた品物の探索は、命じたのでしょうね？　数多くの高価な品々がウィガード殿の部屋から消えてしまった、と聞いています。何者かわかりませんが、大司教指名者を殺害した人間がそれらの貴重品を盗んだ、と推察することも可能でしょう。しかし、あなたが見た、中廊下を歩み去るローナン・ラガラッハ修道士は、何も運んではいなかった。そして、逮捕された時にも、ローナンは何も携えていなかった、とあなたは断言しています」

フィデルマは、かすかに微笑を浮かべて、十人隊長を見やった。

「であれば、失われた宝物の探索は、もう行《おこな》われたのでしょうね？」と彼女は、苛立ちを抑えながら、相手によく意味が伝わるようにと、この質問を注意深く彼に向けた。

「もちろん、探索しました」と、マルクス・ナルセスは答えた。「この区画を探しました。修道士が逃げながら、どさっと荷物を投げ込みそうな場所を、すっかり探索しました」

「でも、何も見つからなかった？」

「何一つ」マルクス・ナルセスは、フィデルマの予見が癪に触りながらも、そう答えた。

「では、この部屋も、当然探したのですね？」とフィデルマは、素知らぬ顔で、この問いを付け加えた。

リキニウスとマルクスは、小馬鹿にしたような薄ら笑いを交わし合った。

「宝物をこの部屋から盗み出したのであれば、その部屋に盗品を隠そうなんて盗《むす》っ人《と》がいますかね？」と十人隊長は、フィデルマの質問を嘲笑《あざわら》った。

それには答えずに、フィデルマは部屋を横切って寝台に近づき、先ほどマルクス・ナルセスの短剣の先に引っかかって寝台掛けがずれた箇所の前に跪くと、目を瞠《みは》っている皆の目の前で、寝台の下に手を伸ばし、杖と革サンダル一対、それに革装丁のずっしりと重い書物一冊を、引っ張り出した。さらに、くるくると巻いてある壁掛けまで取り出してから、フィデルマは立ち上がり、彼らににっこりと笑いかけた。

衛兵たちはこの思いがけない展開がいかにも無念そうであった。それを眺めながら、エイダルフはさりげなく片手を顔へ上げて、にやにやと笑いが浮かびそうになる口許を、何とか隠すことにした。

「おそらく、この品々は、長櫃から消え失せた貴重品の中の数点なのでは？　聖アウグスティヌスの杖とサンダル、リンデスファーンの修道士たちが作った書物、それにケント王妃の女官たちが織った壁掛けではないかしら？」

エイダルフは前へ進み出てきて、寝台の下から取り出された品々を、熱心に調べ始めた。

「疑いの余地はありません。これらは、あの宝物の一部です」と、彼は言い切った。

リキニウスは、まるで一撃を浴びた剣闘士のように頭を振りながら、「一体、どうして……」と、言いかけた。

「なぜなら、徹底的に調べた者が誰もいなかったからです」とフィデルマは、二人の狼狽《ろうばい》ぶりを楽しみながらも、落ち着いた声でリキニウスに答えた。「どうやら、宝物を奪ったのが誰であれ、その者はすぐに金銭に取り換えることのできる物にしか、興味がなかったようです」フィデルマとしては、ここでエイダルフにちょっと当て擦りを言ってみずにはいられなかった。

「とすると、盗っ人は、これらの貴重品を盗むことによってカンタベリーの権威を傷つけようとしたのだというあなたの解釈、いささか揺らぐみたいですね？」

エイダルフは、渋い顔になった。彼は、まだ十分には得心していなかった。しかし、彼は、マルクス・ナルセスを見やりながら、いかにも他意はなさそうな口調で、「きっと、マルクス・ナルセス十人隊長が、この階の全ての部屋をもう一度、徹底的に捜査しなおしてくれるのではないかな？」と示唆してみることにした。

それに対して十人隊長が何かもぞもぞと答えようとしているのを、フィデルマは、同意してくれたものと好意的に解釈させてもらうことにした。

「それは、助かります。あなたがその探索をしている間に、フーリウス・リキニウスも、私どもがローナン・ラガラッハ修道士と面接できるよう、案内してくれましょう」

「論理的に考えてみれば、それこそ、我々がとるべき次の一歩でしょうね」とエイダルフも、もっともらしく、それに同意してみせた。

「それに」とフィデルマは、悪戯っぽい笑みを頰に浮かべた。「私たち、ゲラシウス司教殿に、宝物は全て盗まれたわけではないと、ご報告できますものね」

だが、彼らが部屋の扉へ向かおうとした矢先、突然、それが押し開かれた。戸口に立っているのは、動転しているマリヌス司令官だった。走ってきたのであろう、顔は紅潮し、激しく喘いでいる。彼は、一同の上に忙《せわ》しなく視線をさまよわせていたが、すぐにフィデルマ修道女の上に、それを据えた。

「衛兵隊本部に、たった今、報告が届いた……ローナン・ラガラッハ修道士が、牢から逃亡したと。どこにも、見当たらんのだ。あの男、消えてしまいおった」

第六章

聖歌の最後の余韻が、厳《おごそ》かな半円形の後陣を前にして広がるラテラーノ宮殿のサン・ジョヴアンニ大聖堂に谺《こだま》し、さらにその上方の壮麗なる丸天井へと立ちのぼって、静寂の中へと消えてゆく。短い身廊《ネイヴ》の両側には、東地中海産の花崗《かこう》岩が巨大な柱列となって高く聳《そび》え、その上には旧約聖書や新約聖書のさまざまな情景を描いたフレスコ画が、輝かしい色彩を繰り広げている。香《インセンス》と華麗な金銀の燭台に燃える蠟燭《ろうそく》の蜜蠟《みつろう》の芳香が混然と混ざり合い、重たげな香気となって聖堂に立ちこめていた。聖堂は、ほとんど大理石で構築されているが、身廊の柱列を始めとして、花崗岩その他の石材も、随所に用いられている。たとえば、華麗なる大聖壇の上部に聳える塔状の天蓋《てんがい》を支えているのも、そのような石でできた支柱であるし、大聖壇を取り囲む数段高くなった床も、さまざまな色合いの貴石が嵌《は》めこまれたモザイク模様になっている。壮大な丸天井を頂くこのバシリカ様式大聖堂の中心部には、大聖壇周辺の絢爛《けんらん》たる区画に較べれば慎ましいものではあるが、数箇所に付属小礼拝堂《チャペル》も設けられていた。これらの小礼拝堂には、幾人かの教皇がたのきわめて質素な石棺《サーコファガス》が祀《まつ》られている。もっとも、この慣行はその後変わって、今では教皇がたのご遺体もできる限りローマの街の北西部に建つサン・ピエトロ

（聖ペテロ）大聖堂に埋葬されるようになっていた。

　豪華絢爛たる装飾をほどこされた大聖壇の前には、今は架台が置かれ、その上にカンタベリー大司教指名者《デジグネイト》であったウィガードの木製の柩《ひつぎ》が、蓋を開けて、安置されている。大聖壇の片側には、十二、三人の司教やその随伴者が坐り、その後ろに、修道院長や女子修道院長が十人あまり、席を占めていた。その反対側に坐っているのは、サクソン宗教界からの公式会葬者たちだった。カトリック教会のサクソンにおける中心地は、ケント王国のカンタベリー大聖堂であるが、そのケントの聖職者であるウィガードは、本来ならば、教皇によってカンタベリー大司教に、正式に叙任されることになっていた。彼らサクソンの参列者たちは、その盛儀に列席するためにローマへやって来ていたはずなのに、今や彼の葬儀の会葬者になってしまったのだ。

　修道女フィデルマは、ウィガードの秘書官《スクリーバ》であったということで上席についているエイダルフの後ろに坐った。彼の隣りは、重々しい風貌の修道院長であった。際立った美男子である。しかし彼女には、それが何かを欠いている美貌に思えた。欠落しているのは、思い遣りであろうか？　口許に、非情が漂っているような感じを、どうしても受けてしまうのだ。淡い色の瞳に浮かぶ表情にも、それが窺える。会葬者の中でもかなりの上座を占めているこの人物は、何者だろう？　あとで、エイダルフに聞いてみよう。そう思いながらも、この男が、自分の隣りに坐っているウルフラン女子修道院長の気取った顔にちらちらと視線を向けていることも、見逃してはいなかった。ウルフラン院長の横には、冴えない容姿のイーファー修道女が坐っている。イーファーのもう片方の隣席には、さらに二人のサクソン人修道士が並んでいた。

フィデルマの席からは、奥の後陣や、大勢の人々が詰めかけている聖堂中央部の短く仄暗《ほのぐら》い身廊までも、見通すことができた。さまざまな装いから察するところ、あらゆるキリスト教国から集まってきているらしい夥《おびただ》しい参列者たちが、身廊に溢れていた。身廊ばかりか、天井を支える巨大な柱列の間の壁龕《へきがん》という壁龕も、埋めつくされていた。フィデルマは、これほどの大群衆が聖堂に押し寄せてきているのは、大司教への叙任を目前にして亡くなったサクソン人聖職者の鎮魂ミサに参列するためではないことを、知っていた。彼らは、亡きウィガードの魂のために捧げられるミサが、教皇猊下《げいか》御自らによって執り行われるということのために、今ここに押し掛けてきているのだ。人々がこうして群がっているのは、聖ペテロの教皇座を現在占めているウィタリアヌス教皇を一目見んがためなのだ。

フィデルマは、華麗なる装飾がほどこされた聖座から立ち上がり、侍者に付き添われて大聖壇に向かおうとしておられる〈ローマの司教〉であり教皇であるウィタリアヌスへと、視線を移した。

教皇ウィタリアヌスは、編年史家《クロニクラー》によれば、使徒ペテロの教皇聖座の第七十六代後継者である。彼は長身であった。鼻がやや横に広がり気味で、その地位を表すティアラ状の、高く白い教皇冠《フィリギウム》の下からは、強《こわ》く黒い長めの巻き毛がこぼれ出ており、唇は薄い。フィデルマには、そこにもまた、何か酷薄なものが感じられるのであった。瞳はあまりにも黒々としていて、表情を読み取りがたい。彼はローマからさして離れていないセーニという土地の出身なのだが、耳にしたところでは、祖先はギリシャ人であるようだ。教皇ウィタリアヌスは、前任の教皇がたとは全く違って、キリスト教世界の統一を回復するという方針をはっきりと打ち出しており、東方正教会の主教たちに、二世紀前に始まった彼らとローマとの間の亀裂の修復を、公然と訴えかけているらしい。ローマの街でのこうした取り沙汰を、フィデルマはすでに聞き知っていた。

聖歌隊《コリスター》たちの声が静まり、今や〈ローマの司教〉は祝福を与えようと片手を上げて立っておられる。教皇の前に跪《ひざまず》こうとする人々の身じろぎが、ざわめきとなって聖堂を満たした。教皇の傍らに立つ高位聖職者《モンシオナリウス》の一人である教皇権標捧持僧《リクトール》が、香を内に納めた提げ香炉を聖壇奉仕の侍者に手渡した。これを振って柩の周囲に芳香を漂わせるのは、この侍者の務めとなる。

祝福の言葉が唱えられると、それに続いて柩側の奉侍者たちが、頭《こうべ》を深く垂れてゆっくりと進み出てきた。ウィガードのこの世の肉体を、このバシリカ様式の大聖堂の外で待っている馬車へと運んでゆくのだ。ウィガードの亡骸《なきがら》は、こうして聖堂からメトロニア門へと向かい、さらに南に連なるアウレリアヌス城壁の外に心寂《うらさび》しく広がるキリスト教徒の墓地へと、最後の旅路につくことになる。

〈ローマの司教〉は、柩の後ろに従う人々の列の先頭を進んでおられる。先頭といっても、柩のさらに前方には、ラテラーノ宮殿衛兵隊の小隊が配置されており、教皇の大法官とその助祭がそれに続いていた。教皇の後ろには、伝奏官《ノメンクラートル》であるゲラシウス司教が、ほかの二人の高位聖職者、教皇庁長官と教皇庁財務長官と共に、従っている。

主だった会葬者たちは、勿体《もったい》ぶった式典担当の若い修道士によって、司教がたのすぐ後ろの位置に、重々しく導かれた。

彼らの後には、その他の参列者が続いた。葬列は、宮殿から墓地へと、神妙に進んでゆく。彼らが静かな大聖堂から外へと移動し始めると、聖歌隊は心にしみわたるラテン語の詠唱を歌い始めた。

〝ベネディク・ノビス、ドミネ、エト・オムニブス・ドニス・トゥイス……〟

　我らに祝福を与え給え、おお、主よ、

　かつ、主の賜物の全てを……

教皇ウィタリアヌスは、この地位を占めたこれまでの教皇がたと方針を異にして、礼拝のあらゆる箇所に音楽を取り入れることをきわめて積極的に進めておられる、とのことだ。

フィデルマは、深く面《おもて》を伏せつつ歩を進めているほかの参列者たちの例に倣《なら》おうとはせず、ごく熱心に儀式の様子に視線を向け、耳を傾け続けていた。とりわけ、葬列に従う会葬者たちの表情に視線を向けることに忙しかった。彼女は、視覚と聴覚を冷静に働かせ続けた――このどこかに、この厳粛な顔の中のいずこかに、ウィガードの真の殺害者が紛れ込んでいるかもしれないのだ。

彼女は、葬列に連なっている哀悼者《あいとう》たちに吟味の視線を向けつつ、一方では、ウィガードの死に関してこれまでに自分が見て取ってきたさまざまな事実についても、考え続けていた。なにか、釈然としないものがあるのだ——ローナン・ラガラッハ修道士の奇妙な、かつ見たところ明らかに犯人と思える振舞いがあるにもかかわらず。いや、そうではない。彼女は、突然気づいた。そうした振舞いがあるからこそ、なのだ。このアイルランド人がやったように、あれほど自分に注意を引きつけようとする殺人者がいるだろうか？　それに、ウィガードのよくよく見ればおかしな死に方も、金や銀の工芸品が消え失せている点も、ゲラシウス司教やマリヌス司令官《スペリスタ》が解明できたと披露している図式には、しっくり当てはまらない。

葬列がカエリウスの丘の麓《ふもと》をうねうねと辿り、古代ローマのトゥリアン城壁の遺跡近くへやって来た時、聖歌隊は別の詠唱を歌い始めた。穏やかな悲哀に満ちたラテン語の葬送歌だった。

〝我ら、惨《みじ》めなる者、困窮《こんきゅう》せる者……〟

葬列は、堂々たるメトロニア門を抜けて古代ローマ市街の外へと出た。

ローマ七丘を取り巻くアウレリアヌス城壁は、三世紀に建設されたものである。その遺跡の陰に位置するキリスト教徒共同墓地は、驚くほど広大であった。記念物、大霊廟、地下墓所《カタコンベ》、あるいは記念石碑などが広がっている。フィデルマは、それらのさまざまな埋葬様式に驚かされた。

彼女の驚嘆を見て取って、エイダルフは厳《いか》めしい哀悼の色を浮かべていた顔を、やや和らげた。

「古代ローマの法律は、ローマの街の中で、つまり第六代のローマ王セルウィウス・トゥッリウスによって定められた区域内で、埋葬を行《おこな》うことを禁じてきたのです。人口が増加するにつれ、埋葬地が一マイルも広がってきました。それで、ローマの市街の境界線の外に、このような共同墓地が数多く存在することになったのです」

「でも、ローマの初期のキリスト教徒たちは、迫害によって殺されていったお仲間たちの亡骸を地下洞窟に埋葬した、と聞いていましたけど？」と、フィデルマは眉をひそめながら問いかけた。

エイダルフは首を横に振り、微笑を浮かべた。

「キリスト教徒迫害のせいではありませんよ。初期キリスト教徒たちは、ただ単に自分たちそれぞれの慣習に従っただけなのです。彼らの多くは、ギリシャ人、ユダヤ人、ローマ人で、彼らは、自分たちの慣習によって遺体を火葬あるいは土葬にしたのです。そうした遺骨は、時間を経てから壺や石棺に納められて、地下の廟室《びょうしつ》に安置されました。地下墓所を掘鑿《くっさく》するという慣行は、紀元二世紀から始まっていたのですよ。それが作られなくなったのは、ほんの前世紀のことです。つまり、地下に死者を葬るというやり方は、キリスト教徒の迫害のせいではなく、彼らの慣習だったのです」

最後の祝福が授けられ、劇的な勝利の聖歌、〝御父に栄光あれ（グローリア・パートリ）〟が歌われ始めた。ウィガードの魂が天上の安息へと旅立つことへの感謝を象徴する歌である。人人は聖歌隊のこの調べに導かれつつ、ふたたび列を作って、墓地をあとにし始めた。いかにも適切な段取りだと、フィデルマには思われた。墓地へ向かうには悲しみ、そこからの帰路は悦びなのだ。

フィデルマは、エイダルフに近寄って、彼に告げた。

「私たち、事件について、話し合わなければ」

「時間は、十分ありますよ。とにかく、ローナン・ラガラッハが罪人であると、すでにわかっているのですから」とエイダルフは、気軽く答えた。

「そのようなことは、まだ何もわかっていませんよ」

エイダルフの推論に苛立ったフィデルマは、彼の言葉をぴしりと退けた。

立ち去りかけている哀悼者の何人かが、驚いた顔を二人に向けるほどの鋭い語気だった。

フィデルマは頬を染め、目を伏せたが、それでも囁《ささや》き声で、「まだ、そうとわかってはいないのですよ」と繰り返した。

「しかし、そのことは、明白ですよ」とエイダルフも、同じく煩わしげに、それに応じた。「ローナンは逃亡した。これ以上のどんな証拠が必要なのです？　拘束中に逃げ出したということ自体が、有罪であることの証拠じゃありませんか？」

だがフィデルマは、激しく首を振った。

「それは、違います」

「ともかく、私に言わせれば、ローナンは明らかに有罪ですよ」と、彼は頑固に言い張った。

フィデルマの唇が、きゅっと引き結ばれた。危険信号だ。

「私どもの取り決めを、思い出していただきたいわ。この犯罪に関する調査での結論は二人の一致した意見でなければならない、ということだったでしょ？　私は調査を続行しますよ……止むを得なければ、一人ででも」

エイダルフの顔は、苛立たしげな表情の好見本だった。彼にとっては、事態は明々白々であった。しかしゲラシウス司教は、二人が異なる結論を出すことを望まないだろう。それは、エイダルフにも、わかっていた。それに、彼は不安でもあった。修道女フィデルマが謎の究明に関してきわめて明敏であることや、彼には想像もつかなかった解決に到達する才能を持っていることは、否定のしようがない。このことは、ノーサンブリア王国のウィトビアで発生した事件の解決に際して鮮やかに証明され、エイダルフはそれに瞠目《どうもく》させられたではないか。そうはいっても、今回の事件は、ごく単純である。どうしてフィデルマには、それがわからないのだろう？

「わかりましたよ、フィデルマ。私はローナンの有罪を確信しています。そのように、ゲラシウス司教に報告するつもりです。しかし、これに対するあなたの反論には、喜んで耳を傾けますし……」

エイダルフは、近くをぶらぶらと歩いていた参列者たちの何人かが、意見を異にして興奮気味になっている二人に興味をそそられて、自分たちに注目していることに気づいた。

彼はフィデルマの腕を摑んで墓地から遠ざかり、堂々と高く聳える大理石の霊廟の入口のほうへと連れ出した。そして、「この件についての我々それぞれの見解を、静かに論じ合える場所があります」と、低い声で囁いた。

フィデルマは、まだ幼い少年が蠟燭の入った籠を前にして、地下墓所の正面入口に坐りこんでいることに気づき、驚かされた。エイダルフは、少年が差し出している小鉢に貨幣を一枚入れると、蠟燭を一本、選び取った。少年は火打ち石と火口《ほくち》を用意しており、火を切り出して、蠟燭を灯してくれた。

エイダルフは、無言でフィデルマを霊廟の中へと導いた。フィデルマは、そこが暗闇へと通じる井戸状の吹き抜け階段の降り口であることに気がついた。

「ここ、何なのです、エイダルフ？」とフィデルマは、岩壁にぐるりと刻み込まれた石段を下り始めたサクソン人修道士に問いかけた。

「初期のキリスト教徒たちの柩を納めた地下墓所の一つですよ」と彼は、蠟燭を高くかざして、フィデルマを二十フィートかそれ以上もの地下へと案内しながら、そう説明してくれた。階段の先は、岩盤を掘り抜いた、かなり幅広い通路となっていた。「ローマ市街地に隣接する地域だけでも、こうした地下の墓所は六十箇所もあります。いずれも、前世紀末まで使われていたものです。過去四、五百年の間に、このような墓所に葬られたキリスト教徒は、六百万人にも及ぶそうですよ」

このトンネルも、四角い網目状に広がるほかの地下通路と繫《つな》がり合っているようだと、フィデルマにも見て取れた。ほとんどの通路は、互いに直角に交差しているらしい。もっとも、うねうねと曲がりくねって延びている通路もあるようだ。いずれも幅六フィートはある。高さは、十フィートに及ぶものもある。

「こうした地下通路は、しっかりした岩盤を掘り抜いたもののようね？」とフィデルマは、足を止め、撫でるように壁面に手を滑らせながら、エイダルフに話しかけた。

「ローマの近郊は、火山岩地帯でしてね。これは時には家屋の建材としても使われています。乾燥性の高い多孔岩石なので、細工しやすいのです。我らの宗門のお仲間がたが掘られたこれらの地下墓所の住み心地は、決して悪くはないようですよ。それで、迫害の時代には、よく隠れ処《が》として利用されていたのです」

「でも、このような地下で、どうやって呼吸ができたのでしょう?」

エイダルフは、地下通路の天井に開いている隙間を、指し示した。

「ほれ、見えるでしょう? 建造者たちは、二、三百フィートごとに、こうした開口部を設けていたのです」

「これが六十箇所の中の、ほんの一つにすぎないとなると、地下墓所とは、何と壮大な構築物なのでしょう」

「その通りです」(1)とエイダルフは同意した。「これらは、二人の皇帝、マルクス・アウレリウス・アントニヌスとアレクサンデル・セウェルス(2)の御代に、非常に広範に広がったのです」

彼らは、突然、ほかの箇所よりも遥かに広々とした空間に出た。壁面には、いくつもの横長の窪《くぼ》みが、壁龕のように掘りこまれていた。何も入っていない窪みもあったが、いくつかの凹所には、彫刻をほどこした石棺が納められていた。

「ほれ、死者たちの廟室にやってきましたよ」とエイダルフが、説明してくれた。「この窪みは遺骸を納めるための凹壁《ニッチ》で、〈柩を納める龕《ロクロス》〉と呼ばれるものです。それぞれの家族は、アルコソリアという、こうした廟室を持っていて、そこに一族の死者たちを葬っていたのです」

フィデルマは、廟室の一つに描かれている美しい色彩のフレスコ画を、称賛の面持ちで見つめた。上部のアーチには、〝ビック・コンジェスタ……〟と、ラテン語の銘が記されていた。

エイダルフが、それをアイルランド語に訳して、繰り返した。


〝ここに、浄《きよ》らかなる者たち、打ち重なりて集へり。

これらの神聖なる埋葬の地は、聖なる者の亡骸を祀る場なり〟


フィデルマは、深く心を動かされた。

「本当に、興味深い場所です、エイダルフ。ここへ案内して下さって、ありがとう」

「ローマには、ここよりさらに興味深い地下墓所が、いくつもありますよ。たとえば、聖ペテロと聖パウロが安らかに眠っておられるヴァティカンの丘の地下にも、こうした墓所があります。でも、それらの中でもっとも規模の大きなものは、アッピア街道にある、教皇にして殉教者でもあったカリクストゥス[3]の廟です」

「また別の折に訪れることができれば、さぞ興味津々の場所でしょうね、エイダルフ」と、フィデルマは溜め息をついた。「でも、私たち、ウィガードがどのような死に方をしたのかについて、どうしても意見を交わし合わなければ」

エイダルフは深い溜め息をつきながら足を止め、蠟燭を手近な切り石の上に立てると、腕を組み、後ろの壁面へ背を凭《もた》せて立った。

「どうしてローナン・ラガラッハは無実だと、それほど確信しておられるのです？」と、彼はフィデルマの返事を求めた。「彼がアイルランド人だから、というだけでですか？」

フィデルマの瞳が、蠟燭の揺らめく光を受けて、危険な閃光を放ったかに見えた。エイダルフは、彼女が鋭く息を吸い込んだのを見て、自分の上に炸裂するであろう彼女の怒りに、内心、身構えた。だが、そうはならなかった。その代わり、彼女はゆっくりと息を吐いた。

「あなたらしくないこと。私がどういう人間か、もっとよくわかっていらっしゃるはずでしょうに」と彼女は、静かに彼に告げた。

エイダルフも、今の言葉を口にした途端、後悔していた。

「すみません」とだけ、彼は短く答えた。心にもない形だけの詫びではなかった。

気づまりな沈黙がやや続いたが、やがてエイダルフが口を開いた。「もちろん、ローナン・ラガラッハの挙動が彼の有罪を示唆していることは、認めておられますよね？」

「もちろん」と、フィデルマは認めた。「それは、歴然としています……おそらく歴然としすぎています」

「あらゆる殺人が、ウィトビアのエイターン修道院長の事件のように複雑であるとは、限りませんよ」

「確かに、おっしゃる通りね。それに、私も、ローナン・ラガラッハが無実だと言い張ってはいませんわ。私がこだわっているのは、彼を有罪だと断ずる前に、調べてみるべき疑問がいくつか残っている、という点です。そうした問題点を、解きほぐしてゆきましょう」

彼女は片手を上げて、疑問点を指折り数え始めた。

「証拠からすると、ウィガードは寝台近くに跪いていて、自分の〈祈禱用の細帯《プレイヤー・コード》〉で絞殺された、ということになります。どうして、跪いていたのでしょう？」

「祈りを捧げているところだったのでしょう？」

「ウィガードは、殺害者が、部屋に入ってきて自分の背後に立ち、自分が手にしている〈祈禱用の細帯〉を取り上げて、それでもって自分の首を絞めようとしているのに、大人しくそれを許した、というのですか？　彼は、跪いたままであり、立ち上がろうともしなかった――というのですか？　奇妙ではありませんか？　ウィガードに何も気づかせないためには、ローナン・ラガラッハの行動は、ごく密やかなものでなければなりませんね？　でも、ローナンはずっしりとした体格の人間だとか。太っていて、ぜいぜいと耳障りな息づかいをする人のようですよ」

「おそらく、ローナン・ラガラッハは、ウィガード殿に招き入れられて……」と、エイダルフは言いかけた。

「そして、ウィガードは彼に背を向けて跪き、自分が祈りを唱え終わるまで待っているようにと指示した、というのですか？　およそ、ありそうにありませんわ」

「わかりましたよ。でも、このことは、ローナン・ラガラッハが再逮捕された時に訊いてみればいいことです」

「それまでの間に、ウィガードは、このような恰好で祈りを唱えることに毫《ごう》も警戒心を感じないほど自分の殺害者と親しい間柄だったのか、調べておく必要があるのではないかしら」と、フィデルマは指摘した。「このことを、ウィガードの秘書官として、ご存じでした、エイダルフ？　ウィガードは、ローナン・ラガラッハを、そのような状態にあっても何の不安も覚えないほど親しく、というほどでなくともいいですが、とにかくローナンを知っていらしたのかしら？」

エイダルフは、片方の肩を軽く上げて、それをすとんと落とした。

「ウィガード殿がローナン修道士を知っておられたとは、思えませんね」

「わかりました。もう一つ、引っかかっていることがあります。ローナン・ラガラッハは、ウィガードの部屋から立ち去るところを目撃された、と私たちは聞かされました。黄金と銀の工芸品、それに貨幣も消え失せていた、とも。このことも、殺人の動機であろうとして、前面に押し出されています」

エイダルフは、しぶしぶながらも、それを認めて頷いた。

「また、こうも聞かされましたわ」とフィデルマは、先を続けた。「ローナン修道士は、ウィガードの部屋の前の廊下で見咎められた時、何も所持していなかったと。中庭で呼び止められ逮捕された時にも、何も持っていなかった。探索にあたった宮殿衛兵隊の兵士たちも、ウィガードの金銀が隠された場所を見つけることはできなかった。もしローナンが犯人であり、ウィガードを殺害してその部屋を立ち去った直後に目撃されたのであれば、どうして貴重品を持っているところを目撃されていないのでしょう？　かなり嵩《かさ》ばる物だったはずですのに？」

エイダルフは、じっと目を細めた。今フィデルマが指摘してみせた点を、自分はどうして見て取ることができなかったのだろう。胸の内で、彼は自分に苛立った。そして、めまぐるしく頭を回転させた。

「ローナンは、もっと早くにウィガード殿を殺害し、宝物《ほうもつ》を持ち去っていたのでは？」ちょっと考えたうえで、彼は自分の意見を口にした。「だから、遺体は、マルクス・ナルセスが発見した時、冷たかったのです。あるいは、ローナンはもっと前に殺人を犯していたが、何かを取りに戻ってきて、そこを捕まった、ということかも。それとも、共犯者がいたのかもしれませんよ」

フィデルマは、微笑みながら、さらりと言ってのけた。

「三つの可能性が出ましたね。でも、第四の可能性もありますよ。ローナンは、ただ、具合の悪い時に、具合の悪い場所に居合わせた、というだけかもしれませんわ」

エイダルフは、口を噤《つぐ》んだ。

そして、同じことを繰り返した。「その点は、ローナン・ラガラッハ修道士が再逮捕されれば、わかることです」

フィデルマは、からかうように、小首を傾げた。

と？」

「では、あなたは、まだ考えておいでなの、その時が来るまで、あれこれ調べ回る必要はない

「ここには、見極めねばならない不可解な点がいくつかある、という見方には、賛成します。でも、これはローナン修道士さえ……」

「では、少なくとも今のあなたの意見の前半については、私たち、同じ見解というわけね、エイダルフ」とフィデルマは、彼の言葉をさえぎった。「それでは、ローナン修道士が見つかるのを腕をこまねいて待つだけではなく、ウィガードの随行者やローマにおいてウィガードに仕えていた人たちからの聴取という別の方面からの調査にも、同意して下さるでしょ？」

「私には、その必要は……」とサクソン人修道士は言いかけたが、少し言葉を途切らせたあと、ふたたび口を開いた。「いいでしょう。まあ、差支えないでしょうから」

フィデルマは、微笑を浮かべた。

「ありがとう、では、ラテラーノ宮殿に戻って、誰に質問をすべきかを、先ず考えましょう。ウィガードと旅を共にしてきたのは、誰でした？」

「さて、先ず第一に聴き取りを始める人間となると、この私でしょうね、秘書官でしたから」とエイダルフは、苦笑いを浮かべた。「私のことは、十分ご存じですね？」

「おばかさん！　他の人たちのことを言っているのです。あなた方の一行には、ほかにもいろんな人たちがいましたね。イーファー修道女だの、専横的なウルフラン修道院長だの。あの人

とは、マッシリアからの船旅で一緒になりましたけど、何とも楽しいお連れでしたわ」

エイダルフは、フィデルマの皮肉に、眉をしかめた。

「察しておいででしょうが、ウルフラン修道院長は、王女ですからね。ケント国王イアルセンバートの王妃サクスバーグの妹君なのです」

フィデルマは、あまりにも敬意に満ちた彼の口調がいささか癇に障って、眉をきゅっと吊り上げた。

「いったん法衣をまとえば、単に教会の一員です。教会が授ける地位以外のいかなる地位も、ありませんわ」

エイダルフは、蠟燭の明かりの中でかすかに赤面し、石壁に背を凭せた。

「とはいっても、サクソン王国の王女には……」

「サクソンの王女にも、宗門に入った者という地位以外に、何ら特別の立場は認められていません。ウルフラン修道院長は、自分は今もなおケントの王女だと思い込んでいるという、適切とは言い難い態度をとっておられます。イーファー修道女が気の毒ですわ、ウルフラン院長に、あのように傲慢《ごうまん》に酷使されているなんて」

エイダルフも内心、この若い修道女に同情していた。だが、サクソン人の諸国では、生まれと地位は、重要なのだ。

「ウィガードの一行には、あなたのほかに誰がいました？」とフィデルマは、彼を促した。

「そうですね」エイダルフは一瞬言葉を切ったが、すぐに先を続けた。「ウルフラン院長とイーファーのほかに、イネ修道士がいました。ウィガード殿の個人的な召使いで、身の回りの雑用をやっていました。終わることのない、永遠の喪に服しているような顔をした男です。それに、スタングランドの修道院から来られたパトック修道院長も、一緒でしたよ」

「ああ」と、フィデルマが口をはさんだ。「酷薄な口許の、あの美男子ですね」

エイダルフは、不機嫌に鼻を鳴らした。

「美男子？　女性の見方ですね。自分本位の男ですよ。それに、聞くところによると、野心家でもあるらしい。彼は、ノーサンブリアのオズウィー王の使節です。〝リポンのウィルフリッド〟[4]の親友だとも、聞いています」

「わかりました。オズウィー王からの使節として、ローマに来ているわけですね？」

「そうです。今や、オズウィー王は、ローマで〝覇王《ブレトウオールダ》〟、すなわち、〝サクソン諸王国を統《す》べ給う大いなる王〟と見做されていますからね」

フィデルマは、ウィトビア逗留中に、〝リポンのウィルフリッド〟を目にしていた。彼は、ノーサンブリアの教会会議《シノド》において、アイルランド派（コロンバ派）の布教者の最大の強敵であった。ローマ・カトリック派の首席弁論者だったのである。

「それに、エインレッド修道士。パトックの召使いです。物静かな、いささか鈍そうな男でしてね。パトック院長は奴隷の彼を買い、キリスト教の教えに従って、奴隷の身分から解放してやったのだそうです」

フィデルマは、サクソン諸国において、人々が今なお奴隷売買を行《おこな》っていると、かなり前から気づいていた。彼女は、皮肉を一言、言わずにはいられなかった。「パトック院長は、エインレッドを俗界での奴隷の身分から解放してやり、スタングランドの修道院で自分の奴隷にした、というわけね」

エイダルフは気まずそうに身じろぎをしたが、反論はしないことにした。

代わりに彼は、急いで説明を続けた。「それから、セッピ修道士がいます。彼もスタングランドの修道院の人間で、パトック院長への助言者として、ローマへ来たのです」

「この人物について、もう少し詳しく教えてもらえます?」と、フィデルマは促した。

「ローマに来ている今も、彼のことは、あまり知らないままでしてね」と、エイダルフは彼女に告げた。「優れた知性をそなえた人物なのだと思います。もっとも、明敏であると同時に、野心家でもある、という話を聞いてはいますがね」

「ここにも、野心家?」とフィデルマは、うんざりしたように鼻を鳴らした。「こうしたウィガードの一行の人たちも皆、彼と同じ来客《ドムス・ホスピターレ》棟に部屋を割り当てられているのでしょう?」

「そうです。実は、ウィガード殿の部屋に一番近いのが、私の部屋でしてね。中廊下をはさんだ向かい側ですから」

「ウィガードの部屋の隣りは、どなたです？　召使いのイネかしら?」

「そこは、誰にも割り当てられていませんでしたよ。もう一方の隣室も、同様です。多分、道具などの収納室として使われているのではないでしょうか」

「では、イネはどこに？」

「私の隣りの部屋です。つまり、ウィガード殿の部屋とは、中廊下をはさんだ反対側になります。その隣りは、セッビ修道士です。この階には、中廊下の先のほうに、パトック院長の部屋があります。さらにその隣り、中廊下の一番外れが、彼の召使いのエインレッド修道士です」

「わかりました。それで、ウルフラン修道院長とイーファー修道女は、どちらに？」

「すぐ下の階です。来客棟の二階になります」

「わかりましたわ」と答えつつ、フィデルマは考えこんだ。「では、あなたの部屋がウィガードの部屋にもっとも近いということになるのですね」

　エイダルフは、からかい気味に、彼女に微笑みかけた。

「つまり、私は運がよかったようだ。あなたと一緒に聖マリアの聖堂を訪れていたという、確かな保証があるわけですからね」

「そのことは、記憶しています」その声がきわめて真剣だったので、エイダルフはまじまじと彼女の顔を見つめてしまった。フィデルマの顔は、無表情だった。だが、その目には、悪戯っぽいきらめきが躍っていた。

「それでは」と、彼女はさっと立ち上がった。「ラテラーノ宮殿に連れ帰って下さいな。ご一緒に、あなたのお連れの修道士がたの何人かに、質問してみましょう。ローナン・ラガラッハ修道士のほうは、すでに衛兵たちが見つけ出しているといいのですけど」そして、ふっと身震いをした。「地下墓所って、こんなに冷え冷えしているとは、知りませんでした」

エイダルフは、蠟燭を取り上げようと、そちらを振り向いた。が、その途端、はっと叫び声をもらした。

「急いだほうがいいです、シスター。私としたことが、蠟燭がこんなに短くなっているとは、思ってもいなかった」

フィデルマがそちらを見ると、蠟燭はほとんど燃え尽きそうな状態であり、燃え残っている灯芯も、すでにぱちぱちと音をたて始めていた。

エイダルフは彼女の手を摑み、ねじれたり直角に折れたりしながら延びている地下通路を、急ぎ始めた。だが、蠟燭がごくかすかに警告を呟《つぶや》いたかと思うと、二人は暗黒の中に抛《ほう》りこまれていた。

「私の手を、決して離さないで」暗闇の中で、エイダルフはかすれた声で彼女に指示を与えた。

「ええ、決して」と彼女は、いささか無理をしながら、エイダルフに受け合った。「ここから、どの道を辿るか、わかっておいでなの？」

「真っ直ぐ……だと思いますが」

「では、気をつけながら、進みましょう」

二人は、人の手によって掘り抜かれた地下通路の一筋の光も差し込まない闇の中を、壁面を手で確かめつつ進み始めた。

「迂闊《うかつ》でした」エイダルフの声には、自分を責める響きがあった。「蠟燭に気をつけておくべきだったのに」

「今は、自分を咎めてみても、何の役にも立ちません」とフィデルマは、後悔の思いを振り切って、エイダルフに告げた。「さあ、出発……」

突然、空いている片手で壁面を探っていたフィデルマが、立ち止まり、小さく叫び声をあげた。

「どうしました？」

「トンネルが、ここで二つに分かれています。左か右か……どちらだったかしら？　覚えています？」

エイダルフは、闇の中で目を閉じた。決断を下《くだ》そうとして、気が焦る。どちらへ進むべきか、わからない自分が情けなかった。恐怖に満ちたイメージが、脳裏《のうり》を駆けめぐり、冷たい汗が額に吹き出してきた。

その時、フィデルマが彼の手をぎゅっと握りしめた。

「見て！」とフィデルマが、押し殺した声で囁いた。「左のほうを。あれ……明かりではないかしら？」

エイダルフは振り向き、暗闇の中を窺った。彼には、何も見えなかった。

「確かに、明かりだと思ったのよ」とフィデルマは、もどかしげに言い張った。「ほんの一瞬でしたけど……」エイダルフが、見間違いだったのではと言おうとしたその時、彼の目にも、一瞬、ちらつく明かりが見て取れた。そうであって欲しいと思っているものを、目が勝手に作り上げたのだろうか？　彼は、もう一度見えてくれるようにと祈りつつ、暗黒の中を凝視し続けた。幻ではなかった。フィデルマの言った通りだ！　間違いない。暗闇の中で、明かりがちらついている。

エイダルフは、安堵の思いを、大声でもらした。

「ええ、明かりです。あなたの言った通りだ！　さあ、早く！」彼は、ちらちらと光っている明かりのほうへと、フィデルマを引っ張っていきながら、精一杯の大声で、「おーい！　おーい！」と呼びかけた。

シーンと、静まり返っていた。だが、しわがれ声が、地下通路に谺しながら返ってきた。

「ほーい！」

光が強くなり、すぐに二人の目に、ランターンを掲げながら近寄ってくる初老の男が見えてきた。男は、二人が自分のほうへと通路を急いでやって来るのに気づいて、立ち止まった。

「何と、まあ！」と男は、一人からもう一人へと視線を移しながら、かすれた驚きの声をあげた。

　二人は、何かばかげた悪戯を父親のような年齢の優しい大人に見つかった子供、といった気持ちを味わいながら、軽く息をはずませて、男の前に立ち止まった。しばらくの間、ほっとした二人はただ微笑み、大きく息をつくことしかできなかった。地下道を走ってきたため、息が詰まって、しゃべることなど、とてもできなかった。

　老人は、重々しい表情で二人を見つめ、頭を振った。

「やれやれ、坊主が言うたんじゃ、あんたらが蠟燭を一本しか持っとらんのに、長いこと、トンネルから出てこねえってな。こんなにぐずぐずしとるなんて、あんたら、ばかなことをしたもんじゃ」

「こんなに時間が経っていたとは、我々、気がついていなかったのです」エイダルフは、やっと声を取り戻した。彼は、老人に呆れられ叱られてしまった自分たちのばかな振舞いを恥じ入りながら、喘ぎ喘ぎ、そう答えた。

「そういう愚かしさのせいで死んだ者が、大勢おりますぞ」と老人は、ぶつぶつと二人を叱った。「あんたら、もう、儂についてこられそうかね？　入口まで、連れて行ってやろう」

　二人は、自分たちの浅慮を恥じながら、無言で頷いた。老人はくるっと向きを変え、肩越しに話しかけつつ、案内し始めた。

「ああ、そうとも。この地下墓所で死んでいった者は、多いぞ。〝死者たちの中での死〟じゃよ！」と彼は、しわがれた声で笑った。「皮肉な話だろ？　聖人や殉教者がたの遺骨を見ようとしとるうちに、自分が骨になっちまうのよ。あるいは、あんたらのように闇の中に閉じ込められて、よっぽど運がいい者でなきゃ、永久に彷徨《さまよ》うことになる。全く運次第じゃ！　そうとも、ローマの地下墓所のトンネルを全部一本に繋ぎ合わせると、どのくらいになると思いなさるね？　約六百マイルと、計算されとりまさあ。六百マイルもの、トンネルですぞ。こうした地下通路の中に消えてって、発見されることのない者も、いくらでもおる。おそらく、そうした者たちの魂は、今も彷徨い続けとるのかもしれん、死者たちの間を、墓石の間を……」

ありがたいことに、ちょうどその時、彼らは地下墓所の入口に向かう階段に辿りついていた。先ほど、フィデルマたちが下りてきた、あの入口だ。二人は、目を瞬《しばたた》きながら、明るい陽射しが輝く、キリスト教徒の地上の墓地に出てきた。

蠟燭を入れた籠を前に、小さな男の子が坐っていた。男の子は、表情のない顔で、二人を見つめた。

老人は足を止めると、ランターンの火を吹き消して、それを地下墓所入口の脇に置いた。

老人は、改めて事態を思い返しているといった態《てい》で、少年が坐っている横のほうに視線を向けながら、低く呟いた。

「もし、この坊主が儂に何も言わなかったら……」と、彼は肩をすくめた。

フィデルマは法衣の襞《ひだ》の陰に綴じ付けてある袋《ポケット》の中を急いでまさぐると、男の子に銀貨を一枚、差し出した。少年は、無表情のまま、それを受け取ると、代金入れの鉢の中に落とし入れた。エイダルフも貨幣を一枚取り出して、老人のほうへ差し出そうとした。しかし老人は、首を横に振った。

「御銭《おあし》は、坊主の分で十分でさ」と、老人はぶっきらぼうな口調で、エイダルフに告げた。「だが、もしあんた方、お坊様や尼様が、束の間の現世の生き方も大事なことと思いなさるんなら、向こうに見えとるあの立派な大聖堂に、この次来なすった時」と彼は、アウレリアヌス城壁背後に高く聳えているサン・ジョヴァンニ大聖堂の塔を指さした。「その時には、御燈《みあかし》を灯して、この坊主のために祈ってやって下され」

フィデルマは、興味を面に浮かべて、老人に向きなおった。

「自分のためには、何も求めないのですね、ご老人。どうして？」

「儂よりも、坊主のほうが祈りを必要としとりますからな」と彼は、弁解するかのように、ぼそぼそと答えた。

「どういうわけかしら？」

「儂の寿命が尽きりゃ、こいつは、この世に一人っきりになっちまう。儂は年寄りでさあ。これまでの長い歳月、儂の人生の船旅は、何とか舵を取ってもらえて、切り抜けさせてもらえましたわ。だが、この坊主の父親は、儂の倅《せがれ》なんじゃが、連れ合いと一緒に、親の儂より先に亡くなってしもうた。こいつには、ほかには誰もおらんのです。お二人に祈ってもらえたら、ここに坐って蠟燭を売るしかない定めのこの子にも、もうちっとましな生き方が授かるかもしれん」

フィデルマは、諦めきったような少年の顔を、じっと見守った。その黒い目は、静かで虚ろだった。少年は、何の感情も浮かべていない顔を彼女に向けて、虚ろな目で見つめ返した。

「この先の人生、何をやりたいのかしら?」とフィデルマは、静かに問いかけてみた。

「そんなこと、どうでもいいや。俺にできることったら、ここに坐って、夢を見ることだけだもん」

「どんな夢なの?」

一瞬だけ、少年の瞳が輝いた。

「読み書きができて、どっかの立派な修道院に仕えることができたらいいなって。でも、無理さ」

ふたたび、男の子は視線を伏せた。その顔は、無表情な仮面に戻った。

「この子には、教育を授けてやれんのですわ」と、老人は溜め息をついた。「儂も、読み書きを習ったことがないもんで」老人はフィデルマたちに向かって、弁解するように付け加えた。

「それに、金もないし。巡礼たちに蠟燭を売っても、生きてゆくのに、かつかつでな。とても、贅沢《ぜいたく》にまわす余裕《ゆとり》なんぞ、ないですわ」

「坊や、名前は何と言うの?」とフィデルマは、少年を優しい表情で見つめつつ、問いかけた。

「アントニオだよ、ネレウスの息子の」少年は、静かな誇りを見せて、そう名乗った。

「私たち、お前のために、祈りを唱えますよ、アントニオ」フィデルマはそう約束し、次いで少年の祖父に向きなおった。「そして、あなたのためにも、祈ります、ご老人。ちょうど間《ま》に合った救いの手、本当にありがたく思っています」

第七章

もう午後も半ばを過ぎているというのに、まだ気温は高く、じっとりと蒸し暑い。修道女フィデルマは、キリスト教徒の共同墓地を訪れたあと、助祭アルセニウスと妻のエピファニアが営む宿に戻ってきていた。夜明け前から起きていたのである。フィデルマは、すっかり疲れ切っていた。食事だけでなく、休息《シエスタ》も取りたかった。一日の中でもっとも気温が高くなるのが第《セク》六時《スタ》で、ほとんどのローマ市民は、この時間帯には休息を取って、耐え難い暑さを凌《しの》ごうとする。

シエスタというのも、このセクスタに由来する名称なのだ。風呂を浴び、シエスタをとると、フィデルマは、すっかり元気を回復した。衛兵士官フーリウス・リキニウスが、彼女をふたたびラテラーノ宮殿に送りとどけようと、すでに待ってくれている。ウィガードに随行してきた人々から聴き取りを行うために、後刻、ラテラーノ宮殿で落ち合おうと、エイダルフ修道士と手筈を決めてあったのだ。

彼女が若い宮殿衛兵《クストーデス》に先ず問いかけたのは、失踪中のローナン・ラガラッハ修道士に関する情報だった。

リキニウスは、首を振った。

「今朝、独房から逃げ出して以来、どこへ消え失せたのやら、影さえ見つかっていません。ローマ市街のどこかに潜んでいるのかもしれませんが、アイルランドやブリテン島の修道士独特の、あのように風変わりな剃髪《ていはつ》ですからね、すぐに気づかれてしまうだろうと思うんですが」

フィデルマは、首を傾げて考えこんだ。

「では、彼はまだ街にいると、確信しているのですか？」

衛兵は、プラッセード礼拝堂を過ぎて、メルラーナ通りを丘の麓《ふもと》のラテラーノ宮殿へと戻っていきながら、肩をすくめた。

「ローマの城壁の全ての出入門は、昼夜を問わず警備兵が見張っているのですが、その全員に通達が出されています。でも、ローマは広大な市街地ですからね。何年も潜んでいることができるような地域も、それどころか、こっそり抜け出すことができる場所さえ、何箇所かあります。たとえば、ティヴェレ川沿いに沿岸部のオスティアやポルトの港へ向かい、そこで世界中どこにだって向かってくれる船の便を確保することだって、できるでしょうから」

「私には、ラガラッハはローマの街から出ていない、という気がします。遅かれ早かれ、きっと見つかりますよ」

「〝デオ・ヴォレンテ（神の御心によって、そうあれかし）〟」とリキニウスは、敬虔にそれに応えた。

「このローマの街を、よく知っているのでしょうね、リキニウス？」とフィデルマは、会話の方向を変えることにした。

　リキニウスは、目を瞬《しばたた》いた。

「まあ、人並みには。自分は、アウェンティヌスの丘の上で生まれ育ちました。先祖は、建国初期のローマ貴族で、九世紀も前に〈リキニウス法〉[1]をこの国に導入した護民官でした」フィデルマは、彼の若々しい顔が誇りに紅潮していることに気づいた。「これが強大な皇帝たちの御代であれば、自分も帝国の軍隊で将軍となっていたかもしれないんですが……」

　彼は、はっと我に返った。宮殿衛兵士官という地位についての自分の抑えつけてきた挫折感を、ついもらしてしまった。彼は、それもフィデルマのせいだと感じたのか、彼女を恨めしげにちらっと見やった。

「では、あなたなら、私の不審を解き明かして下さるかも」とフィデルマは、彼が突如見せた祖先についての誇りの噴出には気づかなかったふりをして、さりげなく話を続けた。「私は、ローマがいかに美しく、豊かな都市であるかを、かねがね大勢の人から聞かされていました。でも、ローマに来てみると、まるで戦火によって奇妙に損《そこ》なわれてしまったかのような建造物が目につきました。ほとんど崩壊してしまったものもあれば、風雨にもろにさらされているものも、見かけました。この街は、過去に絶えず蛮族たちにつけ狙われてきたのでしょうが、そうした野蛮な破壊行為《ヴァンダリズム》が、ごく最近も行われたかのような印象を受けましたわ。ゲンセリック王(2)と彼の率いるヴァンダル人たちがこの街を略奪してから、すでに長い歳月が経っているはず。でもこの街に残る傷痕は、どう見ても、新しそうですけど」

フィデルマが驚いたことに、リキニウスは、大きな声で笑いだした。

「炯眼《けいがん》ですね、シスター。ただし、それを行《おこな》った野蛮人とは、誰あろう、我らの皇帝その人でしたよ」

フィデルマは、すっかり驚かされた。

「それについて、もっと聞かせてもらえないかしら?」と、彼女はリキニウスを促した。

「帝国が、もう二十年以上もアラビア人たちと交戦中であることは、ご存じですよね? 彼らは、戦闘用の船団を、我々の海に絶えず送り込んでいます。そして、北アフリカの、かつては帝国の版図であった地方を、ほとんど征服し、今やそうした土地を拠点として、しょっちゅう我々に攻撃を仕掛けているのです。皇帝コンスタンスは、コンスタンティノープル(3)から撤退し、シチリアに強大な砦を築いて、この狂信者どもに対する防衛をそこから指揮しようと決心したのですが……」

「狂信者?」とフィデルマは、問いをはさんだ。

「彼らアラビア人は、預言者ムハンマドの教えに従う、新しい宗教を奉じ始めて、今では西のほうへ急速にその勢力を広げつつあります。彼らはこの宗教をイスラム、つまり〝神への服従〟と称し、この信仰に帰依する者を、ムスリム(イスラム教徒)と呼んでいるんです」

「ああ、ムスリムのことは、聞いたことがあります」と、フィデルマは頷いた。「でも、彼らは、ユダヤ教や私どものキリスト教の信仰を、両方とも認めていたのでは？」

「ええ、そうでした。でも今では、自分たちのムハンマドその人の中にこそ、神の聖なる御言葉が明確に体現されている、などと主張しているのです」とリキニウスは、蔑《さげす》みの口調で、説明した。「奴らは、今、キリスト教圏のいたるところで、殺戮《さつりく》と破壊を行っています」

　ここで彼はちょっと言葉を切った。それから、ふたたび説明を続けた。「実は、今年の初め頃でしたが、コンスタンス皇帝が、帝国の大船団と二万人のアジア系軍団を率いて、こちらに到着しました。彼は、先ずタラント[4]に上陸し、南部でいくつかの戦闘を展開した後、先月、ローマを公式に訪れたのです。コンスタンス帝は、ローマにわずか十二日しか滞在しなかった。だが、我らが勇猛なる皇帝がその間《かん》にローマの街に加えた被害がいかばかりであったことか。ムスリムの軍勢といえど、それ以上の暴虐をふるうことは、とてもできなかったろうと思いますね」

　フィデルマは、彼の激昂に眉をひそめた。「私には、どうも、よくわからないのですけど」

「コンスタンスは、東ローマ帝国の母なる都ローマを、この時初めて訪れたのですが、礼をつくした歓迎をもって迎えられました。教皇猊下《げいか》は、王者を迎えるにふさわしく、教皇庁の高僧顕官のきらびやかな行列を従えて、はるばる第六の里程標まで、出迎えに赴かれたのです。歓迎の宴《うたげ》も催されました。皇帝はそのあと、ヴァティカンのサン・ピエトロ大聖堂へ行き、さらにそのあと、引き連れてきた軍勢と共に、サンタ・マリア・マッジョーレ聖堂に向かいました」

フィデルマは、何とか溜め息を抑えた。

「私には、いっこうに……」と、彼女は言いかけた。

若い衛兵士官は、両手で辺りに立ち並ぶ建物をぐるっと指し示した。

「皇帝が祈りを捧げている間に、兵士らは、皇帝の指示に従って、ローマの建物から、あらゆる金属類を剝ぎ取ってしまったのです。青銅のタイル、それを繫《つな》ぎ合わせる締め具《クランプ》や繫ぎ部品、偉大なるローマ共和国の頃からずっと立っていた彫像やその他もろもろの美術品、その全てをです。これほどの残虐なる蛮行は、かつてなかった。それによって、このローマは、シスターが不審と感じられたような、哀れな姿になってしまったのです」

「でも、どうして?」

「どうして? コンスタンスが、大量の金属や貴重な工芸品を必要としていたからです。それを熔かして、自分の軍勢の武器を作るためです。皇帝はそれをオスティアの港に運んで船に積みこみ、シラクサ港へ向かわせました。金属は、そこからコンスタンティノープルに届けられることになっていたそうです」

彼は、苦々しげに笑いだした。だが、フィデルマが自分を訝《いぶか》しげに見守っているのに気づいて、笑いを消し、肩をすくめながら、説明の言葉を続けた。

「全く、皮肉な話です」

「皮肉？」

「ええ、金属は、シラクサに届かなかったのです。せっかくローマから盗み取った金属は、コンスタンスの船団がシラクサ港に到着する前に、アラビア人の襲撃船団に押さえられてしまい、アレクサンドリアに攫《さら》っていかれたのですから」

「アレクサンドリアに？」

リキニウスは、頷いた。

「この二十年、アレクサンドリアはイスラム教徒たちの手に陥《おち》ています」と、彼はふたたび肩をすくめた。「これが、ご不審に対する答えです、シスター」

フィデルマは、リキニウスが語って聞かせてくれたことを、じっくり考えてみた。

「ところで、皇帝は、今、南部においでなのでしょう？」

「四週間前に、南部へ向けて出発されました。あの辺りでは、今もまだ、イスラム教徒相手の戦闘が続いているのだと思います」

「ここに、何か張りつめた空気が漂っているのは、そのせいだったのかしら。私がローマを訪れるために利用した船の船長も、南の水平線に帆船らしい影が見えようものなら、ひどく神経質になっていましたが、それも、そのせいだったのですね？」

二人は、すでにラテラーノ宮殿正面の石の大階段へと、やって来ていた。

小隊長《テッセラリウス》リキニウスは、フィデルマが、彼女の個人的な不審について、すでに十分納得したものと見て取ったようで、今度は公務についての情報を聞かせてくれた。「衛兵隊司令官殿《スペリスタ》は、シスターとサクソン人の修道士が聴き取り調査をなさるための執務室として、一部屋、手配しておられます」彼は、廊下を進んで、教皇庁の衛兵隊司令官であるマリヌスの執務室近くへと、フィデルマを案内してくれた。家具などは少ないが、ごく機能的な部屋であるようだ。エイダルフ修道士は、すでに到着していた。二人が入ってくるのを見て、彼は立ち上がった。彼も休息を取り、元気を回復したらしい。

「修道士たちに、前もって言っておきましたよ、聴き取り調査のために呼ばれることになるから、そのつもりでと」部屋には、木の椅子が数脚備えられていた。その一つに腰を下ろしたフィデルマに、エイダルフは先ず最初にそう告げた。

「それは、助かります。会わねばならない人たちを、このリキニウスが手配役となって、ここに連れてきてくれるでしょうから」

若い衛兵隊小隊長リキニウスは、かしこまって、頷いた。いよいよ公的な任務が始まるのだ。

「ご指示のままに、修道女殿」

だがエイダルフは、何枚もの粘土の筆録盤と鉄筆《スティルス》を小さな机の上に置きながらも、釈然としない態《てい》で、鼻の先をこするのだった。「しかし、フィデルマ、正直言って、この作業からは何も得られないと思うのですが……」

フィデルマは片手を上げて、彼の言葉を押しとどめた。

「わかっています。ローナン・ラガラッハ修道士は、おそらく有罪でしょう。ですから、これはあくまでも、私の好奇心なの。わがままを通させて下さい、エイダルフ。そうして下されば、より速やかに事が運びますわ」

エイダルフは、ぐっと歯を嚙みしめて、何も言おうとはしなかった。

フィデルマは、気が重かった。彼には、この問題に、もっと素直に取り組んでもらいたかった。彼女は、エイダルフの明敏な頭脳と深い人間洞察を高く買っているのだから。だが、いくら彼を高く評価していても、自分の直感を無視することはできない。ここに、究明すべき隠れた謎が潜んでいると、彼女には確信があるのだ。

「先ず、ウィガードの私的な召使いのイネ修道士から始めましょう」と彼女は、きっぱりと彼に告げた。

エイダルフは、リキニウスに、ちらっと視線を向けた。

「イネ修道士を連れてきてくれないか？　我々が会う必要のありそうな人たちには、中央大広間《アトリウム》に集まっていて欲しいと頼んである。皆、そこで待っているはずだ」

若い衛兵隊小隊長は頷き、部屋を出て行った。

エイダルフは視線をふたたびフィデルマに戻して、皮肉っぽい微笑を浮かべた。

「貴族の血を引く我らの友人、この調査に気乗りがしないようですよ」

「単に、聖職者たちの監視や護衛を務めるよりも昔日のローマ帝国の軍隊で戦いたかったと、感じているのだと思いますよ」とフィデルマは、真面目に彼に答えた。「リキニウスは、未熟な若者らしい性急さと傲慢《ごうまん》さを持った青年で、貴族であった祖先のことを誇りとしていますね。でも、彼には、時間がありますわ。やがて大人になり、円熟してゆくでしょうよ」

リキニウスが出て行ったかと思うとすぐに、扉が開いた。入ってきたのは、悲しげな顔つきの、痩せた小柄な人物だった。フィデルマの見るところ、歳は四十前後のようだ。彼に続いて、若い衛兵隊小隊長リキニウスも入ってきた。彼は、「イネ修道士です」と男の名を告げ、気の重そうな修道士を部屋にほとんど押し込むようにして入れると、すぐに外から扉を閉めた。

「どうぞ、こちらへ、ブラザー・イネ」とエイダルフが、身振りで椅子を示した。「こちらは、〝キルデアのフィデルマ〟修道女。ウィガード殿の死について、私たちは共に調査を行うようにと、ゲラシウス司教殿に委任されているのだ」

イネ修道士は、憂《うれ》いの表情を変えることなく、黒い生真面目な目で、フィデルマを見つめた。「主《しゅ》の御恵みがあらんことを」と呟《つぶや》きつつ、彼は腰を下ろした。

はっきりと彼に理解させておくほうがいいと考えて、フィデルマは「ブラザー・イネ」と、話しかけた。「私どもが、〝カンタベリーのウィガード〟殿の殺人事件について、教皇庁の権威の下に、調査を行っているのだということは、わかっておいでですか？」

　イネ修道士は、素早く神経質に頭を上下させて、問いに答えた。

「あなたは、ウィガード殿の私的な召使いでしたね？」

「御霊《みたま》の安からんことを！」とイネ修道士は、先ず敬虔にラテン語の祈りの言葉を呟き、胸に十字を切った。「私は、叙階をお受けになるはずだったのにお亡くなりになった司教様に、お仕えしとりました。実を言えば、むしろ、腹心の部下、といったところでした」

「あなたも、ケント王国の出身ですか？」

　エイダルフは、椅子の背に身を凭《もた》せて、ゆったりと坐りこんだ。質問は、フィデルマがやりたいようにさせるほうがよさそうだ、と判断したのだ。

「そうです」修道士のもの悲しげな顔に、誇りの色が浮かんだ。だが、一瞬のことだった。「父は、イードバルド王の宮殿に仕える最下級自由民《シャール》でした。兄は、現在王座に就いておられるイアルセンバートの宮殿に、今も仕えております」

「最下級自由民とは、労働者のことです」と、エイダルフが説明してくれた。フィデルマのサクソン社会についての理解が十分でない場合には、エイダルフがこうして補ってくれるのだった。「卑しい仕事をする下男や下女を指す言葉です」

　フィデルマは、ふたたびイネ修道士に向きなおって、質問を続けた。「キリストにお仕えして、どのくらいになります？」

「ホノリウス大司教様がご在任の時に、父は私をカンタベリーの大修道院に捧げました。十歳の時でした。それからずっと、キリストにお仕えしつつ、育てられたのです」

子供を大修道院に捧げて主にお仕えさせる、という奇妙なサクソンの慣習のことは、フィデルマも聞いていた。

「では、ウィガード殿にお仕えしてからは、どのくらいになります？」

「二十年です。ウィガード様がロチェスターのイサマー司教様の秘書官《スクリーバ》の地位にお就きになった時に、ウィガード様の召使いとなりました」

「イサマー様は、司教として正式に叙任された、最初のケント人でした。聖アウグスティヌスがキリスト教をケント王国に伝えた時から数えて、五十年近く経ってのことでした」

フィデルマは、エイダルフの脇道に逸れた追加説明を無視したが、イネ修道士のほうは、これに同感して、頷いていた。

「これは、ウィガード様のご家族が、ケント北部海岸に侵略してきたピクト人によって殺されてしまいなさったのと、同じ年でした。ウィガード様は、まだ身分の低い聖職者でいらした時に結婚なさって、二人のお子を儲けておられたのです。ご家族を皆殺しにされたあと、ウィガード様は教会の仕事に打ち込まれ、十年間、イサマー司教様にお仕えになっておられました。ホノリウス大司教様がお亡くなりになったあと、デウスデーディトゥス様が大司教をお継ぎになりました。カンタベリー大司教におなりになった、最初のサクソン人です。デウスデーディトゥス大司教様は、秘書官として、ウィガード様をお選びになりました。そこで私どもは、ロチェスターからカンタベリーへと移ったのです。それ以来ずっと、私はウィガード様のお側《そば》におります」

「そうでしたか。では、ウィガード殿を長年知っていたのですね？」

イネ修道士は、辛そうな顔でもって、その通りであるとの意を伝えた。

「あなたが見てきた限りで、ウィガード殿には敵がおありでしたか？」

イネ修道士は、顔をしかめ、こっそりとエイダルフに視線を向けたあと、目を伏せてしまった。何やら、答えにくいらしい。

「ウィガード様は、ローマ・カトリック教会の宗規を支持なさる方々の代弁者でした。ですから、いろいろと、敵意の的にも……」

彼が先を続けようとしないので、フィデルマはうんざりしたように苦笑いを浮かべた。

「私のように、コロンバ派を支持しようとする代弁者からの敵意、ということですか？」

イネ修道士は、困ったように肩をすくめた。

「ほかに、敵意を持っていた人たちは？」とフィデルマは、さらに問い質《ただ》した。

陰気な修道士は、伏せていた黒い目を上げ、また肩をすくめた。

「殺人を犯してまでという者など、ほかには誰も」

この言葉が暗示する意味は無視して、彼女は続けた。「殺人が行われた夜のことに移りましょう、ブラザー・イネ。司教殿の個人的な召使いとして、普通はご主人の就寝のお世話をなさるのでしょう？」

「普通は、そうしています」

「でも、あの夜は、違った？」

イネ修道士は、顔をしかめた。不審の色が、その面《おもて》に浮かんだ。

「どうして、それを……？」

フィデルマは、もどかしげに、手を振った。

「寝台は、寝台掛け《ベッド・カヴァー》もまだ捲《めく》られておらず、就寝の準備はされていませんでした。ごく初歩的な推理です。さあ、聞かせて下さい、ウィガード殿を最後に見られたのは、いつでした？」

イネ修道士は椅子の背に身を凭せ、溜め息をつきながら、記憶をかき集めようとした。

「私は、深夜のアンジェラス（御告げの祈り）の鐘の二時間前に、ウィガード様の部屋に伺いました」

「あなた自身の部屋は、どちらです？」とフィデルマは、訊ねた。

「ウィガード様の部屋の真向かいが、ブラザー・エイダルフの部屋で、私のは、その隣りです」

これは、エイダルフから聞いていたことを、確認するものであった。何事も、確かめておくに越したことはない。

「では、ウィガード殿の部屋と、中廊下をはさんだ向かい側なのですね？」

「はあ、そうなります」

「続けて下さい」フィデルマは椅子の背に身を凭せかけて坐り、注意深くサクソン人修道士イネを見守った。

ふたたび、イネ修道士はためらいを見せた。

「私はいつも通り、その時刻にお部屋に伺いました。シスターが言われた通り、就寝なさりやすいように寝台を整え、ご主人が夜お休みの間に必要となさるものが全て揃っているかに気を配ることも、私の務めです」

「深夜の御告げの祈りの二時間前というのは、お休みの時刻としては、早すぎるようですね。ウィガード殿はいつもそのように早々と床《とこ》に就かれるのですか？」

「ウィガード様は、ここの気候は快適ではないと思われて、日の出前に起き出して仕事をなさることを好まれました。ですから、ローマにいらしてからは、早寝早起きをしておいでだったのです」

フィデルマは、エイダルフを見やった。ウィガードの秘書官であった彼は頷いて、イネの言葉が正しいことを確認した。

「では、寝台を整えるために、部屋に伺ったのですね。それから？」とフィデルマは、イネに先を促した。

「ウィガード様は、どうやら……」イネ修道士は、適切な言葉を探そうと、ちょっと口ごもった。「……何かに、気を取られておいでのようでした。私に、今夜はもう用はないと言われました」

「理由を告げられましたか？」

「ただ……」またもや、イネは口ごもり、ほんのわずかな時間ではあったが、かすかな記憶を呼び戻そうとするかのように、忙《せわ》しなく瞬きをした。「何か、することがある、誰かに会うことになっているとか、言っておられました。寝台掛けは自分で捲るから、とも」

フィデルマは、問い質すように、視線を上げた。

「誰かと会う？ 今、言われましたね、ウィガード殿は早く床に就かれる習慣だったと。奇妙だとは思いませんでしたか？」

「いいえ、今日、教皇猊下にお会いになる予定になっていましたから、それに備えて、秘書官の、このブラザー・エイダルフとご一緒に、何かいつもと違う仕事がおありなのだろうと、単純に考えていました。ウィガード様は、勿体《もったい》ぶらない方で、ちょっとした雑用は、よくご自分でなさいました」

「では、ウィガード殿は、夜遅くであるにもかかわらず、そして、いつも通りに早めに寝室に引きこもられたにもかかわらず、訪問者を迎えようとしていらした——あなたが言おうとしているのは、そういうことですね？」

イネは、ふたたびエイダルフをちらっと見やった。

「ウィガード様は、このことを、無論あなたにはお話しになられたのでは？」

エイダルフは、首を横に振って、それを否定した。

「ウィガード殿が訪問者を待っておられたなど、知らなかったな。訪問者は、私ではないよ。あの晩、私が宮殿に戻ってきたのは、ウィガード殿のご遺体が発見されたあとで、だったから」

「ウィガード殿に、もう用はないと言われて、あなたは自室に戻ったのですか？」とフィデルマは、イネに話しかけた。

「そうです。私は引き下がり、ウィガード様の部屋を出ると、扉を閉め、自室に戻りました。騒々しい物音で目が覚めた時、中廊下には宮殿の衛兵たちが群がっていました。そして、ウィガード様が殺されなさったと知ったのです」

「ウィガード殿の前から引き下がったあと、すぐ眠ってしまったのかな？」と、エイダルフが問いかけた。

「そうです。ぐっすりと」

「生きておられるウィガード殿に最後に会って言葉を交わしたのは、君なのだ」とエイダルフはじっと考えこんだ。

イネ修道士は顎をきっと上げ、「殺人者を除けば、です」と、この点を強調した。

フィデルマは、宥《なだ》めるように、彼に微笑みかけた。「もちろんです。殺人犯を除けば、です。そして、この夜更けの訪問者が何者か、まだ何もわかっていないのですね？」

イネ修道士は、両肩をすっとすくめた。

「もう、そう申し上げましたよ」と彼は、不機嫌な顔で答えた。だが、すぐに顔をしかめ、戸惑ったように、一人からもう一人へと、視線を移した。

「でも、宮殿衛兵たちは、ウィガード様の部屋から立ち去ろうとしたアイルランド人を、すでに逮捕したのではなかったのですか？　そうだとすると、ウィガード様が待っておられた訪問者というのは、そのアイルランド人修道士だったということになると思いますが」

「聞かせて下さい、ブラザー」とフィデルマは、彼の指摘には取り合わずに、質問を続けた。

「サクソン諸王国の王様がたからの教皇猊下への献上品を、ウィガード殿はローマに運んでこられましたが、この高価な宝物《ほうもつ》を管理することも、ウィガード殿の召使いとして、あなたの仕事だったのですか？」

ふたたび、かすかな不審の影が、イネの面をかすめた。

「そうでした。それが、何か？」

「これらの宝物を最後に目にしたのは、いつでした？」

イネは、一瞬、眉を寄せ、軽く唇を噛んで、考えこんだ。

「同じ日のもっと早い時刻でしたよ。今日、この宝物を教皇様に献上なさるので、ウィガード様は私に、この高価な品々を全て、曇り一つなく磨き上げておくようにと指示されました」

「なるほど！」とフィデルマは、これを聞くやすぐに吐息をもらした。「ウィガード殿が今日、教皇猊下に拝謁されるのは、ご自分が運んでこられた宝物を献上されるためだったのですね？」

「それだけではなく、サクソンの五王国から託された聖餐杯《チャリス》に教皇猊下の祝福を頂くためでもありましたよ」と、エイダルフが口をはさんだ。「このことは、多くの人たちが知っています」

フィデルマは、エイダルフのほうに向きなおった。

「そうすると、この事件の動機が窃盗《せっとう》であったとして、多くの人たちは、これらの貴重な宝物が、今日、教皇庁の公庫に納められると知っていた、ということですか？　そうなってからでは、盗み出すことは難しいでしょうね？」

「ただ」とエイダルフが、躊躇《ためら》いがちに指摘した。「聖餐杯のほうは、教皇猊下の祝福を受けたあと、カンタベリーに持ち帰るために、ふたたびウィガード殿の手許に戻される予定でしたけどね」

「でも、それ以外の宝物は、ほとんど全部、あの木櫃《もくひつ》から運び出されることになっていたのでしょ？　ラテラーノ宮殿の公庫に、しっかりと収納されてしまうはずだったのではありませんか？」

「まあ、その通りです」と、エイダルフは認めた。

イネ修道士は戸惑いにかすかに顔をしかめて、二人を見つめていた。

「宝物が盗まれたと、話しておられるのですか？」と、イネは二人に問いかけた。

「聞いていなかったのですか？」フィデルマは、興味をそそられた。彼の顔に表れた驚きの色は、まがいようなく本物であった。

「いいえ。誰も、そんなこと、聞かせてくれませんでした」

憂い顔のサクソン人修道士は、珍しく憤然としたようだ。フィデルマの見るところ、この情報が彼に知らされなかったことは、彼の誇りをひどく傷つけたらしい。彼は、自分をウィガードの腹心だと、自任していたのだ。だが、怒りの表情は瞬時に消え失せ、ふたたび、もの悲しげな顔に戻っていた。

「もう、これでよろしいですかな？」

「いえ」と、フィデルマは答えた。「あなたは、宝物を磨いて、それをウィガード殿の木櫃に、確かに納めた……それは、何時でした？」

「夕食の直前でしたよ」

「では、その時には、全てそこにあったのですね？」

イネは、顎をわずかに突き出したが、すぐに元の表情に戻った。どのような抗議をしようとしていたにせよ、それは口にされずに終わった。

「はあ、全て、揃っとりました」と彼は、素っ気なく告げただけであった。

「ウィガード殿が床に就かれるのを手伝おうと部屋に伺った時」とエイダルフが言葉をはさんだ。「長櫃《ながびつ》の蓋は開いていたのかな、それとも、閉まっていたのだろうか？」

「閉まってましたよ」と、すぐに返事が返ってきた。

「どうして、わかったのです?」とフィデルマも、即座に問い質した。

「長櫃は、大司教の叙階をお受けになるはずのウィガード様の部屋に入ってすぐの、嫌でも目につく場所にありましたので」

「そのように高価な宝物ですから、誰か警護の兵が付いていたのでしょうね?」

「宮殿衛兵が、司令官殿の命令で、警護にあたっておりました。必ず一人が、中廊下に続く階段の下を、巡邏《じゅんら》しておりました」

フィデルマは、ちょっと考えた。

「階段の下を巡邏? ……中廊下のお部屋の前で、ずっと警備をしていたのではないのですか?」

「いや、違います。衛兵たちは、いつも来客棟《ドムス・ホスピターレ》の入口辺りで、見張りをしてました。来客がたの部屋は、三階でして、そこには階段からでないと行かれませんからね」

「でも、衛兵が誰も中廊下に配置されていないとなると、宝物を誰にも見つからずに持ち出せるのでは?」

「そうですな。でも、誰であれ、この建物に外から入り込んで、また外へ出て行こうとすれば、必ず衛兵に見咎められますよ」イネの顔が、ぱっと明るくなった。「ああ、わかった、だから衛兵は、あのアイルランド人修道士を捕らえたのか! では、宝物は、もう発見されたんですな」

フィデルマは、イネの素直な推量に、エイダルフへちらっと視線を投げかけた。

「とにかく、宝物は常に衛兵の監視の下に置かれていたわけではないと、はっきり言えるわけですね？　ウィガード殿の扉の前に、四六時中、配置されていた者はいないのですね？」

「はあ、誰も」

フィデルマは、長い溜め息をつくと、椅子の背に体を凭せるように坐りなおした。

「もう、結構です。私ども、そのうちにまた、あなたに会う必要が出てくるかと思いますが、今のところは」

イネは、入ってきた時、不承不承《ふしようぶしよう》といった態度であったが、今度は立ち上がって出て行くことに、不満そうな様子を見せた。彼が立ち去ると、フィデルマはエイダルフに向きなおった。

「では、と。盗まれた宝物が最後に目にされたのは、夕食の直前であり、ウィガードは真夜中の二時間前までは、生存。ところが、真夜中直後には、亡くなっておられた。我々は、死亡二時間前から死亡時刻までの間に、彼が誰かを待ち受けていたことを、知りました。また、ちょうど真夜中ごろに、彼の部屋から出てきたところだと見做されて、ローナン・ラガラッハ修道士がすぐに逮捕されたことも。ローナン修道士は、この時、宝物を何一つ所持していなかった。現在のところ、宝物は換金価値のない聖遺物《レリック》以外、全て消え失せたままである——ということですね」

「全て、我々がすでに知っていることばかりです」

「リキニウス！」フィデルマは椅子から立ち上がって、衛兵隊小隊長に呼びかけた。

若い小隊長は、扉を開け、一歩部屋に入ってきた。

「今度は、誰と話されたいのですか、修道女殿？」と彼は、立場上、正式な態度で問いかけた。

「あなたとです。時間はかかりません」

小隊長リキニウスは驚いたようだが、部屋の中へ入ってくると、十分意識しながら、彼女の前に立ち、兵士の〝休め〟の姿勢をとった。

「フーリウス・リキニウス、ラテラーノ宮殿の衛兵となって、どのくらいになるのか、聞かせてもらえますか？」

リキニウスは、かすかに眉をしかめた。

「衛兵になって、四年になります。でも、最近二年間は、十人隊を指揮していました。そして今は、ごく最近任命されたばかりですが、テッセラリウス、つまり衛兵隊小隊長であります」

「宮殿を、よく知っているのでしょうね？」

「まあ、誰にも劣らぬくらいには」若い衛兵士官は、二日前の晩、財務長官管轄の収納室に関して、アイルランド人修道士にいともやすやすと騙されてしまったことは思い出すまいと努めながら、そう答えた。

「十人隊長《デクリオン》のマルクス・ナルセスは、今朝の私たちの話を受けて、来客棟の客室をもう一度探索したのでしょうね？」

リキニウスは、ウィガードの寝台の下から、宝物の一部である消え失せていた聖遺物が見つかった時に同僚の士官の顔に浮かんだ悔しげな表情を思い出して、こっそりと笑みをもらした。

「はい、彼は探索を行いました。でも、何も見つかりませんでした」

「仮説を立ててみましょう。あなたは、宝物を盗もうとして、ウィガード殿の部屋に入った。そしてウィガード殿を殺した、とします。そのあと、宝物の大きな荷物を持ち出さなければならない。重い金属を詰めた大きな麻袋二個という、嵩《かさ》ばる荷物かもしれません。あなたなら、どうします？」

小隊長リキニウスは、目を瞠《みは》った。だが彼は、じっくり考えて、返答した。

「もし自分がその立場だったら、衛兵たちが警邏していることを、知っているはずです。来客がたの部屋は三階にあるので、そこに行くには、階段を二階分昇らねばなりません。それに、階段の昇り口には衛兵たちが控えていることを、自分は知っている。となると、自分は、宝物は三階に隠しておいて、あとで取りに来ますね。でも、そこから衛兵らの目をくらまして出て行くなんて、そもそも不可能ですよ。それに、マルクス・ナルセスは、あの階の客室を、すでに二回も探索しています。あの階の部屋は、収納室として使っている部屋以外、全部ふさがっていることを、お忘れなく。あの建物に、隠し部屋だの、隠れた壁龕《へきがん》なぞ、ありません」

フィデルマの唇の両端が、下がった。

「それでも、私たちは、ローナン・ラガラッハ修道士は、どうやってだかわかりませんが、ウイガード殿を殺害し、宝物の入った嵩ばる袋を持って逃げ出したのだ、と信じるよう求められています……ローナン修道士は、その時、あなたの友人の十人隊長マルクス・ナルセスに見つかり、犯行現場から逃げようと駆けだしたために、捕らえられたのでしたね。では、ローナン修道士は、妖術師で、宝物を消滅させたのでしょうか？　マルクス・ナルセスによると、ローナン修道士は何も所持していなかった、というのですから。これを説明してみて下さい、フーリウス・リキニウス」

意外にも、小隊長リキニウスは、躊躇いを見せなかった。

「簡単ですよ、修道女殿。ローナン修道士は、マルクスに見咎められ追跡された時には、もう宝物を隠し終えていたのです。あるいは、共犯者がいて、ローナンが捕まっている間に、そいつがこっそり持ち去ったのです」

フィデルマは、得心できずに、首を振った。

「共犯者ね。とてもいい着想です。衛兵たちの目を逃れることができた共犯者、ということですか？　でも、そうとは思えませんよ。フーリウス・リキニウス。あなたは、誰かを殺した。そして、共犯者が衛兵たちの目を盗んで、高価な宝物を、少なくとも二往復して運び出し隠し終わるまで、じっと被害者の部屋で待っていた。それどころか、共犯者が完全に逃げきるまで待って、そのうえで初めて、何一つ身に帯びずに、殺人を犯した部屋から出て……逮捕された、というのですか？」

「では、第一の解決に違いありませんね。ローナンが逮捕されたのは、宝物を隠してしまってからだったのですよ」と、エイダルフが言葉をはさんだ。彼は考えながら、独り言のように付け加えた。「しかし、もしローナンが宝物を隠していたのであれば、最後の荷物を運び出したあとで、ウィガード殿の部屋に戻ってくるはずはないな。犯行の現場から、できるだけ早く姿を消すに越したことはないのだから」

「十人隊長のマルクスに見咎められた時、ローナン・ラガラッハはウィガード殿の部屋から出てくるところだった――そう証言したのは、誰でした?」とフィデルマが、突然質問を放った。

「どういう意味です?」リキニウスと一緒に、顔をしかめてフィデルマに向きなおりながら、エイダルフは彼女にそう問いかけた。

「フーリウス・リキニウスが前に言っていたことが一つ、気にかかっているのです」

「自分が、ですか?」と、若い小隊長は、何のことかわからない顔つきで、問い返した。

フィデルマは、考えこみながら頷いた。「ローナンは、宝物のために、ウィガード殿を殺害した。彼は、もう死んでいる。ローナンは、宝物を少なくとも二つの麻袋に詰めこまなければならない。それを、どうすれば隠すことができるのでしょう? 彼は、隠匿場所まで、二往復しなければならないのです。マルクス・ナルセスが彼を見つけた時には、彼はこの宝物隠匿の作業をやり終えていたわけです。そうであれば、ローナンは部屋から出てくるところだったようですが、それはウィガード殿の部屋からではなく、同じ階の、今彼が宝物を隠したばかりの部屋からだったはずです」

フィデルマがふたたび黙りこんだので、エイダルフは「それで？」と、先を促した。

「でも、どこに隠すことができたんです？」と、リキニウスがフィデルマの言葉をさえぎった。

「さっき、言ったでしょう、この建物には、宝物を隠せるような隠し部屋だの壁龕だのはないって。大きな戸棚だって、ありませんよ。マルクス・ナルセスは、あの晩空いていた部屋を全て、二回も探索しているんです」

「ええ、そう言っていましたね、リキニウス。衛兵たちは、可能性のある場所を全て……」フィデルマは、突然、言葉を切り、考えこみながら、リキニウスをじっと見つめた。

「マルクス・ナルセスは……今、何と言いました？」鞭のように鋭い声だった。

若い衛兵隊小隊長は、自分が何と言ったからこのような反応を引き起こしたのだろうと、懸命に思い返した。

「自分はただ、マルクス・ナルセスは、修道女殿の指示に従って、あの晩空き部屋であった客室を全て、二度にわたって探し回ったと言っただけです」

「全ての部屋を探索したのだと思っていましたが？」

リキニウスは、戸惑った様子を見せた。

「もちろん、ローナン・ラガラッハは、盗み出した宝物を、ウィガード殿の一行の方々が在室しておられる部屋になんぞ、隠そうとするはずありません。だから自分たちは、そう考えて

「……」

フィデルマは、そっと呻《うめ》き声をもらした。

「来客に割り当てられていようが空室であろうが、全ての部屋を探してみるべきでした」

「ですが……」

「たとえば、マルクス・ナルセスは、エイダルフ修道士殿の部屋を探しましたか？」

リキニウスは、二人とも頭がおかしいのでは、というように、フィデルマからエイダルフへと、視線を移した。

「もちろん、しませんよ」

「昨晩、私は、部屋にいなかった」エイダルフは平静な声でしゃべろうと努めながら、そう告げた。

「行ってみましょう！」フィデルマは突然立ち上がり、指をぴしりと鳴らした。彼女のこの動作に仰天して、リキニウスもさっと立ち上がった。

リキニウスは、すっかり戸惑っていた。

「よくわかりませんが。どこへ行くんです？」

フィデルマは、まだわからないのかというような視線を、彼にちらっと投げかけた。

「エイダルフ殿は、〝リンデスファーンの福者《ブレッシド》エイドーン〟に捧げる深夜のミサに出るために、聖マリアの聖堂へ行っておられましたから、その部屋は空室になっていたのです」

第八章

エイダルフの部屋は、ウィガードの壮麗な居室より遙かに質素なものだったので、探索は残念ながら収穫なしと、すぐに判明した。フィデルマも、消失している宝物《ほうもつ》が発見できるだろうと、予想していたわけではない。それでも、宝物がここに一時的に持ちこまれ臨時の隠し場所として利用されたと告げる何らかの痕跡が見つかり、彼女が初めからずっと気になっている難問を解く手がかりが見つかるのではないかとは、期待していたのである。しかし、部屋のあらゆる箇所を綿密に調べても、この場にあるはずのない物が持ちこまれていたという様子は、何一つなかった。

フーリウス・リキニウスは、顔をしかめた。

「やっぱり、自分が言った通りですよ――ローナン・ラガラッハ修道士には、共犯者がいたんです。衛兵たちがローナンを捕らえた時、共犯者は、宝物を抱えて、さっさと逃げ出したんですよ」

修道女フィデルマは、この若者が主張する理屈に同感しかけていたものの、それに満足はできかねていた。

「おそらく、ローナン・ラガラッハ修道士の宿も、徹底的に捜索されたのでしょうね？」

フーリウス・リキニウスは、勢いよく頷いた。

「マルクス・ナルセスが、自分で調べました。でも、ウィガード殿の宝物など、痕跡一つ残ってはいませんでした」

「私も、自分の目で、ローナンの宿を調べてみたいですね」

リキニウスの目は、不賛成を語っていた。

「今、ですか？」

「いけません？」


彼らが扉へ向きなおった時、戸口の枠に縁取られるようにして、人の姿が現れた。長身の人物である。そのままでは戸口の上部の横木を潜り抜けられないのではと思えるほど、上背《うわぜい》がある。暗い翳《かげ》があるものの、際立った美貌の主《ぬし》だ。だが、そう思う一方で、フィデルマは彼の容貌に嫌悪を覚えていた。彼女が、先ほど、この〝スタングランドのパトック〟修道院長の顔を見た時に感じたのと、同じ嫌悪に、またおそわれた。人に対する優しさの欠如だろうか。浅黒い顔色で、口許は残忍そうだ。黒い眉の下の、窪《くぼ》んだ眼窩《がんか》の奥からは、氷のような青い目が覗いていた。そう、パトック修道院長は、ある人にとっては、美男子と見えるかもしれない。だが、フィデルマがすぐに好意を抱くような男では、決してなかった。彼は今、思いめぐらすような視線で、フィデルマをじっくりと見極めている。跳びかかる前に餌食《えじき》を見つめている猫の、強い眼光だ。

「私に質問をしたいそうだな、〝ギルデアのフィデルマ〟」と院長は、静かな、抑制のきいた、だが全く温かみのない声で、問いかけてきた。エイダルフのことは、完全に無視しているようだ。「であれば、今が、一番都合がいい」

背の高い姿が、ずかずかと部屋に入ってきた。三人より抜きんでた長身である。もう一人、院長と較べると遙かに小柄な男も、彼に従って入ってきた。院長の侍者であり召使いでもある、エインレッドだ。落ち着いた、穏やかな男で、特に記憶に残ることもないような、目立たない容貌をしている。人混みの中で、すぐに紛れてしまいそうだ。常にパトック院長の肩の後ろにつき従っている彼は、フィデルマの目には、まるでパトックの影法師のように見えた。

彼女は、眉をひそめた。全ての人間は自分が奏でる音楽に従って踊るものだと思い込んでいる彼の自信が、フィデルマには不愉快であった。

「後ほど、お呼びするつもりでおりました、パトック殿……」と、彼女は言いかけたが、修道院長は苛立たしげに、手を打ち振った。

「今ここで、その件を片づけるとしよう。この後は、忙しいのだ。ゲラシウス司教と会う手筈になっておるのでな」

彼は言葉をいったん切って、片手を上げて額を拭った。

「さあ、始めよう」そう言いながら院長は、エイダルフの寝台に歩み寄って、どかりと腰を下ろし、冷ややかな青い瞳で、彼らをじっと見つめた。エインレッドは、法衣の下で腕を組み、自分の役目に忠実に、扉の前に控えた。「私に訊ねたいというのは、どういう質問かな?」

フーリウス・リキニウスは、無表情を保っているが、フィデルマはエイダルフと目を見交わし合った。サクソン人修道士エイダルフは、問答無用とばかりに自分のやり方を押しとおそうとしている院長の態度を面白がっているらしく、忍び笑いを抑えつけていたようだ。だが、フィデルマの顔つきを見るや、彼はもっと生真面目な表情を取り繕おうと、素早く顔を引き締めた。フィデルマの口許の厳しい線が何の徴候であるかを、彼はよく承知していた。

「さあ、始めるがいい!」自分の態度が引き起こしている怒りなど全く念頭にないパトックが、そう命じた。「私の時間は、貴重なのだ」

「我々の時間も、貴重です、〝ノーサンブリアのパトック〟殿」フィデルマは、口から飛び出そうとした、もっと苛立たしい返答を抑えて、故意に静かな口調で、冷たく彼に答えた。

浅黒い顔をした修道院長は、面《おもて》にうっすらと笑いを漂わせた。彼をかえって不吉に見せる微笑であった。

「さて、それはどうかな」フィデルマの怒りには、全く気づいていない返事だった。「ウィガードが亡くなった今、私が責任を果たさねばならないのだ。我々は、大司教を伴わずにカンタベリーに帰るわけにはゆかぬ。となると、我々サクソン人の中で、教皇猊下《げいか》の祝福の下に大司教叙任を受ける者として、もっともふさわしい資格をそなえているのは、誰であろう？」

フィデルマは、驚いて、得々としている長身の男を凝視した。

「ウィガード殿の後任として、すでにあなたが指名されていらっしゃるのですか？」と彼女は、彼を問い質《ただ》した。「ここにいるエイダルフ修道士がそのことを耳にしていらしたら、きっと私に告げて下さったはずですが」

「私は、聞いていませんね……」とエイダルフが言いかけたが、パトックはそれに動揺することなく、いかにも満足げな笑みを顔に浮かべた。

「私は、まだ自分の意見を教皇猊下にお伝えしてはいない。しかし、この選任は、確かだ」

エイダルフの顔が、深刻なものに変わった。

「しかし、サクソン諸王国の司教や修道院長がたが、ウィガード殿をお選びになって……」

氷のような青い目が、エイダルフに向けられた。人を怯《ひる》ませるような視線であった。

「そして、そのウィガードは、今や存命していない。今ここに、このローマに、この地位に就く資格を持つ人間が、ほかに誰がいるというのだ？　その名を、聞かせてもらおう！」

エイダルフは、あまりのことに、言葉を続けることができなかった。

パトックは、相変わらず満々たる自信でもって、ふたたびフィデルマに向きなおった。

「さあ、質問というのは……？」

フィデルマは、ややためらったものの、すぐに肩をすくめた。パトックの尊大さに屈することにはなるが、〝後ほど〟でなく、〝今〟でも、いいではないか。

「ウィガード殿が死亡された時刻、どこにおいでだったかを、伺いたいと思います」

パトックは、彼女を凝視した。何らかの感情を窺わせているのは、ただ眼だけであった。その色の薄い瞳が、奇妙な悪意にきらめいた。

「それは、どういう意味だ、シスター？」彼の柔らかな声が、軋《きし》るような声音《こわね》に変わっていた。

フィデルマは、顎をぐっと引き締めた。

「意味ですと？ 私は、ごく簡単明白な質問を一つ、しただけです。〝カンタベリーのウィガード〟殿と同じ階に宿泊しておいでの方全員に、こうした質問をしてよろしいという権威を、教皇庁から頂いております。これで、はっきりおわかりでしょうか？」

修道院長は、目を瞬《しばたた》いた。この若いアイルランド娘が、自分に向かって、このように無遠慮な口をきくとは！ この瞬きだけが、彼の驚きを覗かせていた。しかし彼は、フィデルマが告げた彼女の権威に、動じようとはしなかった。

「自分の立場を忘れておるようだな、シスター。キルデアの聖ブリジッド修道院に属する修道女として……」

「私は、自分の立場を忘れてはおりません、パトック殿。これは、キルデアの修道女としてではなく、アイルランドの〈ブレホン法〉の法廷に立つ弁護士としてであり、さらには、このエイダルフと共に、ウィガード殿の死に関して調査を行うようにと、ゲラシウス司教とラテラーノ宮殿の衛兵隊司令官《スペリスタ》マリヌス殿から権限を与えられた者として、今、話しております。私は、あなたに質問をしました。そのお答えを待っております」

修道院長は、ふたたび彼女を見つめ返した。彼は口を開いたものの、言葉は出てこなかった。やっと、彼は口を閉ざした。冷たい目が、ふたたび瞬いた。

「そういうことであろうと」と、彼は不機嫌に口を開いた。「その方《ほう》が無作法な口をきいてもよい、ということにはならぬ。このような振舞いについて、私はゲラシウス司教殿のお耳に入れてくる」

パトック院長が背を向けて扉へと歩みかけた時、フィデルマが鋭く呼びかけた。「まだ、私の質問に答えておられません、〝ノーサンブリアのパトック〟殿。これは、ゲラシウス司教殿が、ラテラーノ宮殿の教皇に近侍する伝奏官《ノメンクラートル》として私どもに委任なさった調査ですのに、あなたはそれに協力することを拒否なさった。そう、ゲラシウス司教殿に報告してもよろしいのですか？」

長身の司教は、はっと凍りついた。二人の意思が火花を散らし、張りつめた沈黙を生んだ。

「私は、自室で、ぐっすりと眠っていた」やがて、パトックは頭をめぐらせ、フィデルマを鋭く見つめつつ、質問に答えた。相手を深く突き刺す、錐のような憎悪の視線だった。

「床《とこ》に就かれたのは、何時でした？」

「早い時刻だった。夕食後、さほど経ってはいなかった」

「いかにも、早い時刻です。なぜ、そのような時間にお休みになったのです？」

ふたたび、会話が途切れた。言葉による決闘を、もう続けないつもりなのかと、フィデルマは訝《いぶか》った。しかしパトックは、束の間ためらった後、肩をすくめた。

「私がウィガードと共通していたのは、一つだけだ。この地の気候は、食事と同様、体に合わないという点だけだな。昨晩、私は気分がよくなかった。できるだけ早く、ノーサンブリアからケントの岸辺目指して出航したいものだ」

「では、すぐに寝入ってしまわれたのですか？　いつ、目を覚まされました？」

「私は、熟睡できなかった。浅い眠りの中で、一度、何やら騒がしい物音を聞いたように思う。しかし、ひどく疲れていたもので、調べてみようとはしなかった。召使いがやって来て、私を起こし、ウィガードの死という悲しい知らせを伝えたのは、二時だった。彼の御霊《みたま》の永遠《とわ》に安からんことを」

全く感情のこもらぬ祈りの言葉だった。

フィデルマの見るところ、この知らせは、パトックにとって、いっこうに悲しくはなかったようだ。彼の野心は、見え透いていた。ウィガードの後釜《あとがま》に坐れるかもしれないという見込みに、心昂《たか》ぶらせているのだ。

「何も、見聞きなさらなかったのですか？」

「何一つ」とパトックは、はっきりと言い切った。「では、これから、ゲラシウス司教殿の許へ伺うことにする。さあ、行くぞ、エインレッド」

パトック院長は、扉の前のエインレッド修道士を押しのけるようにして、廊下に出て行きかけた。

「お待ち下さい！」

院長は、フィデルマの命令に、くるっと振り向いた。自分に対して挑むような態度をとり続けるフィデルマに、彼の顎は、閉じることを忘れたようだ。彼にこのように対決した者は、これまで誰一人いなかった。それが、こともあろうに、ただの女から、ただのアイルランド女から……！　彼は、言葉を失っていた。エイダルフは、片手を上げて、何かを拭っている振りをして、口許を隠している。

「私はまだ、エインレッド修道士に質問をしておりません」フィデルマは、院長の怒りに燃える顔を無視して、静かに控えている修道士に、穏やかに微笑みながら向きなおった。

「この男には、私が話した以上のことなど、何も話せない」と、パトックは、彼女が質問を始める前に、鋭くさえぎった。

「では、本人から、それを聞かせてもらいます」フィデルマの声に、妥協はなかった。「あなたからの聴き取りは、もう済みました。出て行かれて結構です。それとも、お残りになりたいのでしたら、どうぞ」

パトックは、大きく息を呑んだ。ややあって、彼は、犬に命令を下《くだ》す飼い主のような態度で、鋭くエインレッドを振り返った。

「これが済んだら、ただちに私の部屋に来い」ぴしりと、そう言い残して、彼は部屋を出て行き、廊下を踏み鳴らして去っていった。

エインレッド修道士は、手を慎ましく組んだまま、従順な表情でフィデルマを見つめていた。この数分間に起こった緊張に全く動揺することもない様子で、我関せず焉《えん》とばかりに立っている。

「では、ブラザー・エインレッド……」と、フィデルマは口を切った。

修道士は、虚ろな、とでも形容したい微笑を漂わせて、先を待った。瞳の色は淡く、ほとんど何の表情も映し出していない。

「昨夜は、どこにいました？　夕食の後、何をしていたかを、話して下さい」

「何をしていたか、ですか、シスター？」と彼は、微笑を浮かべたまま答えた。「床に入りました、シスター」

「夕食の後、すぐに？」

「いいえ、シスター。夕食の後、散歩に出ました」

フィデルマは、眉を上げた。彼の大人しさは、頭の鈍さなのだと、彼女はすでに見て取っていた。この修道士は、よく仕える召使いではあろうが、常に指示される必要があるのだ。

「どこへ行ったのです?」

「大きな闘技場を見に、です、シスター」

長いこと口を閉ざしていたエイダルフが、ここで質問をはさんだ。

「円形闘技場《コロッセウム》のことかな?」

エインレッドは、大人しく頷いた。

「そう呼ばれているところです。大勢の人たちが酷《むご》いこと、殺されました。そういう場所を見たかったもので」彼は、満足げに、微笑んだ。「昨夜《ゆうべ》は、沢山の松明《たいまつ》が闘技場へと、向かってました」

エイダルフとフィデルマが、〝リンデスファーンの福者《ブレッシド》エイドーン〟の魂に捧げるための深夜ミサに参列する前に加わっていたのも、その同じ行列だった。

「ここへ戻ってきたのは、いつです?」

エインレッドは、一瞬眉をしかめたが、すぐに虚ろな微笑が戻ってきた。

「よくわかりません。この辺りには、大勢の人たちが集まっていて、どの部屋にも、衛兵たちが群がってました」

「ウィガード殿が殺害されたあとに、ここへ戻ってきた、ということですね? そうすると、真夜中を過ぎていたでしょう? 帰ってきたあなたを見た人が、誰か、いますか?」

「兵士たちが、多分。ああ、セッビ修道士がいました。あの人は廊下にいて、パトック院長を起こして、ウィガード殿が亡くなられたことをお知らせするようにと、私に命じました。私は、そうしました」

「ここに戻ったのがそのように遅かったとすると、何時間も円形闘技場で過ごしたようだね？」と、エイダルフが質問をはさんだ。

「ずっと、そこにいたのではないです」

「では、どこへ行ったのかな？」

「そこからそう遠くない別荘《ヴィラ》です。葡萄酒を一杯やりに、招かれましたんで」

エイダルフとフィデルマは、苛立たしい顔で、目を見交わした。

「その立派な別荘に招いてくれたのは、誰だったのかね、エインレッド？」

「ここでよく見かけた、ギリシャ人のお医者様で」

「コルネリウスですか？〝アレクサンドリアのコルネリウス〟殿ですか？」とフィデルマは、驚いて眉を上げた。

エインレッドは、幸せそうに微笑して、頷いた。

「その名前の人です、シスター。ええ、コルネリウス殿です。あの人が、帰りに、その近くにある自分の別荘に私を招いて、蒐集している美術品を見せてあげよう、一緒に葡萄酒を飲もうと、誘ってくれたんです。遙か遠くの国についてのあの人の話は、楽しかったです。私のラテン語は、とても貧弱なんですけど。私は、教育は受けてませんので」

「では、昨夜、君はコルネリウス殿と共に過ごした。もちろん彼は、はっきり、このことを確認してくれるだろうね?」とエイダルフが、念を押した。

「私は、あの人と一緒でした」と、エインレッドは眉をしかめた。どうも、エイダルフの言葉が何を意味しているのか、わかっていないらしい。

「ああ、そうでしたね。それで、あなたが戻ってきて、何が起こっているかを知った時のことですが、セッビ修道士に、パトック院長を起こすようにと言われたのでしたね。そうしたのですか?」とフィデルマが、質問を引き継いだ。

「はあ、しました」

「パトック院長は、ご自分の部屋で、よく眠っておられましたか?」

「ご自分の部屋で、ぐっすり眠っておいででした」と彼は、それを肯定した。

「それから、どうなりました?」

「院長様は興奮なさって、法衣をまとうと、大勢人が集まってる、ウィガード殿の部屋へ行かれました」

「あなたは、どうしました?」

「自分の部屋へ行きました。院長様の部屋の隣りです。そして、ぐっすり眠りました。疲れてましたし、ギリシャ人の医師殿の葡萄酒も、たっぷり飲んどりましたんで」

「ウィガード殿がどのような亡くなり方をなさったのか、関心はなかったのですか?」

エインレッド修道士は、関心なさそうに、肩をすくめた。

「人間は、みんな、いつかは死にます」

「でも、ウィガード殿は、殺害されたのですよ」修道士の顔には、何の表情も窺えなかった。

「セッビ修道士は、ウィガード殿が亡くなったと院長様に申し上げるようにと、私に言いました。それだけです」

「ウィガード殿が殺されたのだということは、知らされなかったのですか？」

「今は、知ってますよ、シスター。あなたがそう言われたのを聞いたので。もう、行っていいですか？　院長様が待っておられますので、お部屋に伺わなくては」

フィデルマは、鋭い視線をじっとエインレッドに向けていたが、やがて溜め息をそっともらした。

「結構です。もう、出て行っても構いません」

修道士は、頭を軽く下げると、部屋を出て行った。

フィデルマは、エイダルフとリキニウスに向きなおった。エイダルフは、頭を振りながら笑っていた。

「やれやれ、本当に、単純な男ですね。しかし、コルネリウスが芸術を論ずる相手としてどころか、夕べの酒を楽しむ友にまで、彼を選んだというのは、妙だな」

「会話は全て一方的なものだった、ということかも」だがフィデルマも、エイダルフの指摘に、同感だった。「もっとも、自分がしゃべることが好きで、それが会話となろうが独白となろうが、いっこう気にしないという人も、大勢いますわ。おそらく、我らの友人コルネリウスも、そういう人間なのでしょうよ。彼は、話し相手ではなく、単に聞き手が欲しかったのかしら」

「パトック院長って、絶対、人の信仰心をかき立てるような坊さんじゃありませんね」フーリウス・リキニウスのほうは、苦々しげに、パトックをそう批評した。

「本当にその通りね。野心家で、傲岸《ごうがん》で……」フィデルマは、ふと言葉を切った。「でも、どれほどの野心なのかしら？」

エイダルフは、さっと顔を曇らせて、アイルランドの修道女に探るような視線を向けた。

「ちょっと待って、フィデルマ。ローナン・ラガラッハ修道士のことを、忘れないで下さい。まさか本気で、ウィガード殿の殺害者として、パトック修道院長を疑っておられるのではないでしょうね？」

フィデルマは、ちらっと笑顔を見せた。

「忘れてはいませんとも、エイダルフ。でも、ローナン・ラガラッハについて、先入観にとらわれたくないのです。まだ謎の部分が残っていますもの」

フーリウス・リキニウスは、立ったままずっと待っていたが、その貴族的な若々しい顔に、もどかしげな表情が募っていた。

を促した。

「まだ、ローナン・ラガラッハ修道士の宿に行かれるおつもりですか？」と彼は、フィデルマ

「もう少し、待って、リキニウス。この階の部屋を、全部調べてみたいのです。このエイダルフの部屋で何も見つからなかったからといって、ほかの部屋を調べないでいい、ということにはなりませんもの」

「でも、ウィガード殿が亡くなられた夜、ほかの部屋には、全て宿泊者が入っておられたのですよ」リキニウスは、見るからに、気が重そうだった。

「そうでもありませんよ」と、フィデルマは指摘した。「たった今、エインレッドから聞いたではありませんか。彼が帰ってきたのは、殺人が行われたあとでした。それまでは、空き部屋だったのですよ」

「全部、調べる気ですか？」とエイダルフも、からかい気味に問いかけた。「たとえば、パトックの部屋も？」

フーリウス・リキニウスは、落ち着かなげに、顔をしかめた。

「院長殿の部屋は、廊下の向こう端です。でも、院長殿を疑う者など、誰も……」

フィデルマは、大きく息を吸って、怒りを呑みこんだ。

「この事件の解明を委ねられたからには、私には、あらゆる事実を報告してもらわねばなりません」と彼女は、若い士官にぴしりと叱声を浴びせた。「私は、初めに、探索は行われたとの

報告を受けました。ところが、ウィガード殿の部屋には探索が行われていなかったということが、判明しました。そのあと、あなたは、この階の部屋は全て探したと、私に報告した。だがそれも、あなたが、あの晩は空室であったと考えた部屋だけを探索したにすぎませんでした」

若い衛兵隊小隊長《テッセラリウス》の顔は、彼女の激しさに、少し蒼ざめた。

「申し訳ありませんでした。でも、これは、十人隊長《デクリオン》のマルクス……」これは責任転嫁と見えようと気づいて、リキニウスは惨《みじ》めな思いで言葉を途切らせた。「自分は、ただ、考えたうえで……」

「考えるのは、私の仕事です」と、フィデルマは彼をさえぎった。「あなたは、真実のみを、私に報告して下さい。具体的に、明確に。付け加えることなく、もらすところなく」

「しかし、パトック院長の部屋を探索するなんて、無論、できません。彼は……そのう、彼は、修道院長なのですから……」

彼女は、鼻を鳴らした。その女性らしからぬ音は、リキニウスが挙げた理由を、彼女がどう受けとめたかを、物語るものであった。そこで彼は、また別の理由を見つけなければならない羽目になった。

「ですが、あの時、院長は部屋においでででした。殺人者は、院長に気づかれることなく何かをあの部屋に隠すことなど……」

フィデルマは、すでにエイダルフに向きなおった。

「パトックとエインレッドが、ゲラシウス司教に会いに、もう部屋を出て行ったか、確かめて下さい。部屋にいないようなら、今のうちにパトックの部屋を調べてしまいましょう」

フーリウス・リキニウスは、くってかかりそうな気配だった。

「しかし……」

「我々は、権限を与えられています、小隊長」と、フィデルマは彼の言葉をさえぎった。「そのことを、忘れてはおりますまいね？」

エイダルフは廊下へ出て行ったが、すぐに戻ってきた。

「二人とも、出掛けていますよ」という報告だった。


フィデルマは、二人の先に立って、パトック修道院長とその召使いの部屋へと向かった。院長の部屋の捜索に、そう時間はかからなかった。はっきりしたのは、彼が自分を甘やかすことには熱心だ、ということくらいだった。彼の部屋は、清貧と敬神に生きることを誓ったはずの人間に当然連想される、質素な慎ましい部屋とは、とても言えなかった。小さな贅沢《ぜいたく》品が、数多く見られた。パトックが自分の修道院に持ち帰ろうと、集めていた品々であることは、歴然としていた。しかし、ウィガードの長櫃《ながびつ》から消え失せた宝物に関わりがありそうな品がこの部屋に一時的に隠匿されていたと暗示するような物は、何も見つからなかった。

この部屋にも、エイダルフの部屋と同じような窓があった。この窓からは、四方を建物に囲まれた、三階下の中庭が見下ろせる。窓のすぐ下には、建物の長さ一杯に、狭い張り出し《リッジ》が延びていた。幅は、数インチしかない。部屋の外側のこの細い張り出しの上に、誰であれ、何かを隠すことなど、到底できはしないと、フィデルマにもわかった。

「隣りは、エインレッドの部屋ですね？」とフィデルマは、院長の部屋から出ながら、リキニウスに問いかけた。苛立っている声だった。

リキニウスは、身振りで、そうだと答えた。何かまずいことを言って、これ以上この女性の怒りを買うのは、ご免だった。それにしても、このアイルランド女性のように、男性に向かって命令を下したり、くってかかったりする女性になど、彼はこれまで出会ったことがなかった。

フィデルマは、エインレッドの部屋に向かった。殺風景な、きわめて質素な部屋だ。実際、個人的な調度など、ほとんど何もなかった。せいぜい、替えのサンダル一足、下着少々、髪や髭を剃るための剃刀《かみそり》といった、身の回りの品が入っている鞄《サキュルス》ぐらいのものである。

フィデルマは、手を胸の前で慎ましく組んで立ち、室内に目を走らせた。続いて窓に近寄り、外を覗いてみた。彼の部屋は、隣接している建物と直角となる位置にあった。こうした数棟の建物が中庭を囲む長方形を形成しているのだが、この来客棟《ドムス・ホスピターレ》には、中庭に直接出る出入口は設けられていない。フィデルマの何物も見逃すことのない鋭い目は、隣接棟の石膏装飾やタイルが、今彼女がいるこの来客棟のものより、もっと簡素であることに気づいていた。ここの建物より、もっと新しい時代に建てられたものだ。建築様式が一様でないのも、多分そのせいなのだろう。しかし、窓の下の張り出しは、新しい建物にも引き継がれている。ただ、その幅に関しては、建築家はもっと気前がよかったらしい。優に、一フィートはあろう。このエインレッドの部屋の窓は、直角に隣接しているもう一つの建物にごく近いから、ここの窓の下の張り出しから向こうの建物の広い張り出しに一跨《また》ぎすることは、決して難しくはあるまい。

「これで、おわかりでしょう?」後ろから、エイダルフが声をかけた。「リキニウスの指摘は、正しいと思いますね。我々、間違った道を追っているのです」

「エインレッドの部屋は、ずいぶん簡素ではありません?」フィデルマは、窓辺を離れながら、そう感想を述べた。

「エインレッドは、禁欲的な生き方が好きなようです」と、エイダルフも彼女に同意した。そして向きなおり、フーリウス・リキニウスを追って廊下へと出て行った。フィデルマは、すぐには動こうとしなかったが、やがて胸の内で肩をすくめた。おそらく、エイダルフの言う通りなのだろう。彼女は、事実が物語っていること以上に、想像を繰り広げているのかもしれない。ただ、何かを見逃しているという落ち着かぬ思いを、どうしても払いのけることができないのだ。

「私たち、イネとセッビの部屋も、探してみなければ」と、彼女はエイダルフに告げた。

彼女は廊下へ出て、扉を閉めようとした。だがその時、戸口の枠に目がいった。戸口を縁取る木材が、床から三フィートほどの高さのところで、一箇所、裂けていて、そこに小さな布切れが引っかかっていた。何らかの布が木材のささくれによって引きちぎられ、その切れ端が、そこに残ったのだ。

フィデルマは屈みこみ、手を伸ばして、それを裂け目からはずした。

エイダルフは眉をひそめて、その様子を見守っていた。

「それ、何なのです？」

フィデルマは、わからないと、首を横に振った。

「よくわかりません。麻袋の切れ端かも」

彼女は、それを親指と人指し指でつまんで、光にかざしながら、身を起こした。

「ええ、そうです。これ、麻袋の切れ端ですわ」

エイダルフも覗きこみ、頷いて、同意を示した。

「それ、どういうことです？」とフーリウス・リキニウスが、二人を見つめながら、問いかけた。

「私にもまだ、はっきりとはわかりませんけど」とフィデルマは、彼に答えた。「何者かが、このエインレッドの部屋に何かを運び込んだ、その時、柱のささくれに麻袋が引っかかって、その一部がちぎり取られた、ということかもしれません」

エイダルフは、フィデルマの考えていることを読み取ろうと、彼女を見つめた。

「宝物は、エインレッドの部屋に運ばれた、と言われるのですか？」

エイダルフは、自分もフィデルマの思考を追って考え、そこから素早く自分なりの推論を引き出すという優れた才能を、これまでにもしばしば発揮していた。

フィデルマは肩をすくめながら、静かに彼に答えた。「わからない、と言いましたでしょ？あらゆる証拠を揃える前に結論に飛びつくのは、悪しき裁判官ですわ」

「でも、それ、あり得ますよ」自分も何か貢献したいフーリウス・リキニウスが、そう言いだした。「適切な捜索をしなかったために失墜させてしまった宮殿衛兵《クストーデス》としての名誉を、何とか取り戻さなければと、感じていたところだったのだ。「エインレッドが帰ってきたのは、彼の陳述によれば、ウィガード殿の遺体が発見されたあと、つまりはローナン・ラガラッハが逮捕されたあとでした。だから、ローナン・ラガラッハは、留守にしているエインレッドの部屋に、盗品を運び込んだのではありませんか？」

フィデルマの頬に、さっと微笑が浮かんだ。

「そうかしら？　ローナン・ラガラッハは、金製品や銀製品を詰めた麻袋を二つほど、エインレッドの部屋に隠した。それから、外へ出て行って、衛兵によって逮捕された。となると、袋はどうなるでしょう？」

リキニウスは、唇を噛んだ。

「自分は、前に、共犯者がいるのかもしれないと、言いましたけど」と、リキニウスはもそもそと呟《つぶや》いた。

「ええ、そう言っていましたね。その点はあとで論じ合うことにして、今はセッピ修道士の部屋の探索にかかりましょう」と、フィデルマは提案した。

「でも、その麻袋は、どうなったのです？」彼女がいつも持ち歩いている大型鞄《マルスピウム》の中に麻袋の切れ端をしまい込むのを見て、エイダルフはそう訊ねた。

「良き裁判官は、一つ一つ、証拠を集めます」と、フィデルマは微笑んだ。「そして、全てのかけらが集まってから、考え始めるのです。ちょうど、モザイク職人が模様を作り上げてゆくように。裁判官は、目の前に広がる図案を見て取り、その中に、こちらに一つ、あちらに一つと、断片を埋めてゆき、次第に完全な全体像を完成させてゆきます。証拠の一かけらに飛びついて、そこから絵を作り上げようとするのは、悪しき裁判官ですわ。誰にわかります、その一かけらは、裁判官が求めようとする全体像とは全く関係のないかけらかもしれないでしょ？」

彼女は悪戯っぽい笑みを浮かべてエイダルフを見上げると、廊下を進んでいった。


セッピ修道士が使っている部屋からも、イネ修道士の部屋からも、すでにフィデルマたちが知っていること以上の事実は現れなかった。フィデルマは、次にはローナン・ラガラッハの宿を調べるという本来の計画を続けようと、提案した。

エイダルフは、うんざりしている若い小隊長とちらっと目を見交わし、肩をすくめると、フィデルマの後を追った。彼に関する限り、事件はごく単純明快であり、このような調査をわざわざ行う必要など全くないとしか、言いようがなかった。ローナン・ラガラッハが財宝目当てにウィガードを殺害したことは、確かだ。彼は、逮捕される前に、お宝を隠すことができたのだ。今逃走しているローナンは、おそらく戦勝品をすでに回収しており、もし頭がよければ、今頃はローマの街からたっぷり離れた土地に逃れているに違いない。

階段を下りて、来客棟の正面に広がる大きな中庭に出ようとした時、三人は泉水の側《そば》に、長身のパトック修道院長がいることに気づいた。しかし、フィデルマの注意を惹いたのは、第二の人物のほうだった。フィデルマは戸口で立ち止まり、エイダルフとリキニウスにも、自分の後ろで足を止めさせた。パトックの相手は、小柄なイーファー修道女だった。修道院長と向き合って立ったイーファーは、震えているように見える。辛そうに泣いているらしく、声が高まっていた。この距離から見るところ、どうやら酷薄な顔をした院長が、かすかな冷笑と身振りでもって、イーファーを宥《なだ》め落ち着かせようとしているようだ。やがてイーファーは、くるっと背を向け、中庭の出入口の一つへ向かって駆けだした。フィデルマたち三人の姿に、気づきもしないらしい。

パトック院長は、一瞬、奇妙な表情を浮かべて、イーファーの後ろ姿を見つめていた。それから彼は振り返り、フィデルマと、その後ろに立つエイダルフとリキニウスに気づいた。だが彼は、彼らに頷くことさえせずに、向きを変え、離れた位置に建っている建物の入口へと、急ぎ足で向かっていた。「我らの自己陶酔型の院長殿は、気の毒なイーファー修道女を動揺させたようですね」とフィデルマは、考えこんだ。「何についてかしら？」

「何も、これが初めてというわけではありませんがね」エイダルフは、苦々しい口調で、そう批判した。

フィデルマは、驚いた顔を、彼に向けた。

「どういう意味です、エイダルフ？」

「昨日の朝、食堂から部屋へ戻ってくる時、パトックの部屋から声が聞こえてくるのに気づいたのです。ちょうど、私が自分の部屋へ入ろうとしていた時でした。実際、扉を閉めかけていました。パトックの部屋の扉がばたっと閉まる音がしました。そこで、つい好奇心にかられて、またもう一度、ほんの少し扉を開けて、覗いてみました。被り物が歪み、服装が乱れた姿のイーファー修道女が、まるで悪魔《ルシファー》を見たかのように、駆けだしてきたのです。彼女は廊下を駆け抜け、階段を下りてゆきました」

「パトックに、どうしたのか、訊ねてみました？」

エイダルフは、一瞬、唇をぐっと引き結んだ。頬がかすかに赤らんでいる。

「私は、自分なりの結論を出しました。残念ながらパトック院長は、女性に関して何かと取り沙汰されている人物だということは、私の耳にも入っていました。ローマ・カトリックの宗規は、修道院長や司教の独身制を説いていますが、どうやらパトック院長は、高位の僧にも独身制を宗規として強制しないコロンバ派（アイルランド派）カトリック教会の、もっと緩やかな規律のほうがお好みのようです」

フィデルマの目が、細く狭まり、きつくなった。

「そのような世評、〝カンタベリーのアウグスティヌス〟の後を継ごうという野心を抱く人間にとって、決して望ましいものではありませんね。パトックは、嫌がる女性に関心を向けすぎる男として、知られていた。あなたは、そう言おうとしておいでなのですね？」

エイダルフの表情は、それを十分に肯定していた。だが彼は、「これは、私が耳にした噂です」とだけ、答えた。

「サクソン諸王国には、強姦についての法律[1]はないのですか？」今聞かされた話に衝撃を受けて、フィデルマはエイダルフに説明を迫った。

「下層民に関しては、ありません」というのが、エイダルフの答えだった。

「私どもアイルランドの〈フェナハス法（ブレホン法）〉は、身分を問わず、あらゆる女性たちを力ずくの強姦から守るだけでなく、酔った女性が性交を強いられた場合でさえ、その行為は、ほかの女性に対する行為と同じように重大な罪とされていますわ。アイルランドの法律は、全ての女性を庇護しています。もし男性が相手の意に反して接吻をすれば、あるいは少々体に触れただけでさえ、〈フェナハス法〉によって、銀貨二百四十スクラパル[2]の罰金を科せられます」

エイダルフは、スクラパルが、アイルランドで流通している主な貨幣の一つであることを知っていた。

「どうも、私は、軽々しくしゃべりすぎたようです。これは、ただの風評の繰り返しです」とエイダルフは、この問題に対するフィデルマの激しい語気にたじろいで、そう付け足した。

「ただ、セッビ修道士から聞いただけなのです」

「そして私なら、セッビ修道士の野心のほうも、信用しませんわ」と、フィデルマは彼に警告した。彼女はさらに、何か言おうとした。だが、気を変えたらしく、リキニウスに向かって声をかけた。「さあ、リキニウス、ローナン・ラガラッハの宿に案内して下さい」

「彼の宿は、アクア・クラウディアのアーチの一つのすぐ脇です」リキニウスは、今交わされた会話に、いたく興味を惹かれていたようだ。

「それ、どの辺りなのかしら？」

見当がつかないで眉を寄せているフィデルマに、リキニウスは説明した。「アクア・クラウディアの水路橋《アクアダクト》は、もうご覧になっていますよね。六百年以上も前に、悪名高いカリグラ帝によって建設が始まった、目を瞠《みは》るような建造物です。ローマの街から四十三マイルほども離れた、サブラクエア近くの泉から、水を引いているんです」

いかにもフィデルマは、その水路橋を見ていた。そして、その仕組みに、感嘆していた。アイルランドに、このようなものはない。もっとも、アイルランドの諸王国は、ふんだんな水に恵まれている。だから、この国のように、乾燥した地域を潤そうとして川の流れを変えたり泉の位置を移したりする必要はないのだが。

「ローナンは、ビエダ助祭の宿に宿泊しています」と、リキニウスは説明を続けた。「修道女殿、前もって言っておきますが、ひどくみすぼらしい安宿ですよ。教会の監督下には置かれていない宿で、修道女がたの神経には、とても耐えがたいような施設です。自分の言う意味、おわかりでしょうか？」

フィデルマは、若者を静かに見つめた。

「私たち、あなたの言う意味を理解できたと思いますよ、フーリウス・リキニウス」とフィデルマはしっかりと彼に答えた。「でも、ビエダは教会の助祭なのでしょ？　それなのに、どうしてあなたの言うような宿なのか、不思議ですけど」

リキニウスは、肩をすくめた。

「ローマでは、金が物を言うんです。助祭の資格を手に入れることなんて、容易《たやす》いもんです」

「では、どのようにいかがわしいものと出合おうと動じないよう、覚悟することにしましょう。さあ、もう出掛けるほうがよさそうね。私は、夕食をいただきそこなうのは、ご免ですもの」と、フィデルマはちらっと空を見上げた。「そろそろ、食事が出る時刻になりそうですよ」

第九章

宮殿衛兵《クストーデス》フーリウス・リキニウス小隊長《テッセラリウス》は、ラテラーノ宮殿のいくつもの中庭や花園を通り抜けて、宮殿の石造外壁に設けられている脇門の一つ、カエリウス丘の斜面へ出る小さな門へと、フィデルマとエイダルフの二人を案内した。フィデルマでさえ感嘆するほど、ラテラーノ宮殿の敷地は広大だった。リキニウスは、この脇門からよく見える敷地内の建造物を指さしながら、ここでもう一度、自分の知識を得々と披露する喜びに、酔うことができた。

「あれが、サンクタ・サンクトルムです」と彼は、辺りを圧するばかりの壮大な聖堂を示したが、フィデルマが眉に怪訝《けげん》そうな色を浮かべたのを見て取って、さらに説明を付け加えることにした。「サンクトルムというのは、教皇猊下《げいか》ご自身の礼拝堂《チャペル》のことで、今は、〈聖階段《スカーラ・サンタ》〉も、この中に入っています。聖なるキリストが、総督ピラトゥスの館で刑を宣告されたあと、下りてこられた階段なのです」

フィデルマは、疑わしげに眉をつっと吊り上げて、指摘した。

「でも、ピラトゥスの館は、エルサレムに建っていたのですよ」

自分がフィデルマの知らない知識を持っていると知るや、リキニウスはにやりと笑った。

「コンスタンティヌス大帝の母上である聖ヘレナが、エルサレムから持ち帰られたのです。二十八段あるテュロス産の大理石の石段で、教皇猊下さえも、跪《ひざまず》いてでないと、これをお昇りになれません。聖ヘレナは、この階段を見つけられた時、同時に〈真《まこと》の十字架〉をも、発見なされました。カルヴァリの丘でキリストが葬られた時の十字架、救世主キリストが磔刑《たっけい》をお受けになられた、あの十字架です」

フィデルマも、コンスタンティヌス大帝の年老いた母親によって、三百年ほど前に、〈真の十字架〉が発見されたという話は、聞いていた。だが彼女には、とても信じられなかった。そのような木製品が、そのように明確に本物と判明するものだろうか。だが、気が咎めて、その点は問い質《ただ》せなかった。

「私も、信仰厚い聖ヘレナが聖地から数々の聖遺物《レリック》を、十戒を納めてあった櫃《ひつ》の木片にいたるまで、船に満載して帰ってこられたと、聞いたことがあります」と言うだけに留めておいた。

リキニウスが、真剣な表情になった。

「ご案内させて下さい、シスター。我々は、このラテラーノ宮殿に納められている数々の聖遺物を、非常に誇らしく思っているのです」

彼は、フィデルマにそれを見せたいという熱意のあまり、自分たちのそもそもの目的を忘れてしまったらしく、引き返そうとしかけた。フィデルマは、片手を彼の肩に置いて、それを引きとめた。

「多分、それはまた別の機会に、フーリウス・リキニウス。私たち、先にやらねばならないことを、先ずは片づけねば。今は、ローナン・ラガラッハの宿を調べましょう」

リキニウスは、まるで少年のように夢中になって我を忘れてしまった自分に腹を立てて頬を染め、即座に宮殿の東側の壁の外側に沿って広がる広場へと、向かい始めた。その上に、聳《そび》えるように高く、水路橋《アクアダクト》が架かっていた。

「あの建物が、ビエダが経営している宿です」

ローナン・ラガラッハ修道士が泊っていた宿は、アクア・クラウディア水路橋の側《そば》に建っていた。フーリウス・リキニウスが言っていた通り、小さな、むさくるしい建物だった。堂々たる石造りの水路橋のアーチは、何メートルもの高さに振り仰がれる。フィデルマでさえ、すぐさま、その巨大さに圧倒された。

ビエダの宿は、水路橋の陰に、というより、ほとんどその大きなアーチの下に、建っていた。宮殿衛兵が一人だけ、その前で任務についていた。

「彼は、ローナン・ラガラッハ修道士が帰ってこようとするかもしれないので、見張りのために配置されているのです」と小隊長リキニウスは、フィデルマたちを薄汚い建物に案内しながら、そう説明した。

フィデルマは、ばかげているとばかりに、鼻を鳴らした。

「ここが真っ先に探索されることは、わかりきっているのですよ。それを知りながら戻ってくるほど、ローナン・ラガラッハ修道士も愚かしくはありますまい」

リキニウスの顎の線が、ぐっと硬くなった。彼は、女性に批判されたり命令されたりすることに、まだ慣れていなかった。アイルランドやブリテンやゴールの女たちは、ローマの女性たちとは著しく違って、社会的な地位を持っているとは、聞いていた。ローマの女性たちは、分《ぶん》を心得ており、ほとんど家庭内に留まっている。女が、それも外国人の女が、彼に命令を下《くだ》すなど、屈辱である。そうはいっても、衛兵隊司令官《スペリスタ》マリヌス殿に、彼の立場をはっきり告げられている。それを忘れるわけにはゆかぬ。彼は、この女性と温和な、ほとんど目立たないサクソン人修道士に、仕え従わねばならないのだ。

彼らが、薄暗い建物の中へ入ろうと、階段を昇りかけた時、一階の部屋から、背の低い中年女が現れた。彼女は、リキニウスの制服を見るや、ローマの街で耳にする巻き舌の、奇妙な訛りの罵詈《ばり》雑言《ぞうごん》の奔流を、彼に浴びせかけ始めた。フィデルマには、この女が若い小隊長に言っていることをほとんど理解できなかったが、少なくともそれがお世辞でないことくらいは、わかった。それは、〝アド・マラム・クルケン（地獄に失せろ）！〟という、衛兵士官への挨拶で終わった。

フィデルマは、「この女性、どうして機嫌が悪いのです？」と、リキニウスに聞きたがった。

リキニウスには、答える暇《いとま》がなかった。女は、彼を押しのけて前に出てくるや、フィデルマにもわかるようにと、奔流の速度を少し落としながら、彼女に直接話しかけ始めたのだ。

「この空き部屋の家賃、誰が払ってくれるんだい？　あの外人の修道士ときたら、いっこう帰ってこないし、溜まってる分も払ってくれやしない。あいつがこの前、部屋代払ったの、一ヶ月も前だよ。そして今、ローマ中に巡礼が溢れてるってのに、あたしゃ、空き部屋を抱えながら、別の客に貸すことができない。それもみんな、この〝カタルス・ヴルピヌス（陰険な狐野郎）！〟の命令のせいさ」

フィデルマは、いささか皮肉な微笑で、それに答えた。

「落ち着きなさい。多分、埋め合わせを期待できるでしょうよ。私どもが仕事を終えた時に、まだローナン修道士が帰ってきていなければ、彼が残していった所持品を売り払えるではありませんか？」

女には、フィデルマの声に響く皮肉は聞こえなかったらしい。

「あいつときたら！　これまでに泊めてやったアイルランド人の修道士ときたら、どいつもこいつも、着たきり雀《すずめ》で、無一文さ。あいつの部屋には、家賃にしようにも、売れるものなんて、ありゃしないよ。これじゃあ、あたしゃ、素寒貧だよ！」

「彼の部屋には、家賃代わりに売れそうな物など何もないと、すでに確かめてみたようですね？」とフィデルマは、冷たく告げた。

「もちろん、あたしゃ……」

女は、急に口を閉じた。

フーリウス・リキニウスは、怒りに顔を歪めた。

「こちらがいいと言うまで、あの男の部屋に入ってはならぬと、命じられとるはずだぞ」と、彼は女を脅し上げた。

それに対して、女は挑むように顎を突き出した。

「命令を出すあんたらは、いいさ。きっと食うに困ったことなんて、一度もないんだろ」

「ローナン・ラガラッハ修道士の部屋から、何か持ち出しましたか？」フィデルマは、鋭く問いかけた。「正直に、答えなさい。さもないと、後悔しますよ」

女は、びっくりした顔で彼女を見返した。

「いいや、あたしゃ、何も……」

鋭く見通すフィデルマの探索の目に見据えられて、彼女は声を途切らせ、目を伏せた。

「人間、生きてゆかなきゃなんないんですよ、シスター。こういう難しいご時世に、何とか生きてゆかなきゃなりませんのでね」

「ブラザー・エイダルフ、この人と一緒に行って、ローナン・ラガラッハの部屋から持ち去られたものを、見つけて下さい。女将《おかみ》さん、隠しだてはしないように。我々は、必ず見つけ出しますからね。嘘の報酬は、この世での刑罰だけではありませんよ」

女は、不機嫌そうにうなだれた。

フィデルマの厳しい態度が見せかけであると承知しているエイダルフは、笑いを押し隠してフィデルマをちらっと見やり、軽く頷いてから、女に向きなおった。

「さあ、行くぞ」と彼も、厳しく女を促した。「お前が持ち出したものを、見せてもらおう。ぐずぐずするな」

フーリウス・リキニウスは、仕事を続けようとのフィデルマの身振りに応えて、ふたたび階段を昇り始めた。

「あいつら、忌々《いまいま》しいったらない！」とリキニウスは、昇りながら、ぶつぶつと呟《つぶや》いた。「死にかけている病人からでも、平気で盗みやがるんだ。ああいう連中、自分は嫌いです」

フィデルマは、これには答えないことにして、ただ黙って彼の後について、二階の小さな部屋へ向かった。饐《す》えた汗と料理の匂いのする、暗い、惨《みじ》めな部屋だった。

扉を大きく開いて、フィデルマに中へ入るよう身振りで促しながら、「こんな部屋に、一体いくら要求しているやら」とリキニウスは呟いた。「ローマへやって来た巡礼に部屋を貸して、高い代金をふんだくって財をなす泥棒野郎が、ここいらには、かなりいるんです」

「この宿は、教会の監督は受けていない、と言っていましたね？」とフィデルマは、彼に問いかけた。「でも、もちろん教会は、ローマの街の宿賃について、発言権は持っているのでしょう？」

リキニウスの顔に、薄い笑いが浮かんだ。

「ビエダは、ちびのずんぐりした商売人で、いろんな宿を何軒も持っています。こうした宿に、それぞれのクアエ・レス・ドメスティク・ディスペンサットを雇って……」

「何を、ですって？」

「彼に代わって、宿をやっていく人間です。下で会った、あの女のような雇い人のことです。おそらく、良き人ビエダは、この空き部屋の家賃を、あの女の給料から差し引くんですよ」

「あの女が、この部屋から勝手に物を持ち出したのは、怪《け》しからぬ行為です。でも、給料が、部屋に宿泊者がいるかいないかによって左右されるということであれば、彼女を困らせたくはありませんね」

フーリウス・リキニウスは、賛成しかねるらしく、鼻を鳴らした。

「彼女のような人間、いずれにしたって、ちゃんと生き残っていきますよ。何をご覧になりたかったのです？」

フィデルマは、薄暗い部屋の中を覗きこんだ。窓の鎧戸《よろいど》が閉まっているわけでもないのに、外に高く聳える水路橋によって阻まれているので、小さな窓からは、わずかな光しか部屋に入ってこないのだ。

「検分こそが私の特権なのに、これではねえ」と、彼女はこぼした。「ここに、蠟燭《ろうそく》はないかしら？」

リキニウスは、寝台の傍らに蠟燭の燃えさしを見つけ、それに火を灯した。

部屋に備えられている調度は、ごく貧弱だった。粗末な木の寝台、汗臭い毛布と枕、それに小さな机と、その傍らの椅子。それだけだった。壁に打ち込まれた鉤《かぎ》に、大きな布鞄《サキュルス》が吊るされている。フィデルマはそれを取り下ろして、中身を寝台の上に取り出した。中に入っていたのは、ローナン修道士の着替え用の衣類とサンダルだけで、関心を惹くような物は何もなかった。剃髪《ていはつ》用の道具は、寝台の傍らの机の上に載っていた。

「倹《つま》しい暮らしぶりのようですね？」とリキニウスは、にやりとした。フィデルマの顔に浮かぶ失望の色に、いささか溜飲が下がったらしい。

フィデルマはそれを無視して、布鞄に中身を詰めなおし、鉤に戻した。それから、室内を注意深い目で眺め渡した。ここに何ヶ月も人が暮らしていたことを示すものは、全くなかった。彼女は寝台に注意を向け、慎重に寝具を捲《めく》ってみた。十分経っても、彼女の労力に報いる発見は、何一つ現れてはくれなかった。

フーリウス・リキニウスは、戸口の柱に寄りかかって立ち、彼女を興味深げに見守っていた。

「ここでは、何も見つからないと、言ったでしょう？」と彼は口を開いたが、その声には、安堵の響きが聞き取れた。ウィガードの部屋での面目失墜の後なのである。

「ええ、聞いていましたよ」

彼女は、今度は屈みこみ、寝台の下の床を覗きこんだ。あるのは、ただ埃だけだった……と思ったら、何か黒い甲虫が何匹も、あちらへ、こちらへと、素早く動きまわっていた。彼女は、ぎょっとした。これ、いったい何なの？　なんて大きな、汚らしい虫たち！

「スカラバエウスです」とリキニウスは彼女が動転している代物を見て、こともなげに答えた。

「ゴキブリですよ。こうした古い建物には、こいつらがわんさと巣くっているんです」

フィデルマは、ぞっとしながら立ち上がろうとした。だがその時、寝台の横に、何かが半ば隠れるように落ちていることに気づいた。彼女は、右往左往している虫をできるだけ無視しながら、屈みこんだ。パピュルス紙の小さな切れ端だった。質感からして、羊皮紙ではない。幾度も踏みつけられたらしく、汚らしい床とほとんど見分けがつかないほど、汚れきっていた。

フィデルマは、蠟燭をかざして、しげしげとそれを見つめた。

明らかに、もっと大きいパピュルス紙から引きちぎられたものだ。縁《ふち》がぎざぎざで、せいぜい二、三インチ四方の大きさである。奇妙な象形文字が記されているが、彼女には読めないものだった。ギリシャ語でも、ラテン語でもない。もちろん、彼女の母国アイルランドの古代オガム文字[1]でもなかった。

フィデルマは、強張った微笑を浮かべて無念を嚙みしめているフーリウス・リキニウスに、紙片を手渡して、訊ねてみた。

「この文字、何だと思います？　確かな知識をお持ちかしら？」

フーリウス・リキニウスは、ちぎれたパピュルス紙を覗きこんだが、すぐに頭を横に振った。

「こんな文字、見たことありませんね」と、彼はゆっくりとした口調で答えた。だがこの女性に、宮殿衛兵の面目をまたもや失墜させられるのは、かなわない。そこで、訊ねてみた。「これを、重要だとお考えなのですか?」

「さあ、どうでしょうね」とフィデルマは、肩をすくめながら、パピュルスの切れ端を自分の大型鞄《マルスピウム》にしまい込んだ。「そのうちに、わかるでしょう。でも、フーリウス・リキニウス、あなたの言った通りでした。この部屋には、すぐに私たちの調査の助けになりそうな物は、何もありませんでしたわ」

その時、階段を昇ってくる足音が聞こえ、いろんな品を抱えたエイダルフが、微笑を浮かべながら入ってきた。

「全部、取り返してくるのに、少々時間がかかってしまったようで、すみませんでした。少なくとも、これで全部だと思います。すんでのところ、一階のあの女に、これを全部、売り払われてしまうところでしたよ」と彼は、にやりとした。

彼は、運んできた品を、寝台の上に並べた。祈禱用のビーズの紐、アイルランドの赤みを帯びた黄金でできた磔刑像十字架《クルシフィックス》、ごく上等の細工とは言えないが、無論ちょっとした値にはなるはずだ。それに、空《から》の小型の財布《クルーメナ》、信仰に関わる品が、他にもいくつか。多分、地方の教会などで買い求めたものなのだろう。それから、新約聖書の一部を記した薄い本が二冊。『マタイ伝』と『ルカ伝』の部分であった。

フーリウス・リキニウスは、皮肉な笑いを面《おもて》に浮かべた。

「これが、一ヶ月分の宿賃だって？　これだけあれば、こんな安宿の宿賃、優に三ヶ月分はまかなえますよ。それだけじゃない、もう財布から消え失せているようだけど、貨幣だってあったはずです」

フィデルマは、二冊の聖書を手にして、中から何かが出てくるのを期待するかのように、注意深くページを繰っていった。聖書はギリシャ語で書かれていたが、優れた写書僧の手になるものではない。ページの間には、何もはさみこまれていなかった。フィデルマは、とうとう諦めの溜め息をつきながら、作業を終えることにした。

「何も見つからなかったのですか？」とエイダルフが、部屋を見まわしながら、フィデルマに訊ねた。

フィデルマは、聖書のページの間に何か見つかったかと訊ねられたものと勘違いをして、首を振ってみせた。

「隠し戸棚になっている羽目板なども？」

フィデルマは、彼がローナン修道士の部屋のことを自分たちに訊ねていたのだと、気がついた。

フーリウス・リキニウスは、寛大なところを見せて、彼に微笑を向けた。

「すでに十人隊長《デクリオン》のマルクス・ナルセスが、何かを隠せそうな場所は全て、調べましたからね」

「それでもね……」とエイダルフは、リキニウスに微笑み返しておいて、やはり壁を相手に自分なりの注意深い調査を始めた。彼は、壁を拳《こぶし》で軽く叩いてはその音に耳を澄ますという動作を、繰り返した。フィデルマたちは、エイダルフが壁と床をくまなく調べ、やがて気恥ずかしげな微笑を浮かべて二人の前に戻ってくるまで、待った。

「十人隊長マルクス・ナルセスは正しかったよ」と、彼はリキニウスに笑顔を向けた。「ローナン・ラガラッハ修道士がウィガード殿の長櫃から運び出した貴重な品々を隠せるようなところは、どこにもなかった」

フィデルマはローナン・ラガラッハ修道士の私物をかき集め、先ほど一度壁の鉤から下ろした布鞄に詰めた。

「私たち、安全に保管するために、これは持ち帰りましょう、フーリウス・リキニウス。あの女に言っておいて下さい、私たちが十分に納得したら、未払いの宿代の埋め合わせとして、返却してあげると。でも、ビエダ助祭がやって来て、これを要求し、それだけでなく、部屋代まで請求するかもしれませんね」

若い小隊長リキニウスは、賛成とばかりに、笑顔を見せた。

「お言い付け通りにします、シスター」

「よろしく。実は、夕食の前に、セッビ修道士に、そしてできることならウルフラン修道院長とイーファー修道女にも会って、聴き取りをしたいと思っていたのですけれど、もう遅すぎるようですね」

するとエイダルフから、「このローナン・ラガラッハなる人物について、もう少し調べておくのもいいのではありませんか？」との提案が出た。「我々は、これまで、ウィガード殿に近い人間にばかり、注意を向けてきました。ところが、彼を殺害したと目されているこの男については、いっこう調べていませんね」

「ローナン・ラガラッハが逃亡してしまったもので、それができかねましたからね」とフィデルマは、それにあまり関心を見せずに、そう答えた。

「ローナンからの聴き取りのことを言っているのではありません」と、エイダルフは指摘した。「そろそろ、ローナン・ラガラッハが働いていた場所を調べ、彼の同僚に質問をすべき時ではないかと、思ったのです」

フィデルマは、はっと気づいた。全く、エイダルフの言う通りだ。彼女は、今まで、この点を完全に見逃していた。

「彼は、外事局の下級職員として、雇われていました」と、リキニウスが言葉をはさんだ。

フィデルマは、胸の内で、自分を責めた。ローナン・ラガラッハの仕事場を、もっと早くに調べておくべきだった。

「では」とフィデルマは、さりげない口調で、この提案を取り上げた。「私ども、次は、外事局を調べることにしましょう」

宮殿衛兵隊司令官が彼らのために用意してくれた部屋に、エイダルフはすでに戻ってきていて、粘土の筆録盤と鉄筆《スティルス》でもって、パトック修道院長との面談やエインレッド修道士からの聴き取りで特に気になった点を、書き留めていた。

彼らがラテラーノ宮殿に戻ってきた時、ローナン・ラガラッハが書記として雇われていた外事局は、すでに閉じられていた。この部署の主任も、夕食《ケーナ》に出掛けてしまったという。それだけでなく、さらにフィデルマががっかりしたことには、来客棟の大食堂に、彼らの食事は用意されていなかった。そこでエイダルフとフィデルマは、何か食べ物と飲み物を手に入れてもらおうと、リキニウスを使いに出しておいて、一先ず自分たちの部屋に引き取っていたのである。そのあと、エイダルフとフィデルマは、用意されていた執務室へ戻ってきて、エイダルフは覚え書きを書き記し、フィデルマはローナンの宿から集めてきた彼の私物を棚に納めていたのである。彼女は机のほうへやって来て、椅子に坐り、エインレッドの部屋の戸口の枠の裂け目に絡まっていた麻袋の切れ端とちぎれたパピュルス紙の断片を、机の上に置いて、興味をそそられながら、それらを調べ始めた。

エイダルフは筆録盤から目を上げ、書き物の手を止めて、訝《いぶか》しげに眉を寄せ、彼女に問いかけた。

「それ、何なのです?」

「残念ながら、よくわからないのです」とフィデルマは、正直に白状した。「もしかしたら、この調査とは関係ないものかもしれません」

「ああ、あの麻袋ですね」とエイダルフは関心なさそうに、顔をしかめた。「もう一つのほうは？」

フィデルマは、彼に謝った。

「ごめんなさいね、お伝えするのを忘れていました。ローナンの部屋の床に落ちていたパピュルス紙の切れ端です。でも、何なのか、全くわからなくて」

そう言いながら、彼女はそれをエイダルフのほうに滑らせた。

「文字が書かれていますね？」

「ええ、奇妙な象形文字が」とフィデルマは、溜め息をついた。「私には、この文字が何であるのかさえ、見当もつきませんわ」

すると彼は、にっこりと笑顔になった。

「私に、簡単に答えられますよ。アラビア人の文字、預言者ムハンマドを信奉する者たちの文字です」

フィデルマは、ほとんど言葉も出ないほど驚いて、彼をまじまじと見つめた。

「どうしてそうと、おわかりになるの？」と彼女は、返事を聞きたがった。「この言葉にも堪能だと、おっしゃるの？」

彼は、いささか気分がよさそうな表情を覗かせた。

「そんな振りはしませんよ。残念ながら、違います。しかし、以前、ローマに滞在していた時に、このような書体を見たことがあるのです。象形文字というのは、目を惹く形をしていますからね。あのような形を、忘れたりはしません。でも、これは、同じような字形ではあるが、私が見たことがあるのとは違った言語のものらしい。おそらく、アラビア人が使っている文字でしょう」

フィデルマは、パピュルス紙を見つめ、口許をきゅっと引き締めて、考えこんだ。

「ここに何が書かれているのかを読み取ることのできる人が、誰か、ローマにいるかしら？」

「いると思いますね、おそらく、外事局には……」

フィデルマが、さっと彼を見上げた。エイダルフも、自分の言葉に、はっと気づいた。

「我らが友ローナン・ラガラッハが働いている部署か」と、彼は考えこんだ。だがすぐに肩をすくめた。「しかし、それに何か意味がありますかねえ？」

その時、控えめに、扉が開かれた。

フィデルマは、パピュルスの断片と麻袋の切れ端を取り上げて、自分の大ぶりの鞄にしまい込んだ。

「その点は、きっと、これからわかるでしょう」とフィデルマはエイダルフに告げ、扉の向こうに、「お入りなさい！」と、声をかけた。

それに応じて、黒い髪と浅黒い顔をした、痩せた男が入ってきた。片方の目が、軽い斜視である。初めのうち、フィデルマは相手のどちらの目に焦点を合わせるべきなのか、戸惑いを覚えた。この男の顔は、見知っている。しかし、彼が誰であるか、フィデルマは知らなかった。

エイダルフのほうは、すぐに彼がわかった。

「ブラザー・セッビ！」

針金のような男は、微笑した。

「衛兵から、あなたたちが私に会いたがっていると聞いたものでね。私は夕食をもう済ませていたから、どこへ行けばあなたたちに会えそうかを聞いて、やって来たのですわ」

「どうぞ、入って、こちらにおかけ下さい、ブラザー・セッビ」とフィデルマは、彼を迎え入れた。「お蔭《かげ》で、あなたを探してもらう手間が省けました。私は、フィデルマ……」

セッビ修道士は、腰を下ろしながら、頷いた。

「〝キルデアのフィデルマ〟殿ですな。あなたとブラザー・エイダルフがエイターン修道院長殺害事件の謎を解明された時、私もウィトビアにいましてね」と彼は言葉を切り、表情を引き締めた。「今回のこと、残念ですわ。実に残念なことでした」

「では、私どもが何に取り組んでいるのか、ご存じですね、ブラザー・セッビ？」と、フィデルマは訊ねた。

彼は、すぼめた唇に、ちらりと笑いを見せた。

「ラテラーノ宮殿は、その話でもちきりですからな、シスター。ゲラシウス司教は、ちょうどオズウィー王がウィトビアでのエイターン院長殺害事件でなさったように、ウィガード殿の死について調査するための権限を、あなたとブラザー・エイダルフにお与えになったと」

「我々は、ウィガード殿が亡くなられた時刻に、あなたがどこにおられたかを、伺いたいのですが」

セッビの微笑が、広がったようだ。

「ぐっすり眠っていたでしょうな、まともな感覚の人間ならね」

「あなたも、まともな感覚をお持ちでしたか、ブラザー・セッビ？」

セッビの顔が、一瞬、強張った。が、すぐに微笑が戻った。

「ユーモアの感覚をお持ちと見えるな、シスター。私は、寝台で熟睡していましたよ。廊下の騒ぎで、目が覚めた。そこで、扉まで行ってみると、ウィガード殿の部屋の前に、衛兵が何人も集まっていた。どうしたのかと聞いてみて、事件のことを聞かされたのですわ」

「ほかにも誰か、いましたか？　たとえば、パトック院長とか？」

セッビは、頭を振った。

「でも、あなたは騒ぎで目を覚まされたのでしょう？」

「それは、そうだが」

「ざわめきは、それほど大きかったわけですね？」

「もちろん。大きな叫び声だの、騒々しい足音だのと」

「あなたの部屋の隣りのパトック院長が、その騒ぎの間じゅう眠っていらしたことに、驚かれませんでしたか？」

エイダルフは、気懸りそうに、フィデルマをちらっと見やった。彼女に対するパトックの態度への仕返しで、フィデルマは彼の陳述に、今も疑惑を投げかけているのではあるまいか？

「いっこうに」とセッピは、机の上に、身を乗り出した。「院長が眠り薬を用いていることは、よく知られていますからな。不眠症なのですわ。人が食べ物を摂るように、院長は薬に頼って生きておいでだ」

「それは、噂ですか、ブラザー・セッピ？　それとも、事実として知っておいでなのですか？」と、フィデルマは問い続けた。

セッピは、軽い手振りを添えながら、それに答えた。

「私は、パトックが院長であるスタングランドの修道院で、十五年、暮らしているのですぞ。当然、知っているとも。でも、召使いのエインレッドに訊ねてご覧になるといい。これは、事実ですからな。エインレッドは、いつも薬品の入った鞄を持ち歩いている。毎晩、彼は桑の葉とキバナクリンソウとマレン（モウズイ科の植物）を調合して、葡萄酒に混ぜているのだ。院長が、それを就眠前に飲むのでな」

フィデルマは、エイダルフを見やった。彼は、納得できる話だと、頷いてみせた。

「決して珍しくはない、睡眠剤です」

セッピは、先を続けた。

「パトックは、薬に頼って生きているのですわ。彼が、他の誰かではなくエインレッドを当地に伴ったのは、おそらく、このためだ。何しろ、彼の不眠症に効く薬を調合できるのは、エインレッドだけなのでな。パトックが、この召使いを連れずに旅に出ることなど、全くないと言ってもいい」

フィデルマは、興味をそそられた。

「召使い？」

「エインレッドは、以前は奴隷だった。それをパトックが買い取って、自由の身に解放してやり、聖なるローマ・カトリック教会の信仰に導いたわけだ。しかしエインレッドは、今もなお、自分をパトック院長の奴隷と考えている。本当は、もう自由民なのに」

「どういう次第で、そうなったのです、ブラザー・セッピ？」とフィデルマは、彼を促した。

「なぜなら、東サクソン王国がスウィスヘルム王に統治されていた時代には、あの地方にキリスト教徒はほとんどいなかった。そこでパトックは、迷い出てしまった羊の群れをふたたび唯一の真の神の下に呼び戻すために布教の旅に出ようと、決心しましてな。七年前のことだった。私はあの地方の出身なもので……実は、私の名前は、当時あの地方を治めておられたセッピ公にちなんだものですわ……そういうわけで、パトックは同行者として私を選んだのですよ。そして、ちょうどスウィスヘルム王の宮殿についた時、我々は刑の執行を待っているエインレッドに出会った」

　セッビは、ここで言葉を切ったが、フィデルマたちが何も言わないので、ふたたび話を続けることにした。

「我々の会話の中で、スウィスヘルム王は、これからエインレッドという奴隷の処刑が行われるのだが、実に遺憾なことだ、ともらされた。その奴隷は、薬草師としても、治療者としても、評判をとっている薬師《くすし》なのだから、とのことだった。でも、奴隷が主《あるじ》を殺したとなると、どうしようもありませんわい。誰かが、主の肉親に〈ウェアギルド〉②を払い、奴隷を買い取ってくれない限り、死刑だ。しかし、主殺しの奴隷を、誰が買ってくれよう？」

「エインレッドは、スウィスヘルム王の奴隷だったのですか？」とフィデルマは、訊ねた。

「いいや、そうではない。エインレッドは、タメシス川③の北側の岸辺近くに住む、フォッバという農夫に所有されていた」

「そのエインレッド、そもそもどうして奴隷になったのです？」と、今度はエイダルフが訊ねた。「戦争で捕虜になったのですか、それとも生まれながらの奴隷だったのですかね？」

「子供の頃、両親によって奴隷に売られたのだよ。大変な飢饉の時で、親たちは、その金でもって、自分たちが生きのびようとしたのだ」と、セッビは答えた。「我々の国では、奴隷は、馬だのその他の家畜だのと同じように、売り買いして利益を得ることのできる財産の一つなのでな」と彼は、嫌悪の表情を顔に浮かべているフィデルマに、にやっと笑ってみせた。「キリスト教は、この慣行をひどく嫌っている。しかし我々の法律は、我々のキリスト教への改宗より、ずっと古くから存在していますからな。キリスト教会といえど、我慢するしか……」

フィデルマは苛立たしげに片手を上げて、彼を制した。アイルランド人布教者たちが異教徒《インフィデリス》であったサクソン人たちにキリスト教を説くにあたって直面したこの問題を、フィデルマも自身で見聞して、知っていた。サクソン人が、それまでの戦と流血の神々を捨て、キリスト教に改宗したのは、わずか七十年足らず前のことだ。しかし、いまだに古い信仰にかじりついている者も多いし、キリスト教徒となった者たちすら、古い慣行を新しい信仰の中に混淆《こんこう》させている。

「では、エインレッドは奴隷として売られて成人し、やがては王を殺すことになったのですね」

「いかにも。パトックは、ひどく体に気を使っており、常に自分の苦痛を抑えてくれる薬を探し求めている男だから、この話に興味を持った。エインレッドは、単純で頭の働きも鈍いが、薬効を持った薬草やその他の植物を見つけることにかけては、大変な才能を持っているらしくてな。国中から多くの人々がフォッバの農場へやって来ては、彼に金を払って、エインレッドが調合した良薬を手に入れていたようだ。

少し考えこんだうえで、パトックはスウィスヘルム王に、あることを申し出た。彼は、王に、処刑を一日だけ待ってもらえないかと頼んだのだ。そして、自分は不眠症に悩まされている。もしエインレッドが薬を調合し、それによって今夜よく眠れたら、自分にはエインレッドを買い取り、彼が殺した人物の〈ウェアギルド〉を、彼に代わって支払う用意がある、と申し出た」

「今、〈ウェアギルド〉と言われましたが、どういうものなのでしょう?」と、フィデルマが質問をはさんだ。

「人の社会的地位を明確に定めるための仕組みです」と、エイダルフがそれに答えた。エイダルフは、本来、彼の国にあっては、世襲の行政官《ゲレファ》（代官）を継ぐべき人間であったのだ。「行政官は、この制度に基づいて、殺害された者の肉親に支払われるべき弁償の額を決定したり、あるいは他の法的手段による弁償の程度を決めたりすることができるのです。たとえば、身分ある貴族《イールクンド》ともなると、〈ウェアギルド〉は三百シリングになります」

「わかりました。私どもも、アイルランドで、地位を計るための同じような仕組みを持っています。全てのアイルランド人には、その社会的地位によって、それぞれ〈名誉の代価《オナー・プライス》〔エネクラン〕[4]〉が定められていて、それに基づいて、殺人の被害者にも、弁償金が支払われるのです。この科料は、〈血の代償〔エリック〕[5]〉と呼ばれています。私どもの社会では、犯罪を犯した者は、たとえ微罪であろうと、罰として、〈名誉の代価〉を引き下げられることになっています。ええ、〈ウェアギルド〉のことは、これでよくわかりましたわ。どうぞ、話を続けて下さい」

フィデルマは、新しい知識を学んだことに満足して、椅子の背にゆったりと身を委ねた。

「この申し出を聞いたスウィスヘルム王は、これを歓迎した」とセッピは、先を続けた。「きっと、この話がうまく運べば、手数料が手に入ると、踏んだのだろうな。エインレッドは独房から呼び出され、修道院長のために睡眠薬を調合するように命じられ、この命令に従った。そして翌朝、パトックは有頂天の喜びようで、王の前にやって来た。眠り薬は、よく効いたのだ。そこで、殺された雇い主の親族が呼ばれ、パトックは百シリングの〈ウェアギルド〉と、それに加うるに、奴隷の値段の五十シリングを求められた」

エイダルフは椅子の背に体を凭《もた》せかけて、そっと口笛を吹いた。

「百五十シリングと言ったら、大変な額ですよ。そのような大金を、パトック院長はどこで工面したのだろう？」

セッピは身を乗り出し、彼に片目をつぶってみせた。

「教会は、奴隷の解放を奨励し、奴隷販売を抑えようとしている。慈善の行為として、奴隷を解放させせようと努力しているわけだ。エインレッドの場合も、この慈善活動ということで、スタングランドの修道院が金を払った。この取り引きは、修道院の奴隷解放活動の一つとして、正式に記録に残された」

「それにしても、大変な金額です」

「でも、これは、法律によって定められている額だ」と、セッピは答えた。「この〈ウェアギルド〉は、法によって確定されている金額なのだ」

「でも、奴隷には、〈ウェアギルド〉はないのでは？」と、エイダルフは指摘した。

「〈ウェアギルド〉はなくとも、奴隷には、奴隷としての価値が定められている」

「こうして、エインレッドはパトック院長によって買い取られ、彼によって解放されたのですね」とフィデルマは、事情を要約した。「ただし、それはキリスト教徒としての慈善からではなく、院長の夜の眠りを楽にしてくれる治療者としてのエインレッドの才能のためであった、ということですか？」

「ご明察ですな、シスター」セッビの返事は、何やら、偉そうな口調だった。

「それは、いつのことでした？」

「先ほど言ったように、七年ほど前のことだった」

「そこで、エインレッドは自由の身となり、パトック院長への感謝から、キリスト教の教えを受け入れて、ノーサンブリアの修道院へ、あなた方お二人に従ってやって来た、という次第だったのですね」フィデルマの声には、皮肉な響きがあった。

またもやセッビは、フィデルマの声に冷笑を聞き取って、いかにも、と言わんばかりに、にやりと笑ってみせた。

「正確に言えば、ことがその通りに運んだわけではなかったが、まあ、そういうことですわ。ご存じのように、エインレッドは少し足りない男でな。小さな子供の頃から、ずっと奴隷だった。その彼に、自由になるとはどういうことかを、パトックが詳しく教えてやったのは、修道院に連れてきてからだった。そして、絞首台から救ってもらった代価として、彼はパトック院長に仕えなければならないのだ、と思い込ませてしまった。キリスト教に入信したことにしろ、あの哀れな男が、その意味をどこまで深く理解していたか、怪しいものだ。彼にとって、キリストとは、ウォーディンやスノールやフレイール[6]のようなサクソン族の異教の神々の一人、というだけなのではないのかな。あの男の心をどういう思いが過《よぎ》るものやら、誰にもわかりはしない」

　フィデルマは、セッピのあからさまなパトック批判に、驚かされた。だが、その驚きを面に表すまいと、それを何とか抑えこんだ。

「何だか、あなたはパトックのご友人ではないように、お見受けします」彼女は、感情を見せずに、そう指摘した。

　セッピは頭をのけぞらして、大声で笑いだした。

「彼には、何人か、特別な女たちはいるが、それ以外に、誰か友人がいるだろうか？　名前を聞かせてもらいたいものだ」

「パトックは複数の女たちと関係を持っている、と言われるのですか？」フィデルマは、彼にはっきりと言及させようと、誘いかけた。

「パトックは、精神の王国を心より信じてはいる。しかし、だからといって、彼には、肉の王国を捨て去る気は毛頭ないな。ましてや、自己克己の禁欲主義者などではないね」

「修道院長には独身が要求されていますが、パトックはカトリック教会のこの宗規を無視している、と言われるのですか？」とエイダルフは、憤然とした。

セッピは、くすりと忍び笑いをもらした。

「尊《たっと》い〝ヒッポのアウグスティヌス〟(7)も、独身制については、いささか皮肉に書いておられるぞ。私は、パトック修道院長殿は、この哲学の賛同者だと見ているよ」

「では、パトック院長は、ローマ・カトリック教会が、司教や院長の叙任にあたって聖職者に求める独身制を守っている振りをしながら、その実、女たちと付き合って快楽に耽《ふけ》っているのですか?」

「パトックは、自分は老人ではないのだ、と宣《のたま》っている。老齢となって院長や司教として悟りすましているのは容易だろうが、若い時にあまりに純潔を強いれば、淫蕩《いんとう》な老人を作り上げると、称しているようだ」そしてセッピは、慌てて付け加えた。「無論、これは、彼の主張だ。私が彼に同調している、ということではありませんぞ」

「では、どうして院長につき従っておられるのです?」この問いに潜む冷笑は、エイダルフの彼に対する嫌悪を、はっきりと覗かせていた。

「人間、常に、昇りつつある星に従うものではないかね?」とセッピは、にやりと皮肉な笑みを浮かべた。

「では、パトック院長を、昇りつつある星と見ておいでなのですか?」とフィデルマは、興味をそそられて彼に訊ねた。「なぜでしょう?」

「パトックの視線は、カンタベリーに向いている。私は自分の視線を、スタングランドの修道院に向けている。もし彼がそれを手に入れたなら、私にはこっちが手に入る、というわけですわい」

フィデルマは、セッピのこのあからさまな言い分に、しばらく口許をすぼめて考えこんだ。

「それで、パトックは、どのくらい前から、目をカンタベリーに向けているのでしょう？」

「数年前に、スタングランドの修道院はローマ・カトリックを支持するという旗色《きしょく》を明らかにして、〝リポンのウィルフリッド〟に接近し始めたが、その時以来、パトックはカンタベリーの大司教座のことばかり考えていますわ。パトックは野心家だ」

フィデルマの目が、わずかに細められた。

「パトックは、自分の行く手の障害物は何であろうと取り除こうとするほど野心に燃えている、とおっしゃるのでしょうか？」

セッピは、奇妙な抜け目なさを窺わせる彼特有の微笑を見せたが、それ以上は考えを明かそうとせず、ただ肩をすくめただけであった。

「結構です、ブラザー・セッピ」やや沈黙を続けた後、フィデルマはエイダルフの顔にちらっと視線を走らせ、セッピにそう告げた。「昨夜のことに、話を戻しましょう。生前のウィガード殿を最後に見られたのは、いつでした？」

「来客棟《ドムス・ホスピターレ》の大食堂で一同集まって摂る夕食の後、間《ま》もなくだったな。ゲラシウス司教も、ラテラーノ宮殿に滞在している宿泊者全員と、食事を共にされていた。食事の後、全員、夕べの勤行に出て、それから皆、それぞれの部屋に戻ったのだった」

「ウィガード殿のほかには、誰がおいででした？」

「我々の一行の全員がいましたな。このブラザー・エイダルフ以外の」

「あなたも、ご自分の部屋に戻られたのですか？」

「いや、暑い夜だった。それで、花園を散策していた。大司教指名者《デジグネイト》であるウィガード殿の生きておられる姿を最後に見かけたのは、そこでだった」

フィデルマは、驚いて身を乗り出した。新しい情報だ。これで、ウィガードが最後に何をしていたのか、空白の時間が埋められてゆくかもしれない。

「それは、何時でした？」

「夕食の一時間後。そう、真夜中の三時間ほど前だったな」

「ウィガード殿が殺害された時刻を、我々は、その真夜中だと、みていますね」とエイダルフは、フィデルマに話しかけてセッピの言葉をさえぎった。

彼に警告の視線を向けておいて、フィデルマはセッピを促した。「何をそこでご覧になったかを、聞かせていただきたいのですが」

「宮殿の南側の石壁の近く、バシリカ式大聖堂の後ろに、大きな庭園の一つがありますな。私はそこにいた。ウィガード殿を目にしたのは、その時だった。夜、寝室に引き取られる前に庭園を散策されるのは、ウィガード殿の日課だったからな。きっと、日中の暑さを敬遠して、日没後の散歩のほうを好まれていたのだろう。私は側《そば》に行こうとしかけたのだが、その時、何者かが陰の中から出てきて、彼に近寄り、彼の気を惹いた」

「面白い表現ですね……〝気を惹いた〟とは？」とフィデルマは、印象を口にした。

だが、セッピは、それには無造作に答えただけだった。

「その人物が自分の前に現れた時、ウィガード殿は何か考えこみながら歩いておられたという、その時の様子を言おうとしただけだ。二人は、話し始めた。私はそちらへ歩き続けたのだが、ウィガード殿に話しかけていたその人物は腹を立て始め、声高《こわだか》なもの言いになっていって、突然、身を翻《ひるがえ》して姿を消してしまった。二人とも、バシリカ式大聖堂の裏手の柱廊の中へ入っていったのだと思う」

「その人物が誰か、おわかりになりましたか？」

「いや。法衣を着して、頭巾を被っていた。ここの聖職者の誰かなのだろうが、私には彼らの見分けはつかないな」

「二人は、何語で話していましたか？」と、エイダルフが訊ねた。

「何語？」とセッピは、やや考えてみてから、それに答えた。「わからぬな。私が知っているのは、一言二言、言葉が交わされているうちに、声が高くなっていった、ということだけだ。まるで、犬が吠えるような声だったな」

「ウィガード殿に近寄っていかれましたか？」

「その後では、近づかなかった。個人的な話だった場合、ウィガード殿を当惑させるかもしれない、と思ったからだ。私は踵《きびす》を返して庭園を立ち去り、自分の部屋に戻った。それが、ウィガード殿を見た最後となるな」

「ウィガード殿が殺害されたとお知りになった時、この出会いのことを、誰かに話されましたか?」

セッビは、目を大きく瞠《みは》った。

「どうして、そのようなことを? ウィガード殿が殺されたのは、その後のことだ。それも、庭園ではなく、自分の部屋でだったのですぞ。それに、頭のおかしいアイルランド人修道士がウィガード殿を殺害して、彼が教皇猊下に献上するために運んできた高価な贈呈品を盗んだということは、誰でも知っているではないか? どうして、庭園での出会いが、この殺人事件に関係するのかね?」

「それを、私どもは、見極めようとしているのです、ブラザー・セッビ」と、フィデルマは、重々しい口調で、それに答えた。

「もし庭園で見かけられた人物が、そのアイルランド人修道士であったと……」と、エイダルフが言いかけた。

だが、フィデルマの鋭い吐息に、エイダルフははっと言葉を切って、彼女の怒りに満ちた叱責の視線の前で、すっかり萎《しお》れてしまった。証人に向かって示唆を与えることを、フィデルマは嫌っていたのだ。

「しかしな」とセッビは、二人の間で交わされている、本筋を離れた無言のやり取りなど気にも留めずに、言葉を続けた。「私は、その人物をはっきり見て取ることはできなかったのですぞ。しかも、ほかの人たちが、ローナン・ラガラッハなる人間について話しているのを耳にしたのは、今朝の朝食の時が初めてだったのだから」

「大いに助かりましたわ」と、フィデルマはセッビに告げた。「私ども、もう一度お会いする必要が出てくるかもしれませんが、今のところ、これで十分です、セッビ殿」

「私は、いつでも手近なところにいますからな」とセッビは、立ち上がって扉へ向かいながら、そう答えて微笑んだ。

彼が扉を開けようとした時、フィデルマは、ふと思いついて彼を見上げた。

「話は変わりますが、ちょっと興味を惹かれますわ――エインレッドは、どうして主である農夫を殺したのでしょう？」

セッビは、振り返った。

「どうして？　私の記憶するところ、エインレッドは、両親によって、妹と一緒に奴隷として売られた、ということだった。妹も、同じ農夫に買い取られていたそうだ。そして、その妹がまだほんの小娘だった頃、主の農夫は、その子を自分の臥所《ふしど》に無理やり引っ張りこんだらしい。エインレッドが主を殺したのは、その翌日だった」

少し沈黙していたフィデルマが、ふたたびセッビを促した。「どのようなやり方で？」

セッビは、胸の底に沈んでいた記憶をまさぐるかのように、しばし無言であったが、やがて答えた。

「確か、絞殺だったと思うが」そして、ふたたび口を閉ざしたが、すぐに頷いて、笑顔を見せた。「そう。そうだった。主の農夫を、自分のベルトで絞め殺したのだった」

第十章

「まあ、これで明らかになったことが、一つありますね」というのが、セッビ修道士が部屋から出て行った後でエイダルフ修道士がもらした見解であった。

フィデルマは面白そうにきらりと目を輝かせながら、相手の顔を見上げた。彼の声に、ユーモラスな響きを聞き取ったのだ。

「何がわかりました?」と彼女は、真面目な顔を装って、質問を向けた。

「セッビ修道士は、パトック修道院長には、全く好意的でない、ということがね。彼は、パトック院長とその召使いエインレッドについて、疑惑の種子《たね》をせっせと蒔いていたようですね」

フィデルマも、エイダルフのこの明白な事実の指摘には、同感できる。彼女は、十分に考えつつ、頷いた。

「あまりにも熱心に、それを狙っていると、お思いになるのね?」と彼女は、その考えを追いながら、問いかけた。「私たち、セッビ修道士の供述は、慎重に読み取らねばなりますまい。彼は、院長に劣らず、いかにも野心家ですもの。パトックを追い落とせば、自分がスタングランドの修道院長になれる。明らかに、そう信じています。となると、彼自身の野心が、彼の態度に、どの程度影響しているか、ですね」

エイダルフは、自分もその見方に賛同することを、小さな身振りで答えた。

「そうですね。しかし、もう一度、エインレッドと会ってみては、どうでしょう？」

フィデルマは、悪戯っぽい微笑を、彼に向けた。

「ローナン修道士のことは、忘れておしまいになったの？　確か、犯人はローナンだと、確信しておいでだったのでしょ？」

サクソン人修道士は、当惑して、目を瞬《しばたた》き、身じろぎをした。セッビに対する質問の中で浮かび上がった脇筋《サブ・プロット》に夢中になって、聴取の本筋を忘れていたようだ。

「もちろん、そう確信していますよ」と、彼の返事は、やや弁解めいていた。「いくつもの事実が、そう告げていますからね。しかし、何だか気に……」

「気に？」彼がすぐに続けないので、フィデルマは先を促した。

エイダルフは、そっと溜め息をついた。だが、ふたたび口を開こうとした時、フーリウス・リキニウスが戻ってきた。二人が驚いたことに、彼は、葡萄酒の広口瓶《ジャグ》、パン、冷製の肉を少少、それに果物まで載った盆を、運んできたのである。リキニウスは、にこにこ笑いながら、それを机の上に下ろした。

「残っていた食料を、すっかり攫《さら》ってきました」と、空腹を抱えて食料に目を奪われている二人に、リキニウスは告げた。「自分は、すでに食べてきましたから、さあ、始めて下さい。ああ、そうだ。引き返してくる途中で、お二人が会いたがっておられる人物に、ばったり出会いました……ローナン・ラガラッハが働いていた外事局の上役です」

フィデルマは、未練を残しながらも、エイダルフに向きなおった。

「食事は、その修道士に会った後で、頂くことにしましょう」

エイダルフは、げっそりした顔を見せたものの、それ以上の反対を唱えることはしなかった。

リキニウスは扉に歩み寄り、ほっそりとした若い男を招じ入れた。思春期を抜け出したばかりとしか見えない、小麦色の肌、赤い厚めの唇をした若者だった。その黒い目を、もっとよく焦点を合わせようとするかのように、細める癖があるようだ。彼の頭の頂は、完全に剃り上げてあった。

「こちらが、外事局の副主任です」とリキニウスが、彼らに若者を取り次いだ。

フィデルマは、束の間、まごついた。このような公職に就いているからには、年配の男であろうと、予想していたのだ。この若者は、ほんの二十代ではあるまいか。

若者は、一歩踏み出して立ち止まり、近視の人間特有の視線で、エイダルフからフィデルマへ、そしてまたエイダルフへと、目を移した。

「お名前は?」と、フィデルマが訊ねた。

「オシモ・ランドーです」奇妙に軋《きし》るような声で、彼は答えた。

「ローマ人ではいらっしゃらないようですが？」

「ギリシャ人です、アレクサンドリア生まれの。しかし、育ったのは、シラクサです」

「お坐り下さい、ブラザー・オシモ」と、フィデルマは勧めた。「衛兵隊小隊長《テッセラリウス》のフーリウス・リキニウスは、私どもの目的を、すでにお話ししたでしょうか？」

オシモ修道士はゆっくりと進み出て机の前に坐り、意外に優雅な仕草で、法衣の乱れを整えた。

「ええ、話してくれました」

「ローナン・ラガラッハ修道士は、あなたの局で働いていたと聞いていますが」

副主任は、頷いた。

「外事局がどういうことを扱っておられるのか、お話しいただけますか？」とフィデルマは、彼に求めた。

オシモ修道士は目をわずかに細めたが、すぐに、奇妙に上品な動作で肩をすくめた。

「私たちは、猊下《げいか》が、世界中いたるところに派遣されている我々の布教者たちと、常に連絡を保たれるための機能を、果たしています」

「そしてローナン・ラガラッハ修道士は、あなたの下で働いていたのですね？」

「その通りです。私は、副主任として、アフリカ地区の我々の教会に関わるあらゆる仕事を担当しています。この部署には、私のほか、ローナン修道士が働いているだけです」

「ローナン修道士は、この外事局で、どのくらい働いていましたか？」

「私が知る限り、彼は一年前に、巡礼としてローマへやって来たようです。何ヶ国語かに長《た》けていたため、彼はここに留まることになり、九ヶ月前、あるいはもう少し前から、私の下で働いていました」

「どのような人物でしたか、ブラザー・オシモ？」

オシモ修道士は口許をすぼめ、宙を見つめながら考えこんだ。その小麦色の頬に、かすかに紅色が広がり、困惑の表情が面《おもて》に浮かんだ。

「大人しい男でした。苛立ちや癇癪を表面に表すことなど、ありませんでした。物静か、とでも言いましょうか。仕事については、いたって良心的でした。厄介事を引き起こすことなど、一度もありませんでしたね」

「頑《かた》なな見解の持ち主でしたか？」と、今度はエイダルフが訊ねた。

オシモは驚いたように、彼を見つめた。

「頑なな見解？　何についてのです？」

「彼は、アイルランド人です。我々は、彼がローマ式の〝茨の冠《コロナ・スピネア》〟ではなく、アイルランド式の剃髪《ていはつ》を用いていた、と聞いています。ということは、彼は我々ローマ・カトリック教会の規則を拒み、今なお、コロンバ派の宗規に従っていることを、示しています」

オシモ修道士は、激しく首を横に振った。

「修道士ローナンは、あくまでも聖職者です。彼がアイルランドやブリテンの多くの聖職者と同じ剃髪《トンスラ》をしているのも、それが彼の国の習慣だからです。そのようなことは、我々にとって、何の意味もありません。大事なのは、心の中。どのような髪形をしているか、ではありません」

無念な思いに頬を染めたエイダルフを見て、フィデルマは口許に、つい笑みを浮かべてしまった。それを隠そうと、彼女は面を伏せて、口許の前に片手をかざした。

「では、ローナンの心の中には、何が潜んでいたのです？」と、エイダルフは問い続けた。自分の偏見を、このようにあからさまに非難された苛立ちが、どうしても滲《にじ》み出てしまうようだ。

オシモ修道士は、不満げに口をとがらせて、それに答えた。

「先ほど言った通り、彼は穏やかな、物静かな気立ての男でした」

「彼がローマ・カトリックを批判するのを聞いたことはない、と言われるのですか？」

「もし彼がローマ・カトリックに反感を抱いているのなら、ローマにいるはずはないでしょう？」

「彼がカンタベリーについて批判するのも、聞いたことありませんか？　たとえば、サクソン諸王国は、ウィトビアの教会会議《シノド》で、二者択一でもって、コロンバ派のアイルランド人修道士たちの宗規を拒否して、ローマの宗規を選びましたが、そのウィトビアの決断の知らせを、ローナンはどのように受けとめていましたか？」

オシモの顔に、微笑が浮かんだ。この質問を愚かしいと考えていることを示す笑みだった。

「彼は、意見を口にすることなど、決してしない男でした。そのような世界の西の果てのことではなく、もっぱらアフリカの教会のことのみに、関心を向けていましたから。彼は、優れたギリシャ語とアラム語(1)の学者でした。そこで、彼の任務は、北アフリカに赴いている我々の布教者たちに関するものでした。しかし、この仕事は、次第に難しくなりつつあります。アラビア人たちは、ムハンマドの預言に基づく新しい宗教を狂信的に信じていますが、今やこの信仰は、アフリカの湾岸に沿って、西へと広がりつつありますので」

　エイダルフは、出そうになるじれったげな溜め息を、何とか抑えた。

「ローナン・ラガラッハ修道士が、カンタベリー大司教叙任目前のウィガード殿殺害の犯人と見做されていること、しかもその動機がウィトビアの決定についての知らせであったと想定されていることは、あなたにとって、大変な衝撃ではなかったのですか？」とエイダルフは、さらに迫った。

　オシモは、二人が驚いたことに、頭をのけぞらして笑いだした。柔らかな、高音《テノール》の笑い声であった。

「そういう話は耳にしていますが、全然信じるに足りませんよ」だがすぐに、彼は表情をさっと引き締めた。「大司教指名者《デジグネイト》殺害の知らせを聞いた時」と彼は言葉を切り、敬虔に十字を切った。「さらに、そのためにローナン修道士が逮捕されたと知った時、私には信じられませんでした。これからも、信じはしませんよ。もし真の殺人犯を見つけたいのであれば、私なら他を探しますね」

フィデルマは、彼の真剣な顔を見て、ふと興味を惹かれた。

そして、「なぜでしょう?」と訊ねてみた。「ローナン・ラガラッハは、ウィガード殿を殺害していないと、どうしてそれほど確信なさるのです?」

「なぜなら……」とオシモは、答えを探すかのように、部屋を見まわした。「なぜなら、そのようなことは、ローナンの性格ではないからです、シスター。もしあなたが私に……」とオシモは、何か適切な譬《たと》えを探そうとした。「……もしあなたが言われたとします、教皇猊下がバッカナリア(2)の祭りに参加なさり、サクラ・ヴィアのバッカスの寺院で、おお、神よ、許したまえ、裸で踊られた、と。それでも私は、ローナン修道士に殺人が犯せると信じるよりは、そちらのほうを信じます」

フィデルマの面に、かすかに笑みが浮かんだ。

「とてもよい保証ですわ、ブラザー・オシモ」

「そう安易には出せない保証です」と、外事局副主任はきっぱりと付け加えた。

「そうはいっても、ローナンは、殺人が明るみに出た時刻に、大司教指名者のウィガード殿の部屋から逃げ出すところを、逮捕されていますよ。彼は偽名を告げようとし、やがては牢から逃亡してしまった」とエイダルフが、いささか悪意の響く口調で、そう指摘した。「これは、無実の人間がとる行動とは、とても言えない。違いますかね、ブラザー・オシモ?」

オシモは、苦しげにうなだれた。だが彼は、熱っぽく弁護に努めた。

「それは、追い詰められた者の行動です。全世界が自分の潔白を否定しようとのしかかってくるのを前にした者の態度です。無実を絶望的に証明しようとして、それを立証するために自由を必要としたのです」

フィデルマは無言で若者を見つめたが、すぐに静かな声で、彼に訊ねた。「ローナン修道士は、そうしたことを、あなたに直接話されたのですか？」

オシモは、さっと頰を染めた。

「無論、そのようなことはありません」と、憤然とした彼は、声を震わせた。

だがフィデルマには、それが確信を持った声とは、感じられなかった。もう少し、この点を突っ込んでみよう。

「では、逃亡した後のローナン修道士とは、会っておられないのですね？　きっぱりと、彼のために語っておいでのように聞こえましたが？」

「この九ヶ月、ローナンとは身近に接して働いてきたのです。我々は、そのう……友人となっていました。親しい友人でした」

オシモは、フィデルマと目を合わせようとはしなかった。だが、これまでに見せたことのない頑固さを覗かせて、顎を突き出した。

フィデルマは、信頼しての打ち明け話のように、身を乗り出して話しかけた。

「もしローナン・ラガラッハを見かけた場合、それを衛兵隊のほうへ報告するのは、法が定めるあなたの義務だということは、承知しておいでですね?」

「知っています」とオシモは、静かに答えた。

フィデルマは椅子の背に寄りかかるように坐りなおし、しばらく彼を見つめ続けた。

やがて、彼女は彼に語りかけた。「わかっておいでなら、結構です、ブラザー・オシモ。でも、覚えていて下さい、私はカンタベリーの大司教叙任を予定されておられたウィガード殿の殺害というこの事件を、徹底的に調べるつもりです。もしローナン修道士が無実ならば、私はそれを証明してみせます。もし彼が有罪ならば、そう、彼は逃れることができません」

彼女の尊大な、というより、自信に満ちた口調に、オシモは目を上げ、彼女をしげしげと見つめたが、ふたたび視線を伏せ、囁《ささや》くような声で答えた。

「わかりました」

「記録するうえで必要なので、最後にローナン修道士に会ったのはいつだったか、聞かせてもらいたいのですが」と、エイダルフが質問をはさんだ。

「ウィガード殿が殺害された日、修道士ローナンは、深夜のアンジェラスの鐘が聞こえてくるまで、働いていました」

「ウィガード殿や、その随行の人たちの誰かに会ったことは?」

オシモは、首を横に振った。

フィデルマは、エイダルフを見やって、問いかけた。「私の質問は、これだけですので、あなたがよければ……？」

エイダルフは、顔をしかめながらも、それに応じた。

「では、ブラザー・オシモ……ああ、うっかり忘れるところでした」と彼女は、鞄の中から引きちぎられたパピュルスを取り出して、外事局副主任の前に差し出した。「これが何語であるのか、教えていただけますか？」

オシモ修道士は、パピュルス紙の切れ端を手に取りながら、一瞬、驚いたように、彼女を見つめた。だが即座に、ほとんどその驚きの表情が彼女の印象に残る間《ま》もないほど素早く、落ち着きを取り戻した。

「この象形文字は、アラビア語のものです。アラム語と呼ばれている言語の文字です」

「何か、意味が読み取れますか？」と彼女はさらに訊ねてみた。

「何らかの文章の一部でしょうが、どうも読み取りようはありませんね。もしかしたら、手紙かもしれない。ほんの二、三の単語しか、わかりません」

「どういった単語です？」

「この言語の文章は、右から左へと読まれるのです。ここに、〝図書館〟と、〝聖なる病〟という単語があります。それに、ギリシャ名前を音訳でラテン語文字に書きかえたらしい単語の語尾の部分、〝……フィルス〟という文字もあります。こちらの単語は、〝値段〟と〝交換〟という単語です。これでは、文章の意味を、全く成しませんね」

倹《つま》しい夕食であった。フィデルマは、午後に少しばかり午睡をとってはいたものの、急に疲れを覚えた。だが、ウルフラン修道院長かイーファー修道女に会っておこう。彼女は、フーリウス・リキニウスに、二人を探させることにした。フィデルマとエイダルフは、しばらく無言のまま坐って待った。その間《かん》に、彼女は胸の内で、オシモ修道士の口述を思い返していた。オシモとローナン・ラガラッハの間柄は、単なる仕事仲間というだけではない。彼が陳述の中で認めた以上のものが、二人の間には存在している。また、オシモは、ローナンについて、親しい者ならではの知識を持っている。それは、確かだ。実のところ、ローナンは衛兵隊から脱走した後オシモ・ランドーに助けを求めたと言い切れる、とまでフィデルマは考えていた。しかし、これは、あくまでも彼女の勘にすぎない。これだけでは、彼女を結論に到達させる事実とは、言えない。

彼女は、エイダルフが何ということもなく指で机を叩いていることに気づいた。思考を妨げるその音に、フィデルマは煩わしげに鼻を鳴らした。

「何を考えておいでなのです、エイダルフ？」彼がまだ机を叩き続けているので、彼女は彼にそう問いかけた。

エイダルフは目を瞬き、一瞬、訳がわからないようだったが、すぐに自分の無意識の動作に気づいた。

「ただ、オシモの言ったことを、思い返していたのです」

フィデルマは驚いて、眉をつっと上げた。

「私も、そうしていました。あなたが考えていらしたのは、どういう点かしら？」

「彼が訳してくれたアラビア語の単語のことです」

フィデルマは、落胆した。

「ああ、そのこと」と、彼女は肩をすくめた。オシモとローナンについて、エイダルフも自分と同じようなことを考えていたのかと、思ったのだ。「でも、あれは、何も意味を成さないのでは？」

「そうかもしれません。多分ね。でも、何か、私の記憶に引っかかるのです。ご存じのように、私は、何年か、アイルランドで学んでいました。あの有名なトゥアム・ブラッカーンの医学校で」

「それと、アラビア語の単語と、どう関わってくるのです？」

「多分、何の関係もないかもしれませんがね。私は、ご存じのように、若干、医療についての知識を持っています」

「何をおっしゃりたいのか、まだわかりませんわ」

「私は、オシモが訳してくれた単語を、書き留めておきました。そのうちに、何か意味を成すようになるかもしれないと、一応それに備えて」

「それで?」

「〝図書館〟という単語が、その一つです。この文章は、何か図書についての覚え書きなのかもしれませんよ。〝聖なる病〟というのは、二つの単語から成る表現で、ヒポクラテス(3)には『神秘なる病について(4)』という論文があります。知覚神経と運動神経の違いを論じたものでしてね」

「まだ、さっぱりわかりませんわ、エイダルフ」

エイダルフは、わからなくても当然、まあ、大目に見てあげます、というかのように、微笑した。

「ヒポクラテスのこの著書についての註釈書を著したのが、アレクサンドリアの医学校の偉大なる創立者の一人、カルケドン出身のヘロフィルスでした。おそらく、オシモ・ランドーが初めの数文字が読めないと言っていた〝……フィルス〟という人名は、このヘロフィルスのことだと思いますね。あの文章は、どこかの図書館にある『神秘なる病について』に関するヘロフィルスの著書に触れたものかもしれませんよ」

フィデルマは、くすっと笑いながら、椅子の背に体を凭《もた》せて坐りなおした。

「何だか、頼りない推察ね、エイダルフ。でも、よく考えてあること。あなたの推量通りかもしれません。でも、今のところ、あまり私たちの助けになってくれそうにありませんね」

「しかし、いつか役に立つかもしれませんよ」とエイダルフは、満足げに答えた。どうやら自分の演繹《えんえき》論法の出来映えに、気をよくしているようだ。

そこへ、フーリウス・リキニウスが戻ってきた。だが、何か言おうとする間もなく、彼は押しのけられ、替わってウルフラン修道院長の厳《いか》めしい姿が、ずかずかと部屋に入ってきた。間近で見ると、ウルフランは長身だった。フィデルマより、さらに背が高い。痩せた蒼白い顔に、目鼻立ちがくっきりと鋭い。ひときわ目立つ鼻が、傲慢《ごうまん》な印象を強めている。薄い唇はぎゅっと引き結ばれて消えることのない冷笑となり、明るい色の瞳は、怒りの火花を散らしている。

「何なのです?」と彼女は、前置き抜きに、いきなり返答を求めた。「このばかげた騒ぎ、どういうことです?」

フィデルマが、口を開きかけた。だが、彼女の目に、炎のような危険なきらめきを見て取ったエイダルフが、ぎごちなく立ち上がって、彼女の機先を制した。

「ばかげた騒ぎではありません、レイディー」彼は、〝修道院長〟よりもかしこまった肩書を用いることによって、ウルフランがケント国王妃の妹であることをフィデルマに思い出させようと試みつつ、院長に話しかけた。「ゲラシウス司教殿より委任されております私どもの権限について、宮殿衛兵隊の小隊長から、お聞きになっておいででしょうか?」

ウルフラン院長は、鼻を鳴らした。鼻腔をひどく傷つけはしないかと思われるばかりの、激しい勢いの息の吸い込み方である。

「聞かされましたよ。でも、私に関わりがあるとは思われない話です」

「では、あなた方の大司教指名者が殺害されたことを、ご自分とは関わりないことだとおっしゃるのですか？」とフィデルマが、ほとんど囁くような声で、院長に問いかけた。その静かな、かすれたような声の中には、危険な気配が潜んでいた。

ウルフラン院長は、憤《いきどお》ろしげな視線を彼女に投げかけた。

「私が言ったのは、あなたたちの質問は、私には関係ない、という意味です。そのことは、はっきりさせているはず。とにかく、私は、この件について、何も知りませんからね」

エイダルフは、彼女の怒りを静めようとして、身振りで、にこやかに椅子を勧めた。

「きっと、貴重なお時間を、ご親切に私どもにお割き願えるでしょうね？　二、三、質問させていただくだけです。そうすれば、ゲラシウス司教殿に、ご依頼の調べを全て終えましたと、報告できますので」

フィデルマは、あまりにも下手《したて》に出るエイダルフの態度に我慢がならず、歯をぐっと嚙みしめた。しかし、ウルフランへの質問は彼に任せるほうがよさそうだと、決断した。この傲慢な女性に一分間でも対応しようものなら、彼女はいつもの自制心を忘れて、感情を爆発させてしまうこと必定であろうから。ウルフランは、首のまわりに、スカーフのように巻きつけている被り物を、左手で神経質に引っ張りながら、腰を下ろした。

「生きておいでの大司教指名者ウィガード殿を最後にご覧になったのは、いつでしょう?」と、エイダルフが質問を始めた。

「昨日の夕食のすぐ後ですよ。私たちは、今日に予定されていた教皇様への拝謁に関して、二言、三言、大食堂の入口で、言葉を交わしました。十分足らずでしたね。その後、私は真っ暗な自分の部屋へ戻りました。シスター・イーファーがやって来て、寝台を就眠用に整えてくれましたので、私は早くに横になりました。ウィガード様が亡くなられたと聞いたのは、朝食の時になってからでしたよ」

「あの夜は、誰もが、早々と床《とこ》についたようですね」とフィデルマが呟《つぶや》いたが、エイダルフはそれは無視して、質問を続けた。

「院長殿の部屋は、ウィガード殿の部屋に対して、どういう位置にあたりますか?」

ウルフラン院長は、一瞬、眉をひそめた。

「一行の男性がたに割り当てられている部屋の下の階だと、聞かされていますよ。そのことは、あなたこそ知っているはずでしょうに、ブラザー・エイダルフ?」

「私が伺っているのは、ウィガード殿の真下だったかどうか、ということなのですが。それも、もしかして物音をお聞きにならなかったかどうかを、確認したいからでして」と彼は、なめらかな口調で、説明した。

「真下でもないし、物音を聞いたりもしていません」と院長は、唸るような不機嫌な声で、それに答えた。

「シスター・イーファーのほうは？」

「イーファーの部屋は、私の隣りです。私が必要とする時、すぐ手近なところにいるために」

「シスター・イーファーは、あなたの召使いなのですか？」とフィデルマは、鋭く問いかけた。

ふたたび、騒々しい鼻息が聞こえた。

「イーファーは、シェピー島の私の修道院の修道女です。今回の旅で、私の付き添いを務め、私を助けてくれています」

「ああ」と、フィデルマは無邪気そうに答えた。「彼女が困っている時には、あなたが助けておやりになる、というわけですね？」

エイダルフが、慌てて体を乗り出した。

「夜間に、眠りが妨げられた、といったことはなかったのですね？　何も見たり聞いたりは、なさらなかったということですか？」

これによってフィデルマから気を逸らされたウルフランは、ふたたびエイダルフに向きなおった。

「そのことは、もう言いましたよ」と、素っ気ない返事が返ってきた。

「ローナン・ラガラッハ修道士が衛兵に逮捕された時の騒ぎは非常に騒々しかったため、セッビ修道士は目を覚ました、と聞いております」とフィデルマは、彼女に告げた。「それなのに、これにお気づきにならなかったのですか？」

　ウルフラン院長の、肉が薄くてよく目立つ高い頬骨のあたりが、さっと赤らんだ。

「私の言葉を疑うのですか？」と、彼女の声が威嚇《いかく》的に高まった。「アイルランド娘よ、誰に向かってものを言っているのか、わかっておいでかえ？」

　フィデルマの穏やかな微笑が、危険をはらんで広がった。

「私は、キリストの教えに従うお仲間の修道女に、話しかけています。そして、信仰に生きるという同じ立場の者同士の礼節に従って、返事をいただけるものと、待っております」

　激しい鼻息は、まさに爆発音となった。

「私は、東アングリアのアンナ王の王女です。姉上サクスバーグはケント王イアルセンバートの妃で、女王としてケント王国に君臨しています。これが、私です」

「あなたは、確かにシェピーの修道院の院長ではいらっしゃる」とフィデルマは、ウルフランの言葉を静かに訂正した。「ですが、いったん法衣をまとえば、教会の一員にすぎず、教会によって与えられた身分、つまり修道院長という資格以外に、あなたは何の身分も、お持ちではありません」

　ウルフランの椅子に坐った上体が、硬直した。一瞬、スカーフのように首に巻きつけた被り物の裾をまさぐることも忘れて、信じがたい驚きを面に浮かべたまま、ウルフランはフィデルマを凝視し続けた。

「よくも私に向かって、そのような口を！」ほとんど囁くような声だった。「サクソンの王女に向かって！」

「あなたの前の身分が何であろうと、そのようなことは全く関係ありません。あなたは、キリストの“使い女《め》(5)”です」

ウルフランの口が、ぱくぱくと動いた。数回それを繰り返して、やっと言葉が炸裂《さくれつ》した。

「よくもまあ、外国人のくせして……外国人の農民の分際で！　私は、ケントの王女です。お前は、自分の父親が誰であるかも知るまいに！」

エイダルフは、この傲慢無礼なウルフランを鋭く見つめ返すフィデルマの頰に差してきたかすかな紅色を、ぎょっとして見つめた。一瞬、サクソン人修道士には、アイルランド人修道女が、この侮辱に今にも怒りを爆発させるのではと思った。しかしフィデルマは、何とか自制を取り戻し、硬い微笑を浮かべながら、椅子の背に体を凭せかけた。その口から出たのは、穏やかに抑えられた平静な声だった。

「私の父は、私どもがお仕えしている主《しゅ》であります。それは、あなたも同じはずです。それでもあなたが……」

ウルフラン院長は、薄い唇に、さらにはっきりと冷笑を浮かべたが、彼女が言葉を発する前に、フィデルマが先を続けた。

「それでもあなたが、身を捧げるべき信仰よりも、この仮の世の物事に関心をお寄せになるのでしたら、お聞かせしましょう。仮の世における私の父は、古都キャシェルとマンスター王国⑥の王、ファルバ・フラン・マク・エイドでしたし、兄コルグーは、そのターニシュタ〔継承予定者〕です。ですが、これを誇っているわけではありません。大事なのは、身分ではなく、私自身なのですから。現在、私は、私の国の弁護士であり、ラテラーノ宮殿の衛兵隊司令官《スペリスタ》殿と教皇伝奏官《ノメンクラートル》である司教殿から、この殺人事件の調査を委任されている人間です」

エイダルフは、驚いて彼女を見つめた。フィデルマは、これまで一度も、自分の背景や家族のことを、彼に明かしたことはなかったのだ。アイルランドの尼僧は、傲慢なサクソン人修道院長を、静かに見つめていた。

「私は、甦《よみがえ》り給うたキリストにお仕えしようと宗門に入った時に、我々は主の御前にあっては、皆同等であるという、イエスの御教えを受け入れました。ご存じでしょうね、弟子テモテへ宛てた聖パウロの書簡（『テモテ前書』第六章十七節）を。〝汝《なんぢ》この世《よ》の富《と》める者《もの》に命《めい》ぜよ。高《たか》ぶりたる思《おもひ》をもたず、定《さだめ》なき富《とみ》を恃《たの》まずして、……神に依頼《よりたの》み、……〟とあります」

ウルフラン修道院長は、怒りに顔を引きつらせて、さっと立ち上がった。その勢いに、椅子が後方へ飛んだ。激怒のあまり、スカーフのような被り物が外れて、首の一部が覗いた。そこに赤い傷痕があるのに気づいて、フィデルマの目が、わずかに瞠《みは》られた。古い切り傷か炎症の痕のようだ。ウルフランは、スカーフが滑り落ちたのにも気づかず、唾を飛ばさんばかりの勢いで、怒鳴り声をあげ始めた。「ご免こうむりますよ、こんなところに坐って、侮辱を、こんな……こんな……」言葉に詰まって、彼女はさっと背を向け、嵐のような勢いで、部屋から立ち去った。フーリウス・リキニウスは当惑し、ただ彼女を見送るしかなかった。

エイダルフは、頭を振りながら椅子の背に体を凭せかけて、情けない顔でフィデルマに告げた。

「あの人を敵にまわしてしまいましたね、フィデルマ」

フィデルマは、ちらっと見た限りでは、平静そうであったが、頬には鮮やかな紅色がまだ残っており、その瞳には不思議な炎が輝き、ちらちらと躍っていた。

「一度も敵を作らない人間には、友人も決してできませんよ。敵を見れば、当人がどういう人間か、わかります。私は、むしろ、どういう友を持っているかではなく、どういう敵を持っているかで、私という人間を評価してもらいたいと思いますわ」そう言うと、彼女はリキニウスに向きなおって、「シスター・イーファーを見つけて、ウルフラン院長に見つからないように、ここに連れてきて下さい、フーリウス・リキニウス」と指示した。

戸惑いながらも、リキニウスは立ち上がり、敬礼をした。彼が、軍隊式の挙手の礼をフィデルマに向けたのは、これが初めてだった。

フーリウス・リキニウスが出て行くと、エイダルフはフィデルマに「どうして、こっそり連れてくる必要があるのです?」と訊ねた。

「あのウルフランという女性、非常に高圧的な人だからですわ。本当に、あれほど愚かなのか、あるいは、あの傲慢な態度の下に、何か筋の通る理由が潜んでいるのか……？　あの無礼な態度は、何かを押し隠す手段なのかしら？」

サクソン人修道士は、顔をしかめた。

「彼女は、力ある縁者たちのことを、誇りにしていますよ、フィデルマ。私なら、用心しますね」

「彼女に強力な後ろ盾があるのは、サクソン王国においてだけです。私は、ここを去っても、あちらに戻る気はありませんから、いっこう構いませんわ」

彼女がいなくなるということに考えが及んで、エイダルフは、自分でもよく訳がわからないものの、急に胸が騒ぐのを覚えた。

しかしエイダルフは、「いずれにしても、ウルフラン院長は、我々の情報の蓄えにとって、何も追加してはくれませんでしたね」とだけ、フィデルマに告げた。

彼女は、自分の考えを追いながら、彼に答えた。

「でも、ウルフランの態度からは、彼女は率直に語ってはいない、あるいはその傲岸《ごうがん》さの陰に隠れようとしている、という気配が窺えましたよ。攻撃は最善の防御と言ったのは、オウィディウスではありませんでしたっけ？」

エイダルフは難しい顔をして、事件を思い返してみた。

「でも、ウルフランは、何を隠しているのですかねえ」

フィデルマは、にこっと笑いかけた。

「それを見つけるのが、私たちの仕事ではありません?」

エイダルフは、やや上の空で、それに頷いた。そして、言葉を続けた。「しかし、ウルフランが何か隠しているにせよ、それが我々の調査と、どう関わってくるのです?」

フィデルマは、片手を伸ばしてエイダルフの腕にそっと置いて、話しかけた。「エイダルフ、同じ質問を繰り返しているようね」そして上体を椅子の背に凭せかけた。「どうしてウルフランは、攻撃的になるほど強く、我が身を守ろうとしているのでしょう? 攻撃は、彼女の性格なのかしら、それとも何か重要なことを、隠しているせいなのかしら?」

エイダルフには、見当もつかないらしい。

「私は、こう思うのです」フィデルマは少し黙《もだ》していたが、ふたたび話し始めた。「私には、これは彼女の性格からくるものだと思えますわ。私は、ウルフランが父と呼んだ東アングリアのアンナ王について、聞いたことがあります。彼はウォーデン崇拝から、〈真《まこと》の信仰〉へと改宗したのですが、確か、何人かの娘がいました。ところがアンナ王は、キリスト教への入信に心躍らせて、王女たち全員に、信仰の道に入るよう説得したとか。父親が、娘たちに、彼女たちがやり遂げたいと望む人生ではなく、自分の望む生き方を強制すればどういうことになるか、私たちはよく知っています」

「しかし、娘たちには、父親に従うほか、選択の道はないのですよ」と、エイダルフは彼女に答えた。「聖パウロは述べておられるではありませんか、〝子《こ》たる者《もの》よ、凡《すべ》ての事《こと》みな両親《ふたおや》に順《したが》へ、これ主《しゆ》の喜《よろこ》びたまふ所《ところ》なり〟（『コロサイ書』第三章二十節）と」

フィデルマは、微笑んだ。

「聖パウロは、こうも書いておいでですわ、〝父《ちち》たる者《もの》よ、汝《なんぢ》らの子供《こども》を怒《いか》らすな、或《あるひ》は落胆《きおち》することあらん〟（『コロサイ書』第三章二十一節）と。でも、私は時々、私たちの間には、社会的にも法制度のうえからも、違いがあるということを、忘れてしまうようです。サクソン人の世界では、娘たちは、父親の気の向くままに、家財か奴隷のように売り買いされてしまうように、私には見えます」

「しかし、サクソンの法律のほうが、より忠実に聖パウロの教えに従おうとしていますよ」と、アイルランドにおける女性の社会的役割がいかにサクソンのものと違うかを自分の体験から知っているエイダルフは、そう主張した。「聖パウロは、言っておられます、〝妻《つま》たる者《もの》よ、主《しゆ》に服《したが》ふごとく己《おのれ》の夫《をつと》に服《したが》へ。キリストは……教会《けうくわい》の首《かしら》なるごとく、夫《をつと》は妻《つま》の首《かしら》なればなり〟（『エペソ書』第五章二十二～二十三節）と。我々は、この教えに従っているのです」

「私は、自分の母国アイルランドの制度のほうが好きですね。女性は、少なくとも、選択することができますもの」フィデルマは、苛立たしくなった。「何も、全てにおいて聖パウロの教えに従う必要はありませんわ。彼は、私が生きている文化とは違った、別の文化の人ですもの。それに、彼と同じ文化の中に生きていた人たちでさえ、全員が彼の教えに同意していたわけではありませんでした。たとえば、聖パウロは、肉の関わりは、より崇高なる魂の希求にとって妨げになると信じて、聖職者の独身制を論じておられましたが、その説が正しいと、誰に言えます？」

エイグルフは、この話題に、恥じらいを見せた。

「正しいのだと思いますよ。アダムとイヴの堕落が、それだったのですから」

「でも、生殖は、人類の存続に必要です。それがどうして、罪なのでしょう？ 神は、生の営みを罪だと見做すことによって、我々を忘却の中に抛《ほう》りこみ、消滅させようとなさる、と信じなければならないのですか？ もしそれが罪であるのなら、神はどうして生殖の機能を我々にお授けになったのです？」

「聖パウロは、コリント人に、結婚と出産は罪ではない（『コリント前書』第七章参照）、と語っておられますよ」とエイダルフは、穏やかに指摘した。

「でも、その後に続けて、それよりも独身制のほうが神の嘉《よみ》される生き方である、と書いておられます。今、ローマは、聖職者に独身制を求めていますけれど、これは大きな危険をはらんだ呼びかけだと思いますわ」

「ただ、示唆されただけです」と、エイダルフは、それに反論した。「ニカイアの総会議《カウンシル》から今日に至るまで、ローマ・カトリック教会は、司教以下の聖職者たちに、妻と同衾《どうきん》しないように、もちろん、結婚もしないようにと、忠告はしています。でも、それを禁じてはいませんよ」

「やがては、そうなっていくでしょうよ」と、フィデルマはそれに答えた。「ヨハン・クリソストム(7)は、アンティオキア(8)で、男女の聖職者の共住について、強く反対を唱えましたわ」

「では、独身制は間違っていると?」

フィデルマは、眉を曇らせた。

「独身制を望む者は、独身を貫けばいいでしょう。でも、当人が独身制を望んでいようが望むまいがお構いなしに、全ての聖職者にこれを強制すべきではありませんわ。第一、主の御業《みわざ》を否定することによってしか、主に仕えることはできないなどと、主の御名を掲げつつ論じるのは、主に対する冒瀆です。生殖とは、主の創造の中のもっとも大いなる御業ではありませんか。『創世記』にも、ありますよ、〝神《かみ》……男《をとこ》と女《をんな》を創造《つく》り給《たま》へり。神彼等《かみかれら》を祝《しゅく》し神彼等《かみかれら》に言給《いひたま》ひけるは生《う》めよ繁殖《ふえ》よ地《ち》に満盈《み》てよ……〟(『創世記』第一章二十七〜二十八節)と。私たち、これを否定しなければならないのですか?」

扉を叩く音がしたため、フィデルマは言葉を切った。入ってきたのは、おどおどとした顔つきのイーファー修道女だった。彼女は、先ずフィデルマを見て、それからエイダルフへと、視線を移した。

「お呼びとのことで、やってまいりました。でも、どうしてお呼び出しを受けたのでしょうか?」とイーファー修道女は、二人に問いかけた。話しながら、彼女は、皮膚が厚くなり筋ばっている手を、胸の前で静かに組もうとしていた。だが、手がどうしても落ち着かなげに動いて、彼女の不安を覗かせた。

フィデルマは、安心させようとイーファーに微笑みかけ、身振りで椅子を勧めた。エイダルフは、フィデルマのウルフラン院長に対する怒りが、おさまっていることに気づいた。そして、独身制についての今の議論は、ウルフラン院長の侮辱によってかき立てられた激昂を流し去る手段にすぎなかったのだと悟った。

「ほんの形式上の必要からなのです、イーファー」と彼女は、修道女の不安を取り除いてやろうとした。「ただ、あなたが生前のウィガード殿を最後に目にしたのはいつだったのかを、知りたいだけなのです」

イーファーは、覚束ない口調で、それに答えた。

「どういうことなのでしょう、シスター？」

「衛兵隊の小隊長から、私どもがウィガード殿の死について調査していることを、聞いていませんか？」

「聞いています。でも……」

「あなたは、ウルフラン院長に従って出席した夕食の席で、ウィガード殿を見たはずですね？」

娘は頷いた。

「その後は、どうでした？」とフィデルマは、彼女の返答を助けてやった。

「いいえ、その後は、一度も。私は、ウィガード様と話しておいでのウルフラン院長様を大食堂の戸口に残して、下がっていきました。お二人は、よくわかりませんけど、何かのことで言い争っておいででした。私は、自分の部屋に戻りました。それっきりです」

エイダルフが、急に興味を示して、身を乗り出した。

「ウルフラン院長は、ウィガード殿と本当に口論しておられたのだね？」

イーファァーは、ふたたび、そうですと頷いた。

「何についてだった？」

イーファァーは肩をすくめた。

「よくわかりません。気をつけて聞いてはいませんでしたから」

フィデルマは、娘に向かって、ふたたび安心させるように微笑みかけた。

「そこで、自分の部屋に戻ったのですね。ウルフラン院長の隣りの部屋でしたね？」

「そういたしました」と、イーファァーは静かに答えた。

「夜間に、もう一度、部屋を出たりしませんでしたか？」

「そんなこと、決して！」

フィデルマは、眉を吊り上げた。

「一度も？」

イーファァーは顔をしかめ、躊躇《ため》ったうえで、自分の言葉を訂正した。「その後で、何時頃だったか、ウルフラン院長様のお部屋に呼ばれたのでした」

「どういう用で?」

「どうって?」イーファーは、このような質問に、驚いたようだった。「お休みの準備のお手伝いです」

「いつものことなのですか?」

娘は、よくわからないようだった。

「何をおっしゃっておいでなのか、よくわかりません、シスター」

「あなたは、ウルフラン院長の同行者です。そうですね?」

イーファーは、短く頷いて、フィデルマの言葉を確認した。

「でしたら、ウルフラン院長が自分でやるべき身の回りの用を、どうしてあなたが、そんなに沢山、しなければならないのです?」

「なぜなら……」とイーファーは言葉を切って、考えようとした。「なぜなら、院長様は高い身分の方ですから」

「ウルフラン殿は、今は、修道女の一人です。たとえ修道院長であろうと、修道院の尼僧の誰かを自分の召使い扱いすることは、できません」

イーファーは答えなかった。

「どうなのです、あなたは、ウルフラン院長に召使いとして仕えねばならないと、感じておいでなの？」

娘は、褐色の目を上げ、フィデルマの顔をじっと見つめた。一瞬、何か答えようとしかけたようだが、ふたたび面を伏せてしまった。だが、彼女は、わずかに頷いた。

「なぜです？」と、フィデルマは畳み掛けた。「高い身分であろうと、院長であろうと、位の低い修道女であろうと、ウルフラン殿には、そのような権利はありません。あなたが〝使い女《め》〟としてお仕えする方は、ただ主お一人です」

「これ以上、何も申し上げることはできません」と答えたイーファーの声は、硬かった。「私に言えるのは、あの晩、私は、ウルフラン院長様の御用を務め、院長様のお休みの用意が調うと、自分の部屋に引き取り、眠った、ということだけです」

フィデルマは、さらに問いつめようとしたが、急に追及を緩めた。この娘を追い詰めても、何も得られないだろう。

「それは、何時でした、イーファー？」

「確かではありません。真夜中まで、まだかなりありました」

「どうして、そうと言えます？」

「真夜中の鐘の音で、一度目が覚めましたから。アンジェラスの鐘です。それから、またすぐ眠ってしまいました」

「その後、目は覚めなかったのですか？」

「それ、どういう意味かな?」エイダルフが初めて会話に加わって、イーファーにそう訊ねた。

「そう思う、というのは?」

「そうですね」とイーファーは、顔をしかめるようにして、考えこんだ。「あのあと、何か騒がしい物音で目が覚めたけれど、あんまり疲れていたので、寝返りをうって、二、三分もしないうちに、またぐっすりと眠ってしまった、ということです。今朝の食事の時に、誰かがしゃべっていました、下の中庭で、アイルランド人の修道士が逮捕された、その修道士は、大司教の正式叙任を受けることになっていた方を殺したのだ、と。その話、本当じゃないのですか?」

彼女は、目を大きく瞠って、一人から一人へと、フィデルマたちを見つめた。

「ある点では、そうです」と、フィデルマは認めた。「確かに、その修道士は逮捕されました。でも、彼が犯人側の人間かどうかは、これから立証してゆくことです」

イーファーは、口を開こうとした。だがすぐに、きゅっと口を閉ざしてしまった。フィデルマの鋭い目は、この思わずイーファーが示した動作を、しっかりと見て取っていた。

「何か、言おうとしていたようですね?」と、彼女はイーファーに誘いをかけた。

「殺人のあった日の朝、私は来客棟《ドムス・ホスピターレ》の外の中庭で、あのアイルランド人の修道士に出会った、と言おうとしただけです。太った、丸顔の、アイルランド式のおかしな剃髪をした人でした」

エイダルフが、興味を惹かれて、身を乗り出した。

「この修道士を見たというのだね？」

「ええ、そうです。その修道士に、ウィガード様の随行の方たちについて、二、三、質問されました。このローマ滞在中、誰がお供をしているのか、といったようなことを。でも、ウルフラン院長様がやって来られましたから、私は院長様と一緒に行かなければなりませんでした。衛兵たちが探している修道士も、大柄で丸顔のアイルランド人だと聞いていますけど」

その後、少し沈黙が続き、フィデルマは椅子に背を凭せて、考えこんだ。

「シェピーの修道院に入って、どのくらいになります？」とフィデルマが、やや唐突にイーファアーに訊ねた。

突然、質問が別の話題に飛んだことに、イーファアーは驚いたようだ。

「五年に、あるいは、もう少し長くに、なります、シスター」

「ウルフラン院長と知り合ってからは？」

「それより、もう少し長く……」

「では、シェピーの修道院に入る前から、ウルフラン院長を知っていたのですね？」

「はい」と、娘はそれを認めた。

「どこで知り合いました？　他の修道院で、ですか？」

「いいえ。ウルフラン院長様は、私が苦しい境遇にあった時に、手を差し伸べて下さったのです」

「苦しい境遇?」

イーファーは、ただ頷いただけで、この質問には、乗ってこなかった。

「それは、どこでだったのです?」とフィデルマは、ふたたび返事を迫ってみた。

「スウィスヘルム王のお国で、でした」

「ほう?」と、エイダルフが即座に応じた。「では、東サクソン王国の出身なのだね?」

彼女は、首を横に振った。

「もともとは、ケント王国の出身です。子供の頃、スウィスヘルム王のお国に連れてこられたのですが、ウルフラン院長様がご自分のシェピーの修道院に加わるようにと招いて下さり、ご一緒にケントに連れ帰っていただきました」

「それ以来ずっと、ウルフラン院長に恩義を感じているのだね?」と、エイダルフは推察した。

イーファーは、どうなりとお好きなようにご判断を、というかのように、肩をすくめただけだった。フィデルマは、この娘に同情を覚えずにはいられなかった。

「こういう質問をいろいろとして、本当にごめんなさい、イーファー。もう、これで、ほとんど終わりです。あと一つだけ。教会法のうえで、自分は自由な人間なのだということは、ご存じでしょうね?」イーファーは、かすかに顔をしかめた。

「もちろん、従順が、私どもの従う規則なのではありませんか?」と彼女は、反抗的にフィデルマに問い返した。「私は、ただの修道女です。全てにおいて、母なる修道院長様《マザー・スペリア》に従わなければなりません」

フィデルマは、彼女を動揺させることを恐れて、さらに詳しく説明するのは控えることにした。

「それがどのような地位にある人であろうと、いかなる男性からであろうと、侮辱を受けながら耐え忍ぶ必要はないのだということを、あなたに知っておいてもらえれば、それでいいのです」

イーファーは、フィデルマの言葉が何を指しているかを悟って、顔を赤く染め、視線をさっと上げて、彼女の顔を見つめた。

「自分の面倒は自分で見ることができます、シスター・フィデルマ。私は、農場で育ち、未成年の頃から、すでに厳しい体験を積んでまいりましたから」

フィデルマは、悲しげに微笑んで、イーファーに告げた。

「私はただ、あなたにこのことを知っておいてもらいたかっただけです」

「いずれにせよ」と、イーファーは挑むように、顎をつっと上げた。「私には、このような質問がウィガード様の死とどう関わるのか、いっこうにわかりません」

明らかに、この娘は、パトックと彼の好色な接近のことを話したくはないようだ。そうであっても、必要な時には助けが得られるのだということを、フィデルマはイーファーに知っておいてもらいたかったのだ。

「いろいろ質問させて下さったこと、感謝していますよ、イーファー。これで、終わりです……今のところは」

娘は、もう一度、ぐっと頭を反らせると、立ち上がって出て行こうとした。フーリウス・リキニウスが、彼女のために扉を開けてやった。その途端、戸口に額縁のように縁取られて立つゲラシウス司教の浅黒い肌をした厳めしい痩身が、目に飛び込んできた。イーファー修道女は、彼に向かって、片膝をついて深々とサクソン式にお辞儀をした。ラテラーノ宮殿の伝奏官のゲラシウス司教に挨拶しようと、エイダルフとフィデルマも、立ち上がった。


ゲラシウスは、身を起こし慌てて部屋を出て行くイーファー修道女に、やや上の空の態《てい》で微笑みかけながら、部屋に入ってきた。その後ろから、宮殿衛兵隊の司令官マリヌスも入ってきたのを見て、衛兵隊小隊長であるフーリウス・リキニウスはさっと気を付けの姿勢をとった。

「その方《ほう》たちが何らかの結論に到達したかどうかを知るために、儂のほうからここを訪ねてみようかという気を起こしてな」ゲラシウスは、視線をフィデルマからエイダルフへと移しながら、二人に、そう告げた。

「もし、もう事件を解決したかとのお訊ねでしたら、ご返事は否定ということになります」とフィデルマはそれに答えた。

ゲラシウス司教の顔に、落胆の色が浮かんだ。彼は椅子に近寄り、どしりと腰を下ろした。

「その方たちに伝えておかねばならぬが、猊下は、できる限り早く結論が出ることを、お望みであるぞ」

「まさに、私自身、そう感じております」

ゲラシウスは、この返事に顔をしかめ、彼女が自分に向かって本当に生意気な態度をとっているのか見定めようと、厳しい視線で、じっとフィデルマを見据えた。だがすぐに、アイルランドの女たちはいとも率直な話し方をするのだったと、思い出した。彼は、フィデルマの返事に、溜め息をもって応えた。

「どの程度、調査は捗《はかど》っておるのかな?」

「はっきりとしたお答えは、申し上げにくうございます」と言って、彼女は肩をすくめた。

「というと、ローナン修道士の有罪を疑っている、ということですかな?」とマリヌスは、驚いて問い質《ただ》した。「しかし、衛兵隊の兵士たちが目撃し、逮捕したのですぞ。しかも彼は、衛兵隊の独房から脱走することによって、自分の有罪を立証していますぞ」

ゲラシウスは、衛兵隊司令官を見やり、それからフィデルマに視線を戻した。

「それは、本当か? ローナン・ラガラッハの有罪を疑っておるのか?」

「証拠が出そろう前に判決を出すようでしたら、それは愚かな裁判官でありましょう」

「これ以上、どれほどの証拠が必要なのですかな?」とマリヌスは、フィデルマに迫った。

「これまでに提出されております証拠では、十分とは言えませぬ。よく吟味してみれば、いずれも状況証拠です。〈フェナハス法〉でもって判断しますなら、いやしくも自分の職に誇りを持つブレホン、つまり裁判官なら、一顧だにしないであろう証拠です」

ゲラシウスは、エイダルフに顔を向けた。

「この見方に、その方も同意しているのか？」

エイダルフは、いささか後ろめたげな一瞥をフィデルマに向けてから、ゲラシウスに答えた。

「私は、ローナン・ラガラッハには、たとえ状況証拠であれ、問い質すべき疑問点があると思います。決して根拠薄弱な容疑ではないと、思っております。それに、衛兵たちだけではありません。我々は、ローナン・ラガラッハはウィガード殿やその随行者たちに関心を持っていたと述べている、別の証人も把握しております」

フィデルマは、苛立たしさのあまり溜め息が出そうになるのを、ぐっと我慢した。先ほどイーファーが述べたこの情報は、もう少し伏せておきたかったのに。

ゲラシウスの顔には、失望の色が濃かった。だが、別の証人に関するエイダルフの言及の線は、それ以上追おうとはしなかった。

「その方たちの話は、儂がもっとも憂慮している形をとっておる。二人の見解が、異なっているではないか。ここに、サクソン人の司教を殺害したアイルランド人がいる。サクソン人の調査官は、この事実は確かだという。だがアイルランド人調査官は、そうではないと主張する。

サクソン諸王国とアイルランドの間にわだかまっていた暗雲は、今なお地平線に不気味に広がっておるのだな」

フィデルマは、激しく首を横に振った。

「そのようなことは、ございません、司教殿。私どもは、調査はまだ完了にはほど遠いという点で、意見を同じうしております。検討しなければならない点が、まだ沢山残っているのです。でも、私どもが、今日結論に到達していないとしても、明日結論が得られるかもしれないのです」

「だが、すでに全員から、聴き取りは済ませていると思うが。もちろん、犯人を除いて……」

エイダルフが、咳払いをした。

「今の時点では、ローナン・ラガラッハ修道士は、犯人というより、容疑者と呼ぶべきかと思います」

マリヌス司令官が、憤ろしげに唸り声をもらした。

「そのようなことは、言葉の言い回しにすぎん。だが、今は、言葉の微妙な意味の違いを云々している時ではないのだ。その方たちが何を言っているかは、わかっておる。だが、二人とも、全員に質問をし終えている。すでに、何らかの結論に達しているはずだ」

フィデルマの表情が硬くなった。まだ言う段階ではないと思っている意見を、このように高圧的に言わされるのは、我慢ならない。

ゲラシウスは、彼女の硬く強張った表情に気づき、宥《なだ》めるように片手を上げた。

「もう少し、時間の猶予が欲しいと、求めているのかな？」

「その通りでございます」と、フィデルマはきっぱりと告げた。

「では、それを許そう」とゲラシウスは同意を与えた。「我々は、この事件が適正な方法で解決されることを、何にもまして望んでいる——罪が、しかるべき寛容の精神をもって見極められていくことを」

「望ましい方向です」と、フィデルマは同感した。「私も、それ以外の形の解決は、求めておりません。私どもが追っているのは、身代わりの山羊ではありません。何にもまして、真実を求めているのです」

ゲラシウスは威厳ある動作で立ち上がり、ゆっくりと二人に告げた。

「よいか、教皇猊下がこの事件に強く関心を示しておられることを、忘れてはならぬぞ。すでに猊下は、カンタベリー大司教に叙任されることになっておった人物の死の公表はどうなっているのかと、サクソン諸王を代表する使節から、いささかの圧力を受けておいでになる」

フィデルマは、眉を吊り上げた。

「パトックのことを言っておいでなのでしょうか？」

「パトック修道院長だ」とゲラシウスは、フィデルマの言葉を穏やかに正しておいて、先を続けた。「パトック院長が、サクソン諸王国を傘下に従える覇王オズウィーから直接遣わされてきた使節であるからには、その方の調査の回答は、はっきりと確認されたものでなければならぬぞ」

「そしてパトック院長は、はっきりとした答えを早く出すように迫る理由が、何かおありなのでしょうね」とフィデルマは、皮肉な笑いをゲラシウスに向けた。「おそらく、カンタベリー大司教の空席を埋める候補者として、ご自分の存在を仄《ほの》めかすことさえなさっておられるのでは？」

ゲラシウスは彼女をじっと見つめたが、すぐにその顔は、疲れたような苦笑いへと変わった。

「無論、二人とも、院長からの聴き取りは、済ませているようだな。彼は、その方たちに、自分こそカンタベリーの大司教座に就くべき、もっともふさわしい人間だと、仄めかしたことと思う。しかし、教皇猊下は、別の考えをお持ちだ。実際、パトック院長は、野心をぎらぎらと発散させている。だがこれは、決して彼への評価を高めることにはならぬ。二日前に、ウィガードの大司教への公式叙任について、反対意見が出たが、それを持ち出したのが、このパトック院長であった。ウィガードは、かつて結婚しており、複数の子供まで生《な》している、というのが、その根拠だった」

驚いたエイダルフは、フィデルマと目を見交わした。

「ウィガード殿が過去に結婚して子供も儲けていたとの理由で、パトック院長は彼のカンタベリー大司教叙任を取り消させようとしたのですか？」とエイダルフは、驚愕して、ゲラシウスに問い返した。

「詳しく述べたてたわけではなく、暗示ではあったがな。よく知っているであろうが、司教あるいはそれより上位にある聖職者は、結婚しないことになっておる。実際には、ローマは、それより下位の聖職者が女性《にょしょう》とこのような肉体的な関わりを持つことに対しても、禁止こそしてはいないものの、渋い顔を見せておるからな。だが、安心するがよい。この異議が持ち上がった時、論議はされたが、ウィガードの家族は遙か以前に殺害されたという事情が明らかになるや、即座に審議の題目から却下された。しかし、この異議を持ち出したということで、大司教座を熱望するパトック自身に、はたして彼はその地位に就くにふさわしい人物であろうかと、疑問符がついてしまった」

「教皇猊下には、ほかに候補者がいらっしゃるのでしょうか?」と、フィデルマは訊ねてみた。

「猊下は、この件をお考え中だ」

エイダルフは、驚いてしまった。

「今、ローマに来ておられる方々の中に、カンタベリー大司教座を求める資格をそなえたサクソン人は、ほとんどおいでにならないと思いますが?」

「その通りだ」と、ゲラシウスは同意した。「教皇猊下は、サクソン諸王国におけるローマ・カトリックの大司教座をサクソン人の手に委ねるには、まだ時期尚早だったと、お考えになられ始めたのだ」

「そうなると、サクソン人側から、いささか抗議が起こりましょうね」とエイダルフは、驚きのあまり、つい不用意な発言をしてしまった。

ゲラシウスは、苦い顔をエイダルフに向けた。

「従順は、信仰に生きる者の守るべき第一の規則であるぞ」と言う彼の声には、威嚇が響いた。「サクソン諸王国は、ローマの決定に従わねばならぬ。この段階では、儂は、これ以上何も言うわけにはゆかぬが、ここだけの話、パトック院長がカンタベリー大司教の後任者の選考にのぼることはもはやないと、信じてもよい。しかし、当分の間、これは内密にしてもらわねばならぬ」

「もちろんです」とエイダルフは、そつなく答えた。「私は、ただ、思ったことを声に出しただけであります」その後、彼はもう一言、付け加えた。「パトック院長は、すでにその決定をご存じなのでしょうか？」

「この件は内密にと、言ったはずだぞ。パトックは、しかるべき時に知るはずだ」

フィデルマは、エイダルフがさらに質問を続けようと口を開きかけたのを見て、警告の視線をちらっと彼に投げかけた。サクソン人は、さっと口を閉じた。

「現在、もっとも大事なことは、ウィガードの殺害について、解明することとだ」とゲラシウスは続けた。「そして我々は、期待しておるぞ……その方たちに」

彼は、最後の言葉を強調した。それ以上、一言も言うことなく、彼は後ろを向いて、マリヌスを従えて、部屋を出て行った。

「どうして、私がパトックについて、あれ以上言わないように、止めたのです？」二人が出ていくと、エイダルフはフィデルマに訊ねた。「私はただ、パトックは自分をまだ大司教の椅子に坐る候補者だと考えているのだろうかと、聞いてみたかっただけなのですよ？」

「私たちの相談は、私たちの間だけに留めておかなければ。もしパトックが、それほど野心家であるのなら……」

「人間、もっと些細《ささい》な野心のためにだって、殺人を犯します。だから、聞いてみたかったのです」とエイダルフは、言いかけていた自分の考えを締めくくった。

「もしそうであるなら、パトックが自分で自分の首を絞めることができるように、彼にロープを持たせておいてやりましょう。彼に、私たちの疑いを悟られてはなりませんわ」

エイダルフは、肩をすくめた。

「言っておきますが、私が疑いをかけているのは、ローナン・ラガラッハだけですよ。これは、イーファーによって、疑惑が確認される前からです。我々は、殺人のあった夜の、もう少し早い時刻に、ローナンが来客棟の辺りを秘かに歩き回っていた、殺人のあった日の朝には、ウィガードや随行者たちについて質問をしていた、さらにはウィガードが殺害された直後に来客棟から逃げ出そうとしていたところを逮捕された等の証言を得ています。これだけで、もう十分な証拠ではありませんか？」

「いいえ」とフィデルマは、はっきりと否定した。「私は、そうした状況証拠のかけらがいくつかというのではなく、もっと確乎とした何かが欲しいと……」

彼女の言葉は、疲れ切ったために危うく出そうになっていた欠伸で、突然途切れてしまった。さまざまな出来事が続いた長い一日の疲労が、突如、フィデルマに襲いかかったのだ。フーリウス・リキニウスが集めてきてくれた、まだほとんど食べていない軽食の盆に、目がいった。だが、短い休息《シエスタ》をとったにもかかわらず、今は疲れすぎていた。疲労困憊して、空腹を感じることさえ、できなかった。

「私が次にやるべきことの第一は、眠ることよ、エイダルフ」とフィデルマは、また出そうになった欠伸を押し殺しながら、彼に告げた。「明日の午前中に会って、私たちがこれまでに集めた証拠を、吟味しましょう」

「宿まで送りましょうか？」と、エイダルフが訊いてくれた。

彼女が微笑しながら首を横に振ろうとした時、若い衛兵士官フーリウス・リキニウスが、さっと前へ出てきた。

「自分が、お送りします、シスター。自分の住居も、同じ方向ですので」すっかりその気になっている口調だった。フィデルマも、それについて押し問答をするには、あまりにも疲れていた。そういうことで、フィデルマはエイダルフにお休みの挨拶をすると、半ば眠気に朦朧《もうろう》としている足取りで、若い士官に従い、ラテラーノ宮殿の大理石の広間を出て、今は人影もない中《ア》央大広間《トリウム》を横切り、柱廊玄関《ポーティコ》を抜けて、メルラーナ通りへと出た。

プラッセード礼拝堂近くの小さな宿に着いた時には、フィデルマは立ったまま、ほとんど眠っていた。

門のところに立っていた女助祭のエピファニアが、急いで側《そば》にやって来た。フィデルマが目下ラテラーノ宮殿で重要な任務に就いており、ゲラシウス司教様とも親しく、宮殿衛兵隊の小隊長にも命令を下《くだ》せる人間だとわかってから、エピファニアは、自分の宿屋のこのお偉い上客にご不満がないように、どんなお世話でもやる気になっているのだった。

フィデルマが疲れ切っているのを見て取るや、彼女はまるで雛《ひな》の面倒を見る牝鶏よろしく、世話を焼き始めた。彼女は若い衛兵隊の士官を身振りで払いのけると、彼女の腕を取り、自分の保護下にあるこの大事な預かり物を門の内に導き入れ、そのまま部屋に連れて行った。フィデルマは、頭を枕につける間もなく、もう眠りに入っていた。いろんな夢を見ながらの、深い眠りだった。しかし、こうした夢は、彼女に必要だったのだ。昼間吸収してきた情報や視覚の映像から、夢がフィデルマの心を解きほぐしてくれた。

第十一章

ローマの午前の明るく透明な光の中で身仕舞いをした時には、修道女フィデルマはすっかり元気を取り戻し、伸びやかな気分になっていた。彼女は、満ち足りた思いで伸びをして、気がついた。なんて、明るいのだろう。なんて暖かなのだろう。そして、ちょっと顔をしかめて掛け布団をはねのけ、さっと寝台から起き出した。朝寝坊をしてしまったと、気がついたのだ。でも、あまり気にとめなかった。彼女には、睡眠が必要だったのだ。部屋を出る前に、先ずゆっくりと洗面を済ませて、法衣をまとった。女助祭のエピファニアとその夫アルセニウスは、もうとっくに一日の最初の食事である朝餉《イエンタクールム》を、宿泊者たちに供したに違いない。だから、朝食は、どこか他のところで求めねばなるまい。いつものようにメルラーナ通りを通ってラテラーノ宮殿へ向かう道すがら、屋台の一つで果物でも買うとしよう。それで、いっこう構わないではないか。十分な睡眠は、何と人生を心地よいものにしてくれることか。

だが、驚いたことに、下の中庭へ下りていくと、女助祭のエピファニアが、にこやかな笑顔で現れた。二日前の冷淡で無愛想な宿の女将《おかみ》とは、何という変わりようか。

「よくお休みになれましたですか、シスター？」と、彼女は明るく問いかけてきた。

「ええ、ぐっすりと。私、昨夜はひどく疲れていたのです」

初老の女将は、元気よく頷いた。

「そんなご様子でしたね。あたしが寝台にお連れしたことも、ほとんど気づいておられなかったようで。あたしら、お好きなだけ寝せてさし上げようって言ってたんです。でも、お食事は、あたしらの小さな食堂に、ちゃんと用意してありますよ」

「でも、もうこんな時間です。お宿の日課を乱したくはありませんから」

「面倒なことなど、何もありませんです、シスター」とエピファニアは、ほとんどご機嫌をとるとでも言えそうな愛想よさで答えると、今は人影のない食堂へと、彼女を案内してくれた。食卓の一箇所だけが、食事の用意が調えられたままになっていた。女将は、なおもあれこれとフィデルマの世話を焼きたがった。食事は、素晴らしかった。小麦粉のパンと、蜂蜜漬けの無《い》花果《ちじく》や葡萄といった果物まで、いろいろと並んでいた。フィデルマは、これまでの短い滞在中に、朝食は軽く、だが昼食《プランデイウム》はたっぷりと摂る、というローマ人の食習慣を学んでいた。昼食が、一日で一番主要な食事なのである。だから、夕食《ケーナ》と呼ばれる日没後の食事は、それより軽いものになる。アイルランドの修道院では、一日の中でもっとも主要な食事は夕べの食事なので、これに慣れるには、少し時間がかかった。

彼女が、誰か訪ねてこなかったかを訊いてみようと思いついたのは、食事を摂り終わってからであった。昨夜、宮殿衛兵隊の小隊長《テッセラリウス》フーリウス・リキニウスが、朝フィデルマがラテラーノ宮殿に戻る際にも自分がお迎えに来ますと、約束してくれていたからだ。

「はあ、宮殿衛兵隊の小隊長さんは、シスターのご様子を見に、朝早いうちに、確かに来ましたよ」とエピファニアは、教えてくれた。「でも、あたしに、シスターへの伝言を残して帰りました。眠りたいだけ、たっぷりとお休み下さいって。それから、ブラザー……」とエピファニアは、名前を思い出そうと、顔をしかめた。

「ブラザー・エイダルフかしら?」とフィデルマが、察しをつけた。

「ああ、その名前でした。そのブラザーと自分は、もう一度探してみるからって。失くなっているなんとかってものを探すって」伝言を正確に伝えられないのが無念らしく、エピファニアはがっかりした顔になって、フィデルマに訊ねた。「これだけで、意味がおわかりになりますかねえ?」

フィデルマは、十分だと、頷いてやった。だが、フーリウス・リキニウスとエイダルフが、ラテラーノ宮殿の中で紛失している宝物《ほうもつ》を発見できたとしたら、驚きであろう。もうとっくに持ち去られているに違いないのだから。

突然、エピファニアが自分の失策に気づいて小さな叫び声をあげ、フィデルマに呼びかけた。

「忘れてました、シスター。メモが届いていたんでした」

「私に?」と、フィデルマは問い返した。「ラテラーノ宮殿からかしら?」

エイダルフ修道士からだと、思ったのだ。

「いえ、夜が明けてすぐ、ちっちゃな男の子が持ってきたんです」

エピファニアは、食堂の壁際の戸棚から、小さく畳んだパピュルス紙を取ってきた。

フィデルマが訝《いぶか》りながら見てみると、外側に、しっかりしたラテン文字で、彼女の名前が書かれていた。開いてみると、中はオガム文字であった。フィデルマは、思わず口を丸く開けていた。オガム文字というのは、基本線と、その横に並ぶ、あるいはそれを横切る、短い線で成立しているアイルランドの古い書法である。伝説では、遙か昔の異教《ペイガン》時代に、弁舌と文芸の神オグマによってアイルランド人に授けられたとされている。しかし、この書法は、キリスト教徒の間で使われていたラテン文字が広く導入されるにつれて、今では用いられなくなっていた。だが、すたれつつあっても、アイルランドの聖職者たちの中には、覚え書きなどを書き留めるのに、まだオガム文字を使っている者もいたし、フィデルマも、この古い書法を教科の一つとして学んでいた。オガム文字の知識は、古い文献を読むのに、役立つ。たとえば、数々の異教神話なども記されている〈詩人の棒〉[1]と呼ばれる物は、櫟《いちい》や榛《はしばみ》の枝にこの文字で記した文献である。これらのアイルランド文献は、今ではラテン語のアルファベットによって書き換えられてはいるものの、やはりオガム文字の知識は、古文書解読の助けになる。

フィデルマは、手書きのオガム文字に、さっと目を走らせた。

フィデルマ修道女殿

私は、ウィガードを殺してはおらぬ。あなたは、これを真実だと信じては下さらぬかもしれぬ。

メトロニア門の先のアウレリア・レストゥトゥスの地下墓所で、会って下され。一人で来られたし。正午に。私の言い分を、お話ししたい——あなたに、あなた一人に。

あなたの兄弟、キリストに共に仕える　ローナン・ラガラッハ
フィデルマは、鋭い口笛のように、強く吐息をついた。

「悪い知らせで?」彼女のまわりをうろうろとしていたエピファニアが、気遣わしげに、問いかけてきた。

「いいえ」急いでそう答えると、フィデルマはパピュルス紙を、法衣の襞《ひだ》の陰に付けられている袋《ポケット》に押し込んだ。「今、何時です?」

エピファニアは、訝しげな顔で、それに答えた。

「一時間足らずで、正午ですよ。ぐっすりと、長いことお眠りでしたからね」

フィデルマは、さっと立ち上がった。

「出掛けなければ」

エピファニアは、何かと世話を焼きたがりながら、宿の門までフィデルマについてきた。フィデルマは足早に、さっと角を曲がってメルラーナ通りに出ると、近道をとることにして、カエリウス丘へと広がる平坦地、カムプス・マルティアリスを通って、メトロニア門へと向かった。ローマの地理について、少しは慣れてきていたのだ。彼女は、アウレリア・レストゥトゥスの地下墓所というのは、エイダルフが昨日案内してくれた地下の墓所のことだろうと、察しをつけた。なぜなら、メトロニア門の外にあるキリスト教徒の共同墓地は、そこだけなのだから。

フィデルマは、地上の墓地へ入っていき、立ち並ぶ記念碑の間を覗きこんだ。大勢の人々が、墓を見て回っていた。フィデルマは、ふと足を止めた。少し離れた人混みの中に、知っている顔を見かけたのだ。酷薄な顔立ちの美男子、パトック修道院長が、誰かを探しているかのように、周辺を見まわしていた。一歩遅れて、エインレッド修道士も、主《あるじ》の後に従う典型的な召使いといった態《てい》で、何一つ見逃すまいと、辺りを探しまわっている。

フィデルマは、この自惚れの強い院長に、今は会いたくなかった。彼の召使いも、やはり避けたかった。そこで彼女は、見つからぬように頭を下げて、少人数の巡礼団の中に、急いで紛れ込んだ。おそらくパトックは、ウィガードの墓を探しにやって来たのだろう。そして、生前であれ、亡くなった今であれ、ウィガードに敬意など全く持っていないくせに、一応、その墓に詣でておこう、というのだろう。フィデルマの推測するところ、そういうことに違いない。

パトックとエインレッドは、墓地の別の一画へと向かったらしい。そこでフィデルマは、少し待ってから、誰か特定の人物の墓を探しているギリシャ人らしい巡礼団から離れて、昨日エイダルフが案内してくれた方向へと、一人で向かい始めた。

やがてフィデルマは、生真面目な顔をしたアントニオ少年が蠟燭《ろうそく》の入った籠を前にして坐っているあの地下墓所入口に到着した。彼女が微笑みかけながら身を屈めると、少年は黒々とした目をわずかに瞠《みは》った。それが、彼女に気づいたことを示す、少年の挨拶だった。

「こんにちは、アントニオ」と、フィデルマは声をかけた。「蠟燭が欲しいの。それに、どう行けばいいのかも、教えてちょうだい」

少年は、黙って、彼女の説明を待った。

「私は、アウレリア・レストゥトゥスの地下墓所に行きたいの」

少年は、咳払いをしてから、声変りをしかけている少年特有の、奇妙なかすれ声で、訊ねた。

「一人で行くの、シスター?」

フィデルマは頷いた。

「今、ほんの数人しか、地下に入っていった人、いないよ。俺の祖父《じい》さんのサルバローレは今いないから、俺、シスターの案内はできないんだ。中のこと、よく知らないと、すっごく危険だよ」

昨日の大騒ぎの後でもあるし、フィデルマは、少年のこの気遣いに感謝した。

「でも、私、一人で行かなければならないの。どう行けばいいかしら？」

少年は、じっと彼女を見つめたが、やがて肩をすくめた。

「どう行けばいいかっていう説明、覚えられるかな？　階段を下りたら、左側の通路を進むんだ。百ヤードほどね。それから右に曲がって、また階段を下りると、下の階に着くからね。それから真っ直ぐ進んで、大きなイエス様の絵が描かれている大きな墓所も通り越して、さらに二百ヤードも行ってから、左へ曲がって、また短い階段を下りていくんだ。そこが、アウレリア・レストゥトゥスのお墓さ」

フィデルマは、目を閉じて、少年の指示を復唱してみた。そして、目を開いた。少年は、フィデルマに、ごく真剣な顔で頷いて、彼女の記憶を確認してくれた。

「蠟燭、今日は、二本いただくわ」と言いながら、彼女は少年に、きまり悪そうに笑いかけた。

少年は頭を振り、後ろへ手を伸ばして、油が入って重くなっている陶器のランプを取り出して、器用に火を灯した。

「これを、蠟燭と一緒に持っていくといい、シスター。そしたら、きっとうまくいくよ。火が消えた時のために、火打ち石と火口《ほくち》は、持ってる？」

昨日の事故の経験があるので、そうした事態に備えて、フィデルマは火打ち箱を大型鞄《マルスピウム》に入れてきていた。彼女は少年に、大丈夫と、頷いてみせた。

その後、フィデルマは、貨幣を数枚、蠟燭の籠に入れて、少年に微笑みかけた。「私の国の言葉で、こう言うのよ、アントニオ、〝カウワー・オー・ディア・アガット〟って。〝神様のお助けが、あなたにありますように〟という意味。そう祈ってますよ」

フィデルマは、暗い地下へと、階段を下り始めた。後ろから、少年の声が聞こえてきた。

「〝ベニーニャ・ディキス（良いこと言ってくれて、ありがとう）〟、シスター」

フィデルマは立ち止まり、少年に笑顔で答えると、ふたたび暗闇の中へと、進み始めた。ひんやりとした石段を下りきると、いよいよ地下墓所になる。明るいランプを手にし、鞄の中には予備の蠟燭も入っているという備えの、何と心強いことか。

フィデルマは、胸の中でずっとアントニオ少年の道案内の言葉を辿りつつ、それに注意深く従って、冷たく暗い通路を進んだ。やがて、通路は乾いた、多孔性の岩石へと変わった。地下のさらなる深部へと、やって来たのだ。時折、ほかの巡礼者の話し声や場所柄にそぐわない大きな笑い声が聞こえてきたが、彼らの巡礼の道筋がフィデルマのとっている進路と交差することはなかった。彼女はひたすら前進し、少年の指示通りに、さらに階段を下の階へと下り、左へ、右へと曲がったが、その間《かん》、ずっと一人だった。

やっと、高さ十フィート、幅五、六フィートほどで、上部がわずかに丸天井風になっている、人の手になる地下洞へと到着した。人の手といっても、石工《いしく》によって石材を使って築かれたものではない。火山性岩石という地質そのものが、この構築を手伝ってくれているのだ。洞窟の両側は、フィデルマが以前に確かめたところでは、多孔質炭酸石灰《リッソイド・テュファア》と呼ばれる石質だったと思うが、その岩肌に、死者たちの安息の空間である〈柩を納める龕《ロクルス》〉が掘りこまれている。規模はさまざまであった。フィデルマがほっとしたことに、すでに使用されている龕《がん》は、キリスト教の多様なモチーフが彫られたり描かれたりしている大理石板かタイルでもって封印されていた。

ランプを高くかざして進んでゆくうちに、フィデルマの目は、ほかのものより一段と大きく、より豪華に装飾をほどこされている龕に惹きつけられた。碑文としては、キリスト教の素朴な辞句が、ラテン語で刻まれていた。

この永遠《とわ》の家の主《ぬし》は
アウレリア・レストゥトゥス
神の汝の魂《たま》と共にあらんことを
汝の神と共にあらんことを

フィデルマは、安堵の吐息をもらした。少なくとも、目指す墓所にやって来たようだ。そのうちに、フィデルマは、アウレリア・レストゥトゥスとは、何者なのだろう、このように立派な墓に葬られているとは、それに値する何をした人物なのだろう、などと考え始めていた。大理石には、平和を表す鳩たちの意匠で装飾がほどこされ、その上方には、〈☧《カイ・ロウ》〉(2)の象徴が彫りこまれている。ギリシャ語で綴ったキリストの御名の最初の二文字である。

フィデルマはランプを空白の龕の端に置き、ローナン・ラガラッハはどこだろうと、地下廟室を見まわした。約束の正午を少し過ぎていることは、承知している。階段を下りている時、どこか遠くで正午のアンジェラスの鐘が鳴っているのが聞こえていたから。ローナンは立ち去る前に、少しは待ってくれるはずだろう。今はまだ、正午をわずかに過ぎたばかりなのだ。

彼女は口を引き結んで、苛立ちの溜め息がもれるのを抑えた。フィデルマは、瞑想に耽《ふけ》る訓練を受けているにもかかわらず、じっとしていることが苦手だった。その点、彼女は良き見習い尼僧ではなかったのかもしれない。

時が過ぎてゆく。ほんの数分なのだろうが、このような場所である。フィデルマには、永遠にも思えた。

初めは、本当に聞こえたのか、確かでなかった。だが、向こうの廟室の一つから、揉み合うような音が、かすかに聞こえた。続いて、何か重いものが倒れるような音がした。

フィデルマは、しばらく首を傾けて、耳を澄ました。

「ブラザー・ローナン?」彼女は、そっと呼んでみた。「あなたなの?」

彼女の声が反響しながら地下洞に伝わって、やがて消えていっても、辺りは静まり返ったままだった。

彼女はランプを取り上げ、用心しながら隣りの廟室へと入っていった。広さも様式も、今まで彼女がいた場所と同じようなものだった。フィデルマは、ゆっくりとそこを横切り、さらに隣りへと移動した。

すぐに彼女の目は、倒れている人の姿を捉えた。両手を伸ばして俯《うつむ》きに倒れている。左手の側《そば》に、火の消えた蠟燭が転がっていた。身にまとっているのは、褐色の手織り羊毛だ。法衣である。足には革のサンダルを履《は》いており、その膝裏近くまで、法衣が捲《めく》れ上がっていた。丸々とした体付きで、体重もありそうだ。剃髪《ていはつ》は、コロンバ式(3)である。つまり、後ろの髪は長く伸ばし、前頭部は耳と耳を結ぶ線まで剃り上げる様式である。この修道士をローナン・ラガラッハと推測するに十分な、剃髪《トンスラ》である。

彼女はランプを傍らに置いて、素早く屈みこみ、修道士の体を仰向けに動かした。

フィデルマは、叫び声を押し殺した。彼には、もはや地上のいかなる助けも届かないと、一目でわかった。何も見えない目、黒ずんだ顔面、突き出した舌が、全てを語っていた。首のまわりに、〈祈禱用の細帯《プレイヤー・コード》〉が巻きつき、満月のような顔をした修道士の首の肉に、ほとんど皮膚が破れんばかりに食いこんでいた。

フィデルマは、無念だった。ローナン・ラガラッハ修道士は、もう何も彼女に語ってはくれないのだ。彼は、完全に息絶えていた。

フィデルマは、かすかに震えながら、素早く辺りを見まわした。殺人者は、近くに潜んでいるはず。先ほど耳にしたのは、ローナン・ラガラッハが事切れて、くずおれた時の音だったに違いない。だが彼女自身は、今差し迫った危険にさらされているわけではないらしい。彼女は、注意深く遺体を調べ始めた。

先ずは、固く握りしめられている右の拳《こぶし》が、気になった。拳は、褐色の麻袋の一部らしい、引きちぎられた小さな布切れを握っている。いや、違う。ローナンが摑んでいた麻布が、ナイフで、拳を傷つけんばかりにギリギリのところで、切り取られているのだ。ローナン修道士は、何かを持っていたのだ。死の間際まで、渡すまいと必死に摑んでいたのだ。同じように必死に麻袋を奪おうとして、殺人者はナイフを使って、それを切り離したのだ。

フィデルマは、どう考えればいいのかわからず、頭を振りながら、ふたたびランプを取り上げて高く掲げ、もう一度、死体を見つめた。

少し離れたところで、何かがきらっと光った。

立ち上がって、そちらへ行き、屈んでそれを拾い上げた彼女は、驚きに目を瞠った。ごく普通の職人の手になる、銀の聖餐杯《チャリス》だった。手荒く扱われたらしく、ところどころ、凹《へこ》んだり擦り傷がついたりしている。考えてみるまでもなく、ウィガードの長櫃《ながびつ》に納められていた、紛失中の聖餐杯の一つだ。だが、これは何を意味しているのだろう？　無数の疑問が、どっと押し寄せてくる。質問ばかり。答えは何一つ出てこない。

もしローナン・ラガラッハがウィガードの行方不明の宝物を所持していたとすると、あの財宝は彼が盗み出したということなのか？　となると、彼女は間違っていたのであり、結局彼は殺人者だったのだろうか？　しかし、それはない。どこか、おかしい。なぜ彼は、自分はウィガードの死には絶対に関わりないと誓い、ここで会ってくれと、フィデルマに連絡をしてきたというのだ？　彼女はすっかり戸惑って、立ちつくした。

やがて、死体の上にふたたび屈みこみ、素早く衣類を探ってみた。ローナンの革の財布《クルーメナ》の中に入っていたのは、数枚の貨幣と、パピュルス紙の切れ端が一枚であった。彼女は、パピュルス紙をじっと見つめた。ビエダが経営する宿のローナンの部屋で床から拾い上げたあのパピュルス紙の切れ端に書かれていたのと同じ奇妙な象形文字が、これにもびっしり記されていた。アラビア語の文字だ。

フィデルマは、はっと息を呑んだ。このパピュルス紙も、引きちぎられているではないか。前に発見したものと、ほとんど同じ大きさと形をしている。ということは、この切れ端は、前の断片の失われていた部分なのだ。彼女はパピュルス紙の切れ端を手早く大型鞄に納めた。それから、片手にランプ、片手に聖餐杯を摑んで、アウレリア・レストゥトゥスの墓所へと、戻り始めた。

だが、その途端、人声が近づいてくるのに気がついた。彼女は躊躇《ちゆうちよ》した。低く、激しい人声が、反響して聞こえてくる。奇妙な、よく響く言葉だ。

理性は、その声の主たちはローナン修道士の死と関わりはないと、フィデルマに告げる。誰であろうと、アイルランド人修道士を殺害したばかりの人間が、声高《こわだか》に話しながら、無頓着な足取りで、殺人者が逃げ去ったのと逆の方向から戻ってくるはずはないではないか。にもかかわらず、本能が、フィデルマに止まれと命じた。心を決めるのに、一、二秒かかった。彼女は、柩《ひつぎ》が納められていない龕を探した。そして、地面に近い低い箇所に、空《から》の龕を見つけると、ランプの灯を消すのももどかしく、その中に入り込み、仰向けに、まるで亡骸《なきがら》のように横たわった。

人声は、さらに近づいてきた。

二人の男が言い争っていることは、彼らの言葉を理解できないフィデルマにも、その語調の激しさから、十分にわかった。明かりが上下に揺れ、洞窟の壁に反映している。二人が通り抜けようとしているどの廟室にも、両側の壁には龕が設けられている。フィデルマは、彼らがそこに安置されている亡骸に興味を向けないでくれるようにと祈りながら、目を半眼にして、彼らを見守った。

二つの黒い人影は、彼女のいる廟室に入ってきた。そして、ぞっとしたことに、二人は立ち止まり、蠟燭を掲げてまわりを見まわし始めた。

一人が何か言っているのが聞こえたが、その中には、〝アウレリア・レストゥトゥス〟という単語が入っていた。もう一人の男は、〝カフィア〟という単語を数回使っている。二人は、何かを待ち受けているかのように見える。フィデルマは、唇を嚙んで、思案に耽った。この見知らぬ男たちが待っているのはローナン・ラガラッハ修道士だということは、あり得るだろうか？

二人のうちの一人は、どうやら連れの男より、もっと気が短いらしく、さらに前へと歩きだした。その先の廟室にこの男が何を見つけることになるか、来るべき避けがたい事態を予測しながら、彼女はじっと横たわっていた。男の鋭い叫び声が聞こえた。何か〝ビスミラー（何たることか）！〟という単語も。続いてもう一人が駆け寄って、連れの男に加わり、〝マズビラー（アラーよ、我等を守り給え）！〟と叫ぶのも、聞こえた。

廟室から明かりが遠ざかり、暗くなった。フィデルマは龕からそっと抜け出すと、ランプと聖餐杯を摑み、二人とは逆方向になる、先ほど入ってきた出入口に向かって素早く、だが秘かに引き返し始めた。背後から、驚きと警告の叫びが聞こえてきた。明かりを灯したくても、足を止めることなど、とてもできない。彼女は、闇の中を良き首尾に望みをかけつつ、ただひたすら前進し続けた。彼女は、アントニオ少年の指示を今度は逆さまに胸の内で唱えることに神経を集中しようと努めた。ランプと聖餐杯を片手に握り、もう一方の手で前方を探りつつ、短い階段へと向かった。突き出ている岩で膝をすり剝きながらも、何とか階段に取り組んだ。

階段を昇りきると、息を整えるために、ちょっと立ち止まったが、すぐに指示を思い出して右へ曲がり、長い通路に出た。どのくらい長い通路だと、少年は言っていただろう？　二百ヤードほど進んでゆくと、通路は広くなり、大きな装飾的な墓所の前に出た。フィデルマはふたたび足を止め、肩を上下させながら、首を傾けた。だが、後ろからの追跡の音は、聞こえてこなかった。

フィデルマは、地下墓所の漆黒の闇の中に跪《ひざまず》いて、ランプと聖餐杯を自分の前に置くと、鞄の中から火打ち箱を取り出した。神経が昂《たか》ぶっていて、火打ち石で火花を打ち出しランプを灯すのに、やや手間取った。

温かな黄金の輝きが、地下墓所に広がった。フィデルマは、深く安堵の息をついて、少しの間、地面に坐りこんでいた。それから、ランプと聖餐杯をふたたび取り上げて、次の墓所へと通路を進み、長い階段へと向かった。これを昇れば、上の階に出る。フィデルマは、もう二度とこの暗い迷路《ラビリンス》に足を踏み入れないと、胸の内で秘かに誓っていた。

やっと、上の階の長い通路に辿りついた。百ヤードほどもあるだろうか。フィデルマは駆けだしたいという衝動をじっと抑えて、このうねりながら続く長い通路を、ゆっくりと前進しようと努めた。今や彼女は、少し滑稽《こっけい》だと感じ始めていた。あの二人の見知らぬ男たちがローナン・ラガラッハ修道士の死に関わりを持っていないことは、明らかなのだ。それなのに、このように怯えるなんて、おかしいではないか？　もう少し、勇気を持たなければ。それでもフィデルマは、この暗く陰鬱《いんうつ》な地下墓所の中で自分を捉えている恐怖を、振り払うことはできなかった。だが、彼女は、あの二人はローナン修道士に会うためにここに来たのではないかと、考えてみた。だが、もしそうだとしても、そもそも彼らは何者なのだろう？

この時になって初めて、フィデルマはぞっとすることに思い当たった。ローナン・ラガラッハ修道士の命を奪ったやり方は、ウィガード殺害の手口と全く同じではないか。ウィガードも、絞殺だった。したがって、ウィガードを殺したのは、ローナンではない。だが、ここに、難問がある。ローナンがウィガードを殺害したのでなければ、彼は、ウィガードの部屋から盗まれた宝物を、少なくともその一部を、どうしようとしていたのだろう？

ローナンは、この殺人事件への関与を否定し、フィデルマに、説明したいから会ってくれと求めた。でも、何を？

彼女は、鞄の中のパピュルス紙の切れ端を思い出した。その中に、何か答えが潜んでいるのだろうか？　外事局の副主任、オシモ・ランドーを見つけ、訳してもらわねばなるまい。確かに、そこには謎が潜んでいる。

フィデルマは、通路が別の通路に繋《つな》がっている地点にさしかかった。ここを右に折れて階段を昇れば、地上の明るい共同墓地に出られる。

さっと、その角を曲がった途端、フィデルマの目の前には、何者かが立ちはだかっていた。ほんのちらっと、その輪郭《りんかく》を見ただけだが、それが誰か見覚えのある人物だと気づいた。だが、それも一瞬のことだった。側頭部に激痛が走り、フィデルマは暗黒の中へと、墜ちていった。

誰かが、呼びかけている。まるで遥か遠くからの声みたいだ。

フィデルマは、目を瞬《しばたた》いた。吐き気と目眩《めまい》がする。フィデルマが呻《うめ》き声をあげると、誰かが口許に冷たい水を押しつけた。一口ぐっと飲むと、咳きこみ、むせて、息が詰まりそうになった。目を開けてみると、一瞬、光が彼女の視力を奪った。フィデルマは、もう一度瞬きをして、焦点を合わせようとした。どうやら、仰向けに横たわっているらしい。蒼穹《そうきゅう》が頭上に広がり、黄金の光が、仮借なく顔を焼いていた。フィデルマは、ふたたび目を閉じた。

「シスター・フィデルマ、聞こえますかな?」

聞き覚えのある声である。彼女は横たわったまま、一、二分、思い出そうとしてみた。

冷たい水が、顔に振りかけられた。

フィデルマは、呻いた。誰だか知らないが、立ち去ってくれるといいのに。吐き気を堪《こら》えているのだ。そっとしておいて欲しい。

「シスター・フィデルマ!」

今度は、いっそう切迫した声だった。

フィデルマは嫌々目を開いて、自分の上に屈みこんでいる暗い人影に目を凝《こ》らした。

〝アレクサンドリアのコルネリウス〟の浅黒い顔が、ずいっと、焦点の中に入ってきた。浅黒い風貌の医師は、気遣わしげであった。

「シスター・フィデルマ、儂がわかりますかな?」

フィデルマは、顔をしかめた。

「わかります。でも、どうしたのか、頭がずきずきして」

「頭に打撃を受けておられる。顳顬《こめかみ》の上に、強い打撲を受けたのですな。だが、皮膚は破れておらぬ。少しすれば、治るでしょうて」

「吐き気がします」

「それは、ただ、ショックのせいだ。しばらく横になっておいでなされ。そして、水を飲むことだ」

フィデルマは、横臥の姿勢は続けていたものの、視線は周囲にさまよわせた。ギリシャ人医師の肩の後ろから、あの男の子、アントニオが、怯えと気遣いを顔に浮かべて、彼女を見つめていた。人声にも、気がついた。声！ 今、後ろのほうから聞こえてきたのは、ウルフラン修道院長の鋭い、よく通る声ではなかろうか？ フィデルマは、起き上がろうと試みた。幻聴ではない。確かに、イーファー修道女についてくるようにと命じている院長の声が聞こえたと思うのだが。

フィデルマは、必死に起き上がろうと努めた。だが、アレクサンドリアの医師に、穏やかに押し戻されてしまった。

「私、どこにいるのです？」と、フィデルマは知りたがった。

「地下墓所の入口ですわい」と、コルネリウスは答えた。「意識を失ったまま、運び出されなさったのでな」

鮮やかに、記憶が甦《よみがえ》ってきた。

「誰かに、殴り倒されたのです！」とフィデルマは、もう一度起き上がろうとしながら、そう言い張った。だが、またコルネリウスに押しとどめられた。

「気をつけなされ」と、彼は警告した。「焦ってはならぬ」だが、ここで言葉を切って、小首を傾げた。「誰であれ、どうして、あなたを殴り倒したのですかな？」と彼は、疑わしげにフィデルマに訊ねた。「地下通路の闇の中で、飛び出している岩に、自分で頭をぶつけたのではないと、確かに言えますかな？　もっと前に、だったかもしれないが」

「そんなこと、ありません！」フィデルマは、突然言葉を切って、彼を見つめた。「あなたこそ、ここで何をしていらしたのです？」

医師は、肩をすくめた。

「儂が、たまたま共同墓地の門の前を通りかかった時、医者を求める叫び声を聞きましてな。誰かが、地下墓所の中で負傷していると、聞かされた。そして、階段の下で、あなたを見つけた、というわけですわ」

フィデルマは、戸惑った。

「誰が、急を告げてくれたのでしょう？」

コルネリウスは肩をすくめたが、もう体を起こしても大丈夫と見極めたらしく、今度は彼女が起き上がるのに手を貸してくれながら、それに答えた。

「巡礼たちの一人でしょうかな？　誰だか、わからぬが」

「その通りだよ、シスター」フィデルマが振り向いてみると、アントニオが頷いていた。「地下墓所から人が出てきて、中にひどく傷を負った人がいるって、言ったんだ。俺、墓地の門のとこを、お医者さんの椅子駕籠《レクティクーラ》が通っていくのを見つけたんで、誰かに、走ってって、あのお医者さんをここに連れてきてって、頼んだんさ」

「呼ばれて来てみたら、階段の下に、修道女殿がおられた」と、コルネリウスは繰り返した。「地下通路の壁に、頭をぶつけなすったような様子で。そこで我々は、あなたを地上に運び上げたのですわ」

フィデルマの傷がそれほど酷くはないとわかった今、アントニオは、悪戯っ子ぽく、にやりとフィデルマに笑いかけた。「この場所には、ついてないようだね、シスター」

フィデルマも、情けなさそうな笑顔を、少年に返した。

「らしいわね、アントニオ坊や」

目眩と吐き気が少しおさまって、もうフィデルマは立ち上がれるようになってきた。

「私を救って下さったその人、どこかしら？」

まわりには、数人の巡礼たちが集まっていたが、もう劇的な情景はこれ以上展開しないと見極めると、それぞれの用向きに戻っていった。先ほど、その人垣の中に、本当にウルフラン院長の声を聞いたのだろうかと、フィデルマはあやふやになってきた。

少年は、肩をすくめた。

「もう、みんな、行っちまったよ」

「どういう人たちだったかしら？　その人たちに、お礼を言いたいのだけど」

少年は、頭を振った。

「ごく普通の巡礼たちだったよ。東方の人たちのような服装だった、と思うな」

フィデルマは、目を大きく瞠った。それが、アウレリア・レストゥトゥスの墓所で見かけた、浅黒い顔立ちの男たちの一人ということが、あるだろうか？

「私の後から、何人ぐらい、外国人がやって来たかしら、アントニオ？」

少年は、ふたたび肩をすくめた。

「シスターを入れて、四、五人かな。死んだ人を見に来るの、外国人だけだよ。それに、こんな入口、ほかにも三つ、あるからね」

フィデルマは、彼女が地下墓所で見かけた浅黒い肌の二人の男たちと彼女を、少年が区別するものと思い込んでいた自分の単純さに、苦笑いをした。

「何人ぐらい、男たちは……」

コルネリウスが、賛成できぬと文句を言いたげに、彼女をさえぎった。

「救い主に礼を言うのは、もっと後で考えればよろしい。先ずは、儂の椅子駕籠《かご》でラテラーノ宮殿にお連れしよう。着いたら、もっと適切な手当てをすることができる。その後、今日一杯は、休息されるべきですな」

フィデルマは、彼の忠告に同意しかねた。しかし、歩こうとしてみると、またもや目眩がどっと襲いかかってきた。医師の指示は、適切なものだったようだ。彼女は取りあえず、手近な石に腰を下ろし、ずきずきと響く頭の痛みに、小さく呻き声をもらした。

フィデルマは、コルネリウスが手を上げて合図をしているのに気づいた。すぐに、奇妙な形をした椅子めいた物を担いで、屈強な男たちが二人、共同墓地を突っ切ってやって来た。椅子に取りつけられた担《にな》い棒でもって前後から担がれる仕組みの輿《こし》である。フィデルマは、ローマの街路で、こうした椅子駕籠をすでに幾度か目にしており、これがレクティクーラと呼ばれていることは、承知していた。彼女の国アイルランドで用いられる交通手段の中には、奴隷や召使いの肩に担われるこのおかしな椅子型の駕籠など、全くない。

フィデルマは、この手配を断ろうとした。だが、たった今経験した体調では、ラテラーノ宮殿まで歩いて戻るのは無理だと気がついた。彼女は諦めの溜め息をついて、この乗り物を受け入れることにした。

フィデルマは、輿の上に昇った。その時、忘れていたことがあると、はっと気がついた。

「アントニオ、あなたのランプ、階段の下に置きっぱなしになっているはずなの」と彼女は、少年に呼びかけた。

少年はにやっと笑って頭を横に振り、自分の傍らに置いてあるランプを取り上げて、フィデルマに見せた。

「みんなでシスターを上に運び上げた時、俺、これもちゃんと持ってきたんだ」と少年は、フィデルマを安心させた。

「それと、私が運んでいた銀の聖餐杯も？」

アントニオは、本当に驚いた面持ちで、フィデルマをじっと見つめた。

「銀の聖餐杯なんて、なかったよ。それに、シスターも下に下りていった時、俺、見てたけど、そんな物、持ってなかったよね」

はっとして、フィデルマは、自分の鞄の中をかき回した。火打ち箱と貨幣は無事だった。だが、ローナン修道士の財布の中に入っていたのを持ってきたはずなのに、パピュルス紙は消え失せていた。残っていたのは、麻袋の切れ端だけであった。

フィデルマは、コルネリウスが訝るような目で自分を見ていることに気づいた。

「もう一分だけ」と言うと、彼女は輿から滑り降り、覚束ない足取りで、少年に歩み寄った。そして屈みこむと、低い声で少年に告げた。「アントニオ、アウレリア・レストゥトゥスの地下墓所に、死体があるの。いいえ、聞いて」少年が、墓所の中に死体があるとの指摘をおかしがって、にやにや笑いだそうとするのを見て、フィデルマは言葉を続けた。「たった今、殺されたばかりの人の死体なの。私が、発見したのです。ラテラーノ宮殿に帰り次第、責任ある部署の人間を、死体検分に遣わすつもりです……」

アントニオは目を大きく瞠り、真剣な顔で彼女を見守った。

「そのこと、ローマ市民監察局に報告したほうがいいよ」と、彼は忠告してくれた。

フィデルマは頷いて、それに同意を示した。

「心配しないで。必要な部署に、通告するつもりですから。ただ、あなたに頼みたいことがあるの。ここへやって来たり、出て行ったりする人たちに、目を配っておいてちょうだい。実はね、私は銀の聖餐杯とパピュルス紙の書き付けを発見していたの。でも、私が殴られて気を失っている間に、それは盗まれたらしいわ。だから、もし疑わしい動きをする人間を見かけたら、とりわけ、東方風の外見をして奇妙な言葉を話す二人連れを見かけたら、注意深く様子を窺って、彼らがどこへ行くかを、よく見ておいて欲しいの」

「そうするよ、シスター」と、少年は誓った。「だけど、地下墓所の入口や出口、ほかにも、いくつもあるんだ」

フィデルマは、この情報に、胸の内で呻いた。だが、とにかく鞄から数枚の貨幣を取り出して、少年の籠の中に入れてやった。

フィデルマは、手間取っている彼女に苛立ちを見せているコルネリウスの許へ引き返し、椅子駕籠に乗り込んだ。二人の男たちは、唸り声をあげながら輿を担ぎ上げ、速足で城門へ向かう道を辿り始めた。コルネリウスも、輿に付き添って、足早に行を共にした。

このような具合に運ばれていく気分は、何だか奇妙に落ち着かない。だが、ありがたかった。

頭は割れるようだし、額はずきずきと脈打ち、触ると痛い。彼女は目を閉じ、道行く人の好奇の視線を忘れることにした。椅子駕籠は、ローマではごく普通に見られる乗り物ではあるが、修道女が乗っているとなると、はなはだ珍しい光景なのだ。

フィデルマは輿に体を凭《もた》せ、気分を楽にすると、つい先ほどの出来事を思い返してみた。彼女があることに思い至ったのは、メトロニア門をくぐって、ふたたび市街地に戻り、カエリウス丘の麓《ふもと》へと曲がってからであった。目眩のせいで、気づかなかったのだ。今まで、誰ともわからぬあの二人の男たちが、あるいはその一人が、彼女のあとをつけてきて、彼女を殴り倒し、聖餐杯とパピュルス紙を奪ったのだと、すっかり思い込んでいた。しかし、地下墓所で、彼女は二人を後ろに残してきたではないか。記憶が、鮮明に甦ってきた。彼女が何だか見覚えのある人影に遭遇したのは、地下墓所から地上へと出る階段へ向かって、角を曲がった時だった。あの人物は、明らかに彼女を待ち受けていたのだ。彼女を殴り倒した人間は、一人であった。知っている人物だ。でも、誰だったのだろう？

第十二章

フィデルマは、まだどくどくと脈打って痛む頭をいたわりながら、エイダルフと彼女のためにラテラーノ宮殿に用意されている執務室に坐っていた。目眩《めまい》と嘔吐《おうと》感は消えたが、痛みはまだ残っていた。自分にも医学の知識はあるのだからと言って、フィデルマの看護は〝アレクサンドリアのコルネリウス〟から自分が引き継がせてもらうと言い張ったのは、エイダルフであった。コルネリウスは、サクソン人修道士が自分の医師としての領分を侵犯することに、気を悪くはしなかった。むしろ、自分の本来の仕事にさっさと戻れると、これを喜んだようだ。エイダルフは、トゥアム・ブラッカーンで医学を学んでいたので、薬効ある薬草の数々を詰めた鞄を、常に携《たずさ》えていた。アイルランドの医師たちが、ペラ、あるいはレースと呼んでいる、医療用鞄である。彼は傷の手当てをし、頭の痛みが次第に和らぐからと、乾燥したレッド・クローヴァー（ムラサキツメクサ）の頭状花《フラワー・ヘッド》の煎じ汁を、フィデルマに勧めた。飲みづらい煎じ薬であった。だがフィデルマは、彼に満幅《まんぷく》の信頼を寄せて、それを啜《すす》った。彼は、ノーサンブリアはウィトビアのヒルダの修道院で、すでに二度も彼女を救ってくれているのだ。実際、彼女があの修道院で転倒し、人事不省になった時に、彼が調合した、これと似たような薬で、彼女は命拾いをしたのだった。

あれこれと気遣ってくれる彼の世話を受けながら、フィデルマは彼とフーリウス・リキニウスに、午前中の冒険について、話して聞かせた。若い小隊長《テッセラリウス》リキニウスは、話の要点を聞くとすぐに宮殿衛兵隊の十人隊長《デクリオン》を呼び寄せて、共にメトロニア共同墓地へと急いで出掛けていった。フィデルマは、その後も、もう少しエイダルフの小言を我慢する羽目になったが、そうしながらも、思いは午前中の出来事に飛んでいた。だが、さまざまな出来事に一貫した筋道を組み立てようと試みてはみたものの、これまでに集めた知識以上の情報がなければ事件の構図は摑めないということを、悟らされただけであった。その構図なしには、さまざまな知識が集まろうと、何の意味も浮かび上がってはこないのだ。

「私たち、オシモ・ランドー修道士を呼びにやらなければ」とフィデルマは、突然、エイダルフの言葉を断ち切った。彼は、自分に知らせることなく、どこへ行くかさえ誰にも告げもせずに、一人で地下墓所へ出掛けたフィデルマを、言葉穏やかにではあるが、まだ叱りつけている最中《さなか》であった。彼は、目を瞬《しばたた》いた。

「オシモ・ランドーを?」と、彼は顔をしかめた。

「オシモは、ローナンをよく知っていると、認めていましたわ。でも私は、彼はしゃべったこと以上に、何かを知っている、という気がするの。ローナンが死んでしまった今、彼はもっと話してもいいという気になるかもしれません」

扉がさっと開き、宮殿衛兵隊司令官《スペリスタ》マリヌスが気遣わしげな表情で入ってきた。彼は、真っ直ぐフィデルマに向かって話しかけた。

「本当ですかな？　報告を受けたのだが、本当なのだろうか……ローナン・ラガラッハ修道士が死んだと聞いたのだが？」

フィデルマは頷いて、それを認めた。

司令官の表情が和らぎ、笑顔となった。いかにも満足この上ないといった溜め息が、彼の口からもれた。「では、ウィガード殿の殺人事件は、とうとう終結したわけだ」

フィデルマは、困惑の面持ちで、エイダルフと目を見交わし合った。

そのうえで彼女は、「おっしゃる意味がよくわかりませんが」と、冷静な声でマリヌスに答えた。

マリヌスは、ことは歴然としておるではないか、とばかりに、両手を広げてみせた。

「殺人犯は捕らえられ、殺された。もはや、この件に時間を費やす必要はないわけだ」

フィデルマは、ゆっくりと、首を横に振った。

「どうやら、事実を全面的に把握《はあく》してはいらっしゃらないようにお見受けします、マリヌス殿。ローナン・ラガラッハ修道士は、私と会おうとしていた矢先に、絞殺されたのです。彼は、自分はウィガード殺しの犯人ではないと私に伝えてきて、自分に説明する機会を与えて欲しいと望んでいました。そして、ウィガード殿と全く同じ手口で、絞殺されたのです。ウィガード殿が誰に殺害されたにせよ、ローナン・ラガラッハもまた、ウィガード殿の場合と同じ殺人者によって殺されたのです。おわかりでございましょう、事件は、まだ解決にはほど遠いのです」

司令官は驚いて、激しく目を瞬いた。

「儂は、ただ単に、彼が死んだと聞いたのだ」と答えた彼の顔は、憂鬱《ゆううつ》きわまりない表情へと変わっていった。「儂は、犯人のローナンは、何らかの事情で殺されてしまったのだ、あるいは、永遠に逃亡し続けるわけにはゆかないと悟って自殺したのだ、とばかり思っておった」

「シスター・フィデルマは正しかったのです。つまり、我々は間違っていたのです」と、エイダルフが二人の会話に入ってきた。フィデルマは、驚いて彼を見つめた。彼の声に、思いがけなく、自分に対する敬意を聞き取って、面白くもあった。彼はフィデルマによって自分の誤謬《ごびゅう》を立証されてしまったわけであるが、むしろそれを喜んでいるようにも見えた。「シスター・フィデルマは、一貫して、ローナン・ラガラッハは殺人者ではないと、疑念を抱いておられたのです」

マリヌスは、歯を固く食いしばった。

「では、我々は、できる限り速やかに、真相を見つけねばならぬ。ほんの今朝のこと、教皇庁総務局のほうから儂に連絡があってな。教皇猊下《げいか》は、この件の解決にいっこう進捗が見られぬことをお叱りになられたとのことだ」

「私どもとて、教皇猊下に劣らず、気を揉んでおります」フィデルマは、彼の仄《ほの》めかしに苛立ちを覚えた。「この問題は、私どもが解決に到達しました時に、解決いたします。そして、現在」と彼女は立ち上がった。「私どもには、為すべき仕事が数々ございます。さあ、行って、オシモ・ランドーをここに呼ぶよう、誰か人を遣わす手配をなさっていただけないでしょうか？　彼に教えてもらいたいことがございますので」

宮殿衛兵隊司令官マリヌスは、フィデルマからこのように横柄に追い払われようとして、啞然と彼女を見つめた。口を開いて、何か拒絶の言葉を返そうとした。だが、結局、口を閉じ、苦々しそうな顔を見せながらも、彼女の指示を受け入れた。

エイダルフは、フィデルマに、悪戯っぽく、にやりと笑いかけた。

「あなたは、教皇猊下に対してさえ、ああいった失礼な態度を平気でとるに違いない」

「失礼な?」と、フィデルマは首を振った。「私、マリヌスを軽んじているのではありませんよ。でも、私たちは皆、その地位にふさわしい手腕や権威をふるえるものと、期待されているはずです。皆それぞれが相手に期待すると同じように、自分たちも、自らの力を十分に発揮して、自分の職責を全《まっと》うすべきです。能力を伴わない地位への思い上がりは、確信を伴わない能力と同様、道徳的な犯罪ですわ」

エイダルフの目が、真剣な色を帯びてきた。

「ローナン・ラガラッハが死んでしまった今、この迷路に、どう踏み込んでいけばいいでしょうね、フィデルマ？」

フィデルマは、かすかに面《おもて》を伏せた。

「ローナン・ラガラッハは、私に宛てた伝言の中で、自分はウィガードを殺していない、と書いて寄こしましたし、私も、それは本当だと信じています。にもかかわらず、ローナンは、殺された時に、ウィガードの高価な宝物《ほうもつ》の一部を持っていました」彼女は、聖餐杯《チャリス》と死んだローナンの手に固く握られていた麻袋の切れ端を見つけた事情を、彼に説明した。だが言葉を切って、肩をすくめた。「もちろん、今となっては、そのことを証明することはできませんけれど」

「あなたの頭を殴って、聖餐杯とパピュルス紙の断片を奪い去ったのは、誰だったと思います？」

「わかりません」と彼女は、長い吐息をついた。「闇の中で見た時、一瞬、誰か知っている男だと思いました。そして、その後……」彼女は、ふたたび肩をすくめて、言葉を締めくくった。

「でも、それ、確かに男でしたか？」とエイダルフは、さらに問いかけた。

フィデルマは、眉をひそめて、改めて考えてみた。今、彼女は、無意識に〝男〟という言葉を使った。だが、記憶を突き詰めてみると、そうとは断言できない。

「そのことさえ、はっきりとは言えないわ」

エイダルフは、鼻の先を擦《こす》りながら、考えこんだ。

「さて、次の一歩は、どこへ向かえばいいでしょうね？　我々の第一容疑者は、死んでしまった。あなたの話では、ウィガード殿と同じ殺され方だった……」

「私が地下墓所で見かけたあの外国人は、誰だったのでしょう？」とフィデルマは、エイダルフの話の腰を折った。「これこそ、次の一歩よ。オシモ・ランドーがアラビア人の言葉で記されていると見て取ったあの引きちぎられたパピュルス紙の残りの部分を、ローナン・ラガラッハは持っていましたわ。あの外国人たちの話の中の単語を二、三、聞き取りはしたのですけど、その発音を真似るのは、とても無理みたい。でも、オシモ・ランドーなら、わかるでしょう。なぜなら、彼らがしゃべっていたのは、アラビア語だと思いますもの」

「でも、どうしてローナン・ラガラッハは、アラビア人に会おうとしていたのですかねえ？」

「もし私がそれに答えられさえしたら、この事件の謎も、解明に近いはずです」フィデルマは、それを確信しているようだ。

扉を叩く音がして、衛兵隊の兵士が入ってきた。彼は立ち止まると、直立不動の姿勢をとり、目を真っ直ぐ前方に向けたまま、敬礼した。

「自分は、オシモ・ランドー修道士は、執務しているはずの部屋にいないとご報告するよう命じられて、やって来ました。現在、修道士は、宮殿のどこにもおりません」

「誰かを宿に遣わして、体具合でも悪いのか、見に行かせてもらえますか？」

若い衛兵が、あまりにも機敏な動作で姿勢を正して、それに応えたもので、フィデルマは一瞬、驚かされた。

「ご下命のままに！」若い衛兵は、厳《いか》めしくそう答えて、くるっと回れ右をして、出て行った。

エイダルフは、浮かぬ顔になった。

「あらゆることが、順調にいきませんね」

「まあ、いいでしょう。この宮殿には、ほかにもあのアラビア人たちの言葉を話せる人間がいるはずですから」

エイダルフは立ち上がり、扉へ向かった。

「すぐに、そうした人間を探してきます」彼は扉のところで半ば振り向くと、「それまでは、少し休息をとって、元気になっていて下さい」と、気懸りそうに言い置いた。

フィデルマは、上の空で、わかったと身振りをしてみせた。すでに、頭痛はほとんど消えており、ただ傷ついて敏感になっている箇所が、煩わしいだけである。しかし、何にもまして彼女を煩わせているのは、胸に渦巻く無数の疑問や、次々と浮かび上がる思案であった。エイダルフが出て行った後、彼女は椅子にゆったりと坐りなおし、両手を膝の上で組み、視線を伏せた。それから、深く規則的に呼吸することに、気持ちを集中した。一つ、また一つと、意識して筋肉をほぐしていった。

小さい頃に、〈養育制度《フォスタレッジ》〉(1)と呼ばれる教育を受け始めた時、先ず初めに教えられたことの一つが、〈デルカッド〈瞑想〉〉の行《ぎょう》(2)であった。過去の数えきれぬほど無数の世代、アイルランドの神秘家《ミステイツク》たちは、デルカッドを行《おこな》うことによって、〈シーハン〈平穏〉〉の境地に入っていったのである。フィデルマも、精神的に緊張を強いられている時には、決まってこの瞑想術を試み、その効果に浴してきたのだった。二百年前に、キリスト教の信仰がアイルランドの岸辺に伝ってきたが、これは、その前から異教《ペイガン》のドゥルイド(3)たちによって行われていた行なのである。キリスト教渡来後も、ドゥルイドの神秘家たちは、彼女の母国アイルランドから完全に姿を消し去ったわけではなかった。今なお、彼らは、隠棲の苦行者となって、人里離れた遠隔の地や荒れ地に生き続けている。とはいえ、今や彼らは消えゆきつつある人々ではあった。

フィデルマは、大人として認められる年齢に達してからは、規則的に、デルカッドの行とほとんど不可分を成す習慣として、ティ・ナウリス〔〝汗をかく家〟。蒸し風呂の浴場〕を訪れていた。これは、小さな石造の建物で、この内部は、火を焚いて、まるでオーヴンのように熱してある。シーハンを求める者がこの中に裸体で入ると、扉は外から密閉され、人々は中で腰掛けに坐り、十分に汗をかくのである。一定の時間が経過すると、扉が開かれ、彼らは外に出て、氷のように冷たい水槽に飛び込む。これは、瞑想の境地にいたるデルカッドを行うための一段階とも言えよう。アイルランドの聖職者の中には、この古いドゥルイドの慣習を取り入れている禁欲的な人たちも少なくない。しかし、もっと若い聖職者の中には、ドゥルイドに関わりがあるというだけで、多くの古代アイルランドの伝統を切り捨ててしまう者がいることを、フィデルマも知っていた。

アイルランドにおけるキリスト教信仰確立のために大きな業績を残されたブリトン人の聖なるパトリックまでも、テイン・レイグダやイムバス・フォロスニーなどと呼ばれる瞑想による自己啓発の法を、厳しく禁止された。キリスト教が伝えられるより遙か昔に、異教時代のアイルランドで実践されていたというだけの理由で、この広く行われていた古代の自己啓蒙の慣習が打ち捨てられてきたことを、フィデルマは残念なことと考えていた。

しかし、デルカッドのほうは、まだ禁止されてはいない。もしこれが禁止されれば、アイルランドの聖職者の間からも抗議が起こるに違いないと、フィデルマは考えている。

「シスター！」

フィデルマは、目を瞬いた。まるで、深く安らかな眠りの中から浮かび上がってきたかのような感じだった。

はっと気がつくと、目の前に小隊長のフーリウス・リキニウスが立っていて、彼女の顔を心配そうに見つめていた。

「シスター・フィデルマ？」彼の声は、いささか不安げであった。「大丈夫ですか？」

フィデルマは、ふたたび瞬きをすると、何とか微笑を面に広げた。「ええ、リキニウス、大丈夫よ」

「自分が呼びかけても聞こえないみたいでしたから、眠っておいでなのだと思ったんですが、でも目を開いたままなので」

「ただ、瞑想《メディテーション》に耽《ふけ》っていただけです、リキニウス」と彼女は微笑し、立ち上がって、軽く伸びをした。

リキニウスは、デルカッドの意味はともかく、瞑想《メディテーション》のほうは〝考える《メディターリ》〟というラテン語から理解したようだ。

「考えこむというより、白昼夢でも見ておられたようでしたよ」と、彼は疑わしげだった。

「でも、確かに、この件については、考えこむべきことが、いろいろありますからね」

フィデルマは、わざわざ彼に説明しようとはしなかった。むしろ、彼に問いかけた。

「あなたのほうの情報は？」

リキニウスは、軽く肩をすくめた。

「我々は、ローナン・ラガラッハ修道士の遺体を、地下墓所から連れ戻してきました。今は、コルネリウス医師の遺体安置所です。それ以外は、何も発見できませんでした。無論、パピュルス紙も聖餐杯も」

フィデルマは、溜め息をついた。

「そうでしょうね。この犯行を行った者が誰であれ、なかなか賢い人間ですもの」

「我々が、地下墓所に入っていって、さらに調べたところ、アウレリアヌス城壁に近い箇所に、別の出入口を見つけました。我らの殺人鬼は、そこから出入りしたのですよ。彼らは、地上の共同墓地まで、修道女殿のあとをつける必要はなかったのです」

フィデルマは、ゆっくり頷いた。

「犯人を指し示すような物は、何もなかったのですか？」

「シスターが言われた通り、ブラザー・ローナン・ラガラッハは、ウィガード殿と同じように、〈祈禱用の細帯《プレイヤー・コード》〉で絞殺された、ということだけです」

「では」とフィデルマは、がっくりしたような微笑を浮かべた。「私が気づいたことは、ただ一つ。私の襲撃者は、これは持って逃げなかったようです」

そう言いながら、彼女は、ローナン・ラガラッハの手に握りしめられていた麻袋の切れ端を、鞄から取り出した。

フーリウス・リキニウスは、戸惑いながら、それをじっくりと調べた。

「これで、何か、わかるのですか？　ただの、ありふれた袋の生地ですよ」

「その通りです」とフィデルマは同意した。「こちらのありふれた袋生地の切れ端と、よく似ていますよ」

彼女は、エインレッド修道士の部屋のささくれた戸口の枠から取ってきた小さな布切れを、机の上に置いた。

「この二つは、全く同じものだと、言われるのですか？」

「ええ、私は、そう見ています」

「でも、推測は、証明ではありませんよ」

「ずいぶん、法律に通じてきたのね、フーリウス・リキニウス」とフィデルマは、彼の説に真面目に同意した。「でも、エインレッドには、もう一度会って、問い質《ただ》す必要があるようです」

「エインレッドは、自分には、少し足りない男としか思えませんが」

そこへ、突然、エイダルフが戻ってきた。その顔色からすると、彼の探索は、空振りに終わったようだ。

「アラビア語がわかる人間を、ただの一人も、見つけられませんでした」と彼は、苦い顔で報告した。

フーリウス・リキニウスが、不審げに、眉をしかめた。

「ブラザー・オシモ・ランドーは、どうしたんです？」

フィデルマは、オシモ・ランドーが見つからないことを、リキニウスに教えた。

「それなら、マルクス・ナルセスがいますよ。今は任務についていて、中央大広間《アトリウム》の入口のところで、立ち番をやってます。彼なら、きっとわかりますよ。マルクスは、三年前、アレクサンドリアで、ムハンマド軍と戦って、彼の家族が身代金を払って釈放を要求してくれるまでの一年間は、奴らの囚人となっていたのです。だから、いささか彼らの言葉を知っています」

「彼を、ここに寄こしてくれないか？」とエイダルフは、椅子にぐったりと坐りこみながら、リキニウスに指示を出した。「私はもう、疲労困憊だ。とても彼を探しになど、行けないよ」

フーリウス・リキニウスがマルクス・ナルセスを見つけて、ここに連れてくるのに、それほど時間はかからなかった。

フィデルマは、前置きなしに、すぐに要点に入った。

「私は、単語を一、二、覚えています。アラビア人の言葉かと思います。あなたは、アラビア語を知っているとか。意味がわかるかどうか、聞いてもらえますか？」

「よろしいです、シスター」

「最初の単語は、〝カフィア〟です」

十人隊長は、にこりと笑顔を見せた。

「ごく簡単です。〝不信心者〟という意味です。預言者を信じない者のことです。ちょうど、我々がキリストの教えを拒否する者を、〝異教徒《インフィデリス》〟と呼ぶのと同じです」

「預言者？」

「三十年ほど前に亡くなった、〝メッカのムハンマド〟のことです。彼の教えは、野火《のび》のように東方の人々の間に広がっていきました。彼らは、この新しい宗教をイスラム教と呼んでいますが、これは、〝唯一神〟、あるいは〝アラーへの服従〟という意味です」

フィデルマは、眉を寄せながら、彼の発音を真似ようとしてみた。

「アラーが、彼らの神の名前なのですね。では、〝ビスミラー〟は？」

「これまた、簡単です」と、マルクス・ナルセスは答えた。「〝アラーの御名にかけて〟という意味ですが、単に驚いた時の感嘆詞として、連中は使っています」

フィデルマは、口許をすぼめて、考えこんだ。

「では、これで、私が察していたことが確認できました。やはり、あの二人は、アラビア人だったのですわ。そして、ローナン修道士は、彼らと接触していた。でも、どういう目的で、だったのかしら？　それに、これがウィガード殿の死に、そしてまた彼自身の死に、どう関わっているのでしょう？」

エイダルフは、マルクス・ナルセスに視線を向けて、告げた。

「ありがとう、十人隊長。もう、行って構わないよ」

若い十人隊長は、出て行きたくなさそうな様子であったが、フーリウス・リキニウスをちらっと見て、大広間入口の衛兵の任務に戻っていった。

「修道士オシモ・ランドーを探させましょう」と、フーリウス・リキニウスが提案した。「もし修道士ローナンがアラビア人に関わる仕事をしていたのなら、上司の修道士、オシモ・ランドーが何か知っていたはずですからね」

「ブラザー・オシモがどうして自分のいるべき場所から姿を消しているのかを知りたくて、もうすでに人を遣わしておきました」と、フィデルマは二人に説明した。「それはそれとして、私はぜひともエインレッドと、もう一度話したいのです」

「エインレッドが絞殺に手慣れているというのは、ただセッビの話だけですよ」とエイダルフは、彼女が何を考えているのかを察して、そう指摘した。

「こうした事件に関して、私たち、正確を期すべきですわ、エイダルフ。セッビ修道士が言ったのは、正確には、エインレッドはかつて奴隷であり、自分の主《あるじ》を絞殺という手段で殺害したことがある、だがその罪は、サクソンの法律の定めに従って、すでにサクソンの〈贖罪金《ウエアギルド》〉（第九章の訳註2参照）の支払いが済んでいる、ということだけでしたよ」

「それは、そうですが……」とエイダルフは、なおも異議を申し立てかけた。

だが、フィデルマの意志は強かった。

「さあ、エインレッドを探しに行きましょう。この部屋は、通気が悪いようね。また、頭痛が始まりましたわ」

先に立って部屋を出て、すでに歩廊を大広間のほうへ向かい始めたフィデルマの後に、エイダルフとリキニウスは従った。いつものように、何人かの人々が、請願のために、あるいは助力を請うために、誰かに面会に来ており、自分の呼び出される番が来るのを、そこここに集まって、待っていた。フィデルマは、モザイクの床を横切って、来客棟《ドムス・ホスピターレ》へ向かった。三人が大広間の反対側の扉に近づいた時、彼らは、セッビ修道士が苛立ちの色を面に、突き進んでくるのに気づいた。

彼は、エイダルフを目にして、足を止めた。

「君は、今も、教皇猊下の許へ派遣されてきたサクソン代表団の秘書官《スクリーバ》兼通訳なのかね?」と彼は、前置き抜きに、咬みつくような口調で、エイダルフに訊ねた。

三人は、立ち止まった。エイダルフは、この聖職者の粗暴な口調に、顔をしかめた。

「私は、大司教指名者《デジグネイト》殿に、そのように任命されていました。しかし、ウィガード殿は亡くなられたもので……」と、彼は肩をすくめた。「何か、問題でも?」

「問題? 問題だと? パトック修道院長に、会っていないのかね?」

「会っていませんが。どうしてです?」

セッビは、フーリウス・リキニウスをじっと見つめた。リキニウスはサクソン語ができないので、二人の会話はわからないようだ。セッビの探るような目は、今度はフィデルマに向けられた。だが彼女は、ただ視線を伏せただけで、無関心を装っていた。〝スタングランドのセッビ〟は、視線をエイダルフに戻した。

「ここのローマ人どもは、カンタベリーの大司教に、ふたたび外国人を押しつけようとしておると、私は耳にしたぞ」

エイダルフの口許が、薄笑いに歪んだ。

「私も、そういう話は聞いています。まあ、デウスデーディトゥス殿が十年ほど前に、サクソン人として初めてカンタベリー大司教となられるまでは、常にローマ人かギリシャ人でしたからね。今言われたことが本当だとして、どうしてそう大騒ぎをなさるのです? 我々は皆、神の目には、同じではありませんか?」

セッビは、憤然として、鼻を鳴らした。

「サクソン諸王国の人間は、外国人ではなく、自分たちの司教がたを求めておるのだ。サクソン人は、このことを、ノーサンブリア王国からアイルランド人聖職者を追放することによって、すでに表明したではないか? 我々サクソン人は、次のカンタベリー大司教座に〝ゲントのウィガード〟を就けようと、同意し合ったではないか?」

「ですが、そのウィガード殿は亡くなられましたよ」と、エイダルフは指摘した。

「その通り。そして教皇は、ウィガードの代わりにパトックを叙任して、我々の希望を重視なさるべきなのだ。アフリカ人などではなく、な」

「アフリカ人?」と、エイダルフは訝《いぶか》った。

「たった今、知ったことだが、ウィタリアヌス教皇は、ナポリ近くの〝ヒリダヌムのハドリアヌス〟(4)を、カンタベリーの大司教の後任にと、目論んでおられるらしい。彼は、アフリカ人だ。アフリカ人だぞ!」

エイダルフの目が、驚きに、瞠《みは》られた。

「大変な学識と敬神の人だと、聞いていますが」

「そこで、我々はどうすべきか、だ。我々サクソン人は団結して抗議し、教皇の祝福がパトックに与えられるよう、要求すべきだ」

エイダルフの顔は、仮面となった。

「でも、あなたは、パトックが嫌いだと、前に告白しておられましたね、ブラザー・セッビ。今のお話は、パトック殿のカンタベリー大司教座への叙任の望みが断たれ、したがって、あなたのスタングランドの修道院長就任の機会もそれと共に消え失せるとみての、結論ですか？いずれにせよ、我々サクソン人は、このウィガード殿殺害事件が解決すれば、あなたのおっしゃるように、一つにまとまることができますよ」

セッビは口を開きかけたが、思いとどまり、押し殺した憤懣《ふんまん》の唸りをもらしながら、彼らに不機嫌な背を向けて、大広間に群がっている人々の中へ、姿を消した。


エイダルフは、フィデルマを振り向いた。

「今のサクソン語、おわかりになりましたか？」

フィデルマは、考えこみながら、それに頷いた。

「パトックとセッビの野心が、突然、挫《くじ》かれそうになったようですね？」

「セッビ修道士は、まるで殺人さえ犯しかねんばかりの……」エイダルフは、自分が口にしかけたことにはっと気づいて、言葉を切った。彼は、落ち着かぬ表情で、フィデルマを見た。

「私たち、今の段階では、どのような小径にも、注意を向けなければなりませんわ」彼女は、エイダルフの考えを読み取っていた。「私は、初めから、この一面も、指摘していましたよ。

野心は、強力な動機となりますもの」

「確かに、そうです。でも、野心的であることは、それほど悪いことなのだろうか？」

「野心は、虚栄にすぎません。そして、この虚栄から、人は道義に盲目になってしまいます。〝恐ろしきは、野心を追う者〟と言ったのは、パブリリウス・シーラス(5)ではありませんでしたっけ？」

「もし、その野心を追求し果《おお》せるだけの才能を持っているのであれば、そうとばかりは言えませんよ。それより遙かに有害なのは、大いなる野心と、二流の才能を持った人間です」

フィデルマは、お見事というかのような楽しげな笑いを、彼に向けた。

「いつか、この哲学論争、じっくりと戦わせましょうよ、〝サックスムンド・ハムのエイダルフ〟殿」

「おそらく……」とエイダルフは、苦笑いを浮かべた。「この時点で、もっともこの哲学論争を聞かせてやる必要がある人間は、パトックでしょうけどね。この野心という問題について、パトックには、いささか指導してやる必要がありますよ」

フィデルマは、ウィガードに随行してきた人々に割り当てられている来客棟へと、ふたたび進み始めた。

三人は、修道院の洗濯場《ラウアントゥール》で、懸命に法衣を洗っているエインレッド修道士を見つけた。彼は、近づいてくる彼らに気づいて驚き、不安そうな様子を見せたものの、厚地の法衣を棒でもって叩き洗いをするという作業の手を、休めようとはしなかった。

「まあ、ブラザー・エインレッド」とフィデルマが、彼に挨拶の声をかけた。「お精《せい》が出ますね」

エインレッド修道士は、諦めめいた奇妙な動作で、肩を丸くすくめた。

「主《あるじ》の法衣を洗っとりますんで」

「パトック修道院長のだね?」とエイダルフが、素早く訊ねた。今のエインレッドの返事によって、宗門に入った者の主は、キリストのみというフィデルマの説教が火花のごとく噴出することを予測して、その機先を制したのだった。

エインレッドは、頷いた。

「この作業を、いつからやっているのです?」と、フィデルマが訊ねた。

「えーと……」と、エインレッドは目を細めた。「正午のアンジェラスの鐘が鳴って少ししてからでした、シスター」

「その前は?」

エインレッドは、困惑の表情を見せた。彼には、もっとはっきりと問い質さねばならないのだと、フィデルマは見て取った。

「メトロニア門の近くのキリスト教徒の墓地にいたのでは?」

「そうです、シスター」エインレッドの答えに、ごまかしの色はなかった。

「あそこで、何をしていたのです？」

「パトック院長様のお供をしてました」

「どうして院長殿は、あそこに行かれたのです？」エインレッドから何かを引き出すには、忍耐強く問いかけねばならないようだ。

「墓石を誂《あつら》えるために、ウィガード様のお墓を見においでたんだと思います、シスター」

フィデルマは、思案しながら、唇を固く結んだ。十分、納得できる理由だ。パトックやエインレッドを、ローナン・ラガラッハに会いに共同墓地へやって来たアラビア人たちと結びつけるものは何もない、と考えてよさそうだ。

フィデルマは、エインレッドが薄茶色の目で彼女の表情を訝しげに見守っていることに気づいた。奇妙に虚ろな目だった。知能が劣った、単純な者の、表情のない目だ。抜け目なく、欺《ぎ》瞞《まん》に満ちた者の目ではない。それでも、と彼女は唇を嚙んだ。それ以外の何かがある……警戒？　それとも、不安だろうか？

彼女は、そのような思いを追及しようとする自分を制した。

「ありがとう、ブラザー・エインレッド。今度は、別のことを教えて下さい。麻袋生地の布鞄を持っていますか？」

「いいえ、シスター」と、エインレッドは頭を振った。

「ローマに来て以来、何か麻袋生地の物を使ったことは？」

エインレッドは、肩をすくめた。彼の面に浮かんでいる表情からすると、彼が何も理解していないことは、はっきりしている。これ以上問い質しても無意味だと、彼女は判断した。エインレッドは、嘘をついているかもしれない。だが、もしそうだとしても、罪のない嘘なのだろう。

フィデルマは彼に礼を言って、洗濯場を出た。戸惑った顔のエイダルフとリキニウスが、その後に続いた。

「得るところは、ほとんどありませんでしたね、シスター」とサクソンの修道士は、感じていることをフィデルマにぶつけた。その声には、批判が聞き取れた。「どうして、もっとはっきり、追及されなかったのです？」

フィデルマは、両腕を大きく広げた。

「絵を描くには、絵の具を、ここに少し、こちらに少々と、画布に置いてゆくものですわ、ブラザー・エイダルフ。どの筆遣いも、一つ一つを見れば、微々たるものです。でも、絵の具をすっかり置き終えて、画布を少し離れたところから見てみると、その輪郭《りんかく》や意図が表れてきます」

エイダルフは、唇を嚙んだ。自分が、たっぷりと批判されたことは、わかる。でも、何を批判されたのかが、よく摑めない。時々、フィデルマは、単刀直入にしゃべろうとはしないことがある。厄介な癖だ。彼は、溜め息をついた。実際、フィデルマの国の人々は、男であれ女であれ、皆、単純明快にしゃべる代わりに、象徴的な、あるいは誇張的、暗示的な、話し方をするという、苛立たしい傾向を見せることがあるようだ。

三人は、小さな中庭に来て、足を止めた。中庭の中央では、噴水が勢いよく流れおちている。フィデルマは、噴水を囲む低い手摺りに腰を下ろし、ほっそりとした手を冷たい水に遊ばせて、心地よさそうに水音に耳を傾け、その音色を楽しんだ。エイダルフとリキニウスは、その傍らに立ったまま、彼女が話し始めるのを、落ち着かなげに待っていた。

「おや、ブラザー・エイダルフ！」

突然、ウルフラン修道院長の尊大な声が中庭の向こうから聞こえてきて、長身の女性の姿が入口に現れた。彼女は目を前方に据えて、満帆の船のように、彼らのほうへ、突進してきた。

「これは、院長殿」とエイダルフは、緊張気味に挨拶を送った。

フィデルマとリキニウスは、ウルフラン院長に、完全に無視された。ウルフランの被り物の裾は、スカーフのように首にかかっていたが、彼女は片手を伸ばして、その辺りを絶えずまさぐっている。それが、フィデルマの注意を引きつけた。無意識の仕草のようだが、それを見つめながらフィデルマは、どうして自分がこれに興味をそそられるのか、その理由が気になった。しかし、なぜかは、思い出せない。

「私とシスター・イーファーは、明日、ポルトの港へと出発し、そこでケント王国への帰途につくための船の便を求めます。そのことを、あなたに報告しておこうと思いましてね。今となっては、ここに滞在する用は、何もありませんから。すでに、ティヴェレ川を下る小舟の船頭は、手配してあります。あなたは、サクソン代表団の秘書官ですから、一応、お話ししておきます」

ウルフランはくるっと背を向けて立ち去ろうとした。その時、フィデルマが、坐ったままの姿勢で、穏やかに声をかけた。「それは、できないでしょうね、ウルフラン院長殿」

院長は足を止め、さっと振り返ると、驚愕の色を面に、フィデルマを睨《にら》みつけた。

「今、何と言いました？」と、押し殺した声の威嚇《いかく》が、飛んできた。

フィデルマは、今言った言葉を繰り返した。

「私の旅の権利に、図々しくも、文句をつけようというのですか？」

「いいえ」とフィデルマは、動じる気配もなく、それに応えた。「でも、ゲラシウス司教殿にも、衛兵隊司令官のマリヌス殿にも、相談していらっしゃらないのではありませんか？」

「今、それを告げに行くところです」

「では、お手間を省いてさし上げます。ウィガード殿の死について、私どもの調査が終了するまで、ウィガード殿の一行の方々は誰一人、ローマを立ち去ることはできません」

ウルフラン院長が立ちつくしたまま睨みつけているのに、フィデルマのほうは、シェピーの修道院長の顔に浮かぶ怒りの表情など気にもとめない様子で、相変わらず手を噴水の水に浸して、水と戯れていた。

「何と、無礼な！」と、ウルフランは、口を開こうとした。

エイダルフは頭を振って、勇気をかき立てた。

「ウルフラン院長殿、私の同僚、〝ギルデアのフィデルマ〟が今申し上げた手続きは、全くその通りなのです」

激怒している院長は、彼に向きなおり、まるで不愉快きわまりない動物の標本であるかのように、彼を見つめた。

「私は、ゲラシウス司教殿にお目にかかって、このことを報告します」と彼女は、咬みつくように言い放った。

「それは、院長殿の特権ですから」と、エイダルフは認めた。「ただ、興味のためにお伺いするのですが、ケント王国へのご帰国の旅は、お一人でなさるおつもりだったのですか？」

「私とシスター・イーファーが、自分たちだけで旅をしてはいけない理由でも、ありますか？」

「そのような旅が危険であることは、もちろん、ご存じと思いますが。マッシリアには、一人旅の巡礼を、特に女性を襲い、奴隷として連れ去る盗賊団が出没しています。ゲルマン人の売春宿に売られる者も、多いのです」

ウルフラン院長は、傲慢《ごうまん》な侮蔑の色もあらわに、顔をしかめた。

「連中に、そのようなことができるものですか。私は、王家の血を引く……」

「そのような事態にはなりません」フィデルマが、断乎とした口調で、そう言いながら、立ち上がった。「あなたとシスター・イーファーは、調査が完了するまで、ここに滞在しなければなりません。その後でしたら、どこへ、どのような形で旅行なさろうと、ご自由です。でも、その時には、ブラザー・エイダルフの忠告に従われるほうが、賢明でしょうね」

もし顔つきで人が殺せるものなら、院長の相手を怯《ひる》ませる眼差しの下で、フィデルマは死んでしまったことだろう。

「本当に、そうです、院長殿」とエイダルフが、彼女の怒りを静めようと、付け加えた。「ケント王国やその他のサクソンの地に帰る巡礼たち全員が揃うまでお待ちになって、彼らと一緒にお戻りになるのが、最善の策です」

もう一言も口にすることなく、ウルフラン修道院長は、彼らに背を向けると、いつも通りの高慢な態度で、立ち去っていった。

フィデルマは面に笑みを浮かべ、顎を軽く擦った。

「彼女のような傲慢な女主《おんなあるじ》のお供だなんて、シスター・イーファーも、本当に可哀そうだこと」これが初めてではないが、フィデルマは、この思いを、また口にした。「それにしても、不思議でならないのは、ウルフラン院長、どうしてこうも熱心にローマを出たがるのでしょう？　ここに来て、まだ一週間かそこらなのに」

エイダルフは、皮肉っぽく、にやりとした。

「ちゃんとした理由があるのではありませんか？　先日、あなたも私に言っていらした――あなたは、ご自分の国へ、大層帰りたがっていましたよ」

その時、うんざりしたような溜め息が聞こえた。二人が振り返ってみると、待ちくたびれたフーリウス・リキニウスだった。フィデルマたちは、彼のことをすっかり忘れていた。宮殿衛兵隊の若い小隊長は、かなり長いこと、口を開く機会がなかったのだ。

彼は、見るからに退屈しきっていた。

「もし、あのアラビア人たちを見つけたら、我々はこの事件の謎を、確かに解明できるのですね？」と、リキニウスは確かめた。

「ええ。でもどうやって彼らの発見に取り組めばいいのかしら？」

「我々の港には、多くの商船が入ってきます。アラビアの各地からやって来た商人たちも、大勢ローマに住んでいます。実を言えば、ティヴェレ川沿いのエンポリアに、つまり商店や市場の中に、そうした区画があるんです。ローマ市街の中のスラム街です。そこに、アラビア人が沢山いますよ。我々は、その地区を、マルモラータと呼んでいます」

「〝大理石のある場所〟？」とフィデルマは、彼に訊ねた。

フーリウス・リキニウスは頷いた。

「遙か昔のこと、ローマの街が建設された頃、石工《いしく》たちが働いていた場所です」

「そのことは、知らなかったなあ」とエイダルフは、いささか無念そうに呟《つぶや》いた。彼は、ローマで学んでいた二年の間に仕込んだこの都についての知識を、誇りにしていたのである。

「今では、護衛なしには入り込めない地域なんです」と、リキニウスは説明を加えた。「いろんな外国からの船乗りが、特にスペイン、北アフリカ、ユデア[6]などから来た船乗りたちが溢れていて、その一部は、今では大きなごみ捨て場にもなっています。割れたり不要となったりしたアンフォーラ（把っ手付きの壺）やテスタエ（タイル、煉瓦）などが捨てられて、山を成しているんです。商船は、ここで、運んできた船荷の荷降ろしをするし、ローマの商人たちは、荷箱などを、ただうっちゃってしまう。連中が考えているのは、儲けだけです。自分たちが出している不衛生なごみの山のことなんか、気にもしていないんです」

「その地区、行ってみる価値があるのでは？」とエイダルフは、熱心にフィデルマに訊ねた。「多分、そこで例のアラビア人たちを見つけることができるかもしれませんよ」

フィデルマは、首を横に振った。

「そういう地域が存在することや、あのアラビア人たちはそこからやって来たのかもしれないと知ることは、きっと役に立つでしょうね。でも、もっと情報がないことには、この知識がどう役に立つのか、私にはわからないの。それにあの二人をもう一度見ても、私には、それがあの男たちだと、見定められないでしょうね。実は、自分がなぜあの二人を追いかけているのかさえ、わからないくらいよ。鍵は、きっと修道士オシモ・ランドーにあります。おそらく彼は、なぜローナン・ラガラッハがあのアラビア人と接触していたのかを、私たちに話してくれることができるのではないかしら。それで思い出しました。あの若い衛兵が、オシモについての情報を、そろそろ持ち帰っている頃かもしれませんね」

彼らは、いくつかの建物の回廊を通って、ラテラーノ宮殿の大広間へと引き返し始めた。今もまだ大広間には、呼び出しを待っている高位の人々、無表情な衛兵たち、それにさまざまな年齢、性別、国籍、態度の修道士や修道女たちで、込み合っていた。フーリウス・リキニウスは、ここでフィデルマとエイダルフと別れて、何かオシモ・ランドー修道士についての知らせが届いてはいないかを、聞きに行った。フィデルマとエイダルフはそのまま歩き続けて、衛兵隊司令官の執務室に近い、自分たちの部屋へと向かった。


二人が大広間を横切っている時、憂《うれ》い顔の修道士イネが、人混みをかき分けるようにして、反対の方向へ向かっているのに気がついた。フィデルマの面に、笑みが広がった。彼女は手を伸ばして、サクソンの修道士イネを引きとめた。

「よかった。あなたを探そうとしていたのです」と彼女は、イネに告げた。

イネは、警戒するように、顔をしかめた。

「私に、どんな御用で?」と彼は、用心深く彼女に訊ねた。

「あなたは、ケント王国の修道士がたの中で、何年も過ごしていらしたのでしたね?」

イネは、フィデルマからエイダルフへと、戸惑った顔を向けながら、その通りだと、頷いた。

「私は、十歳の時、父親によって、教会に捧げられたと、前にお話ししましたろう?」

「ええ、伺いましたよ。あなたなら、生まれ故郷のあちこちの教会について、いろいろとご存じでしょうね?」

イネは、誇らしげに、にやっと笑った。

「私の知らないことなんて、ほとんどありませんよ、シスター」

フィデルマは、機嫌をとるように、彼に笑顔を見せた。

「シェピーの修道院を創設されたのは、ケントのサクスバーグ王妃だと聞いたことがありますが、そうなのかしら?」

「その通りですわ。王妃が、あそこに修道院をお建てになったのです。二十年近く前のことで、王妃が東アングリアから、我らの国王イアルセンバートの許へ輿《こし》入れなさった、すぐ後のことでした」

「王妃は、東アングリア王国のアンナ王の王女だとも、聞いていますが?」

イネは、即座にそれを確認してくれた。

「アンナ王には、何人か、王女がおいででしたが、中でもサクスバーグ様は、キリスト教の教えに深く心を寄せておいででした。本当に、聖女のような方で、ケントでも、人々から大層愛されておられましたよ」

フィデルマは、内密な話をしようとするかのように、さらに前へと、身を乗り出した。

「聞かせてもらえないかしら、ブラザー・イネ。妹のウルフラン修道院長も、姉上と同じように愛されておいでなのですか？」

「妹《シスター》ですと！」彼から、まるで罵《ののし》りのような返事が返ってきた。その後、彼は、いかにも情報通らしく、にやりとした。「王妃がウルフランをケントに連れてこられた時には、二人はそれほど仲睦まじくはありませんでしたね。ウルフランをシェピーの修道院の院長に据えられた王妃の人選は間違っていたと考えている人間は、大勢いますよ」

「二人はそれほど仲睦まじくはなかったと、今言われましたね。どういう意味で、そう言われたのです？」と、フィデルマは返事を求めた。

イネは、小賢《こざか》しい態度で、顔をしかめてみせた。

「異教時代のローマのサターナーリア（サトゥルヌス）祭(7)のことを、聞かれたこと、おありですかな、シスター？　この祭りの風習について、誰かに訊ねてみて、ご自分でこの謎を解いてご覧になるといい」

いつもの憂鬱な表情をふたたび色濃く面に浮かべて、イネは戸惑っているフィデルマを後に、人混みの中へ紛れ込んでいった。

「どういうことなのかしら？」とフィデルマは、エイダルフに説明を求めた。「古《いにしえ》のサターナーリアの祭りで、どういうことが行われていたのかしら？」

エイダルフは、自分が大昔のローマの異教の祭りの知識を持っていると見做されたことが、面白くない様子であった。

フィデルマは溜め息をついて、ふたたび大広間を進み始めた。エイダルフも、その後に従った。

「私の見る限り」と彼は、大広間を横切り衛兵隊司令官の執務室のある方向へ向かいながら、自分の見解をフィデルマに話してみた。「我々の希望は、ただあのアラビア人たちを見つけ出すことにかかっているようですね。この事件の謎の背景に何があるのかを明らかにできるのは、彼らだけです。あなたを襲い、パピュルス紙をあなたから奪う理由、ほかにはないではありませんか？」

「では、どうして聖餐杯まで、欲しがったのでしょう？」

「おそらく、ローナン・ラガラッハは、ウィガード殿が運んできた宝物を、アラビア人たちに売ろうとしていたのではありませんか？」

フィデルマは立ち止まり、目を忙《せわ》しなく瞬いた。

「エイダルフ、どうかすると、あなたは、ほかの人たちが理屈をひねりまわしているうちに、意図することなく、さっと飛躍して、隠れている意味を把握してしまわれるのね」

それが褒め言葉なのか、それともばかにされているのか、彼にはよくわからなかった。彼がどういう意味かと説明を求めようとしたちょうどその時、扉がさっと開いて、フーリウス・リキニウスが興奮した面持ちと慌ただしい足取りで、入ってきた。

フィデルマが、どうしてそのように気を昂《たか》ぶらせているのか、訊ねてみる前に、リキニウスは意気込んで話し始めた。「つい今しがた、自分は正門のところにいましたが、そこからパトック院長が急いで出てきたんです。彼は、自分に気づきませんでした」リキニウスは、一瞬、不機嫌な顔になった。「きっと、衛兵士官は、外国人の目には、皆同じように見えるんでしょうね」

「それで、どうなりました？」とフィデルマは、もどかしがって、先を促した。

若い衛兵士官は、慌てて息を呑んだ。

「パトック院長は、椅子駕籠《レクティクーラ》を雇ったんです。彼が駕籠《かごか》舁きたちにどこへ行けと命じたかをお知りになったら、きっと興味を持たれますよ」

「なぞなぞ遊びをしている場合ではありませんよ、リキニウス」とフィデルマは、ぴしりと命じた。「はっきり、おっしゃい」

「パトック院長は、さっき自分がお聞かせした、あの場所に連れて行けと言ったのです。マルモラータに、です。アラビア人商人たちが見つかりそうな場所に、です」

第十三章

修道女フィデルマは、フーリウス・リキニウスが狭い道路を疾走させる一頭立て小型馬車の側面にかじりついていた。彼は、行く手の道で、あちらへこちらへと慌てて飛びのいては、駆け抜ける馬車に拳《こぶし》を打ち振って、ありとあらゆる罵声《ばせい》を浴びせかける人々など、全く眼中にないらしい。その罵詈《ばり》雑言《ぞうごん》たるや、フィデルマの理解を超えるものであったことは、彼女にとって幸いだと言うべきか。馬車の反対側の座席に、蒼い顔で必死にしがみついているのは、気の毒なエイダルフ修道士である。丸石を敷きつめた道を跳ね上がったり傾《かし》いだりしながら疾駆する馬車の柳枝細工の車体に、彼は指の関節が白くなるほどきつく、摑まっていた。

これは、フィデルマの発案だった。パトックに関するあの情報をリキニウスから聞いた時、即座に行動を起こすべきだと、本能が彼女を突き動かしたのだ。パトック院長が、こともあろうに、あのマルモラータ地区へ向かって出掛けたという知らせを聞くや否や、第六感が彼女に彼の後を追わせたのである。なぜなら、パトックがその地域を訪れねばならない歴《れっき》とした理由など、一つもないはずだ。フーリウス・リキニウスによれば、そこはアラビアの商人たちがよく見かけられる地区だという。となると、疑惑が生じるではないか。

フィデルマが宮殿の建物から正面の門へと、ほとんど駆けるように急いだもので、リキニウスはもちろんエイダルフにも、彼女に文句をつける暇《いとま》もなかった。彼女は、椅子駕籠《レクティクーラ》の担《にな》い手たちが昔ながらのローマの細い街路を速足で進んでいくのを、これまでに何度も目にしていた。パトックの椅子駕籠《かご》にも、徒歩で追いつくことは、難しいだろう。リキニウスは気が重そうではあったものの、フィデルマに急《せ》き立てられて、宮殿衛兵隊の同僚士官から、一頭立ての馬車を借り出してきた。馬車というより、戦車《チャリオット》に近い乗り物だった。しかしリキニウスは、マルモラータへ向かうパトック追跡のための御者の役を、進んで申し出てくれた。

息詰まるような追跡行であった。二、三度、フィデルマは、馬車が横倒しになると感じた。しかしリキニウスは、足を開いてしっかりと立ち、手綱を摑んで巧みにバランスをとり、馬車を路面から浮き上がらせることはなかった。後ろの座席の二人は、ただひたすら馬車にかじりついていた。

彼らは、カエリウスの丘の裾に沿って進み、壮大な円形大競技場《キルクス・マクシムス》を誇るムルキアの谷を横切ると、南西に向かい、丘を登り始めた。リキニウスの説明によると、これはアウェンティヌスの丘で、ローマ七丘の中の最南端の丘だという。道路は、美しい別荘《ヴィラ》地の中を通る急な上り坂となった。ローマの貴族階級の宮殿のような別邸が建つ地区である。

フィデルマにも、壮麗な屋敷や大庭園を讃嘆の目で眺めるだけのゆとりが、やっと出てきた。

「これが、本当にあなたの話していた貧民区へ向かう道なのかしら?」と彼女は、リキニウスに後ろから呼びかけた。この信じがたいばかりに優雅な地域は、貧民街という概念から何マイルも隔たっているとしか見えないのだ。

リキニウスは、馬をいっそう急がせようと、手綱を激しく操ることに懸命で、フィデルマの問いに、その通りというような唸り声の返事を返して寄こしただけだった。

だがすぐに肩越しに振り返って、二人に話しかけた。

「もし自分の推測が正しければ、パトックの椅子駕籠は円形大競技場の横を通って、ムルキアの谷沿いに担がれていったのだと思います」そう言いながら彼は、今自分たちが登ってきた丘の北側の斜面を指し示した。「駕籠舁《かごか》きは、丘の裾に沿って進み、それからティヴェレ川の堤沿いに南へ曲がるでしょうね。我々は丘の急な坂を越えてやって来ましたが、それよりも楽ですから。そこから真っ直ぐ南へ下り、多くの船が碇を下ろしているティヴェレ川に出て、その堤に沿って広がるマルモラータへ入っていくんだと思いますよ」

馬車は、快速で坂を登り続けた。だが今度は、アウェンティヌス丘の北側の肩を横切り、小さな、美しい礼拝堂《チャペル》へと向かっていた。礼拝堂にさしかかると、リキニウスは馬車を止めた。礼拝堂からは、太古より流れ続ける大河ティヴェレの黄褐色の広やかな川面《かわも》が見渡せた。川は緩やかに流れ下って、やがてローマの街の北部を西側の城壁に沿うように進み、さらに南へと向かい、最後には、対を成している二つの港町、オスティアとポルトの間を抜けて、地中海へと流れ込むのである。

リキニウスは馬車を降りて、路肩に設けられている低い石垣に歩み寄った。石垣の外は、急な斜面となっていて、丘の裾と川とを隔てる平地へと続いていた。

「何か、見て取れるかな?」エイダルフも、用心しながら馬車から降り立ち、凝《こ》った筋肉を伸ばしつつ、彼に訊いてみた。

フーリウス・リキニウスは、頭を振った。

「私たち、見失ったのかしら?」フィデルマも、この機会に体を伸ばしながら、気懸りそうにリキニウスに訊ねた。

「いいえ。パトックの気が変わって目的地を変更したのでない限り、大丈夫です」とリキニウスは、自信を見せて答えた。フィデルマも地面に降り立って、今馬車を止めた狭い平地のまわりを見まわし、小さな礼拝堂を称賛の視線で見つめた。ローマには、美しい小さな教会が、何と数多く建っていることか。ローマの家々に心地よい飾りを添えている自然の美しさの、何と魅力的であることか。今にもほころびようとしている蕾、馨《かぐわ》しい花や植え込みの低木。道は、モチノキや月桂樹や糸杉《サイプレス》などの深い常緑樹の木蔭の中を、うねうねと延びている。糸杉の丈高くらせん状をした樹形はほかの木々の上に頭を出して、うなだれるような姿で立つ色も淡いシダレヤナギと、鮮やかな対比を見せている。このアウェンティヌスの丘は、真っ青な空に輝く太陽の眩《まぶ》しい金色の光を浴びて、ローマのほかのいずれの地域にもまして見事であるようだ。陽光の中に静かに広がる豊穣なる自然の美しさと、その中に建つ建物や記念碑の豪奢な美しさ。

このアウェンティヌス丘が見せる美の調和ほど見事なものがほかにあろうかとさえ、フィデルマには思えるのだった。

突然、リキニウスが声をあげた。

「ほれ、パトックの椅子駕籠が！　行きましょう。彼がマルモラータに入り込む前に、先回りできます」

「いいえ！」とフィデルマは、彼がふたたび馬車に乗り込むのを、制した。「私たちが尾行していることを、パトックに知られたくないのです」

リキニウスは動きを止めたが、腑に落ちない顔を見せた。

「では、どうするんです、シスター？」

「パトックを見失わないようにつけながら、彼がどこへ入っていくかを見極めるのです。もし彼がアラビア人と接触したら、その時、私たちは、彼を罠に捕らえることができましょう」

フィデルマの計画を聞いて、若い小隊長《テッセラリウス》は目を輝かせ、にやりと笑った。

「では、乗って下さい。彼らの後についてゆき、この丘をぐるっと回ってエンポリア区域に入ろうとする連中の背後から、接近しましょう」

フィデルマは、あまりありがたくない馬車にふたたび乗り込み、駕籠の側面を摑みながら、「エンポリア？」と問い返した。

「はあ、我々は、〝商売の場所〟と呼んでいます。市場のことで、そのまわりにマルモラータは広がっているんです。でも、上流の人たちが喜んで出掛けるような地域ではありませんから、実際に商売をするのは、使いに出された奴隷だけですがね」と、リキニウスは彼女に説明した。

リキニウスの命令で、馬は丘の南斜面を速足で静かに下り始めた。彼らの下のほうに、装飾をほどこした椅子駕籠を担いで進む、二人の屈強な駕籠舁きが見えている。駕籠の中で前屈みに坐っているパトック院長の姿も見える。駕籠舁きたちは、ローマの街を横断してきた長い道中だというのに、全く疲れた様子を見せてはいない。

フィデルマは、辺りの建物の趣が次第に変わってきたことに気づいた。化粧漆喰《しっくい》の華やかさは、今や朽ちかけた板切れでできた掘立小屋に取って代わられ、石造の家は、ところどころに見受けられるだけだ。次第に、豪華さは姿を消してきた。街の色合いまで、くすんだ、むさくるしいものに変わってきたのを、フィデルマは驚きの目で見つめた。つい今さっきまで、ローマの街の美しさに浸っていたというのに、今は……日中の明るさまでも、急に暗くなり、灰色の憂鬱《ゆううつ》へと変貌してしまった。

リキニウスが、突然、四つ辻で馬車を止めた。

フィデルマは、どうしたのかと訊ねようとしたが、その時、椅子駕籠の動きに気がついた。突然、担い手たちが道を横切り、フィデルマたちから見て直角方向へと、速足のまま、進路を変えたのだ。

一、二分置いてから、リキニウスは馬の頭の上で鞭《むち》をぴしりと鳴らして前進を命じ、駕籠の後をふたたび追い始めた。

フィデルマは、辺りに漂う臭いも変わったことに気づいた。川の間近に来たことを告げる臭いである。さらには、また別の臭いも、それに加わった。フィデルマがぞっとして鼻を歪めるほどの悪臭だった。

「ここが、マルモラータです」とリキニウスが告げてくれたが、その必要もないほど、それは歴然としていた。

彼らは、暗く狭い通りが走る地区に来ていた。あちらへこちらへと行きかう人々の装いは、さまざまである。彼らがしゃべっている言葉を聞かなくとも、彼らが世界各地からやって来ている外国人であることを、その服装が物語っていた。

エイダルフはフィデルマを見やって、にやりと笑い、彼らのまわりで話されているさまざまな国の言葉が奏でるざわめきを、身振りで示した。

「〝去来《いざ》我等《われら》降《くだ》り彼処《かしこ》にて彼等《かれら》の言葉《ことば》を淆《みだ》し互《たがひ》に言葉を通《つう》ずることを得《え》ざらしめん〟（『創世記』第十一章節七）バベルの塔についての件《くだり》ですね」と彼は、淀みなく聖書を引用した。

「本当ね」とフィデルマは、真面目な面持ちで、それに答えた。

「『創世記』に述べられているように、セム族の人々を世界中に散らし、それによって世界の全ての言語をお創りになられたのは、エホバです。ですから、世界各国の言語は、それぞれの民族の来歴を語る血統書なのですわ」

彼らが狭い貧民街の道路を辿って、暑苦しく、騒々しく、蒸し蒸しとする、屋根付きの大きな市場に入っていくにつれ、悪臭はますます耐え難いものになっていった。汚らしい屋台や、声高《こわだか》に口論している男たち、女たち、それに金切り声で叫ぶ子供たちが暮らす家々が、道路の両側に並んでいる。その道路も、今では細い小路へと変わった。居酒屋からは、半ば酔っぱらって、互いにしどけなく絡み合いながら、女たち、男たちが溢れ出てくる。彼らの戯れ合いは、フィデルマが頰を赤らめるような露骨なものだった。下水道みたいな側溝からは、さまざまな程度に腐敗している肉屑、野菜屑を浮かべた汚水が、ぞっとする瘴気《しょうき》を発散させている。

フーリウス・リキニウスが、馬車を止めた。屋台や急拵《ごしら》えの小屋の合間から、椅子駕籠が止まり、長身のパトック院長の姿が、それから降りるのが見えた。彼は、駕籠舁きに貨幣を一枚投げ与えて何か言うと、向きを変えて、近くの建物に入っていった。

駕籠舁きたちがにやりと笑い合い、駕籠はそのまま外に置いて近くの建物の塀の中に入っていくのが、フィデルマにも見て取れた。建物の前には、椅子と机が何脚か置かれている。ここは、きっと、カウポウラと呼ばれる安い居酒屋なのだろう。駕籠舁きたちは労働から解放されて、椅子にだらしなく坐り、飲み物を注文している。

「ほら、あれを！」とエイダルフが囁《ささや》いた。

頭や濃い黒髭までをほとんど覆う緩やかな長衣を着た背の低い男が、人混みの中を急ぎ足で、パトックが姿を消した建物のほうへとやって来た。彼は入口の前で足を止め、辺りを用心深く見まわした。誰かに見られていないか、確かめたのだろう。すぐに彼は、中へと、素早く入り込んだ。

「アラビア人かしら?」とフィデルマは、フーリウス・リキニウスに訊ねてみた。

小隊長は、厳しい顔で、それに頷いた。

だが、エイダルフは不思議がった。「君たちの間で戦争が起こっているとのことだが、それならどうして、彼らアラビア人たちはローマに来ることを許されているのだろう?」

「戦争に関わっているのは、新しい預言者ムハンマドを信奉している連中だけです」というのが、リキニウスの説明だった。「新しい信仰に改宗していないアラビア人も、大勢いるんです。我々は、そうした東方の商人たちと、昔から交易をしてきました。それが今も、続いているのです」

フィデルマは、先ほどパトックが入り、今またアラビア人も入っていった、古びてやたらに広い建物を、しげしげと観察した。この界隈の数少ない石造りの建物の一つで、二階建てになっており、窓には全て鎧戸《よろいど》が取りつけられている。だが今は、その全てが閉まっているので、中の様子は窓からは窺えない。おそらく、辺り一帯に掘立小屋の街が出現するまでは、富裕階層の別荘だったのであろう。かつては、うねりながら流れるティヴェレ川の堤に建つ、魅力的な建物だったに違いない。

「この建物を知っていますか、リキニウス？」

宮殿衛兵隊の若い士官リキニウスは、激しく首を横に振った。

「自分は、ローマのこの地区には、滅多に来ません」フィデルマの問いに仄《ほの》めかしを感じて、彼はいささか憤然としたようだ。

「そういうことを訊ねているのではありません」とフィデルマは、きっぱりと彼の言葉を正した。「この建物がどういう物か、あなたが知っていないかと思って、訊いたのです——所有者はあのような商人なのだろうか、といったような情報を聞きたかったのです」

フーリウス・リキニウスからは、否定の答えが返ってきた。

「ほれ、あそこを！」突然、エイダルフが、押し殺した声をあげた。

彼は建物の二階前面の、一番右端の窓を指さしていた。

フィデルマは、思わず息を呑んだ。

パトック院長が——紛れもなく、彼だ——鎧戸を少し開こうとして、窓から身を乗り出していた。ほんの一瞬のことだった。

「さて、少なくともパトックがどの部屋にいるかは、わかりましたわ」とフィデルマは、呟《つぶや》いた。

「これから、どうします？」とリキニウスが、彼女に問いかけた。

「パトックがあそこにいて、アラビア人も同じ建物に入っていったということがわかっているのですから、私たちも、真っ直ぐ入っていって、我らが友、スタングランドの修道院長殿に、まっこうから対決する、というのはどうかしら？」

フーリウス・リキニウスは、遠慮なくにやっと笑うと、腰の短剣に手を伸ばして、鞘《さや》から剣を取り出しやすくした。聴き取り調査をしたり、それに知的な考察を加えたりする仕事ではなく、このような行動こそ、彼の好むところであり、彼に理解できることなのだ。

彼らは、馬車から降りた。

リキニウスは辺りを見まわして、ちょうど通りかかった、天然痘の痕の残る陰険な顔の男に目を付けた。

「おい、名前は何と言う？」

ずっしりとした体軀の男は、足を止めた。宮殿衛兵士官の制服をまとってはいるものの、若造にこのように声をかけられて、男は目を瞬《しばたた》いた。

「ナボルと呼ばれとるが」

「では、ナボル」とリキニウスは、人を怯《ひる》ませるような相手の風貌に怖《お》じることなく、続けた。「この馬と馬車を見張っていて欲しいんだ。俺が戻ってきた時、まだちゃんと張り番をしていたら、一セステルティウス払おう。もしいなくなってたら、この短剣でもって、必ずお前を見つけ出してやるからな」

ナボルという名の男は、若い士官をじっと見つめていたが、やがて歪んだ顔が緩み、笑顔がゆっくりと、それに取って代わった。

「あんたの剣よか、一セステルティウスのほうがいいわな、若いの。ここに、いてやるぜ」

このように容易《たやす》く金が手に入ることに悦にいって、にやついている男を馬車の番人に残し、三人は建物へと向かった。

フィデルマは、称賛の目をリキニウスに向けた。この若者は、時として、見事に機転をきかせることができるようだ。彼女は、この地域で番人なしに放置すれば、馬車はたちまち消え失せるということに、気づきもしなかった。馬と馬車は、ローマでは高価な必需品であり、しかもこの辺りは、見張りなしに物を置いておける場所とは、とても言い難い地区なのである。

フィデルマは、エイダルフとリキニウスの先に立ち、無関心な人々の中を突き進んで、市場町を横切った。そして目的の建物の正面石段の前で、ちょっと立ち止まった。

「パトックがいたあの部屋を、真っ直ぐに目指しましょう。運がよければ、これで事件の謎を解くことができるかもしれません」

彼女は、建物の中へと、勢いよく踏み込んだ。

冥界のように陰鬱《いんうつ》な薄暗がりの中へ入った途端、その黴《かび》臭い空気に、フィデルマは一瞬、咳きこんだ。窓の鎧戸が閉ざされているので、彼らが踏み込んだ大きな広間は、暗かった。中央の机の上に、ただ一本、蠟燭《ろうそく》が灯っていて、揺らめく明かりを投げかけているだけであった。広間のまわりには、いくつかの香炉が置かれており、それに焼《く》べられている香が、フィデルマには何とも判じがたい、むっとするほど濃厚な香りを、広間に重く漂わせていた。ひどく強烈な香りである。

床板が軋《きし》る音を耳にして、フィデルマがさっと振り向くと、ちょうど扉から丸顔の大女が、短い前掛けで手を拭きながら、入ってこようとしているところだった。粗い生地の服をまとい、乱れた髪をしている。結い上げていないどころか、ろくに櫛梳《くしけず》ってもいないのだろう。女は立ち止まり、彼らを見て、三人の職を見て取ると、一瞬、驚きを示した。だが、その口からは、たちまち敵意に満ちた唸り声が迸《ほとばし》り出た。

「一体、何の用だよ？」と彼女は、ローマの路上で耳にする、俗語だらけの甲高い声で、突っ掛かってきた。「ここいらじゃ、あんたらの服着た人間なんて、ご免なんだ」

「私たちは、この建物の中へ入りたいのです」と言いながら、フィデルマは静かに前へ進み出た。

ところが、フィデルマの驚いたことに、女は耳障りな金切り声をあげ、両手を打ち振りながら、彼女に向かって突進してきた。フィデルマが茫然としていたのは、ほんの一瞬だった。

「脇に避《よ》けて！」というリキニウスの警告の叫びを無視して、彼女は両足でしっかりとバランスをとると、女が掻きむしってやろうと構えている獣の爪のような手に、すっと腕を伸ばした。フィデルマは、動いたとも見えないほどのわずかな動作で女をやり過ごすと、相手の勢いを利用して、ただ唖然として見守るエイダルフとリキニウスの目の前で、女をたたたっと後ろの板壁に突進させた。

大女の激突のほどは、肉と骨が板壁に猛速度でぶつかる大音響が、十分に語ってくれた。それにもかかわらず大女は、ぼってりとした顔に訳がわからないといった表情を浮かべながらも、体勢をくずすことなく、くるっと振り返った。

「この牝犬が！」と彼女は、太い声で激しい罵声をフィデルマに浴びせかけた。

リキニウスが、今は鞘から抜き放った短剣を手に、ふたたび進み出ようとした。だがフィデルマは手を振って、彼に脇へ下がっているように指示し、自分は突進してこようとする大女を待ち受けた。今度もまたフィデルマは、すっと手を伸ばし、むやみやたらに振りまわしている襲撃者の腕を摑むと、彼女を自分の腰に乗せるようにして宙に浮かせるや、どっとばかりに後方の板壁に向かって背負い投げで投げ飛ばした。今度は、大女の頭は、頑丈な柱に激突した。彼女は呻《うめ》き声をあげ、ずるずると床にくずおれ、気を失ってしまった。

フィデルマは振り返り、彼女の上に屈みこむと、ほっそりとした指で脈を取り、頭の傷を調べてみた。

そして、落ち着いた表情で立ち上がり、二人に告げた。

「心配ありません」だが、さすがに、ほっとした口調だった。

フーリウス・リキニウスは、称賛の表情もあらわに、彼女を見つめた。

「驚いた。ローマの兵士たちでさえ、戦場で、今以上に見事に戦うことなんて、できません。

あんなことが、どうしておできになるんです？」

「たいしたことではありません」と彼女は、自分の優れた能力を、軽く片づけた。「私の国には、昔、人々に古代の哲学を教える学識豊かな人たちがいたのです。彼らは、広く、遠く、旅をして回っていましたから、盗賊や追剝たちの恰好の獲物でした。でも、この人たちは、自分の身を守るために武器を携《たずさ》えるのはよいことではないと信じていましたので、トゥリッド・スキアギッド、つまり〝防御による戦い〟という技倆を発達させることになったのです。私も、ごく若い頃に、ほかの多くの聖職者と同じように、武器を使わないこの護身術を、教えこまれました」

そう言うと、フィデルマは扉を開け、ついてくるであろう二人を待つまでもなく、奥へと進み始めた。

広間の扉を出たところに、階段があった。彼女はその下で立ち止まり、耳を澄ました。声が聞こえたのだ。奇妙だ。それは、彼女には、どうも若い娘たちの笑い声と思える声だったのだ。だが、警戒の声はいっこうに聞こえない。彼らが入ってきた時の大騒ぎを耳にした者は、誰もいなかったらしい。彼女は振り返って、囁いた。

「建物の一番右の外れの部屋です。さあ」

フィデルマは、階段を素早く昇っていった。階段の上は、長い廊下になっていた。彼らが訪れようとしている部屋の扉がどれかは、探すまでもなかった。

その扉の前で、フィデルマは足を止め、ふたたび耳を澄ました。またもや、若い娘たちの笑い声が、扉の向こうから聞こえた、とフィデルマには思えた。彼女は連れの二人にちらっと視線を走らせた。二人とも、用意はできていると、頷き返した。フィデルマは、そっと手を伸ばして、扉の把っ手をゆっくりとまわし、音をたてずに扉を開いた。

扉の向こうに現れた情景は、フィデルマをさえ驚かせた。

室内は、明るかった。彼らが下から見ていたように、パトック院長は、日光が差し込むようにと、鎧戸を一枚開けていたのだ。部屋の壁際には、寝台が置かれていた。染みはついているものの、洗いたてのシーツが、その上に敷かれている。椅子も二、三脚あるが、それ以外の家具は、大きな木製の湯槽《ゆぶね》だけである。それに沿って、空になった桶が五、六個、並んでいた。中に入っていたであろう湯は、今は木の湯槽の中で、湯気を上げている。

湯槽の中には、驚いたパトック院長が坐っていた。フィデルマに見える限りでは、どうやら全裸であるようだ。彼の膝の上には、横向きに、これまた驚いた顔をした、全裸の若い娘が坐っていた。やっと十六歳になったかどうか、といった若さである。二人は抱擁し合ったまま、凍りついている。二人の様子について、推量を働かせる必要は、全くなかった。彼らの背後でも、もう一人全裸の娘が凍りついていた。彼女は、湯気を立てている湯を満たした桶を手にしている。大きな湯槽の中にいる二人の上に、ちょうどその湯をかけようとしていたところのようだ。

フィデルマは、厳しい表情で、この情景を見据えた。彼女は一歩、部屋の中に踏み込み、自分が今目にしている場面にほかの解釈はあり得ないことを確認するために、室内に目を走らせた。院長の法衣が、寝台の足許の椅子に広げられたまま、かかっている。明らかに若い娘たちの物と思われる衣服も、近くに見える。

フィデルマは、まだ驚愕さめやらぬ院長のほうへと、皮肉っぽく眉を吊り上げつつ、近づいた。

「どういうことでしょうか、パトック院長殿?」フィデルマの声には、冷ややかな揶揄《やゆ》が入り込んでいた。

湯槽に坐っていた娘が、先ず最初に動きだした。彼女は辺り一面に飛沫《しぶき》を上げながら、縁《ふち》をまたいで湯槽から脱出した。決して慎しみから出た行動ではなかった。なぜなら、今彼女は両手を腰に当てて突っ立ち、罵声の奔流をフィデルマに浴びせかけているのだから。仲間の娘も、手桶を放して、脅かすように前へ出てくると、罵詈の奔流に加わった。

二人を怒鳴りつけ、その脅しを短剣の切っ先を突きつけることによって強調しながら、何とか二人を黙らせたのは、フーリウス・リキニウスだった。ぶつぶつと不平を言いながら、娘たちは侵入者たちを憎しみの目で睨《にら》みつけている。

パトックは、緊張に引きつった蒼ざめた顔で、まだ湯槽に坐り続けていた。だが、氷のように青い目で、フィデルマからエイダルフへと凝視を移している。その目に宿っているのは、信じられないばかりの悪意であった。

フーリウス・リキニウスは、ローマの路上で交わされる粗暴な抑揚の言葉で、まだ娘たちを調べていたが、やがて、当惑の表情で、フィデルマを振り返った。

「この建物は、シスター、そのう、ボルデルムと言われる……」

フィデルマは、若者を当惑から救い出してやることにした。

「私も、この売春宿で何が行《おこな》われているかは、十分に承知しています、リキニウス」と彼女は、真面目な顔で彼に告げた。「私が訊きたいのは、聖なる教会に従われる修道院長が、どういうおつもりでここにいらしているのか、です」

パトック修道院長は、端麗な顔に、ほとんど諦めきった表情を浮かべて、まだ湯槽に坐っていた。

「私は、詳細にわたって説明する必要はあるまいと思うが、〝ギルデアのフィデルマ〟」とパトックは、不機嫌に答えた。

「多分、おっしゃる通りでしょう」

「きっと、君は、このことをゲラシウス司教に報告するのであろうな、〝カンタベリーのエイダルフ〟?」とパトックは、今度は問いかけをサクソン人修道士へ向けた。

エイダルフには、彼の行為を是認《ぜにん》することなど、到底できない話である。

「そのような質問が、あなたの口から出ようとは、思いませんでした」とエイダルフは、冷たく答えた。「あなたも、我々の修道生活の掟は、ご存じのはず。あなたが役職を辞するよう求められるのは、間違いありません。その後に、懺悔《ざんげ》の苦行も、待ち受けておりましょう」

パトックの鼻から、深く耳障りな息が吐き出された。彼は推し測るように、視線をリキニウスからフィデルマに移し、さらにエイダルフへと向けた。

「この件を、もっとよい結果が得られそうな環境の中で話し合おうではないか？」

「よい結果とは、何にとってでしょう？」とフィデルマが、問いかけた。「いいえ。この件について、私どもの態度や意図が変わるような話し合いなど、あり得ません。でも、あなたにも、一つだけ、私にお話しになれる問題があります。ここを訪れられたのは、単にあなたの肉欲を満たすためだったのですか、それとも、誰かに会う目的もおありだったのでしょうか、お聞かせいただきましょう」

パトックには、この質問が理解できなかったようだ。

「誰かに会う？　誰のことだ？」

「アラビア人商人と、何らかの関わりをお持ちだったのではありませんか？」

彼の面《おもて》に表れた戸惑いは、本物であるようだ。

「何を言っておられるのか、意味がわからぬが、シスター？」

フィデルマは、説明を加えようとはしなかった。彼女の勘は、外れていたようだ。自分は、当てのない追及に、仲間たちを引っ張ってきたのだと悟って、フィデルマの肩がかすかに下がった。パトックは、確かに有罪だ。しかし、彼は好色な情熱を満足させていたのであって、それ以上に魂を汚す罪は犯していない、ということであるようだ。

「パトック殿、ご自分の欲望と、そのためにあなたが支払わねばならない代価とに、あなたがどう向き合われるかは、ご自身にお任せして、私どもはこれで立ち去ります」

パトックは、それを引きとめようとしたのか、彼女のほうへ、片手を伸ばした。

エイダルフは、人を怯ませるような一瞥をパトックにくれてから、フィデルマを追って部屋を出て行った。フーリウス・リキニウスのほうは、短剣を鞘に納めて二人の後に続いたが、その前に、高僧殿に、にやりと蔑《さげす》みの冷笑を浴びせずにはいられなかったようだ。

階下の広間では、大柄な肉付きのよい大女が、呻きながら意識を取り戻しかけていた。

フィデルマは足を止め、溜め息をついた。彼女は鞄から貨幣を一枚取り出して、机の上に置いた。

「痛い思いをさせて、ごめんなさい」彼女は、まだ意識朦朧《もうろう》としている女に、ただそう告げた。

外では、ナボルという、あの醜男《ぶおとこ》が、まだ馬車の傍らに立って、近づいてくる三人を興味津津といった顔で、待ち受けていた。

「一セステルティウスだよな、若い衛兵さんよ」と彼は、もぞもぞと催促しながら、それに付け加えた。「あそこに行きたがっていなさるとわかってりゃ、ほかにいくつも、もっとましな家、案内してやったのによ」

憤然と顔を赤らめながら、フーリウス・リキニウスは彼に貨幣を一枚、投げ与えた。男は、それを器用に受けとめた。若い士官リキニウスは、むっつりと、馬車に乗り込んだ。

誰一人、口を開こうとはしなかった。リキニウスは、ティヴェレ川沿いの道を引き返し、ムルキアの谷を横切り、東へ曲がってラテラーノ宮殿へと、ひたすら馬車を走らせ続けた。


宮殿の前で馬車を止めると、石段の上で待ち受けていた十人隊長《デクリオン》のマルクス・ナルセスが駆け下りてきて、馬車のところへやって来た。

「シスター、ブラザー・オシモ・ランドーについてのお知らせがあります」と彼は、喘ぎながら、報告をした。

「それは、よかったわ」と、フィデルマは馬車から降りながら、それに答えた。少なくとも、ローナン・ラガラッハの人間関係について、より確かな手がかりを、これから追うことができよう。「どうして、オシモ・ランドーは、この午後、自分の執務室にいなかったのでしょう？体具合でも、悪かったのかしら？」

マルクス・ナルセスは、頭を横に振った。その面持ちは、深刻だった。彼が何か言い始める前から、それが何であるかを、フィデルマは悟っていた。

「残念ながら、シスター、ブラザー・オシモは、死にました」

「死んだ？」エイダルフの口から、驚きの鋭い叫びが迸り出た。

「絞殺ですか？」フィデルマは、静かに問いかけた。

「いいえ、シスター。ほんの少し前のことです。彼は、水路橋《アクアダクト》から、下の石畳道に、身を投じたのです。即死でした」

第十四章

「自殺ですって?」フィデルマは、信じかねる面持ちで、フーリウス・リキニウスを見つめた。

「疑いの余地は、ありません」と、リキニウスは断言した。「オシモ・ランドーは水路橋《アクアダクト》に登っていき、下の街路へと身を投じるところを、何人もの人間に目撃されています」

フィデルマは、しばし俯《うつむ》いて考えに耽《ふけ》った。オシモ・ランドーの死は、何かを明らかにするどころか、さらなる混迷に導くのみだ。

彼女とエイダルフは、ラテラーノ宮殿の中の、オシモとローナンが働いていた外事局の執務室に坐っていた。リキニウスは、オシモの死に関する詳細を集めてくるよう、今まで使いに出されていたのだ。その間《かん》に、フィデルマとエイダルフは、二人の執務室を調べていた。だが、ローナンとアラビア人たちとの関係を示唆するようなものは、何一つ見つからなかった。それどころか、目ぼしい物は、彼の机の上にあった若干の覚え書きのほかには、古代ギリシャ語の医学論文があるだけだった。この書籍はよほど高価なものらしく、ローナンはこれを丁寧に麻袋に入れて、ほかの書類などと紛れたりしないように、書類用書架の一番下に置いていた。これ以外で書架にあったのは、ローマの指導を求める北アフリカ各地の教会からの通信記録だけであった。

エイダルフの表情は、陰鬱《いんうつ》そうだった。

「オシモ・ランドーは、ローナンを殺した後悔から自殺した、ということになるのですかねえ？」しかし、そう言いながらも、彼の声に、確信の響きはなかった。

フィデルマは、それには何も答えなかった。「私たち、オシモ・ランドーの宿を調べてみるべきでしょうね。彼は、宮殿内に寝泊りしていたのかしら？」

リキニウスは、首を横に振った。

「彼は、ローナン・ラガラッハと同じ宿に泊っています。助祭ビエダの宿です」

「ああ、無論、そうでしょうね」とフィデルマは、溜め息をついた。「私も、そうと推測すべきでした。では、出掛けましょう。多分、私たち、この事件を解く手がかりを、そこで見つけられるかもしれません」


フーリウス・リキニウスは、今回は、ラテラーノ宮殿の建物群の中を通り抜ける近道を使って二人を案内し始めた。外事局の執務室は、三階建て建築の上の階にある。リキニウスは、大理石の階段を下りて中庭に出る代わりに、廊下の先の扉を開けて、建物と建物を繋《つな》いで架かっている木造の高架通路《ウォークウェイ》へと、二人を案内した。通路は中庭をまたいで、堂々たる大建築へと通じていた。前にリキニウスが、サンクタ・サンクトルムと呼ばれていると教えてくれた建物で、キリストが総督ピラトゥスの裁きの座から下りてこられた時の〈聖階段《スカーラ・サンタ》〉を、中に納めてあるのだ。

考えごとに意識を集中している最中《さなか》にさえ、これに関して質問する時間のゆとりを持っているのが、修道女フィデルマなのである。だが、連れの二人には、彼女のこうした質問は、いささか驚きであった。とりわけエイダルフは、彼女の同国人たちの多くが、割に時間に無頓着であることを知っているので、時間に厳しいフィデルマの姿勢を時折奇異に感じていたくらいであるから、これは余計に意外だった。

「〈聖階段〉そのものは、この建物の中央にあるんです」木造高架通路の途中で足を止めて、この建物を眺めている彼らに、リキニウスはそう説明した。「この通路からは、門があるので、中に入れません。だから、別の通路にご案内します。そこから、聖ヘレナに捧げられた礼拝堂《チャペル》を抜けてゆくと、宮殿の敷地の中でも、アクア・クラウディアの水路橋に近い箇所に出ることができます。ビエダの宿への近道なんです」

フィデルマは考えこみながら、この建物を見つめていた。

「この聖なる場所が、どうして私どもに閉ざされているのです?」

「この中には、鉄格子の窓が一つきりの、暗い部屋があるんです。でも、女性は……」とリキニウスは、この最後の言葉を強調した。「……中へ入ることを許されていません。中には、神聖な大聖壇があって、そこで聖餐式を執り行うことは、教皇猊下《げいか》でさえ、おできになりません」

フィデルマの頬に、仄《ほの》かに笑みが浮かんだ。

「本当に？　そんな大聖壇なら、何の役にも立ちますまい」

一瞬、リキニウスは、憤然とした表情を見せた。だが彼もすぐに、それに同感であると肩をすくめている自分に気づいた。全く、教皇様さえミサを行《おこな》えない大聖壇なんて、何の役に立つのだ？　彼は無言で、二人を〈聖階段〉を祀《まつ》る建物から直角に逸れたところに架かる木造高架通路へ導き、地面から一階分高いところから、さらに別の中庭を横切って、小さな礼拝堂に入っていった。

「これが、コンスタンティヌス帝の母君、聖ヘレナの礼拝堂です。巡礼たちに拝観する機会を与えようとして、ここに展示されているさまざまな聖遺物《レリック》をお集めになったのが、この聖ヘレナなのです」と、リキニウスは説明した。

この木造高架通路も、扉につきあたって、終わった。扉の前で、退屈そうな顔をして一人で番をしていた宮殿衛兵《クストーデス》が、リキニウスに敬礼し、屈みこんで扉の錠をはずすと、三人を中へ入れてくれた。

礼拝堂に入ると、そこは、下の円形広間のモザイクを見下ろす、二階桟敷風の回廊であった。囁《ささや》き声が、暗い地下牢のような礼拝堂内部に反響していた。フィデルマは、手を伸ばしてリキニウスの腕を摑むと、歩みを止めるようにと合図をした。その囁きが、あまりにも真剣なものであったからだ。彼女は、リキニウスとエイダルフに、沈黙を求めた。そして眉をひそめながら回廊の端へ行き、礼拝堂の中心部である円形の床と、巡礼たちの拝観に供している聖遺物が陳列されている数台の机を見下ろした。

彼らのほとんど真下に、人影が二つ見えた。やや屈み気味の、しかし年寄りとは見えない修道女と、背を伸ばして立っている修道士の二人だった。真剣な、それでいて親しげな口調で続けている会話に、彼らは没頭しているかに見える。だが、しゃべっているのは、主として女性のほうで、男性のほうは、ただ頷いているだけだ。自分が、どうしてエイダルフとリキニウスの二人に、静かにするように、自分たちが礼拝堂にいることに気づかれないように、と合図をしたのか、フィデルマは自分でもわからなかった。だが、囁き声には、何かごく親密な響きがあったのだ。その親密さは、二人の人影の動きそのものによっても、強調された。フィデルマは不審を募らせ、じっと見守った。言葉を断片なりと聞き取ろうとしてみたが、囁き声は歪《ひず》んで反響するため、意味は聞き取りがたい。

その後、フィデルマの驚いたことに、修道女は両手を上に伸ばして修道士を抱き、その頬に接吻して、急いで走り去った。

突然、フィデルマは目を大きく瞠《みは》った。

ちょうどその時、光が男の上に落ちたのだ。それは、穏やかな話し方をする、あの素朴なエインレッド修道士であった。彼らが二人とも礼拝堂から立ち去って、その背後で礼拝堂の一階の扉が閉まると、リキニウスはフィデルマを振り返った。彼の微笑は、少しばかり皮肉っぽかった。

「修道者同士の結婚は、奨励こそされていませんが、ここでは、まだ禁止されてはいないのです、シスター」と、彼は説明を加えた。

それに対して、フィデルマは何も言わなかった。リキニウスは、木造の回廊から延びている短いらせん階段を使って下の礼拝堂の中心部に下りてゆくという順路で二人を案内しようと、先に立って歩き始めていた。下には、もう、誰もいなかった。リキニウスは、広間を通り抜けながら、そこに展示されている聖遺物を、誇らしげに指し示した。ほとんどの展示品は、聖遺物匣《こう》に納めて並べられていたが、中には蓋が閉じられたままの物もあった。リキニウスは、聖遺物を載せた机の間を縫って進みながら、それらを解説し始めた。

「あそこにあるのは、聖処女マリアの髪の毛とペチコートの一部です。あちらのは、イエスの血が飛び散っている長衣です。あの小さな薬瓶《ファイアル》には、イエスの血が入っているんです。もう一つの薬瓶には、イエスの脇腹の傷口から吹き出た水が入っています」

フィデルマは、それらの展示品に、疑わしげな視線を投げかけた。

「あの古びたスポンジの切れ端は？」とフィデルマは、崩れかけている繊維質の塊としか見えない物が入っているだけの、蓋の開いている聖遺物匣を指し示した。中に入っている物は、フィデルマの目には、どう見ても、こぼれた液体を拭き取る時に使われる、ただの多孔性の水中生物、ただの海綿としか見えない代物だった。

「あれこそ、まさに、十字架にかけられたキリストに差し出された、酢に浸したスポンジなのです」とリキニウスは恭《うやうや》しく、彼女に告げた。「そして、このテーブルが、我らの救世主が最後の晩餐をお摂りになった……」

フィデルマは、皮肉な笑みを浮かべてしまった。

「すると、これこそ、私がこれまでに聞いてきたいろんな奇蹟にも勝る奇蹟ね、十二人の使徒とキリストの十三人どころか、二人だって坐れそうにないテーブルですもの」

リキニウスは、彼女の疑念を気にとめもしなかった。

「この二つの石は、何かしら?」フィデルマは、小さな祭壇の両脇に据えられている、切り出されたままのような粗い岩のことを訊いてみた。リキニウスは、彼女の質問に気をよくして、説明し始めた。

「左側のは、〈聖なる墓〉(1)の石材のかけらです。もう一方のは、聖ペテロがキリストを否認した、そのすぐ後で、雄鶏が時を告げたでしょう?(2) その時、雄鶏がとまっていたのが、まさにこの斑岩《ポオファリー》の柱の上だったんです」

「そして、聖ヘレナは、こうした品を全て集めて、ローマに持ち帰られたというのですか?」

フィデルマの問いは、疑わしげであった。

リキニウスは頷き、「こっちのタオルは、聖ヘレナが、このローマで発見なさった物です。聖なる殉教者ローレンス(3)が焼き網の上で火炙《あぶ》りの刑を受けられた時、天使たちがお顔を拭った、そのタオルなんです。そしてこの鞭《むち》は昔、モーゼとエアロン(4)が……」

「聖ヘレナは、これらの聖遺物が全て本物であると、どうしておわかりになったのかしら？」と、フィデルマは彼をさえぎった。世界の津々浦々からやって来る讃仰《さんぎょう》の心厚い巡礼たちの崇《すう》敬《けい》の対象となっているこれら聖遺物が、狡猾《こうかつ》な商人たちの単なる詐術《さじゅつ》にすぎないことを思うと、フィデルマは苛立ちにかられ、リキニウスの説明をさえぎらずにはいられなかった。

リキニウスは、大きく喘いだ。そのようなことを訊ねた人間は、これまで一人もいなかった。

「私には、こう思えます」とフィデルマは、続けた。「ヘレナは未知の国を訪れた巡礼だった。その地の商人たちは、彼女が神聖な聖遺物を求めていると知るや、彼女のために、それを誂《あつら》えてやった、ということではないのかしら？　もちろん、彼女が金を払うということを、確かめたうえでのことでしょうけど」

「何という不敬なことを！」と、リキニウスは憤然と抗議した。

「キリストが、そのようないかさま師からヘレナをお守りになるために、彼女に付き添っておいでだったのです！　修道女殿は、ヘレナはそうした狡猾な商人たちに騙され、欺かれたのだ、この聖遺物は全てがらくただ、と言われるのですか？」

「私はローマに来てわずか一週間ちょっとですけど、すでに同じような聖遺物が、聖ペテロを縛り上げた本物の鎖の一かけらのために喜んで金を払おうとする騙されやすい巡礼たちに、大量に売られているのを目にしています！　私たちは、そうした聖遺物が本物だと、告げられているのですよ。いいですか、リキニウス、今ローマで売られている〈真《まこと》の十字架〉(5)なる木片を全部集めてご覧なさい、かつて目にしたこともない、もっとも奇跡的な、もっとも巨大な十字架になってしまいますよ」

エイダルフがフィデルマの袖を摑み、自分の懐疑思想を表明するには、もっと賢く振舞わなければと、目顔で警告を与えた。

リキニウスは、まだ怒りを静めてはいなかった。

「これらの聖遺物は全て神聖なものだと、聖なるヘレナによって、証明されているのです」と、彼は抗議を続けた。

「私も、それを疑っているのではありません」とフィデルマは、きっぱりと、リキニウスに告げた。

「今我々には、この問題を十分に論じる時間はない」と、エイダルフが気遣わしげに二人の話に割って入った。「また別の機会にここに戻ってきて、ヘレナの聖地への旅について、議論を戦わせればいいじゃないか」

若い士官はきつく唇を嚙んだが、自分の気持ちのわだかまりを、深く息を吸い込むことで何とか抑えつけ、礼拝堂を通り抜けて、ラテラーノ宮殿を取り囲む外壁に設けられている脇門の一つへと、道案内を続けた。それを出ると、正面が巨大なアクア・クラウディアの水路橋であった。

助祭のビエダが所有している、アクア・クラウディアの水路橋近くの薄汚い安宿の入口で、例のだらしない女が彼らを迎えたが、その口から出たのは、またもや罵詈《ばり》の奔流であった。

「あんたらのお蔭《かげ》で、うちの泊り客がみんな殺されて、おまけに、その部屋に客を取ることも禁止されちまってる。一体、あたしゃ、どうやって暮らしていきゃいいんですよ?」

フーリウス・リキニウスが、荒々しい口調で彼女に答えた。女将《おかみ》は、オシモ・ランドーの部屋を教えろという彼の命令に怒鳴るような乱暴な態度で応えると、低い声でぶつぶつと罵《のの》しりながら、入口脇の部屋に姿を消した。

オシモの部屋は、ローナンの部屋のすぐ向かいであることがわかった。フィデルマは、そのことに驚きはしなかった。オシモの部屋も、暗く、陰鬱ではあったが、彼はそれをできる限り快適な住まいに変えようと努めていた。部屋の隅には、萎《しお》れかかった花が挿してある花瓶まであった。寝台の頭側の壁には、額に入れたギリシャ語の言葉がかけられていた。それを読んだフィデルマの口許に、笑みが浮かんだ。どうやら、オシモ・ランドーには、諧謔《かいぎゃく》のセンスがあったようだ。書かれていたのは、『詩篇』第八十四篇四節の言葉、〝なんぢの家《いへ》にすむものは福《さいはひ》なり。かゝる人《ひと》はつねに汝《なんぢ》をたたへまつらん〟であった。

フィデルマは思った、だらしない女が女将を務めるこのようなぞっとする宿に暮らして、寄宿者たちは一体何を称えるというのだろう。

「我々、何を探せばいいのです?」と、扉のところからフィデルマを見ていたリキニウスが問いかけた。

「私にも、よくわからないのです」と、フィデルマは認めた。

「オシモは、読書家だったのだな」と、エイダルフは、戸棚を開けてみて、唸った。「ほら、これを」

文字が書き込まれている何枚かの紙と共に、棚板の上に、二冊の本が載っていた。それを見て、フィデルマの目が少し瞠られた。

「古い書籍ね」と彼女は一冊を手に取りながら、書名を見てみた。「ご覧なさい、『デ・アケルバ・トゥエンス(重度の擦過傷)』ですよ。〝ゲオスのエラシストラトゥス(6)〟が著した学術書ですわ」

「それについては、少し聞いたことがあります」と、エイダルフは驚きながら、フィデルマに告げた。「でも、ユリウス・カエサルの時代のアレクサンドリア図書館の大破壊(7)の時に、これは失われてしまった、と考えられてきたのです」

「この二冊は、どこか安全なところに保管しなければ」と、フィデルマは示唆した。

「それは、自分がやっておきます」とリキニウスが、硬い声で応じた。どうやら、聖なるヘレナの御名に対する侮辱が、まだ胸に燻《くすぶ》っているらしい。

フィデルマは、書き付けのほうに、ぱらぱらと目を通してみた。オシモとローナンは、明らかに強い結びつきを育《はぐく》んでいたようだ。書き付けは、愛や誠実についての詩であった。もっぱらオシモが書いてローナンに献呈したものだ。オシモはローナンの死を聞き、彼なしでこの世に生きてゆくことができなかったのだ。彼ら二人を思うと、悲しかった。

「〝あなたが行うことの全ては、愛によってなされよ〟」フィデルマは書き付けを見つめながら、そっと呟《つぶや》いた。

エイダルフが、訝《いぶか》しげな顔をした。

「何を言っておられるのです？」

フィデルマは微笑み、頭を振った。

「ただ、聖パウロのコリント人への書簡の一行を、思い出しただけです」

エイダルフは、さらに一分ほど、戸惑いを見せてフィデルマを見つめていたが、すぐに納得して、部屋の探索に戻った。

「もう、ほかには何もありませんよ、フィデルマ」やがてエイダルフは、彼女にそう告げた。

「我々の謎に光を当ててくれる物は、何もありませんね」

「オシモがローナンの死に関わっていたなんてこと、あるんでしょうか？」と、リキニウスも謎に戸惑って、フィデルマに問いかけた。

「犯人として、ではありませんよ」とフィデルマは、リキニウスにはっきりと告げてやった。

そして、ここには、これ以上、なすべきことは何もなさそうだ、と言おうとした。だがその時、何かが彼女の目を捉えた。

「あれは、何でしょう、エイダルフ?」と、フィデルマは指さした。

サクソン人修道士は、フィデルマが指しているほうへ、視線を向けた。粗末な木製の寝台に半ば隠れて、床に何かが見える。彼は屈んで、それを取り上げた。

一瞥するや、彼の口から驚きの叫びがもれた。

「壊れた聖餐杯《チャリス》の脚の部分です。私には、わかります、これは西サクソンのケンウァール王が、教皇猊下の祝福を頂いてきてくれと、ウィガード殿に託された物です。ほれ、ここを見て下さいい、脚に銘文が刻んであるでしょう?」

「〝スペロ・メリオラ〟」と、フィデルマは声に出して、それを読んだ。「〝我、より良きものを望む〟」

「ケンウァール王は、ご自分の聖餐杯に彫りこむにふさわしい銘を選んで欲しいと、ウィガード殿に依頼されたのです。上の部分は、怪《け》しからぬことに、壊され、取り去られていますが、私には、あの聖餐杯だと、はっきりわかります」

リキニウスは、さらに混乱してしまったようだ。

「じゃあ、ウィガード殿の高価な宝は、この部屋に隠されてたんですか? オシモとローナンは、この犯行の仲間だったんですか?」

フィデルマは、下唇を噛んで、考えこんだ。無意識に出た、彼女の癖である。彼女は、自分がこの癖を出していると気づくたびに、いつも当惑する。今も、これを止めて、代わりに、一瞬、唇をきゅっと引き結んだ。

「ローナンとオシモは、確かに、ウィガードの盗難に遭った宝物《ほうもつ》を入手しているようですね」と、彼女もそれを認めた。

「だとすると、二人は殺人のほうも共犯かもしれませんね」と、エイダルフは結論に飛びついて、大声を出した。

「でも、何だか……おかしな点が……」とフィデルマは、まだ物思いに耽っていた。やがて、彼女は立ち上がった。「私たち、ここでは、もう何もすることはありませんわ。リキニウス、この本を持ち帰って下さい。そして、エイダルフ、この金属の脚部のほうは、あなたにお任せしますね。いろいろ考えてみなければならないことがあるようです」

エイダルフはリキニウスと戸惑いの浮かぶ顔を見交わし合ったが、仕方がないというように、肩をすくめた。

一階に下りると、彼らは女将に声をかけられた。

「いつになりゃ、あの二部屋に巡礼を泊められるんですかね？　ここの客が次々死んでったの、あたしのせいじゃないってのに。あたしゃ、罰金取られるのかね？」

「あと、二、三日さ、女将」とリキニウスは約束してやった。

女将は、いかにも忌々《いまいま》しげに唸った。そして、こう言いだした。「あたしゃ、はっきり見てたんだから。本当なら抵当《ボノルム・ヴエディティオ》として、あたしの物になるはずの客の持ち物を、あんたらが持ち出しているとこを」

フィデルマは、女将が思いがけないことに、〝ボノルム・ヴェディティオ〟というラテン語の法律用語を使ったことに驚いて、彼女を見つめた。

「宿代未払いのために所持品を差し押さえねばならなかった泊り客は、多いのかしら？」

女将は、フィデルマの注意深い、だが明らかに外国人の発音のラテン語を聞き取ろうと、耳を澄ました。

女将は、薄い唇をすぼめて、頭を横に振った。

「とんでもない。あたしの泊り客は、みんな払いがいいんでね」

「でしたら、どこでこの言葉を……〝ボノルム・ヴェディティオ〟という言葉を覚えたのです？」

だらしない女将は、顔をしかめた。

「そんなこと、あんたさんに何の関わりがあるんだい？　あたしゃ、自分の法律の権利くらい、知ってますのさ」

リキニウスは女を睨《にら》みつけ、「お前の権利はな、俺が、お前の権利だって言ってやったものだけなんだ、覚えとけ」と、脅しをきかせた。「もっと丁寧な口をきけ。そして、質問に答えろ。どうやって、こんな専門用語、覚えた？」

リキニウスの怒りの語気の前に、さすがの女将も、怯えあがった。

「ほんとですよ」と、彼女は泣き声で答えた。「あのギリシャ人が、これは、お前の権利だって、教えてくれたんですよ。麻袋を死んだ修道士の部屋から持ち出した時、あの男、とにかく、貨幣を一枚、くれましたよ」

今や彼女は、フィデルマの関心を一身に集めていた。

「ギリシャ人？　麻袋を、誰の部屋から持ち出したのですって？」

女将は、自分が言うべきではないことまでしゃべってしまったことに気がついた。

「おい、すっかり吐いちまえ」と、リキニウスがぴしりと命じた。「さもないと、独房が待ってるぞ。今度お前が自分の権利をあれこれ言えるのは、ずっと先のことになるだろうぜ」

女将は、小さく身震いをした。

「その……そのう、ギリシャ人は、オシモ・ランドーの部屋を漁って。麻袋を持って、行っちまいましたよ」

「ギリシャ人、と言ったな？」と、リキニウスは追及した。「この宿の主《あるじ》のことか？　ギリシャ人の助祭のビエダのことだな？　我々の許可が出るまで何一つ持ち出してはならんという命令のこと、主に伝えなかったのか？」

「違いますよ」と、女将は頭を小刻みに横に振った。「あんなろくでなしのビエダのことなんかじゃありませんとも。ラテラーノから来た、ギリシャ人のお医者のことですよ。誰だって、知ってる人ですよ」

フィデルマは、後ろへどんと突き飛ばされたような驚きに見舞われた。

「ラテラーノから来た、ギリシャ人のお医者？　コルネリウスのこと？　〝アレクサンドリアのコルネリウス〟のことですか？」

「そう、その人ですよ」と女将は、弁解気味の渋面で、フィデルマに答えた。「あたしの権利のこと、そのお医者が教えてくれたんですよ」

「彼がやって来て、オシモ・ランドーの部屋を探したのは、いつのことです？」

「ほんの一時間足らず前で」

「オシモの自殺を耳にするや否や、やって来たに違いありませんね」と、エイダルフが意見を述べた。

「そして、立ち去る時、彼は麻袋を携《たずさ》えていたのですね？」

女将は、情けない顔で、頷いた。

「大きさは？　大きな袋でしたか、それとも、小さなものでした？」

「中っくらいの大きさでしたよ。あの中には、何か金物が入ってたに違いないです。ギリシャ人が歩くと、からんからん、音がしてましたからね」と女将は、自分のほうから、そう言いだした。今となっては、フィデルマたちの目に、自分が少しでもよく映るようにと、懸命になっていたのだ。「あのお医者、言ったんですよ、もしオシモ・ランドーの部屋に行って、そこに置いてある五冊の本を、自分が取りに来るまで、あたしの部屋に隠してくれたら、五セステルティウスやろうって。今さっき、あんたたちが来なさった時、ちょうど、その中の三冊を持ち出しかけてたとこでね。残りの二冊は、今、あんたたちが持ってなさるよね」

「ギリシャ人は、どうして、そのようなことをしたのでしょうね？」と、フィデルマは訊ねてみた。

「なぜって、麻袋があるから、本までは持てなかったんでしょうよ」と女将は、フィデルマの質問を取り違えて、そう答えた。

フィデルマが、自分の質問の意味を説明しようとした時、エイダルフが、得意そうに口をはさんでしまった。「つまり、コルネリウスは、初めからずっと、殺人と盗みに一枚嚙んでいたんだ、そうでしょう？」

「まあ、そのうちにわかりましょう」とフィデルマは彼に答えておいて、女将には指示を出した。「さあ、あなたがオシモ・ランドーの部屋から持ち出した三冊の本を、持っていらっしゃい」

しぶしぶながら、女将は指示に従った。三冊とも、古い書籍だった。フィデルマの推測するところ、これまた、いずれも医術書と判断してよさそうだ。彼女は困惑して、頭を振った。ウイガード殺害の下手人への道には、古代ギリシャ医学の専門書がばら撒かれているようだ。

「コルネリウス殿の住まいを知っていますか？」とフィデルマは、リキニウスに質問を向けた。

「はい。彼は、ドラベッラのアーチやシラヌスの近くに、小さな別荘風《ヴィラ》の住居を持っています。宮殿衛兵隊に報告しておきましょうか？」

「いえ。この事件の解決までには、まだ道遠しですもの、リキニウス。先ず、この発見物を、私たちの執務室の安全な保管場所に納めて、それからコルネリウスの邸へ行き、彼がこのことについて、どう答えるか、訊ねてみましょう」

女将は、彼らが交わしている会話を理解しようとして、三人の顔に一人ずつ視線を移していた。

そして、「あたしゃ、どうなるんで？」と、問いかけた。リキニウスが断言していたように、即座に監獄へ連行されるわけではないとわかって、少しは自信が出てきたのだ。

「言葉に気をつけろ」と、リキニウスはぴしりと彼女を怒鳴りつけた。「もし俺が戻ってきて、ローナンとオシモの部屋がちょっとでも荒らされていることに気づいたら、たとえそれが毛布についてる髪の毛一本、壁のアブラムシ一匹だろうと、はっきり言っておくぞ、お前はもう二度と宿賃取り立ての心配をする必要、なくなるからな。この先、死ぬまで、家賃無料の暮らしができるぞ。最悪の監獄を見つけてやるぜ。わかったか？」

女将はよく聞き取れない声で何かぶつぶつ言いながら、自分の部屋に引っ込んだ。

外へ出ると、フィデルマは彼を軽く窘《たしな》めた。「必要以上に厳しかったのではありませんか？」

リキニウスは、顔をしかめた。

「あの女のような連中を扱うには、ああいうやり方しか、ないです。あんな無学な田舎者が求めているのは、できるだけ沢山、金を手に入れることだけです」

「それが、ああいう人たちとって、貧困から抜け出す唯一の手立てなのでしょう」と、フィデルマは指摘した。「社会の指導者たちは、彼らに、富を蓄えることによって〝救済〟は訪れる、と示してきたのですから。それよりもよい手本を与えてやるまでは、彼らがこの手本に従うのを批判するのは、酷《こく》ではないかしら？」

リキニウスは、納得しなかった。

「シスターがたアイルランド人は、そうした過激な考えを持っておられると、聞いたことがあります。それ、異端のペラギウスの教えだったんじゃありませんか？」

「我々は、ただひたすら主《しゅ》キリストの教えを奉じているのだと、私は考えています。〝かくて人々に言ひたまふ『慎《つつし》みて凡《すべ》ての慳貪《むさぼり》をふせげ。人《ひと》の生命《いのち》は所有《もちもの》の豊《ゆたか》なるには因《よ》らぬなり』〟これは、聖ルカによる主のお言葉（『ルカ伝』第十二章十五節）です」

リキニウスは、顔を赤らめた。エイダルフが彼の気まずさを察して、二人の前に進み出た。

「急ぎましょう。この本を我々の執務室に持ってゆかねば。その後なら、コルネリウスを探しに出掛けられます」

「その通りね。私たち、これを安全に保管しておかないと」とフィデルマも、同意した。「この五冊の書籍は、事件に大きな関わりを持っている、という気がしますもの」

エイダルフとリキニウスは、興味を持って彼女を見つめたが、フィデルマはそれ以上の説明は、しようとしなかった。


かつて、皇帝ネロは、カエリウスの丘にあったドラベッラとシラヌスに捧げられた古いアーチを取り壊し、その石材で、近くのパラティヌスの丘に水路橋を建設した。〝アレクサンドリアのコルネリウス〟の邸は、このカエリウスの丘にほど近いところにあった。丘には、数々の古代の見事な建築が建っており、その北側斜面からは、壮大な円形闘技場《コロッセウム》も見下ろせる。彼の邸が建っているのは、小さな谷を間にして、その向こうに、このパラティヌスの丘が望める場所であった。エイダルフは、この東西南北の斜面を持つパラティヌスの丘こそ、ローマの最初の都市が築かれた場所なのだと、フィデルマに説明した。ローマ共和国の有力な市民は、全てここに住んでいた。帝国時代に、多くの専制的な皇帝たちは挙《こぞ》って、ここに華美な宮殿を造営した。オストロゴス(8)時代の歴代の王が王国を支配したのも、この丘の上からであった。そこには今は、異教《ペイガン》の寺院に代わって、キリスト教の教会が次々と建立されているのだった。

「コルネリウスに、どのように接近しようと、提案されるのです?」まだいささか不機嫌なリキニウスがコルネリウスの邸を二人に指し示してくれた時、エイダルフは先ずそれを聞きたがった。

フィデルマは、躊躇《ためら》った。実を言うと、何の考えもなかった。正直なところ、彼女は、宮殿衛兵隊に知らせようというリキニウスの提案に注意を払うことなく、衝動にかられるままに、コルネリウスの邸を不意に訪れようとしている自分の軽挙を、秘かに後悔していた。夕闇はローマの街を包み、今は西へと忍び寄ってこようとしている。衛兵をコルネリウスの許に差し向けて、聴取のために彼を自分たちの執務室に呼びつけたほうが、よかったのだろう。しかし、このほかにも、彼女が理解できないでいることが、いろいろとある。一歩前進するごとに、新たな難問が半ダースも立ち現れるようだ。

「で、どうなのです？」と、エイダルフが促した。

だが、フィデルマが答えようとする前に、事態のほうが動きだしてくれた。

彼らは、今、邸の塀を前にして、道の反対側の角に佇んでいるのであるが、この邸の住人が紛れもなく〝アレクサンドリアのコルネリウス〟であることが、すぐに明らかになった。この塀の十ヤードほど先の箇所に、邸の庭園に通じる小門があった。その門が、突如、押し開けられて、二人の駕籠舁《かごか》きに担《かつ》がれた椅子駕籠《レクティクーラ》が、さっと出てきた。反射的に背を建物に押しつけて、その陰に身をひそめた三人の目の前に現れた椅子駕籠の主《ぬし》は、まさにコルネリウスその人だったのだ。彼は座席に凭《もた》れるように坐っていたが、その膝の上に載っている麻袋も、はっきりと見て取れた。

駕籠舁きたちは、邸を出ると、西のほうへと坂を下り、麓《ふもと》に美しい教会堂が建っている丘へ向かって、速足で進み始めた。

「あの麻袋を、どこかへ運ぼうとしています」とフィデルマは、言うまでもない観察を口にした。「あとをつけてみましょう」

速足で進む駕籠舁きを尾行するのに、三人はかなり早い歩調で進まねばならなかった。遅れまいとすれば、体面にかかわりそうではあっても、時折、小走りになる必要があった。先ほどの、あの一頭立ての馬車は身の毛のよだつ走行ぶりではあったが、今この追跡行にあれがあったらと、フィデルマは思わずにはいられなかった。彼らは、教会の前の小さな広場を横切って、パラティヌスの丘の麓へと、やって来ていた。

コルネリウスの速足の駕籠舁きたちは、今は谷間《たにあい》の低地沿いの道を急いでいた。果てしなく続いているとも見える壮大な建造物の東側を通る道である。

「この建物、何なのです?」息切れしながら尾行を続けている最中にも、フィデルマの好奇心は旺盛だった。

「円形大競技場《キルクス・マクシムス》です」とリキニウスは、沈んだ声で呟いた。「帝政期の皇帝たちの時代に、大勢の信者が殉教した場所です」

今や彼らは、できるだけ息を詰めて、ひたすら前を行く椅子駕籠に遅れずについてゆこうと努めていた。駕籠は、果てしなく延びているかに見える壁に沿って、現在は廃墟と化している競技場を回りこみ、北へ向かって、ティヴェレ川を目指し始めた。だが少しすると、突然曲がって、アウェンティヌスの丘裾を回り、南西へと向きを変えた。フィデルマには、二人の駕籠舁きが、いかに頑強であるにせよ、重い輿《こし》を担ぎ、大の男を一人それに乗せて、どうしてこうも早く、しかもやすやすと移動できるのか、信じられなかった。よく鍛えられた体の持ち主である駕籠舁きに歩調を合わせるのは、並大抵のことではなかった。フィデルマは、観察してみて、気づいた。彼らは、しばらくはごく速足で進むが、やがて輿の後部を担う舁き手の合図で歩調を緩め、さらにしばらくすると、ふたたび速足に戻るのだ。このようなやり方で、彼らは掘立小屋、桟橋、倉庫などが連なる河畔の堤の上を進み続けていた。

突然、フーリウス・リキニウスが闇の中で躓《つまず》き、悪態をついた。

エイダルフが手を貸して、若い小隊長《テッセラリウス》を立たせてやった。

「ちょっと休むことができそうですよ」と、フィデルマが押し殺した声で囁いた。「ほれ、駕籠が止まりました」

リキニウスは唇を噛みつつ薄闇の中を見まわし、腰の短剣の鞘《さや》を、抜きやすい状態に緩めた。

「それも、最悪の場所で。我々、またマルモラータに戻ってきましたよ」

フィデルマも、辺りの様子を見て、それに気づいていた。コルネリウスの遠出の尾行は、わずか数時間前にパトック院長を追いながらやって来たのと同じ地区へと、彼らを連れ戻していたのだ。夕闇が、貧民街の上に、急速に広がりつつあった。

貧民街の悪臭や下水の腐敗臭が鼻腔に襲いかかり、フィデルマはぞっとする空気を吸い込む羽目になった。まわりは、崩れかかった建物が並ぶ、いかにも陰鬱で物騒な地域だ。野良犬や野良猫が、臓物やその他の残飯などを漁ろうと、路上をうろつき回っていた。

コルネリウスの椅子駕籠が止まっているのは、川沿いに延びている桟橋を背にした、倉庫らしい建物の前だった。担い手たちは、輿を下ろして、それに凭れかかっている。だが、腰にはさんだ小刀に手を添えている。フィデルマの見るところ、彼らは周囲がどういう場所であるかを、忘れてはいないらしい。

フィデルマ、エイダルフ、リキニウスの三人は、やや長いこと、彼らを見守っていたが、突然フィデルマが、小さな叫び声をあげた。椅子駕籠の中に、コルネリウスの姿がなかった。彼は、どこかに消え去っていた。

「あの倉庫に入ったに違いありませんね」フィデルマが、コルネリウスがいないことを指し示すと、エイダルフはそう推測した。

「あの駕籠舁きたち、彼が出てきたら、また乗ってもらおうと、待ってるんですよ」と、リキニウスのほうは、暢気《のんき》だった。

フィデルマは、自分がまた唇を噛んでいることに気づいた。

「コルネリウスが誰と会おうとしていたのかわかりませんが、彼は今、その相手と、あの倉庫の中で会っているはずです」フィデルマは、素早く決断した。「リキニウス、あなたは倉庫の前に行って、そこで待っていて。椅子駕籠の担い手たちが、厄介かしら?」

リキニウスは、首を振った。

「あいつら、自分の制服には、敬意を払いますよ」

「それは好都合だわ。私の助けを求める声が聞こえたら、すぐに来て。もし彼らが邪魔立てしたら、あなたの武器を使って下さい。エイダルフ、今から、私と一緒に来て」

エイダルフは、戸惑った。

「どこへ、です？」

「あの倉庫は、川を背にしています。ほれ、あそこに、桟橋が見えています。あの建物の脇の小路の先に、月明かりで見えるでしょ？　私たち、あちらへ下りていって、建物の裏手から、倉庫に入りましょう。私の狙いは、コルネリウスが何に巻き込まれているのかを、見極めることなの」

フィデルマは、自分のこの指示を自ら行動に移し、エイダルフを後ろに従えて、小路を素早く進み始めた。リキニウスは、エイダルフが女性に命じられて、それに大人しく従うことに驚きながら、二人の後ろ姿を見送った。その後、自分も短剣をいつでも抜き出せるようにしておいて、ぶらぶらと椅子駕籠のほうへ近づいていった。

二人の駕籠舁きは、近寄ってくる彼に、さっと緊張した。一人は、帰路のために、すでにランターンに火を灯していたが、その明かりでリキニウスの制服を見て取ると、ふっと気を緩めた。彼らは、雇い主の疾《やま》しい行為には何も気がついていないと見てもいいようだ。

一方、フィデルマとエイダルフは、木造倉庫の側面に沿って、用心深く這うように進んで、桟橋へ出た。

二人の耳には、緊張した言い争いの声が、すでに届いていた。

フィデルマは、木造桟橋の上で、歩みを緩めた。桟橋の支柱に川の流れがぶつかって、騒々しい水音をたてている。それが、ありがたかった。お蔭で、近づいてゆく二人の気配を、消してもらえた。

彼らは、戸口で足を止めた。意外にも、扉は開いていた。中から、大声や押し殺した小声が、聞こえてくる。明らかに、口論となっているようだ。何語なのか、フィデルマには全くわからなかった。彼女は、薄闇を透かしてエイダルフを見やり、大きな動作で肩をすくめてみせた。彼もただ、肩を上げてそれをすとんと下ろし、自分にも見当がつかないとの答えを、返して寄こした。

フィデルマは、中に薄暗い明かりが灯っていることに気づき、危険を冒して、倉庫の扉をほんのわずか開いてみた。

倉庫は広く、ほとんど空だった。

ずっと奥の片隅にテーブルがあった。その上には、かすかな音をたてつつ不気味な暗い光を投げかけているランプが載っていた。テーブルを囲んで、三人の男たちが坐っているのも見えた。葡萄酒が入っているらしいアンフォーラが、数個の陶器の器と共に、テーブルに出ており、器の一つを手にしたコルネリウスが、落ち着かなげに、それを啜《すす》っている。ほかの二人は、酒を飲んでいない。揺らめく蠟燭《ろうそく》の薄暗い明かりで眺めるだけなら、何やら和やかな集いのようにも見えよう。だが、緩やかな長衣と浅黒い容貌を一目見れば、彼らがアラビア人であることは、すぐにわかる。

彼ら二人は、自国語で熱弁をふるっていた。コルネリウスは、それが理解できるだけでなく、自分でもそれを流暢に操っていた。

突然、一人が、何か布にくるんだ物をテーブルに置き、コルネリウスに、調べてみるよう、身振りで告げた。ギリシャ人医師は前へ身を乗り出し、屈みこんで包みを開いた。それが本であることは、フィデルマにも見て取れた。次いでコルネリウスが、坐っている椅子の脇から麻袋を取り上げ、中から聖餐杯を一つ取り出した。

屈みこんでいるフィデルマの厳しく引き締めた口許に、かすかな微笑が浮かんだ。

今、何かが交換されようとしているのは、明らかだ。彼女の胸の内で、全てが一挙に解け始めた。

コルネリウスは、書物を調べ、アラビア人の一人は、聖餐杯を吟味している。

だが、フィデルマの後ろに屈みこんでいたエイダルフには、何が行われているのか、はっきり見て取ることができなかった。彼は、姿勢を少し変えようとした。だが、ちょうどその時、フィデルマが急に立ち上がったため、エイダルフは思わず抗議の声をもらすことになってしまった。フィデルマは扉を一杯に押し開くと、つかつかと倉庫の中へと踏み込んでいった。

そして、「動かないで！」と、彼らに叫んだ。

エイダルフは、彼女の後を追って、躓きながら倉庫に入っていって、その場の状況に目を瞬《しばたた》いた。

〝アレクサンドリアのコルネリウス〟は、自分が見つかったと気づくや、真っ青になり、金縛りにあったかのように身動きもならず、坐り続けていた。

アラビア人の一人は、「〝ダウバ（しまった）！〟」と叫びながら、ぱっと立ち上がり、腰に差した大きな反りの強い刀に手をかけようとした。

「やめなさい！」とフィデルマが、ふたたび叫んだ。「ここは、取り囲まれています。リキニウス！」

リキニウスが、外から、それに答えて叫び返した。

二人のアラビア人は目交《めま》ぜをし合い、まるで合図し合ったかのように、一人はテーブルからランプを払い落とし、もう一人は麻袋のほうへ突進した。突然の暗がりの中で、テーブルが倒れる音がした。開いている扉から、外の薄明かりが見え、リキニウスの痛みを堪《こら》える叫びが聞こえた。

「エイダルフ、明かりを！　急いで！」

すぐに、火打ち石の音が聞こえ、蠟燭の火を掲げたエイダルフの姿が、仄かな明かりの中に浮かび上がった。

二人のアラビア人は逃げ失せていたが、コルネリウスは肩を落として、椅子に坐ったままだった。彼は、まだ書物をしっかりと抱えていた。テーブルは覆《くつがえ》っており、麻袋は消え失せていた。

フィデルマは近づき、屈みこんで、コルネリウスの震える手から、書物を取り上げた。予想通り、ギリシャ語で書かれた医学書だった。かなりの古書らしい。

「リキニウスが負傷していないか、見てきて下さらない、エイダルフ?」フィデルマは、テーブルを引き起こしながら、エイダルフにそう依頼した。

だが彼は、気懸りらしく、コルネリウスに視線を走らせた。

それに対してフィデルマは、「コルネリウス殿から危害を受けることは、ありませんよ。大丈夫です」と答え、「それより、若いリキニウスが困ったことになっているのでは、と心配なの」と、付け加えた。

エイダルフは急いで扉へ向かった。

すぐに、エイダルフが外で話している声が聞こえてきた。何が起こったのかわからず困惑している二人の駕籠舁きと、言葉を交わしているのだろう。フィデルマは無言で佇み、すっかり悄然としている医師を、じっと見守った。エイダルフが、二人の駕籠舁きに、そこで待っているようにと命じている。彼は、すぐに戻ってきた。

「リキニウスは、ひどく傷ついてはいないでしょう。ここから出てきた二人を追って、駆け出していきましたからね」と、フィデルマに報告した。

「さあ、〝アレクサンドリアのコルネリウス〟」と、フィデルマは医師に静かに話しかけた。「あなたには、説明なさるべきことが、いくつか、おありのはずです」

医師のがっくりとすぼめた肩が、さらに丸くなった。彼は、顎が胸につくほど面《おもて》を伏せて、深い吐息をもらした。

その時、リキニウスが、無念そうに頭を振りながら、戻ってきた。

「奴ら、兎《うさぎ》みたいに、ごみごみした貧民街に逃げ込んでしまいました」と彼は、忌々しげに、二人に報告した。

「怪我をしたのでは？」

「いいえ」とリキニウスは、今度は情けなさそうな顔になった。「あいつら、急に戸口から飛び出してきたもので、それにぶつかって、一瞬、息が止まっただけです。でも、危うくひっくり返るところでした。我々、この医師が吐いてくれない限り、もう、あいつらを捕らえることはできないでしょうね」

彼は、短剣の先で、ギリシャ人を小突いた。

「そんなことをする必要はあるまいが、小隊長」とコルネリウスは、ぶつぶつと文句をつけた。「彼らがどこへ行ったか、本当に、儂は知らんのだ。信じてくれ！」

「どうして、あんたを信じなければならんのだ？」とフーリウス・リキニウスはもう一度、ぐいっと小突きながら、彼らの行方を訊き出そうとした。

「聖なる十字架にかけて言うが、儂は真実を告げておる。そのことを、どうして君が信じようとせんのか、わからんな。彼らは、儂に会いたいと接触してきて、場所を指定して寄こした。彼らがどこからやって来たかなど、儂は知らん」

フィデルマは、医師は偽りを述べているのではないと、見て取った。彼は、こうして見つかったことに、あまりにも動転していた。いつもの自信たっぷりの態度は、消えていた。

エイダルフは転がり落ちたランプを拾い上げ、オイルがまだ残っていることに気づいて、それにふたたび火を灯した。

「エイダルフ、気持ちが落ち着かれるように、この医師殿に、葡萄酒を差し上げて」とフィデルマは、彼に頼んだ。

エイダルフは、さっきの騒ぎの際に幸い割れずに済んだアンフォーラから、何も言わずに、ギリシャ人に葡萄酒を注いでやった。医師は、高杯《ゴブレット》をわざと恭しく掲げてみせながら、「神の御恵みあれ」とふざけた口調で唱えて、それを一気に飲み干した。どうやら、本来の気性を少し取り戻したらしい。

フィデルマは、急に屈みこみ、床から聖餐杯を拾い上げた。おそらく、アラビア人の一人がぱっと立ち上がって麻袋に飛びついた時に、転がり落ちたらしい。アラビア人たちは、不正に入手した残りの獲物はしっかり確保して、逃走したようだ。フィデルマは、コルネリウスと向かい合って坐った。エイダルフは、彼女の傍らに立ち、フーリウス・リキニウスのほうは、まだ短剣を手に、戸口に立ちはだかっている。

フィデルマは、しばらくの間、無言だった。彼女は、手にしている聖餐杯を回しながら、じっくりと観察しつつ、考えこんでいた。

「これが、ウィガード殿の宝物の一部であることは、否定なさらないでしょうね？　エイダルフ修道士には、容易に判別できるのですから」

コルネリウスは、忙《せわ》しなく首を振った。

「彼に訊ねる必要はない。これは、教皇の祝福を受けるために、ウィガードが携えてきた聖餐杯の中の一つですわい」と、彼は肯定した。

フィデルマは、しばらく口を開こうとしなかった。沈黙の中で、医師の緊張が募るのを待ってから、彼女はふたたびコルネリウスに話しかけた。

「わかりました。アラビア人たちが売ってやろうと持ちかけてきた書物を買うために、この盗んだ宝物を利用しようとされたのですね？」

「では、おわかりになったのだな？　その通りだ。これは、アレクサンドリア大図書館から出た書籍ですわ」と彼は、むしろ進んで、それを認めた。その声に、かすかに挑戦の気配が強まった。「医学関係の論文の、値《あたい》をつけられないほどの稀覯本《きこうぼん》だ。こうでもしなければ、文明社会から永遠に失われてしまった貴重書なのだ」

フィデルマは手を伸ばして、聖餐杯を、テーブルの上の二人の中間辺りにまで、押しやった。

「あなたの物語の幾分かは、私も知っています」このフィデルマの言葉は、エイダルフとリキニウスの二人の顔に、驚きの表情を引き出した。「今となっては、私にすっかり打ち明けられることが、あなたの最善の道です」

「今さら隠しても、しかたないか」とコルネリウスは、悲しげに、それに応じた。「若いオシモとその友人のローナンも、亡くなったし、儂はこうして捕らえられてしまったしな。だが、少なくとも儂は、何冊かの書籍を救い出したぞ」

「確かに、あなたは、書籍を救われました」と、フィデルマは認めた。「あなたは、その中の数冊を、オシモの宿に預け、ローナンは自分の執務室に隠しました。そして、ここには、また別の一冊があります。それに、ウィガード殿が携えてこられた、その価値は計りきれないほどの貴重な品も、ここに一つ。残りの品は、どうなったのでしょう?」

コルネリウスは、肩をすくめた。

「残りの品は、アラビア人が持ち去ったあの麻袋に入っていた」

「その代わりにあんたが手に入れた唯一の宝が、その古本だと?」フーリウス・リキニウスには、とても信じることができなかった。

コルネリウスの目に、輝きが甦《よみがえ》った。

「兵士に理解してもらえるとは、期待しとらんよ。そんな卑しい金物細工より、書籍のほうが、遥かに貴重なのだ。儂は、〝ゲオスのエラシストラトゥス〟の病の根源に関する著作、ガレノスの『生理学《フィジオロジー》』、それに、『神秘なる病について』、『伝染病について』等の数冊のヒポクラテスの著作や、彼の『格言集』、そしてヒポクラテスに関するヘロフィルスの註釈書などを、持っておるのだ」その声には、この上もない満足があった。「これらは、医術分野の著述の偉大なる至宝なのだぞ。これらがいかなる価値を持っているかを、君などに理解できると、どうして期待できよう？　あの連中との交換で、儂が彼らに渡した黄金や宝石が、何だ？　これらの書籍には、そのような物を遥かに超える価値があるのだ」

フィデルマは、穏やかな笑みを、面に浮かべた。

「でも、あなたが交換した黄金や宝石は、あなたにそうする資格などない品でした。それらは、カンタベリーの大司教指名者《デジグネイト》であったウィガード殿の物でした。それがどうして今の話に絡んでくるのか、説明していただきましょうか？」

コルネリウスは、じっと彼女に視線を戻した。さらにその視線を、ゆっくりとエイダルフへ、次いでリキニウスへと移した。そして一言、答えた。「儂は、ウィガードを殺してはおらぬ」

第十五章

「何よりも先ず、儂は〝アレクサンドリア人〟だ。そのことを、はっきり言わせてもらう」医師は、これが全てを説明するとばかりに、誇らかにそう宣言した。「アレクサンドリアは、今より九百年の昔、マケドニアのアレクサンドロス大王によって建設され、プトレマイオス一世により名高い図書館が開設された。カリマコス(1)によれば、一時は、七十万冊の蔵書を誇っていたという。しかし、ユリウス・カエサルのアレクサンドリア滞在中に、図書館の主要部分は焼け落ち、蔵書の大半は害《そこな》われ焼滅してしまった。実証されたことではないが、風説が広がった。この大破壊は大いなる宝物《ほうもつ》に対するローマの低劣な妬みが引き起こしたものだ、というのだ。しかし、図書館は、この六百年の間に再建され復旧されて、世界に冠たる最高の図書館と見做されてきた」

「そのこととウィガード殿の死が、どう関わるのです?」もどかしさにかられて、エイダルフがコルネリウスに、というより、フィデルマに話しかけて、医師の言葉をさえぎった。フィデルマは、これがきわめて密接に関わる問題であるかのように、医師の説明に合点しながら耳を傾けている、と見えたからだ。

フィデルマは片手を上げて彼を制しておいて、医師に先を続けるようにと、身振りで促した。コルネリウスは、中断されたことに顔をしかめたものの、それについては別に何も言わずに、ふたたび話を続けた。

「アレクサンドリアの図書館は、世界でもっとも優れた図書館だ」と彼は、頑固に繰り返した。「かなり昔の話になるが、儂はアレクサンドリアの学生だった。図書館の創設とほとんど同時に、ヘロフィルスとエラシストラトゥスによって創立された偉大なる医学校の学生だった。図書館には、無数の宝物が所蔵されていた。儂は必要な課程をすでに修了しており、アレクサンドリアの街で診療を行《おこな》っていたが、やがて医学校の教授に任命された。だがその時、恐ろしい惨事が、我々を襲った。世界は、狂ってしまった」

「どのような惨事だったのです、コルネリウス?」と、フィデルマは訊ねた。

「イスラム教というのは、ほんの数十年ほど前に、預言者ムハンマドが始めた新興宗教だが、そのアラビア人信奉者どもが、自分たちが住んでいた東部の半島から出て、征服戦争を繰り返しつつ、次第に西へと広がり始めていたのだ。彼らは、新しい教えに改宗しようとしない者を〝異教徒《カーフィル》〟と称し、彼らの指導者たちは〝聖戦《ジハード》〟と叫びつつ、あらゆる〝異教徒〟を襲い始めた。二十年ほど前に、彼らはエジプトをも侵攻し始めて、アレクサンドリアの街を襲撃した。街は灰燼《かいじん》に帰した。我々の多くは、アレクサンドリアを逃れ、世界各地に亡命の地を求めて散っていったのだ。儂は、何とか、ローマへ向かう船に寝台を確保することができた。儂が最後に眺めた故郷は、アレクサンドリアの図書館の白い壁が、炎と煙に呑まれていく姿だった。図書館と共に、かつてはそこで安らかに守られていた人類の智の営みの厖大なる宝も、焼きつくされてしまった」

コルネリウスは言葉を切り、手にしている高杯《ゴブレット》を無言の指示と共に、エイダルフに突き出した。

サクソンの修道士は、面白くなさそうな顔で、アンフォーラから、もう一杯注いでやった。コルネリウスは待ちかねたように高杯を受け取り、それを一気に飲み干した。これでもって渇きを癒すと、医師はふたたび話を続けた。「わりに最近のことだ。一人の商人が、儂に接触してきた。アラビア人だった。儂が以前はアレクサンドリアの医師であり、その図書館について、よく知っている、と耳にしたそうだ。彼は、儂に見せたいものを持参した、と言った。医師エラシストラトゥスが自らの手で書き記した書籍だった。儂には、信じられなかった。商人は、これを、ほかの十二冊と共に、全て儂に売ってやってもいい、と言った。彼が告げた価格は、途方もなかった。ローマ人の標準からすれば裕福だと考えられているこの儂でさえ、夢見ることさえできぬほどの高額だった。商人は、少しだけ待とう、もし彼の提示した額を呑むことができるなら、取り引きに応じよう、と儂に告げた。

一体、儂に何ができよう？　一晩中、一睡もせずに考えた。そのうえで、とうとう、修道士のオシモ・ランドーに打ち明けることにした。彼も、儂同様、アレクサンドリア人だからな。

彼に、躊躇《ちゆうちよ》はなかった。もし真っ当な手段で金を工面できないなら、良からぬ手段で金を手に入れるべきだ、と彼は言った。我々の意見は、一致した。これらギリシャの叡智の大いなる至宝は、何としてでも救い出さねばならぬと。後世のためだ」

「後世のため……あるいは、あなた自身のためでは？」と、フィデルマは冷たく訊ねた。

コルネリウスに、恥じ入る気配はなかった。彼の声は、誇らしげでさえあった。

「この儂を措《お》いて、アレクサンドリアの医師としての儂を措いて、ほかの誰に、これらの書籍が内に秘める富を、真に称賛できよう？　オシモ・ランドーでさえも、ただ専門的な著作としての価値を、そこに見ているだけだ。だが儂は……それらの言葉を書かせた彼らの時代と、そしてそれらの言葉を書いた偉大なる精神と、心を通わせることができるのだ」

「そこで、金を工面する手段として、ウィガード殿の宝物を手に入れようと企てて、彼を殺害した、というわけか？」とエイダルフは、コルネリウスに嘲《あざけ》りの言葉を浴びせた。

コルネリウスは、激しく首を横に振った。

「それは、違う」彼の声が、急に囁《ささや》きに近い小声に変わった。

「どう、違うんだ？」とフーリウス・リキニウスが、強い口調で返答を迫った。

「儂らは、ウィガードの貴重品を盗んだ。いかにも、その通りだ」とコルネリウスは、彼らに信じさせようと、一人からもう一人へと視線を移しつつ、額に汗を光らせながら、抗議した。

「落ち着いて」とフィデルマは、冷静に告げた。「どのような次第で、ことが運んだのです？」

「オシモ・ランドーは、ローナン・ラガラッハの親しい友だった……」コルネリウスは、フィデルマを強い視線で見つめた。「儂の言う意味、おわかりか？　親しい友だ」彼は、この言葉を強調して、繰り返した。

フィデルマには、わかった。彼ら二人の関わりは、フィデルマの目に、すでに明らかだった。

「それで、オシモは、この仕事で、ローナンを仲間に入れるべきだ、と決めたのだ。儂らは、カンタベリー大司教として正式に教皇から叙任されるためにウィガードがローマに到着していると、耳にしていた。さらに重要な点だが、彼がサクソン諸王国から託された高価な財宝を運んできた、という情報も得た。これこそ、儂らがまさに必要とするものだ。実は、ローナン・ラガラッハは、以前にウィガードと出会ったことがあり、彼に好感を持っていなかった。そこで、ウィガードから財宝を奪うというこの仕事は、ローナンのユーモア感覚にも、適《かな》ったのだ」

フィデルマは、口をはさもうとしたが、思い返して、ただ、「先を」と、促すだけに止めた。

「全ては、ごく簡単だった。ローナンは先ず、ウィガードの部屋の下見を行った。危うく衛兵隊の小隊長《テッセラリウス》に捕まりかけた、あの晩のことだ。ローナンは衛兵に、彼の母国語で、〝イーン・ディニャ（ごく普通の男）〟と告げた。衛兵は、それを名前と受けとめてくれた」

リキニウスは、ばつが悪そうに、閉じた口の歯の間から、大きく息を吸い込んだ。

そして、忌々《いまいま》しげに、「その小隊長というのは、自分だった」と、白状した。「あんたの友人のふざけっぷり、全然面白くないね」

コルネリウスは、無表情に、彼をちらっと見やった。

「可哀そうに、修道士ローナンは、陰謀家落第だった。衛兵に誰何《すいか》されてしまうとはな」

「彼が、あの時、捕まっていれば、犯罪など、起こらなかったはずだぞ」と、リキニウスは指摘した。「ウィガード殿は、翌日の晩、殺害されたのだからな」

「いかにも、その通り」と、コルネリウスは同感した。「誰何をまぬがれたローナンは、翌日、オシモと二人だけで計画を実行することにした。儂の顔は、宮殿では、知られすぎていたのでな。二人は、パトック院長の隣りの部屋を利用して、来客棟《ドムス・ホスピターレ》に入り込むことにした」

「ブラザー・エインレッドの寝室ですね?」と、フィデルマが訊ねた。

「来客棟に入る一番容易な入口は、その部屋なのだ。よろしいか、外事局のある建物も、来客棟も、中庭に面した壁面には、張り出し《リッジ》がぐるっと窓の下に帯状にめぐらされているのだ」

「私も、外事局側の幅の広い張り出しに気づきました。それが来客棟に接近しているのは、ただエインレッドの寝室の辺りだけでした」

コルネリウスは、フィデルマの観察に同意する前に、彼女をしばらく見つめた。

「鋭い目をお持ちですな、シスター。いかにも、その張り出しが、人目に触れることなく来客棟に入り込む唯一の手段だった。問題は、オシモとローナンが盗みに取り掛かっている間、どうやってサクソン人召使いのエインレッドを部屋から追い出しておくか、だった」

「そこで、あなたの出番となるのですね?」フィデルマには、確信があった。「あなたが、少し足りないエインレッドを自分の邸《ヴィラ》に招き、共謀者たちが仕事をやり遂げたであろう時間まで、彼に盛んに酒を勧めたのも、それだったのですね？」

そこまで見通しているフィデルマに目を瞠《みは》りながら、彼はゆっくりと頷いた。

「儂がエインレッドを連れ出している間に——全く、あのとろい男を惹きつけておくのは、大変でしたぞ——まあ、とにかく、儂が彼を引きとめている間に、オシモとローナンは張り出し装飾帯を伝って、来客棟に入り込んだ。そして、オシモは見張りのためにエインレッドの部屋に留まり、ローナンは中廊下へ出て、ウィガードがもう眠りこんでいるかどうかを覗きに、彼の部屋へ向かった」

「そこで、ウィガード殿はローナンの気配に目を覚まし、彼に殺されてしまったのだな」と、エイダルフは鋭く、自分の推論を突きつけた。

だが医師は、「違う！」と、それをぴしりと否定した。「そのことは、もう言ったはずだ。ローナンもオシモも、ウィガードを殺してはおらぬ！」

フィデルマは、やや鋭い声で、エイダルフを抑えた。「医師殿に、ご自分のやり方で、語ってもらいましょう」

コルネリウスは、考えをまとめるかのように、しばし沈黙したが、やがて先を続けた。「部屋は静まり返っていたので、ローナンは中へ入っていき、そっと寝室へと進んだ。だが、ウィガードは、すでに死んでいた。ローナンは震えあがって、立ち去ろうとした。そして、その時、ふと気がついたのだ。ウィガードが死んでいるのであれば、彼の貴重品は、盗んでくれと言わんばかりではないかと。ローナンは、何とか勇気を振り絞り、麻袋に財宝を詰め、それを持って、ウィガードの部屋から廊下へ出て、エインレッドの部屋で待っているオシモの許へと引き返した。麻袋は、財宝を運ぶために用意してきたのだ。彼はそれに高価な金属の聖餐杯《チャリス》を詰めこんだのだが、財宝は、重くて、嵩《かさ》ばった。ローナンは、それを待っていたオシモに渡すと、二つ目の袋を取りに、ふたたび廊下に出て、ウィガードの部屋に戻った。

オシモは、麻袋を、エインレッドの部屋から張り出し伝いに外事局の自分たちの執務室に運び込んだ。ローナンのほうは、第二の麻袋に財宝を詰めこみ、それをふたたびエインレッドの部屋へ運び入れ……」

「そうした際に、戸口の枠のささくれで、袋がちぎれたのですね」とフィデルマは、考えつつ、ほとんど独り言のように、そう呟《つぶや》いた。

コルネリウスは意味を摑みかねて、ちょっと言葉を切った。だがフィデルマがそれ以上説明しようとしなかったので、ふたたび自分の話に戻った。「ローナンは、オシモの後を追って、自分も張り出し伝いに外事局に戻ろうとしかけた。だがその時、急に気がついたのだ。ウィガードの部屋の扉をきちんと閉めておくことを忘れたと。このままでは、ウィガードの死体がすぐに発見され、彼らの計画が完了する前に、追跡騒ぎが起こってしまう。ローナンは袋を窓際に置くと、また中廊下へ出て、ウィガードの部屋へ取って返すことにした。愚かな行動だった。

この行動のせいで、彼は逮捕されたのだから。あとで、彼が儂らに語ったところによると、彼がエインレッドの部屋を出てウィガードの部屋へ向かおうとして、ちょうど廊下を歩きだそうとした時、突然衛兵隊の十人隊長《デクリオン》が現れ、止まれと命じたそうだ。

ローナンは、エインレッドの部屋から遠ざかろうとするだけの分別は、持っていた。そうしなければ、衛兵の注意が、すぐに仲間のオシモにも向けられる。そこで彼は、廊下の反対の端の、もう一つの階段から逃れようと試みた。だが、階段を転がり落ち、下の中庭にいた二人の衛兵の腕の中に飛び込んでしまったのだ」

「彼も、エインレッドの部屋を通り抜け、張り出しを伝って逃げれば、もっとうまく逃亡できたろうに」とエイダルフは、自分の考えを言ってみた。

コルネリウスは、苦い顔をして、エイダルフを睨《にら》んだ。

「今、言ったはずだ。そのようなことをすれば、財宝の詰まった窓辺の第二の麻袋へと、十人隊長を真っ直ぐに案内することになり、友人オシモに辿りつく道を教えてやることになる、とローナンは考えたのだ。だからこそ、彼は、中庭へ出て、そこから花壇を抜けて、逃れようとしたのだ」

「それで、ローナンがエインレッドの部屋に残してきた第二の麻袋は、どうなったのです？」と、フィデルマが訊ねた。「それは、どこへ消えてしまったのでしょう？　おそらく、オシモがそれを取りに戻ってきたのですね？」

「正確な推察ですな」とコルネリウスは、彼女の明敏な思考を高く評価しながら、それを肯定した。「オシモは、最初の袋を自分の執務室に運び込んで、ローナンを待った。だが、次第に不安になってきた。彼がいっこう姿を現さないのだ。しばらくして、オシモはエインレッドの部屋に戻ってみることにした。行ってみると、第二の袋が置いてあり、騒ぎが聞こえてきた。オシモは、ローナンが捕まったと悟り、袋を掴み取って、執務室に戻った。その時点で、彼は財宝を自分の宿に隠そうと決断した。儂もオシモも、どうすればいいかと、途方に暮れた。だが朝になると、ローナンは衛兵の隙をついて牢から逃げ出してきた……」

「お蔭《かげ》で、その衛兵は、懲戒処分になってしまったぞ」と、フーリウス・リキニウスは、苦々しげに呟いた。

「そしてローナンは、真っ直ぐ、あなた方のところへやって来たのですね？」とフィデルマは、成り行きを察した。

コルネリウスは、肯定の身振りを見せた。

「そこであなた方は、彼を匿《かくま》った？」

「儂らは、ローナンをローマの外へ、こっそり送り出そうと企てたのだ。小舟に乗せて逃《のが》そうという計画だ。ところがローナンは、自分の道徳観に則《のっと》って行動しようとした。そう、こと殺人に関しては、道徳心が強い人間だったのだ」とコルネリウスは、彼らが納得していないと見て、ふたたびその点を繰り返した。「〝キルデアのフィデルマ〟殿、彼は、自分がウィガード殺しの犯人とされており、それを調査しているのがあなたであると、聞いたのだ。ローナンにとって、盗みと殺人は、全く別物だった。彼は、あなたが自国アイルランドにあっては高名な人物なのだと、儂らに告げた。以前、タラの大王《ハイ・キング》の法廷に立ったあなたを見たそうだ。また、盗みを行おうとしたその日にあなたを見かけて、自分が人違いをしていないかを確かめるために、しばらくあとをつけた、とも言っていた」

エイダルフは、その時のことを思い出して、頷いた。

「では、私が気づいた、あとをつけてくるアイルランド人修道士は、ローナン・ラガラッハだったのか?」

形だけの疑問には、誰かが答えるまでもなかった。

「〝キルデアのフィデルマ〟殿、あなたは自国の法廷に立つ弁護士であり、謎の解き手、すなわち真実を突きとめる人物として、高名な方だとも、彼は言っておりましたよ」と、コルネリウスは繰り返した。「オシモと儂は反対したのだが、彼は、あなたに自分の汚名を雪《そそ》いでもらいたがっていた。自分がウィガードの死に関しては全く潔白であると、立証してもらいたがっていた」

それを聞いて、フーリウス・リキニウスは、乾いた笑い声をあげた。

「我々に、それを信じろというのか。すでに、ウィガード殿の財宝を盗んだことは、白状しているじゃないか。彼から盗みを働いた奴が誰であれ、彼を殺したのも、そいつさ」

コルネリウスは、縋《すが》るような表情を浮かべて、フィデルマに顔を戻した。

「それは、違う。儂らは、サクソン人ウィガードの死に、何の関わりもない。儂らは、彼から財宝を奪った。それは事実だ。また、その盗みの目的を恥じてはいない。もしあなたがローナンの信じていたような正しい弁護士であるのなら、このことはおわかりになるはずだ」

コルネリウスの表情は、真剣そのものだった。フィデルマは、自分が彼を信じていることに気づいた。

「それでローナンは、この件について話したいから地下墓所で会ってくれと、私に接触してきたのですね？」

「彼が意図していたのは、それだった。もちろん、彼には、オシモや儂が事件に絡んでいることを明かす気はなかった。ただ、自分の汚名を晴らして欲しかったのですわ」

「そして、そのために、殺されてしまった」

コルネリウスは頷いた。

「儂は、彼があなたに会うことに、反対だった。実を言うと、オシモに聞かされるまで、このことは知らなかったのだ。儂は、何とかローナンを思いとどまらせようと、共同墓地に急いだ」

「それでだったのですね、あなたが都合よくあそこにいらしたのは？」

「さよう。オシモや儂に嫌疑がかかるようなことを、ローナンにしゃべられては困る。儂は、ローナンに、あなたと会うことを止めさせようと、必死だった。儂は、書籍を買い取るための取り引きを、進めたかったのだ。共同墓地に到着して、例のアラビア人商人とその連れが急いで地下墓所から出てくるのを見た儂の恐怖は、とても想像なされまい。しかも彼らは、儂に、ローナンが中で死んでいる、と告げるではないか」

「彼らとは、あなたがご自分で交渉しておられるのに、そのアラビア人たち、どうしてローナンを尾行などしたのでしょう?」

「実は、ローナンは、死の前日のこと、儂の代わりに自分が、このマルモラータで、アラビア人と会い、書籍の第一回の取り引きを行おうと、進んで申し出てくれていたのですわ。アラビア人商人は、どういう手順で取り引きを行うかについての覚え書きを儂に送って寄こしていたので、儂はそれをローナンに渡した。しかし、その第一回の取り引きの後、ローナンは、アラビア人につけられている気がすると、オシモに話していた。ローナンは、彼らが自分を疑っている、と考えていたようだ。

そこで、共同墓地でアラビア人に会い、ローナンが中で死んでいると知らされた時、儂は当然、ローナンを殺したのは彼らだと考えた。だが、それを問い質《ただ》す前に、地下墓所で負傷している人がいるから手伝ってくれと、呼ばれてしまった。

儂は、負傷している人とはローナンのことだ、と推測した。あのアラビア人たちが彼を殺害したのだと、信じこんでいましたからな。儂は地下墓所の正面入口へと急ぎ、地下への階段を下り始めた。ところが、あなたが儂のほうへ歩いてくるではないか。さらにぞっとしたことに、あなたは、盗み出した聖餐杯の一つを、手にしておられる。それに気づいた時の儂の驚き。想像がおつきになるだろうか。何かが、儂に取り憑いてしまった。儂は、少し引き下がってあなたをやり過ごし——どうか、お許しを、修道女殿——あなたの頭を殴りつけ、聖餐杯を取り上げた。さらに、あなたの鞄を探って、運よく、ローナンに渡しておいた交換の手筈についてのアラビア人商人からの覚え書きも、取り戻すことができた。だがその時、後ろのほうで、人が下りてくる気配が聞こえた。儂は、意識を失っている修道女をたった今見つけた、という振りを装った。だから、負傷して倒れていると報告された人物は、本当はローナンだったのに、誰もがあなたのことだと、すんなり納得してしまったのですわ」

フィデルマが、きらりと目を光らせて、彼を見つめた。

「では、私を襲ったのは、あなただったのですね？」

「どうか、お許しを」と彼は、もう一度謝った。とは言うものの、たいして悪かったと思っている様子はない。

「殴られる前にちらっと見た人影は、何やら見覚えがあると思いましたわ」と彼女は、思い返しながら呟いた。

「意識を取り戻された時に、儂を疑っておられるようには見えなかったが」

「でも、まだ腑に落ちないことが、一つあります。アラビア人たちは、地下墓所で、私の後ろのほうにいました。彼らは、どうやって私より先に地上に出て、ローナンの死をあなたに告げることができたのでしょう？」

コルネリウスは、肩をすくめた。「ご存じないようだが、地下墓所への出入口は、沢山ありましてな。ローナンが殺された場所から二つか三つ廟室を隔てた辺りにも、地上の共同墓地に出る出入口がありますわ。その階段を昇っていけば、数分で地上に出られる。したがって、ローナンの死体のことを知らせた誰ともわからぬ巡礼も、こうした出入口を通って立ち去ったのでしょうな」

リキニウスも頷いて、医師の説明に同意した。「そうなのです、シスター。出入口は、数箇所、あるのです。コルネリウスの言う通り、通報した巡礼は、シスターとは違う通路を通り、シスターを追い越して地上に出て行ったに違いありません」

「どうして、真っ直ぐローナンのところへ行かれなかったのです？」と、フィデルマは質問を続けた。

「もし儂が、正面ではなく、脇の出入口から中へ入っていく近道をとれば、すぐに人に訝《いぶか》しがられるに違いない。実際、真っ直ぐにローナンの遺体の許に駆けつけたいのは山々だったが、すでにあまりにも大勢の人間がまわりに集まっていた。それに、あなたをそのままにして、そちらに行くわけにもゆかなかった。先ずは、あなたを宮殿へ連れ戻さねばならぬ。そうしているうちに、手遅れになってしまったのだ。このリキニウスが、ローナンの遺体を探すよう命じられて、もうやって来てしまったのでは」

「手筈を記した手紙と聖餐杯は、どうしました?」

「我々の有罪を証す品は、儂の医師用鞄にしまい込みましたわ。そのうえで、ことの次第を告げようと、オシモのところへ急いだ。あのアラビア人たちがローナン殺しに関わっていることは、確かだ。だが、なぜ殺したのだ? ローナンが、彼らを裏切っているとでも、考えたのだろうか?」

「ローナンを殺したのは、アラビア人たちではありません」と、フィデルマは言い切った。

コルネリウスは、驚いて、目を丸くした。

「彼らも、全く同じことを言い張っておった。しかし、彼らが犯人でないのなら、一体誰の仕業なのだろう?」

「それを、これから見つけねばならないのです」

「とにかく、儂でもオシモでもない。それは、神かけて誓いますぞ」と、コルネリウスは断言した。

フィデルマは椅子の背に身を凭《もた》せかけて、考えこみながら、ギリシャ人医師の不安げな顔を見つめた。

「一つ、腑に落ちない点があるのですが……」と、フィデルマは言いかけた。

うんざりしたように、エイダルフは小声で笑いだし、揶揄《やゆ》の口調で彼女に問いかけた。

「おや、たった一つですか? 謎は、何一つ、解明しかけているようには見えませんがねえ」

フーリウス・リキニウスもそれに同調して、頷いた。だがフィデルマは、それに取り合わず、医師に問いかけた。

「おっしゃっておられましたね、ブラザー・ローナンは、以前にウィガードと会ったことがあり、彼のことを嫌っていたと？　その点を、もう少し詳しく、聞かせていただけませんか？」

「伝聞にすぎんのですよ、シスター」と、コルネリウスは答えた。「ローナンがオシモに語った話を、オシモから聞いた、というだけなのだが」

彼は、考えをまとめるように、しばし言葉を切ったが、やがて語り始めた。「ローナン・ラガラッハは、何年も前に故国アイルランドを出て、初めは西サクソン王国へ、次いでケント王国へ赴き、サクソン人の間に神の言葉を伝えようと、布教して歩いておった。そして一時期、カンタベリーの街の城壁内に建つ、〝トゥールの聖マーティン[2]〟に奉献された教会で、説教をしていた。ごく小さな教会だったそうだ」

「その教会なら、知ってます」と、エイダルフが頷いた。

「七年前のある晩、死にかけている男が、その小さな教会にやって来た。男は、心身ともにやつれ果て、息も絶え絶えの、瀕死の病人だった。男は死が迫っていることを悟っており、犯した罪の懺悔《ざんげ》をしたいと望んでいた。

たまたま、その夜は、罪の聴聞を行う資格を持つ聖職者は、教会に一人しかいなかった。アイルランドからやって来ている修道士だった」

「ローナン・ラガラッハだな！」話についてゆくのがもどかしくなった衛兵隊小隊長リキニウスの口から、大きな叫び声が飛び出した。

「その通り」とコルネリウスは、平静な態度でそれを認めた。「ブラザー・ローナンだ。彼は男の告白を聴聞した。途方もない大罪だった。おぞましいことに、この男は、金で雇われる暗殺者だったのだ。男が死を目前にして苦しんでいたのは、彼がそれまでに犯したいかなる罪をも上回る重大な罪についてだった。しかも、それは、教会の高位に在る人間に関わる罪であった。暗殺者は、ローナンに、自分の罪を細部にいたるまで、詳細に告白した。家族を邪魔だと考えるある助祭から、その家族を殺害する報酬として、いかほどの金額を受け取ることになったかを。さらに暗殺者は告白した。助祭から金を受け取って、先ず、彼の妻を殺《あや》めたことを。だが暗殺者は、子供たちについては、二重に金を稼ぐ方法を思いついた。彼は、助祭の子供たちを殺した振りをして、秘かに隣りの王国に連れ出し、奴隷としてある農夫に売り払った。そのことも、彼は自白した。死を前にした男は、その最期の息の下から、自分を雇った助祭の名を、はっきりと告白した。この告白が行われた時には、その助祭は、デウスデーディトゥス大司教の秘書官《スクリーバ》になっていた……」

「ウィガード殿か？」エイダルフが、慄然として叫んだ。「ウィガード殿は妻や子供たちを殺させるために暗殺者を雇ったと、ローナン・ラガラッハがはっきり語った――そう言われるのか？」

コルネリウスはこの問いを無視して、先を続けた。「告解《こっかい》の掟に縛られているブラザー・ローナンは、この死者にも祝福を与えねばならなかった。だが彼には、あまりにも忌まわしい罪を犯したこの死者に、神に代わって赦しを与えることだけは、できなかった。その夜遅く、ローナンは、暗殺者の遺体を教会の敷地の外に葬った。(3) この告解は、ローナンの心を苦しめた。しかし彼は、聴聞の掟ゆえに、ウィガードと対決することも、誰かにこの話を告げることもできなかった。二、三週間後、彼はカンタベリーを去り、各地を転々と旅した後ローマへやって来て、この地で新しい人生を始めることにした。だが、ウィガードが教皇によって正式にカンタベリー大司教に叙任されるためにローマにやって来たのを見て、彼は激怒した。そして、この話を、オシモにもらした。そして、オシモが、儂に語ったのだ」

「ローナンが、激怒のあまりにウィガード殿を殺した、ということはないでしょうか?」とリキニウスが、フィデルマに問いかけた。

「そのうえで、同じ手法で自殺した、というのですか?」とフィデルマは、眉をひそめながら、それに答えた。「そのようなことは、とても信じられませんね。コルネリウス、オシモは、いつ、その話をあなたに伝えたのですか?」

「儂らが、アラビアの商人に払う金をどうやって工面すればよいかと、頭を絞っていた時でしたな。その日、ローナンが、財宝をウィガードから奪おう、それは罪にはならぬ、と言いだしたのですわ。儂は、この言葉がどういう意味なのか、その時はわからなかった。だがあとになって、オシモがこっそりと教えてくれた。どうしてローナンが、ウィガードのことを、財宝を盗まれてもそれに値する男だと考えているのか、その説明として、この話を儂にも聞かせてくれたのですわ」

フィデルマは、じっと考えこんだ。しばらくの間、誰一人、口をきく者はいなかった。「私は、あなたのお話を信じますわ、〝アレクサンドリアのコルネリウス〟殿。あなたのお話は、あまりにも絵空事めいていて、かえって真実であるとしか、考えられませんもの。それに、あなたは、自分が罪を犯していることまで、認めておいでなのですから」

フィデルマは、いろんな思いを胸に、医師をじっと見つめていたが、これまでの話とは何の関連もないことが、ふと胸に浮かび、それを彼に訊ねてみたくなった。

「あなたは、広い知識をお持ちの方です、コルネリウス殿。もしや、サターナーリアにまつわる習俗について、何かご存じではありませんか?」

「サターナーリアの祭り?」とアレクサンドリア人は、驚いて聞き返した。

彼の驚きは、エイダルフとリキニウスの顔にも、鏡のように映っていた。

「それは、十二月に祝われる、大昔の宗教的祝祭ですわ」とコルネリウスは説明した。「楽しみと友好と贈り物交換の季節でな。あらゆる商売は休みとなり、皆めかしこんで、楽しい時を過ごす、というものだった」

「その祭りの中で、何か特別なことが行われるのですか?」とフィデルマは、さらに質問を続けた。

コルネリウスは、そのようなことは知らぬというかのように、唇の両端をぐっと下げた。

「この祭りは、寺院での犠牲《いけにえ》奉献から始まり、次いで一般の人も自由に参加できる大宴会が催される。祭りの間は、賭け事さえ、公然と許されていた。ああ、そう言えば、この日には、奴隷たちが勤めから解放されて、主人の衣装をまとい、主人のほうが奴隷に仕えるといったことも、行われていましたな」

フィデルマの目に緑の炎が輝き、面《おもて》に微笑がさっと広がった。

「ありがとうございます、コルネリウス殿」その口調は生真面目ではあったが、この情報を得ることができた喜びが、その底に躍っていた。そして、急に立ち上がった。

「儂のほうは、どうなるのですかな?」すっかり気力が失せたようなコルネリウスも、一緒に立ち上がりながら、彼女に問いかけた。

「そのことは、私にはわかりません」と、フィデルマは正直に答えた。「私は、宮殿衛兵隊司令官に、報告を提出します。司令官は、それをローマ市の執政官の検討へ回すことになるのでしょうね。私は、ローマの法律に関して、暗いので、よくわかりませんが」

「それまでの間、あんたは宮殿衛兵隊の独房に収監されるだろうよ」とフーリウス・リキニウスは、満足そうに唸った。「そこからは、ローナン・ラガラッハの時とは違って、そう簡単には、逃げ出せないからな。その点は、保証するぜ」

コルネリウスは肩をすくめたが、むしろ昂然《こうぜん》とした仕草だった。

「少なくとも、儂は、数冊の貴重なる書籍を、消滅の危機から救い出したぞ。どういう目にあおうと、儂には、これぞ何よりの補償だ」

リキニウスは、彼に、扉へ向かうよう、身振りで指図した。

コルネリウスが歩きだした時、新しい問題が、フィデルマの胸にさっと浮かんだ。

「ちょっと、お待ちを!」

コルネリウスは、期待の面持ちで、彼女を振り向いた。

「証拠はないものの、厚く疑惑に塗り込められたこの信じがたい話を、ウィガード夫人の殺害、彼の子供たちの奴隷としての人身売買、さらにはそれへのウィガード殿自身の関与――こうした、この恐るべき話を、ローナンかオシモは、誰かほかの人間にも、もらしたのでしょうか?」

コルネリウスは眉をひそめ、ゆっくりと首を横に振った。

「いいや。オシモによると、ローナンは、ただオシモにだけ、秘かに打ち明けたということだった。しかしオシモは、儂に話してくれた。その理由は、すでにお話しした通りじゃ」

コルネリウスの表情が、急に変わった。何か記憶が甦《よみがえ》ったようだ。フィデルマは、それを見逃さなかった。

「でも、あなたは、この知識を、誰かに伝えたのですね?」

コルネリウスは、困惑の色を見せた。

「儂は、これが本当だとすれば、あまりにも邪悪な行為だ、あまりにもおぞましい犯罪だ、と考えた。そこで数日もの間、この問題で悩み抜いた。ここに、教皇によって大司教に正式に叙任されようとしている男がいる。しかし、この男は、死を目前にした者の告白によれば、自分の妻と子供たちを、金を払って人に殺させようとしたのだ。儂は、これを放置してはおけなかった……たとえ友人オシモへの信義を裏切ることになろうと。だが、儂が話したのは、高い地位と名誉を持つ、ある一人の聖職者にだけだった」

フィデルマは、項《うなじ》にちりちりと痺《しび》れを覚えた。

「あなたは、素知らぬ顔で見過ごすことができなかった。そのことは、わかります」とフィデルマは、もどかしげに彼に同意を示した。「それで、誰に告げたのです？」

「儂は、ウィガードの随行者たちの中に、このことを承知している人物がいるかどうか、探ってみるべきだと考えた。また、この件が調査される可能性があるかどうか、儂に助言してくれる人物が欲しかった……儂は、叙任の儀式が執り行われる前に、この件を教皇の耳に入れることができるほど権威を持っている人物から、忠告を聞きたかったのだ。実は、これについて、サクソンの高僧がたの一人に告げることができたのは、ウィガードの死の前日だった」

フィデルマは目を閉じ、もどかしく立ち騒ぐ胸の思いを、抑えようと努めた。エイダルフも、今はコルネリウスが語っている話の重要さを悟って、蒼白な顔で、待ち受けている。

「それで、誰に話したのです？」とフィデルマが、鋭く繰り返した。

「もちろん、サクソン人の修道院長ですわ。パトック修道院長殿に、ですわ」

第十六章

「パトックか」と、エイダルフが呟《つぶや》いた。彼らは、来客棟《ドムス・ホスピターレ》のパトック修道院長の部屋へ向かうところだった。「ずっと初めから、あの欺瞞《ぎまん》者、あの好色な〝売女《ばいた》の倅《せがれ》〟だったのか」

フィデルマは、並んで歩いている相棒の顔に浮かぶ激情に、ちらっと批判の視線を投げかけた。

「そのような言葉、あなたにふさわしくありませんよ、エイダルフ」とフィデルマは、彼を軽く抑えた。

「すみません。あの淫蕩《いんとう》な聖職者のことを考えると、つい頭に血が昇ってしまうのです。本当なら、ほかの人々の倫理観を導かねばならない立場の人間だというのに。あの男が、あのパトックが、殺人者だったのか……ああ、今思い返してみると、それで全て合点がいきます」

「そうかしら？」と、フィデルマは訊ねた。

「もちろん、今、振り返ってみると、ということですが」彼女の声にかすかに揶揄《やゆ》を聞き取って、それが気にはなったものの、エイダルフは、はっきりとそれを強調した。彼らが正解を見出した今、それまでずっと何もわかっていなかった自分を、彼女はからかっているのだろうか？　そもそも、この調査を始めた時から、彼は犯人をローナン・ラガラッハだと決めつけて、調査を続けようとはしなかったのだから。「ええ、そうですよ、パトックがずっとそういう男だったことは、明らかです。ただそれが、カンタベリー大司教座に昇りつめようとの野心を抱いているウィガード殿の暗い秘密を知るに及んで、一挙に表面《おもて》に表れたのです。パトックはウィガード殿を殺害し、その栄光の冠を我がものにしようと、決心したのです。野望が、むき出しの野望が、この事件全体を解く鍵だったのですよ」

フィデルマは、胸の内で、そっと溜め息をついた。エイダルフは、素晴らしい性格の持ち主だ。だが、欠点も持っている。ただ一つの道をのみ、ひたすら突き進もうとして、もっと細い小径も同時に調べておく必要があるということを、忘れてしまう。

フィデルマは、今、自分がエイダルフのことをずっと考えていることに気づいた。ウィトビアで初めて会った時以来ずっと、自分たちの間には何か不可思議な作用が起こったかのように、互いに共鳴し合うものがあると、彼女は感じていた。彼との付き合いを楽しんでいた。彼との冷やかし合いや、半ば真剣な議論は、常に楽しかった。さらに言うならば、エイダルフの男性としての魅力にも、決して無関心ではなかった。

フィデルマは、二十八歳の時、自分が結婚適齢期を遥かに過ぎていることに気づいた。この時代の若い女性は、ほとんど十六歳から二十歳の間に結婚するのが普通だった。修道女としての精神的生き方を貫くために現世を捨てようと明確に意識して、結婚を拒否してきたわけではなかった。ただ、いつの間《ま》にか、そういうことになっていた。それに、経験がなかったわけでもなかった。

ブレホンの長《おさ》、〝タラのモラン〟の法学院における学徒としての生活の二年目に、彼女は〈フィアナ〉(1)、すなわち大王《ハイ・キング》直属の親衛隊の若き司令官《スペリスタ》と巡り合った。彼の魅力は、今思い返してみれば、単に身体的なものにすぎなかったのだが、フィデルマは情熱的な激しい愛を体験した。しかし、この愛は、若い勇者キアンが別の娘と共にタラを去ったことで、何の劇的場面もなく、終わりを告げてしまった。キアンの新しい相手は、ただ家庭を作りたがっているだけの娘で、彼に知的な劣等感を感じさせることなど、全くなかった。キアンは、肉体派であり、彼の生き方は、思索ではなく、行動によって計られるものであったのに、フィデルマは常に勉学に没頭しており、古代の文献を読み耽《ふけ》っていたのである。

それ以来、彼女はよく思い返してきた。『アモス書』(第三章三節)に記されているではないか、〝二人《ふたり》もし相会《あいくわい》せずば、争《いか》で共《とも》に歩《ある》かんや〟と。

だが、恋の終焉を何とか論理的に捉えようとしても、この体験は、彼女に傷となって残った。キアンに会った時のフィデルマは、若く、溌剌《はつらつ》としていた。キアンから拒まれたことは、彼女から無邪気な幻想を奪った。そして、いかにそのことを自分から隠そうとしても、この経験は、彼女に苦い後味を残した。実のところ、彼女はまだ、それから回復していなかった。その経験を、いまだ忘れることができずにいた。おそらく彼女は、忘れることを、自分に許していないのであろう。

それ以来、彼女は、人生への情熱の全てを、勉学と知識の習得とその応用に注いできた。ふたたび男性に近づくことを、自分に許さなかった。といっても、かりそめの恋愛まで拒否したわけではない。フィデルマは、アイルランドという自国の文化をもって生きており、自然な喜びを自分に禁じるキリスト教の禁欲主義を、善しと考えてはいなかった。自分の肉体の否定は、彼女から見れば、不自然なものだ。聖職者の独身制を規則として強制することに、彼女は賛同できなかった。これは個人の選択であって、教会が強いる教条《ドグマ》ではないはずだ。

とにかく、彼女の恋愛は、いずれも浅く束の間のものだった。新しい愛に巡り合うたびに、フィデルマは、より深く、より長続きする関係を求めた。自分と相手との間には、真摯な絆《きずな》があると信じた。だが、どの恋愛も、失望に終わった。


気がつくとフィデルマは、考えこみながらサクソン人修道士をじっと見つめていた。二人の意見は、自分たちの性格の違い、文化の違いのせいで、奇妙にも絶えず衝突していた。それにもかかわらず、フィデルマは彼と共にいる時には、常に温かさ、楽しさ、心地よさを、感じるのだった。これは、どういうことなのかと、フィデルマはその理由を見出したかった。

そして、友人〝キルデアのエイターン〟修道院長が、地位を擲《なげう》って結婚に踏み切ろうとした時、彼女に説明してくれた言葉を思い出した。「時には、何が正しいかが、本能的にわかることもあるのよ、フィデルマ。男と女が出会い、自分は相手を理解している、相手からも理解されていると、即座に感じ取れることがあるの。そうした場合、一瞬の出会いが、そのまま二人の間の限りない愛となるの。長い時間をかけて友情を築きあげ、徐々に相手を発見してゆくことなど、必要ないの。まるで二つに分かれていたものが、出会ったその瞬間に一つになったように感じるの(2)」

フィデルマは、眉を曇らせた。エイターンの確信が羨《うらや》ましかった。

だが彼女は、はっと我に返った。エイダルフが一区切り話し終えて、彼女の応答を待っていた。

「パトックの野望？　そう思っておいでなの？」彼女は何とかそう答えると、頭を振って、今抱えている問題に気持ちを戻した。「何も、ウィガードを殺害しなくとも、ただこの件を教皇のお耳にお入れすればいいではありませんか？　このように恐ろしい秘密が暴かれたら、ウィガードはどうやって大司教になれます？」

エイダルフは、大目に見てあげようというかのように、彼女に微笑みかけた。

「でも、パトックに、どんな証拠があります？　彼の根拠は、ただオシモの言葉だけで、それも、すでに盗《ぬす》っ人《と》と宣告されているローナンからの伝聞です。信用できる証人もなしに、どうやってパトックに、暗殺者の告白を立証することができます？」

フィデルマも、その点は認めた。

「それに」と、エイダルフは続けた。「パトックもまた、暗い秘密を抱えています。これは、ブラザー・セッビに知られているはずです。つまり、彼自身の好色な性向という秘密です。もしウィガード殿を告訴しようものなら、たちまちパトックのほうも、反対に告訴されてしまいますよ」

「その通りね」とフィデルマは、この意見も受け入れた。「それにしても、パトックの野心は、大司教指名者《デジグネイト》の絞殺をやってのけるほど、激しいものだったのかしら？　それに、どうしてローナン・ラガラッハまで殺したのでしょう？　この話の情報源なのに」

エイダルフは、肩をすくめた。

「ブラザー・セッビが、はっきり言っていますよ、パトックは非情な男だと」と答えたものの、エイダルフの意気込みは、いささか揺らいだようだ。

二人は、来客棟までやって来て、急いで階段を昇った。

だが、階段を昇りきったところで、エイダルフは急に立ち止まり、停止の合図に、フィデルマの腕を押さえた。

「我々二人でパトックに対決するより、フーリウス・リキニウスと彼の部下たちが来るのを待ったほうがいいのではありませんか？」

彼らは、コルネリウスを衛兵隊の独房に連れて行くフーリウス・リキニウスとはいったん別れて、あとでパトックの部屋で合流しようということにしていたのである。

フィデルマは、もどかしげに首を横に振った。

「もしパトックが本当に犯人であれば、かえって私たち二人を襲おうとはしないでしょうよ」

エイダルフの顔に、困惑の色が広がった。

「コルネリウスから、あのような話を聞いたのに、パトックの犯罪への関わりを、まだ疑問視しておられるのですか?」

「パトックが関わっていることは、疑っていません。でも、どこまで関わっているのかは、まだ立証されていませんわ」

フィデルマは中廊下を進み、スタングランドの修道院長の部屋の前で、足を止めた。

彼女は、扉に身を寄せて、軽く叩いた。

扉の向こうで、かすかに人の動く気配がした。そして、静まり返った。

「パトック院長殿! 私です。〝キルデアのフィデルマ〟です」

その呼びかけに、答える声はなかった。フィデルマは眉を上げてエイダルフを振り向き、ゆっくりと頷いた。その合図を、エイダルフは諒解した。

サクソン人修道士は手を伸ばし、静かに把っ手を回して、さっと扉を開いた。

部屋に一歩入った途端、二人は室内の情景に愕然として立ちつくした。

寝台を横切る形で、パトック院長が、仰向けに横たわっていた。氷のように青い目を見開き、もはや何も見ることのないガラスのような死の凝視でもって天井を見つめていた。死因は、疑いの余地なく、見て取れた。彼の筋ばった首に巻かれた〈祈禱用の細帯《プレイヤー・コード》〉は、ほとんど肌に食いこむほど強く、締めあげられていた。黒っぽく変色した舌が唇の間から覗き、何か滑稽《こっけい》なほどグロテスクな驚愕の表情を、さらに強調している。空《くう》を摑んでいる鳥の鉤爪《かぎづめ》のような両の手は、今は体の両脇に静かに伸ばされてはいるものの、その緊張は緩んではいない。スタングランドの修道院長パトックは、ウィガードやローナン・ラガラッハ修道士と全く同じやり方で、絞殺されていた。

その姿は、フィデルマとエイダルフの目に、一瞬にして焼きついた。

しかし、すぐに二人の口から、ほとんど声を合わせたように同時に飛び出した叫びは、遺体の上に屈みこんでいる人間を見ての反応だった。

エインレッド修道士が、部屋へ入ってきた二人のほうを、さっと振り返った。彼らを凝然と見つめたその顔は、ぞっとするばかりに蒼ざめていた。フィデルマは、一瞬、追い詰められた獣と向き合っているかのような戦慄を覚えた。

この強烈な場面は、活人画《タブロー》となって永遠に封印されてしまったかに思えた。実際には、ほんの一瞬のことであった。次の瞬間、エインレッドは不明瞭な喚き声をあげながら部屋を突っ切って、唯一の出口、三階下の小さな中庭を見下ろす窓へと、突進した。だが、エインレッドが向かっている窓の外壁にめぐらされているのは、幅の狭いほうの張り出し《リッジ》であることに、フィデルマは気づいた。

エイダルフも、窓を目指して、突進した。だが、長身の元奴隷は振り向いて、一撃でもって彼を殴り倒してしまった。エイダルフは二、三歩後ろへ突き飛ばされて壁に激突し、呻《うめ》き声をもらしながら、くずおれた。

フィデルマも、思わず前へ飛び出していた。

エインレッドは、窓枠をまたごうとしながら、彼女の動きに気づき、法衣の襞《ひだ》の下からナイフを取り出した。フィデルマは、ナイフがぎらりと光るのを目にして、横へ飛びのいた。一瞬の差で、銀のようにきらめくナイフが飛んできて、フィデルマの背後の戸口の枠に、突き刺さった。

フィデルマの注意がそちらに向かった隙に、エインレッドはさっと身を翻《ひるがえ》して窓枠を越え、張り出しに降り立った。

腹立たしげな呻き声をもらしつつ、エイダルフが頭を振って立ち上がった。そして、気がついた。獲物が逃げ失せようとしている。彼は、飛びかかった。だがエインレッドは、素早く張り出し伝いに逃げていこうとしていた。

フィデルマが窓まで来た時、エイダルフも窓の外へ出ようとしていた。だが彼女は、彼を引きとめた。

「いけません。あまりにも狭いし、危険です。この前、ここを見ましたから、知っています」と彼女は命じた。「漆喰《しつくい》は古いし、危なげでした」

「でも、彼は、逃げてしまいますよ」と、エイダルフは反対した。

「どこへ、逃げるというのです？」

エイダルフは、今エインレッドがそちらへ渡ろうとしている、幅の広い張り出しを指さした。

「あれは、外事局に通じています」と、彼女は答えた。「エインレッドは、そう遠くへは逃げられますまい。あなたが危険を冒す必要は、ありませんわ、エイダルフ。私ども、衛兵隊に急を知らせましょう」

二人が窓から離れようとして向きを変えた時、石材が崩れる音と、動物的な悲鳴が聞こえた。エインレッドは、張り出しの石膏が自分の足の下で崩れかけているのに気づき、狭く高い足場から、まだ四フィートも距離があるのに、隣接する建物の、もっと幅の広い張り出しに跳躍しようとしたのだ。だが、遅すぎた。乾ききった石膏細工は、彼が跳躍する前に、崩壊してしまった。

もう一度、耳をつんざく悲鳴を残して、元サクソン人奴隷は、真っ逆さまに石畳の中庭へと、墜落した。

フィデルマとエイダルフは、下を覗いた。

エインレッドの頭は、奇妙な角度に捩じれていた。敷石の上に、暗い染みが広がりつつある。彼の死は、疑いようもなかった。

エイダルフは、深い吐息をつきつつ窓辺から引き下がると、衝撃を受けとめかねて、頭を振った。

「ああ、こういうことだったのだ。あなたは、ずっと、正しかったのですね、フィデルマ。私は、パトックに、悪いことをしてしまった。初めから、エインレッドだったのに。セッピから、エインレッドには、以前、雇い主を絞殺した過去があると聞かされた時、それを事件の解決とするのは、あまりにも見え透いていると思って、退けてしまったのでした」

フィデルマは、それに対して、何の意見も述べなかった。ただ部屋の中央に立って、目を細めて、室内をじっくりと見まわした。

エイダルフは言葉を切り、頭を掻いた。

「でも、エインレッドは一人で、こうしたことをやってのけたのだろうか？　彼は、少し足りない男です。違うな。多分、私のパトックへの断罪は、間違ってはいなかったのです。おそらく、エインレッドは、パトック院長の指示で動いていたに違いない。このほうが、あり得そうです」エイダルフは、この解釈に満足したらしい。「やがてエインレッドは、これに嫌悪を覚え始め、主人のパトックを殺害した。そうです、彼が奴隷であった頃、主人の農夫を殺したように、です。どう思われます？」

エイダルフは振り向いて、フィデルマに熱心な視線を向けた。だが、彼女は聞いていなかった。まだ、深く考えこんでいるらしく、じっと立ちつくしていた。エイダルフは、人に聞こえるような溜め息をついた。

とにかく彼は、「私は、フーリウス・リキニウスを探しに行ってきます。ここで何が起こったかを、告げておくほうがよさそうですから」と、言ってみた。

フィデルマは、上の空で頷いた。彼女は、スタングランドの修道院長を見下ろしながら、まだ何事かに気を取られているらしい。

「大丈夫ですか？」と、エイダルフは心配になって、訊ねた。「つまり、私が戻ってくるまで、お一人になりますが？」

「ええ。ええ」彼女は、死体に向けた観察の視線を上げようともせずに、曖昧な返事を彼に返した。

エイダルフは少し躊躇《ためら》ったものの、肩をすくめると、彼女を一人残して、フーリウス・リキニウスを探しに行くことにした。彼は、外部からかすかに聞こえてくる動揺した人々の叫び声に気づいた。下の中庭には、エインレッドの死体のまわりに、すでに人が集まり始めているようだ。

一人残ったフィデルマは、なおもパトックの死体を見続けていた。

パトックの死体を発見した時、すぐに何かがフィデルマの記憶に焼きついた。ところが、エインレッドの失敗に終わった跳躍という、目の前で起こった衝撃のあまり、それは脇へ押しのけられてしまっていた。

彼女は目をつぶり、記憶を甦《よみがえ》らせようとした。エインレッドは、パトックの遺体の上に屈みこんでいた。遺体の上に屈みこんで、修道院長の鳥の鉤爪のような手をこじあけようとしていた。そう、それだ。彼女は目を開き、パトックの手を調べようとした。固く握りしめたその手の中には、引きちぎられた布切れがあった。だが、まだ何か、ある。何かが、布切れに留められている。歪んだ赤銅《コパー》だった。コパーとガラスでできた、装身具の一部だった。

フィデルマは、二、三分かけて、どうにか握り拳《こぶし》を緩め、それを取り出すことができた。これには、見覚えがある。どこでだったろう？　そして、思い出した。ゆっくりと、満足の笑みが、彼女の面《おもて》に広がった。ついに、全ての断片が、おさまるべきところにきちんと当てはまったのだ。

エイダルフがフーリウス・リキニウスと共に戻ってきた時、彼女は手にその品を握りしめて、まだパトックの部屋の中央に立ちつくしていた。

「これで」とリキニウスは、上機嫌で、低く呟いた。「ついに我々は、この事件の謎を解明できたのですねえ」

「いかにも、私たち、解明できましたわ」とフィデルマは、はっきりと保証した。「〝アレクサンドリアのコルネリウス〟は、ここの独房に、すでに収監されているのですね？」

衛兵隊の小隊長《テッセラリウス》リキニウスは、そうしてあると、はっきり答えた。

「では私は、ちょっと彼に会ってきます。その間に、フーリウス・リキニウス、あなたは衛兵隊の司令官、マリヌス司令官殿のところへ行って下さい。彼から、ゲラシウス司教殿に依頼してもらいたいのです。ウルフラン修道院長、イーファー修道女、セッピとイネの両修道士を、衛兵隊司令官執務室に招いて欲しいと。マリヌス殿には、このゲラシウス司教殿からの招聘《しょうへい》という点が大事なのだと、伝えておいて下さい。ウルフラン修道院長から、抗議が出ると困りますのでね」

「わかりました」と、衛兵隊の若い士官は、承知した。

「では、お願いしますね。エイダルフ、あなたも、リキニウスと一緒に、先に行って下さい。私は、コルネリウスに会ったら、すぐにそちらへ参ります。そして、皆が集まりましたら、この事件全体について、説明させてもらいますわ。ああ、我が友エイダルフ、何という悪と復讐の物語でしょう」

フィデルマは、さっと嫌悪の情に顔を歪めて、彼に背を向けると、何やら戸惑い顔のエイダルフとリキニウスを後に残して、部屋から出て行った。

第十七章

修道女フィデルマが要請した通りに、人々は皆、宮殿警備の軍事的長官である衛兵隊司令官《スペリスタ》マリヌスの執務室に集まっていた。装飾をほどこした暖炉の前の椅子に、ゲラシウス司教が、ほかの人々を圧する風格で坐っている。肘を椅子の腕木につき、両手の指先を突き合わせるように構え、その上に顎を休めているところは、祈禱の姿勢をとっているようにも見える。だが、厳《いか》めしい鷹のような彼の顔立ちは、まさに黒い数珠玉《ビーズ》のような目で獲物を見つめ待ち受けている猛禽《もうきん》だ。暖炉の反対側にはマリヌスが坐っていたが、見るからに待ちかねて苛立っている様子だ。根っからの行動の人で、活動することができないままに長時間を過ごすことの苦手な人物なのだ。衛兵隊小隊長《テッセラリウス》フーリウス・リキニウスが、両手を後ろに組み、表情を殺した顔で、司令官の横に、やや下がって立っていた。

ウルフラン修道院長、イーファー修道女、セッピとイネの両修道士にも、椅子が用意されていた。修道院長ウルフランも、このような手順に退屈しているかのように、そわそわと落ち着きがない。絶えず手を伸ばしては、首のまわりまで覆っている被り物の裾をまさぐっている。その傍らに坐っているイーファー修道女の顔には、どうして自分がこの一座の中に入れられたのかわからないというような戸惑いの表情が浮かんでいた。

イネ修道士は、常よりさらに落ち着いた態度で目を伏せ、じっと床を見つめていた。だが、その隣りに坐っているセッピ修道士のほうは、自惚《うぬぼ》れの強い、いつもの彼であった。面《おもて》には、皮肉な笑みが浮かんでいる。フィデルマは、この部屋に入ってセッピを目にした途端に、一瞬、クリームの鉢を前に、これからそれを味わおうとしている猫を思った。もちろんセッピは、自分の野心の達成は目前だと、信じているに違いない。彼が、今は亡き、だが誰からも哀悼《あいとう》されていない、スタングランドの修道院長パトックの靴を履《は》く資格を持つ者、彼の後任に納まる資格を持つ者は、自分を措《お》いて他には誰もいないと、状況を見ていることは明らかだ。

フィデルマに先立ってやってきたエイダルフは、扉のすぐ内側に自分の立ち位置をとっていた。頰には、やや緊張の色を漂わせている。彼は、先刻のエインレッドの死亡以来、フィデルマがこの事件について一切論じ合おうとしていないことに、いささか驚いていた。そして、苛立ってもいた。これまでのいくつもの事件から引き出される結論は、ウィガード、ローナン・ラガラッハ、それに今やパトックまで含む三人の殺害を手がけた犯人はエインレッドだ、というものだ。ところがフィデルマは、それに賛成ではないらしい。それが、彼の苛立ちをさらに募らせていた。しかしフィデルマは、私の考えていることは、証拠に基づいてはいるものの、まだ仮説の段階だ。ただし、いくつもの事実の積み上げから得た仮説だ。これをもって、犯人だと睨《にら》んでいる人物から、何らかの告白を引き出すことができるかもしれない。そうなれば、私の結論を証拠立てることができるはず。だから、もう少し待って、と言って、エイダルフの不満を宥《なだ》めようとした。だが、誰を犯人と疑っているのか、その名前を明かそうとはしなかったのだ。フィデルマは、ウィガードを絞殺したその同じ手が、ローナンとパトックの命を絶った、と言い張っていた。そう確信していた。だが、さらに言い張っていた、その手の持ち主は、エインレッドではないと。

彼女が司令官の執務室に入っていくと、ゲラシウス司教は面を上げ、疲れたような笑みを、彼女に向けた。ラテラーノ宮殿の伝奏官《ノメンクラートル》ゲラシウス司教は、疲労困憊といった状態であるようだ。

「それで、修道女殿」と言いながら、ゲラシウスは、彼女への挨拶として片手を差し出したが、フィデルマが彼の椅子から数歩離れたところで立ち止まったので、その手を元に戻した。ローマ・カトリックの仕来りでは、人々は彼の高位聖職者の印である司教指輪に接吻することになっている。だが、それをあくまでも無視するフィデルマの態度に、今ではゲラシウスも、ほとんど慣れてきていた。「詳細な説明はしてくれずとも、よろしい。どうやら、我々が抱えていた全ての不可解も、エインレッドの死をもって解決されたようだ。あとはただ、エイダルフ修道士とフィデルマ修道女の努力に、祝意を表するのみだな」

マリヌスと、セッビとイネの両修道士の口からも、賛同の呟《つぶや》きが聞かれた。ウルフランとイーファーからは、何の反応もなかった。

フィデルマは、一座の人々を見渡したが、その頬に浮かぶ微笑に、喜びの色はなかった。

「やらねばならぬことが、まだ残っているのです、ゲラシウス様」とフィデルマは、言葉を注意深く選んだ。「ウィガード殿の殺害者が何者であるかを明らかにし、それによって、ウィガード殿に関わる事件の全貌を解明しなければならないのです。なぜなら、ウィガード殿の殺人者が、その死を隠蔽するために、ローナン・ラガラッハ修道士とパトック修道院長をも、手にかけたからです」

突然、部屋に緊張がみなぎった。今や彼女は、一同の熱心な注目を集めていた。誰もが衝撃を受け、面に確信の持てない表情を浮かべていた。彼らの目は、蛇を見つめる兎《うさぎ》のそれであった。これらの顔の一つが、その裏に、罪にまみれた苦悩する魂を潜めているのだ。フィデルマは、自らの推論が正確であることを願った。だが、それは、これから見極めてゆかねばならない。

修道女フィデルマは、慎ましく両手を胸の前で組んで、ゲラシウスとマリヌスの間に立ち、暖炉を背にして、一座の人々に向かい合った。

ゲラシウス司教は、動揺の面持ちで、しばし無言のまま彼女を見守っていたが、やがて、かすれた音をたてて咳払いをした。

「儂には、わかりかねるのだが、修道女殿。エインレッド修道士を現行犯として逮捕したのでエインレッドは自分が手にかけた犠牲者、今は亡きパトック修道院長の亡骸《なきがら》の上に屈みこむようであったりはないのか？ リキニウスから聞いておるぞ、その方《ほう》とエイダルフが部屋に入っていった時、

はないのか？ リキニウスから聞いておるぞ、その方《ほう》とエイダルフが部屋に入っていった時、エインレッドは自分が手にかけた犠牲者、今は亡きパトック修道院長の亡骸《なきがら》の上に屈みこむように立っていたというではないか？ そうではなかったのか？」

「二、三分、お時間を頂きたく存じます」とフィデルマは、質問には答えずに、彼にそう告げた。「ウィガード殿の死に関して、いくつもの謎がございました。さまざまなことが起こり、それが事件の本質を、おぼろにかすませておりました。私どもは今、これらをはっきりと見極め、それによって小麦と籾殻《もみがら》を篩《ふる》い分けてゆかねばならないのです」

ゲラシウス司教は、賛意を確かめようと、マリヌス衛兵隊司令官に視線を向けたが、明らかに苛立ちを覚えているらしいマリヌスは、それを石のように無表情な顔の下に押し隠そうとしていた。ゲラシウスは顔を元に戻し、フィデルマに向かって手を振ってみせた――半ばは先を続けよとの合図、半ばは彼自身の戸惑いを表す仕草だった。

「かしこまりました」フィデルマは、彼の身振りを続けよとの合図と解して、そう応じた。

「皆様すでにお気づきのように、ここには解き明かすべき謎が二つ、ございました。エイダルフと私が調査に取り掛かりました時に、このことが事件を紛らわしくしておりました。なぜなら、私どもは、この二つの謎は、当然一つの事件の別々の一面なのだと考えていたからです。ところが、この二つは全く別の事態であって、互いに何の関連性もなく、たまたま同時に発生

したにすぎなかったのです」

一座の人々が、何とか彼女の説明を理解しようと苦労しながらも結局は途方に暮れていることは、はっきり見て取れた。フィデルマは、いよいよ謎解きにかかった。

「第一の事件は、単純でした。ウィガード殿の殺害です。でも、誰によって、なのか？　ここに、第二の事件が起こり、第一の事件を複雑にしてしまいました。ウィガード殿の財宝が盗まれたのです。〈ローマの司教〉でもある教皇猊下《げいか》に贈呈するために彼が運んできた貴重な品々と、猊下の祝福を頂いてくるようにとサクソン諸王国から託されてきた数個の聖餐杯《チャリス》のことです。誰が、それをウィガード殿から奪ったのか？　初めのうち、私どもは皆、これは、ウィガード殿が殺害され、彼が保管していた財宝が盗まれた、という一つの事件だと考えておりました。ウィガード殿の殺害者が何者であれ、その人物が盗みも行《おこな》ったのだと。それよりも、むしろ、盗みを行った者が、殺人も行った、というほうが、よいかもしれません。

しかし、実際は、そのようなことではなかったのです。当然、そこに解決を見出すことはできませんでした。この二つは、全く別の行為であり、両者の間には、何の繋《つな》がりもなかったのです」

ゲラシウス司教は、フィデルマが述べる論旨を把握《はあく》して重々しく頷き、フィデルマに問いかけた。

「ウィガードの財宝を盗んだ者は、彼を殺害してはいない、と言われるのだな？」ゲラシウスは、自分がフィデルマの結論を理解したことをはっきり示そうと、重い声で、そう念を押した。

フィデルマは彼を見やり、微笑でそれに応えた。

「はい。その通りでございます。でも初めのうち、そうとはわからず、誤った推測のもとに、調査を行っておりましたため、私どもの仕事は滞っておりました。実は、ローナン・ラガラッハ修道士とオシモ修道士は、ウィガード殿がカンタベリーからローマへ運んでこられた財宝を盗み、それを、キリスト教の偉大なる施設であるアレクサンドリアの大図書館にかつて所蔵されていた稀覯本《きこうぼん》数点の購入費に充てようとしていたのです。ムハンマドの信奉者たちが、今から二十年ほど前に、アレクサンドリアの大図書館を占拠し、その折に古代ギリシャ世界のきわめて貴重なる古文書も、かなり彼らの手に落ちてしまったことを、我々は知っております。

一週間ほど前のことです。一人のアラビア人商人が、アレクサンドリア大図書館が破壊された折に秘かに救い出されたという、きわめて貴重な医学書を十数冊携《たずさ》えて、ローマにやってまいりました。ヒポクラテス、ヘロフィルス、〝ペルガモンのガレノス〟等の著作でした。その中の数冊は、全世界でアレクサンドリアの大図書館にしかなかった、計り知れない価値を持つものでした。この目端《めはし》の利く商人は、ローマにおけるもっとも優れた医師の一人、かつてはアレクサンドリアの学徒であり、ムハンマドの信徒たちがこの都を占拠した時に脱出してきた人物に、接触してきました。医師は、商人が売ろうとしている書籍の真価を評価できる人物でした。アラビア人の商人は、そのことを知っていたのです。もちろん、〝アレクサンドリアのコルネリウス〟のことでございます」

フィデルマは、ここで言葉を切った。誰も、一言も言葉をはさもうとはしなかった。コルネリウス逮捕の情報は、すでにラテラーノ宮殿に広まっていたのだ。

「コルネリウスは、ローマで、すでに教皇ウィタリアヌスの個人的な侍医という、よい地位についていました。しかし、アラビア人が要求する金額を工面できるほど裕福ではありません。アラビア人商人の持ち出した金額は、彼の財力を遥かに上回っていたのです。でも彼は、この数点の書籍を入手したくてならなかった。彼は、よく知っていたのです、これらの偉大なる医学書の価値を。また、もし自分がこれらを確保する手を打たなければ、これら計りがたい価値を持った書籍は、永遠に文明の中から消失してしまうということも、よくわかっていました」

「どうしてコルネリウスは、我々のところへやって来なかったのだ。我々には、それだけの金を準備できるはずなのに？」と、ゲラシウスは訊ねた。「確かに我々は、今、それにまわせるだけの金を手許に持ってはおらぬ。しかし我々には、キリスト教世界の至宝たるこれらの書籍を救い出すために、それだけの金を用意することはできるはずではないか」

一言、説明を加えようと考えて口を開いたのは、エイダルフであった。彼は、自分で定めた扉の前の位置に立ったまま、ゆっくりと話し始めた。

「一言で言うなれば――貪欲のせいです。コルネリウスは、それらの書籍を、我が物としたかったのです。もしこれらの書物を自分の物とすることができれば、彼は自分の奔放な白昼夢さえ及びもつかぬ富を、得ることになるのです。しかし彼は、〝富〟を金銭的な意味でのみ考えたのではありません。書籍そのものの価値ゆえに、これらの書物を〝富〟と見做したのです。彼は、これらの書籍を、ぜひとも手に入れねばならなかった。これらを、所有せずにはいられなかったのです」

フィデルマは頷いて、彼の説明に対する感謝を表すと、ふたたび先を続けた。「コルネリウスは、同じくアレクサンドリア人であるオシモ・ランドーを語らって、共に計画を進めることにしたのです。コルネリウスは、書籍をムハンマドの手から取り戻すための身代金として、分《ぶ》限者《げんしゃ》から財宝を奪うことを、すでに考えておりました。そして、外国関係の事務局に勤務している外事局副主任のオシモ・ランドーは、ローマに住む外国人有力者や彼らの財産に関する情報を得られる地位にいるのです。

ちょうどその頃、ウィガード殿とその随行者の一行が、優にアラビア人商人の要求に応えられるほどの財宝を携えて、ローマに到着しました。そこで二人は、ウィガード殿から貴重品を頂戴しようと決めたのです。おそらくオシモは、偉大なる宝を異教徒の手から救い出すことは神意にかなう仕事なのだとでも、説得されたのでしょう。きっと、コルネリウスは、これらの書籍を自分の所蔵物にしようという魂胆を、オシモに明かしてはいなかったのだと思います」

彼女は言葉を切り、戸惑っている一同の顔を見まわして、微笑した。

誰もが、無言のままだった。フィデルマはすぐに、説明を続けた。「オシモ・ランドーには、恋人がおりました。ローナン・ラガラッハ修道士が、その人でした。オシモは、彼も自分たちの企ての仲間に入れようと、コルネリウスを説きつけました。一人の、あるいは二人の頭より、三人寄れば、さらにいい知恵が浮かぶかもしれない。そこでコルネリウスも、この提案を受け入れることにしたのです。彼らが考えたのは、ウィガード殿が眠っている隙に宝物《ほうもつ》を盗み出そう、というものでした。ローナンは、この計画を実行するための準備として、来客棟《ドムス・ホスピターレ》の下調べをしておこうとしました……」

「それが、ウィガード殿が殺害される前の日の夜のことでした」この部屋に入って初めて、フーリウス・リキニウスが、はっきりした口調で言葉をはさんだ。「その時、自分は、来客棟の外の中庭に潜んでいた彼を、捕らえかけていたのです」とリキニウスは肩をすくめ、気恥ずかしげな笑いを面に浮かべた。「ところがローナンは、自分をごまかして、まんまと逃げ失せてしまったのでした」

「そういうことだったようですね」とフィデルマは、頷いた。「彼は、各部屋の配置を調べていたのです。来客棟の後ろ側は、もう一つの中庭よりも狭い、小さな中庭になっています。来客棟のこの庭に面した側の外壁には、窓のすぐ外のところに、狭い張り出し《リッジ》が帯のように延びています。実は、来客棟のごく近くには、もう少し新しい建物が一棟建っておりまして、こちらの棟の張り出しは、もっと幅広く作られており、それが来客棟の張り出しに一番接近しているのは、エインレッド修道士の部屋の窓のところでした。オシモたちにとって幸いだったことに、外事局の彼らの執務室があるのが、この新しいほうの建物でした。しかも、ウィガード殿がたの部屋と同じ高さの階なのでした。この張り出しこそ、来客棟に忍び込む最善唯一の道でした。なぜなら、中庭や来客棟一階の階段昇り口には、宮殿衛兵隊の衛兵たちが見張り番を勤めていて、そこを通って来客棟に入ることは不可能だったからです。

しかし、張り出し伝いにエインレッドの部屋へ行き、その窓から来客棟に入り込むためには、もちろん、エインレッドに部屋を留守にさせる必要があります。そこで、決行と決めた夜に、コルネリウスはエインレッドを自分の邸《ヴィラ》に熱心に誘い、オシモとローナンが来客棟に入り込んで宝物を無事に盗み終えたと思われる時刻まで、彼を引きとめていたのでした。計画は、うまく運びました。ある時点までは……」

フィデルマは言葉を切り、人々の表情を注意深く見渡した。

司令官マリヌスは、相変わらず無表情な顔で前方を見つめていたが、ゲラシウス司教のほうは、今やすっかり興味をそそられているようだ。

「ある時点までは？」と、彼はフィデルマの言葉を繰り返した。「どういうことかな？」

「彼らの計画では……」とエイダルフが、先ほどの自分の発言にフィデルマが見せた反応で意を強くして、その説明役を買って出た。「先ず、ローナン・ラガラッハは、窓からエインレッドの部屋に入り、それを通り抜けて、中廊下に出て、ウィガード殿の部屋に向かう。オシモはエインレッドの部屋で待っている。ローナンは麻袋に財宝を詰めてエインレッドの部屋に引き返し、それをオシモに渡す。オシモはその袋を持って張り出し伝いに新しいほうの建物に戻り、ローナンのほうは、二つ目の袋に残りの財宝を詰めて、外事局執務室に戻っているオシモの許へ帰ってくる、という段取りだったのです」

「ところが、ウィガード殿の部屋に入っていったローナンは、彼の遺体を発見することになったのです」とフィデルマが、ふたたび説明を引き受けた。「ローナンは、逃げ出そうとしました。でも、この事態によって、高価な宝を手に入れるという自分たちの計画を変える必要はない、と思い直したのです。宝物は、目の前の木櫃の中にあるではないか。ローナンは、貴重品を袋に詰め、自分たちに不要な品は隠しておきました。彼と彼の共謀者たちは、すぐ金銭に換えられる物しか、必要としていませんでしたから。彼は、この最初の袋をオシモに渡し、オシモはそれを持って張り出し伝いに、新しいほうの建物へ戻っていきました。ローナンは、残りの貴重品を取りに、ウィガード殿の部屋へと引き返しました。

やがてローナンは、二つ目の袋を持って、エインレッドの部屋に戻り、その窓から外の張り出しに出ようとしました。その時、気がついたのです、ウィガード殿の部屋の扉をきっちりと閉めてこなかったと。あとから考えれば愚かしいことでしたが、彼は、死体の発見を遅らせるために引き返して扉を閉めておかねばならないと、決断しました。そこで、二つ目の袋をエインレッドの部屋の窓際に置き、ふたたび中廊下へ出ました。そして、開いていた扉が、すでに十人隊長《デクリオン》マルクス・ナルセスによって発見された、と知ったのです。まさにローナンが恐れていた最悪の状況でした。ナルセスは、死体も発見していました。ローナン自身も、見つかってしまいました。咄嗟の機転で、彼は、階段を使って来客棟から逃げ出そうとしました。友のオシモと宝物の入った二個の麻袋から追跡者を逸らすためには、エインレッドの窓の外の張り出しを使うわけにはゆかなかったのです」

フィデルマは、ふたたび言葉を切って、疲れたような微笑を、頬に浮かべた。

「ローナンが、殺人を犯した直後に現場から逃げ出したということは、あり得ません。マルクス・ナルセスが、そうとは気づかずに私に告げたところによると、彼が発見した時、ウィガード殿のご遺体は、すでに冷たかったそうです。もしローナンがウィガード殿を数分前に殺害したのであれば、ご遺体にはまだ温《ぬく》もりが残っていたはずです。したがって、ウィガード殿は、少なくとも一時間かそれ以上前に、殺害されていたのです」

ゲラシウスは、眉を寄せて考えこみながら、咳払いをして、口を切った。

「紛失した宝物の探索が行われた際に、貴重な宝物を詰めた第二の麻袋は、どうして見つからなかったのであろうな？」

「なぜなら、自分の執務室で待っていても、やって来ることになっていたローナンがいっこうに現れないことに不安になったオシモが、エインレッドの部屋に戻ってきたからです。オシモは、そこに置き去りになっている袋を見出し、外の騒々しい気配も耳にしました。それで、ローナンが見つかったのだと悟り、第二の袋を持って、急いで自分の執務室に引き返しました。

オシモは、その後、二個の麻袋を自分の宿に持ち帰り、金銀の財宝の処分のためにコルネリウスがやって来るのを待った、という次第です」

フィデルマは、部屋に集まっている人々の反応を見て取ろうと、彼らを見渡した。しばらく待ったうえで、彼女はふたたび語り始めた。

「したがって、ウィガード殿の財宝の盗難は、たまたま殺人と同じ頃に生じたのであって、殺人事件とは全く関係がなかったのです」

「では、誰がウィガード殿を殺害したと言われるのです？」とマリヌスが初めて発言し、返答を求めた。「修道女殿は、我々に、ローナン・ラガラッハは犯人ではない、と言われるのですな？　だが、先ほどの説明によれば、エインレッド修道士にはウィガード殿を殺すことはできなかった、ということだった。しかし、誰かが殺人者であるはずだ。では、誰です？」

フィデルマは、衛兵隊司令官を、ちらっと見やった。

「水をいただけないでしょうか？　咽喉《のど》が渇いてしまいました」

フーリウス・リキニウスがさっと進み出て、陶器の瓶といくつかの高杯《ゴブレット》が載っているテーブルに近づき、高杯の一つに水を注いで、それを渡してくれた。彼女は若い衛兵に微笑みかけて感謝を示し、ゆっくりと、高杯の水で渇きを癒した。人々は、もどかしさを抑えて、彼女を待った。

やっと、フィデルマが先を続け始めた。「重要な手がかりを私に与えてくれたのは、今は亡きローナン・ラガラッハでした」

今やエイダルフまでもが、二人でこれまでに集めてきた情報を高速度で思い返しつつ、自分は何を見落としているのだろうと、顔をしかめて必死にそれを突きとめようとしながら、身を乗り出していた。

「コルネリウスによれば、ローナン・ラガラッハはウィガード殿に対してかねがね軽侮の念を抱いていたため、彼の財宝を奪うというこの企みに、喜んで参加した、というのです」フィデルマは、高杯を脇テーブルの上に置いた。「ローナンは、ある話をオシモに語りました。オシモは、それを、コルネリウスに伝えたのでした」

ゲラシウスが、突然、激しく息を吸い込んだ。その息づかいの鋭さに、部屋に集まっている人々の中の何人かが、はっと驚いた。

「我々は、ずばりと要点に入るわけにはゆかぬのか？　ある人間が、ある話を、ある人間に告げ、その誰かは、別の誰かにそれを伝え……」

フィデルマは、眉をつっと吊り上げた。ゲラシウスの声は、次第に小さくなり、消えていった。

「私は、自分の流儀でしか、要点に入っていけませせぬ、ゲラシウス司教殿」

彼に答えるフィデルマの声の鋭さに、ゲラシウスは思わず忙《せわ》しげに、目を瞬《しばたた》かせた。彼はややためらってから、諦めの仕草で、片手を上げた。

「では、それで結構だ。ただし、できる限り速やかに続けるがよい」

フィデルマは、ふたたび皆のほうへ向きなおった。

「ローナンは、〝ウィガード〟という名前に、以前、出合っていたのです。数年前のこと、彼は故郷アイルランドを後に、ケント王国へと旅をして、一時期、カンタベリーの街に建つ聖マーティン教会で神に仕えておりました。七年前のある晩、ここへ、一人の男が告解《こっかい》をしにやって来たのです。男は、死を間近にしておりました。彼は盗っ人《ぬすっと》であり、金で殺人を請け負う暗殺者でもあったのです。その数々の罪の中でも、とりわけ男の心を苦しめていた罪科がありました。何年も前のこと、ある聖職者が男を訪れ、自分の妻と子供たちを殺してくれたらと、金を差し出したのです」

ゲラシウスは顔をしかめて身を乗り出し、質問を放った。

「その聖職者は、どうしてそのようなことをしたのじゃ？」

「なぜなら、この聖職者は、激しい野心を胸に抱いていたからです。妻と子供がいては、ローマ・カトリック教会の中で、修道院長や司教の地位に就くことは望めません。この聖職者の心の中で、野心が倫理に取って代わったのです」

ウルフラン修道院長の顔が、朱色に染まっていった。

「私は、ここに坐って、ケントの聖職者が外国人によって侮辱されるのを、黙って聞いてはいられませぬ！」彼女は急に立ち上がり、片手を喉元《のどもと》に上げて、被り物の裾を引っ張りながら、痼癪を破裂させた。

　フィデルマの冷ややかな目が、ウルフランの視線をしっかりと捉えた。

「暗殺者は、聖職者の命令を実行しました」フィデルマは、ウルフランから、強い視線を逸らすことなく、平静な声で、先を続けた。「依頼人が聖職者の務めを果たすために留守にしている夜を選んで、暗殺者はやって来て、聖職者の妻を殺害し、ピクト人の略奪団が近くに上陸して、近隣を強奪して回ったかのように、偽りの痕跡を細工しておきました。次は、子供たちです。ところが、この時、暗殺者は、さらなる欲にかられたのです。この子らは、売ることにしよう。そうすれば、さらに金が手に入ると――サクソン人の間には、欲しくない子供を奴隷として売り飛ばす、という慣行が行われているのです」この最後の言葉は、ゲラシウスのために付け加えられたものであった。「暗殺者は、子供たちを連れて、小舟で大河タメシス（テムズ）を渡って東サクソン王国へ入り、そこで金を必要とする哀れな父親を装って、ある農民に子供たちを売り渡したのです。子供は二人、男の子と女の子でした」

　フィデルマは、ここで言葉を切って、劇的な効果を上げた。室内は、静寂に閉ざされた。やがてフィデルマは、低い声で、人々に告げた。「自分の妻と息子と娘を殺害させるために人を雇った聖職者の名は、誰あろう、ウィガード殿でした」

　一同の口から、恐怖の叫びが、合唱となって湧きあがった。

　ウルフラン修道院長の顔は、怒りの仮面へと変じた。

「この外国人の娘が、ケント王国の敬虔なる司教殿に、このような罪状をなすりつけるのを、どうして許しておかれるのです？」と彼女は、息まいた。「ゲラシウス司教殿、私どもは、ローマを訪れている賓客です。このような悪意から、私どもを守って下さるのが、あなた様の義務のはず。それに、私は、ケント王国に繋がる人間です。こうした中傷が、我が国人たちのローマに対する憤激を引き起こさぬよう、ご注意なさいませ。私は、サクソンの王国の王女でもありますよ。その私が要求するのは……」

困惑に顔を曇らせて、ゲラシウス司教はフィデルマに告げた。

「言葉に、気をつけるがよかろう、フィデルマ」

「この外国人を、ただ叱責されるだけで十分と、お考えなのですか？」とウルフランは、さらに大声で息まき続けた。「私でしたら、このような無礼な振舞いには、亡くなられた敬虔なる司教殿の霊をお慰めするためにも、鞭《むち》打ちの刑を与えてやります。これは、王家に対する侮辱でもあり……」

突然、フィデルマがウルフランに向きなおり、にこやかに笑いかけた。そして、ほとんど囁《ささや》くように、呟いた。

「ああ、サターナーリアの、ですか！」

ウルフラン院長は、奔流のような怒りの言葉を途中で切って、怪訝《けげん》そうな顔になった。

「今、何と言ったのです？」

エイダルフさえ、フィデルマが何を言わんとしているのか、よくわからなかった。彼は、なぜ彼女が異教時代《ペイガン》のローマのサターナーリア祭にあれほど興味を持ったのかを、思い出そうとしてみた。

「かつて、非常にお気に入りの女奴隷を持った、サクソンの王女がおられましてね」とフィデルマは、話題を変えようとするかのように、会話風の口調で話し始めた。「この王女は、隣国の王と婚約が調うと、当然、自分の侍女やその他の奉仕者たちを引き連れて、夫君の国へやって来られました。王女はきわめて信仰心厚い方で、嫁ぎ先の王国においても、キリスト教の教えのために献身され、さまざまな善き仕事を手がけられました。たとえば、ある小さな島に、修道院を建立なさったこともあります。そこは、〝羊たちが飼われている島〟と呼ばれている土地でした。また、王女は、ご自分の女奴隷を解放することも、お考えになりました。さらには、この解放奴隷を、この新しい修道院の院長にまで、任命なさったのです。王女は、この女奴隷を、それは愛《いと》しんでおられたのです……ほとんど、血を分けた実の妹ほどに」

ウルフラン院長の顔は、今は雪のように蒼ざめていた。片手で自分の喉元を、固く摑んでいた。フィデルマを凝視する彼女の目は、恐怖に張り裂けんばかりに瞠《みは》られた。部屋は、しんと静まり返っていた。何の動きもなかった。ウルフラン修道院長は、ただ、アイルランド人修道女を見つめつつ凝然と立ちつくしていた。

呪文は、ゲラシウス司教によって破られた。だが、彼もまた、この部屋のほとんどの人間と同様、フィデルマが話していることを、何一つ理解できていなかった。ただ一人、イネ修道士のみが、修道院長ウルフランの驚愕を、薄笑いを浮かべつつ眺め、楽しんでいた。

「いかにも、今の話は、称賛に値する物語ではある」と、ゲラシウスは、苛立たしげに、発言した。「しかし、それが、目下我々が調べている事件と、どう関わっているのだ？　解放奴隷で、教会の中の高位要職に昇り詰めたものが、どれほどいると思う？　そのようなことは、取り立てて論評するまでもないことであろう。少なくとも、ウィガードに関して我々が審議しようとしている最中《さなか》に、論じ合うことではあるまい？」

「いかにも」とフィデルマは口許をすぼめたが、そのきらめく目は、ウルフランの心の内を覗かせぬ瞳に、据えたままであった。「私はただ、最善の意図も、高慢という罪によって踏みにじられてしまうことがあると、付け加えたかっただけでございます。サターナーリアの祭りでは、奴隷が主人や女主《おんなあるじ》の衣装をまとうという習俗があると、聞いております。この解放され修道院長となった女奴隷は、寛容なる女主である王女から、優しくも〝シスター〟と呼ばれておりました。解放奴隷であった院長は、自分の過去を恥ずかしく思っておりました。そこで、この〝シスター〟を、〝修道女《シスター》〟ではなく、本当の〝妹《シスター》〟として通用させようとしたのでした。でも、王家の一員という地位を装った、その結果は、どうなったでしょう？　彼女は、正義と豊かな人間味をもって人と接するどころか、まわりの人々を全て、自分の奴隷扱いし始めたのです」

エイダルフは、ウルフランとのこの奇妙な、本筋とは関係のないやり取りによって、フィデルマが何を語っているのかを、徐々に理解し始めていた。彼は、これまでとは違った視線で、この傲慢《ごうまん》な修道院長を見つめた。恐怖に目が飛び出さんばかりの顔をしたまま、長身のウルフランがちょうど椅子に坐りこんだところであった。

では、ウルフランは、奴隷だったのか？　彼女は首のまわりの被り物の裾を、いつも神経質にいじっていた。あのスカーフのような被り物の下には、奴隷の首輪の痕が残っているのであろうか？　続いてエイダルフは、フィデルマに視線を戻した。彼女は、一体どこまで、これを追及する気なのだろう？　しかし、彼以外、フィデルマが語ったこの物語の意味を理解した人間は、誰もいないらしい。少なくとも、ゲラシウスが理解していないことは、確かなようだ。

ゲラシウスは、ちょうどこの時、「今の話、儂には、どうもよくわからぬ」と、言いだした。「我々、ローナン・ラガラッハへの告解においてこのことを語ったという暗殺者のほうへ、話を戻すわけにはゆかぬのか？」

「もちろん、よろしゅうございますとも」とフィデルマは、はっきりと頷いた。「ローナンは、暗殺者の死の直前の告白を、聴聞しました。ローナンは、その後間《ま》もなく、ケント王国を去り、ローマへやって来ました。彼は、告解の内容も、教会における高い地位を得るために自分の妻子を破滅させた聖職者の名も、決して人にもらしはしませんでした。でもそれは、このローマでウィガード殿を見かけるまでは、でした。単なる巡礼としてではなく、カンタベリーの大司教指名者《デジグネイト》として、教皇猊下から大司教に正式に叙階されようとしている、称賛と栄誉に輝く聖職者として、ウィガード殿がローマにやって来たのです。ローナンは、もはやこの恐ろしい秘密を自分の胸だけに納めておくことはできないと感じました。ローナンは、このことを、自分の〈魂の友《ソール・フレンド》〔アナムハラ〕(1)〉であるオシモ・ランドーに打ち明けたのです。私どもアイルランドの教会では、罪や悩みの告白を、この〈魂の友〉に打ち明けるのです。それに、オシモ・ランドーは、ローナンの恋人でもありました。ウィガード殿に恐ろしい報復が襲いかかることになったのは、この告白から発したことでした」

フィデルマは、もう一口、咽喉を潤そうと、ここでちょっと言葉を切った。

「次の段階は、コルネリウスが自分の計画の実行のために、オシモの助力を求めた時に始まりました。オシモは、ローナンをこの企てに誘い込もうと、コルネリウスに諮《はか》りました。オシモは、ローナンがウィガード殿から財宝を頂戴することに何ら良心の咎めを感じないはずと知っていたからです。コルネリウスにその訳を問われて、オシモはローナンの秘密を守ることができませんでした。彼は、どうしてローナンがこの企みに喜んで加担すると予想できるかを説明するために、この話をコルネリウスに打ち明けたのです」

「そしてコルネリウスのほうは、これはどうしても高僧パトックに告げねばならぬと考えたのです」と、エイダルフがかなり先走った情報を、ここではさんだ。「コルネリウスは、このような人間が教会においてきわめて高い地位を授かるとは神聖冒瀆だと感じ、ウィガード殿の大司教座への正式叙任を教皇猊下に抗議すべきだと、パトックに力説しました……実は、力説するまでもなかったのです。パトック自身が、大司教座を切望している男だったのですから」

ゲラシウスは、エイダルフを見つめた視線を、すぐにフィデルマに戻しながら、そこまではわかったという表情を、面に浮かべた。

「実は、ゲラシウス司教殿」とフィデルマは、彼が口を開くより先に、自分の話を進め始めた。「あなた様は、ウィガード殿が結婚していたことを、すでにご存じでいらっしゃいましたね。私どもに、ご自分で、そうおっしゃっておいでででした」

ゲラシウスは、思い出しつつ、ゆっくりと頷いた。「パトック修道院長から聞いたのであった。ウィガードは、かつて結婚しており、二人の子供を儲けていた、とな。パトックは、これでもってウィガードのカンタベリー大司教座への道を閉ざしてやれると考えて、この情報を持ちこんだのだ。だが、この問題が審議にかけられた時、ウィガードは儂に、自分の妻と子供たちは、何年も前、ピクト人がケント王国を襲撃した際に、殺されてしまったと、はっきりと申し立てた」

「しかしパトックは、これで引き下がろうとはしなかったはずです。彼は、コルネリウスから仕入れた情報を、さらに持ち出すつもりだったに違いありません」とエイダルフは、自分の見解を述べた。

フィデルマも、エイダルフの説に付け加えた。「ところが、事態の展開が、パトックの先を越してしまいました。そして、実際の人生で、人々が考えているより遙かに頻繁に起こる偶然が、ここでも生じたのです」

彼女は、セッビに視線を向けた。サクソン人修道士セッビは、何か感づいたらしく、頭をのけぞらして、忍び笑いを始めた。いかにも面白そうな彼のこの振舞いに、一同の驚きの目が集まった。

「まさか、パトックが絞首台から救ったのはウィガード殿の息子だったなんて、考えておいでなのではありますまいな？」彼は、こみ上げる笑いを抑えようとしながらも、面白がって、笑い声で、そう問いかけた。だが、フィデルマの視線は、真剣だった。

「暗殺者は、ウィガード殿の子供たちを東サクソン王国で奴隷として売り渡すと、ケント王国へ帰っていきました。子供たちは、売られた先の農場で、奴隷として育っていったのです。暗殺者は、ローナン・ラガラッハに、子供たちを買った農夫の名前も、告白しています。私は、今、その名を文字に記し、それを司令官マリヌス殿に、しっかりとお持ちいただくことにします」

フィデルマは、粘土の筆録盤と鉄筆《スティルス》を携《たずさ》えるよう、前もってエイダルフに頼んでいた。いま彼は、合図に応じて、それをフィデルマに渡した。彼女は素早く粘土の筆録盤に文字を記すと、何を書いたか見ないようにと念を押して、それをマリヌスに渡した。そのうえで、彼女はふたたびセッビに向きなおった。

「セッビ修道士殿、あなたは以前、私に、パトックがどういう次第でエインレッド修道士の自由を買い取ったかを、話して下さいました。今その話をもう一度、ここにお集まりの皆様に、お聞かせして下さい。エインレッドがどのように自分の主人を絞殺したかを、そして危うく絞首刑にされるところであったことを」

セッビ修道士は、その話を、フィデルマに語ったのとほぼ同じ言葉で、手早く人々に説明して聞かせた。

「そういうわけで、エインレッドは四歳の時から、その農場で妹と一緒に、奴隷として生きてきました。ところが、妹が思春期を迎えるや、彼らの主人であるこの農夫は、妹を力ずくで犯したのです。エインレッドは、農夫を絞殺し、サクソンの法の下で、死刑を宣告されました。もしここにパトックの介入がなかったら、彼は不可避の最期を遂げたはずでした。セッビ修道士殿、今エイダルフ修道士が粘土の筆録盤をお渡ししますから、それに、エインレッドに殺された農夫の名を記し、それをマリヌス司令官殿に渡して下さい」

好奇心をそそられながら、セッビは指図に従った。

「この茶番劇は、一体、どういう意味ですかな？」とマリヌスは、二枚目の粘土板を不機嫌な顔で受け取りながら、彼女に返事を求めた。

「もうすぐ、結論が出ます」とフィデルマは、彼に受け合った。

だが、ゲラシウス司教が、自分の意見をここで割りこませた。「その結論とは、エインレッドはウィガードの息子である、ということだな」

このゲラシウスの推測を、その通りであるときっぱりと認めたのは、エイダルフだった。

「そういうことであれば、エインレッドを殺人者と目して、間違いなさそうだな」と、ゲラシウスが続けた。

フィデルマは、これに当惑の色を見せた。

「この二枚の粘土板に記されている名前は、ウィガード殿の子供たちが売り渡された主と、エインレッドが殺害した農夫は、全く同一人物であると、明かしてくれることと思います。つまりは、エインレッドはウィガード殿の息子であった、ということです。でも、これは、エインレッドが自分の父親の、あるいはローナンの、そしてパトックの殺害者である、ということにはなりません」

「となると、儂には……」とゲラシウスは、手に負えないというかのように、両手を上げた。

「今少し、ご辛抱を、司教様」と、フィデルマは言い張った。「私ども、結末に近づいております」

フィデルマは、ウルフラン院長へ向きなおり、その前に立つと、彼女の引きつった、血の気の失せた顔を見下ろした。

「この粘土板に刻まれているのは、同じ人物の名前であるとは、お思いになりませんか、シェピーの修道院長様?」フィデルマは、さりげなく彼女にそう問いかけた。

「どうして、そのようなこと、私にわかります？」院長は、耳障りな声で答えたものの、いつもの高慢で人を見下すような態度は、何かしら勢いを失っていた。

「どうして、とおっしゃるのですか？」とフィデルマは、不思議そうに問い返した。「でも、あなたは東アングリア王国でお育ちになったのでしょう？」

好奇心をそそられた全員の目が、一斉に修道院長に注がれた。

「ええ、そうです……そうでしたけど……」

突然、エイダルフは、先ほどのフィデルマのサターナーリア祭への言及がどこへ向かっているかに気づいた。彼は驚きの目で、ウルフラン院長を見つめた。ウルフラン。かつて奴隷であった娘。ウルフランは……今は行方がわからなくなっている、エインレッドの妹なのか？

「では、ウルフラン院長は……」と、エイダルフは言いかけた。

ウルフランが、驚愕に顔を引きつらせて椅子から立ち上がろうとした。ところがフィデルマは、ウルフランに向けていた注意を、くるっとほかの人たちのほうへと、戻していた。

「先ほど申し上げましたように、ウィガード殿には、二人の子供がおりました。男の子と女の子でした」

「違いますすよ。私では……」ウルフランは、フィデルマを捕まえようとするかのように手を伸ばしながら、叫び始めた。その途端、彼女が絶えず指先で触れていた、首のまわりを隠していた被り物が、はらりと落ちて、秘められていたことを自《おの》ずと物語る首回りの傷痕が、そこに現れた。奴隷の首輪の痕であった。

だがフィデルマは、ウルフラン院長には、もはや取り合わなかった。代わりに、そのきらめく瞳を、イーファー修道女の冴えない姿に向けた。

「あなたは、農場で働く奴隷でしたね、イーファー？」

イーファーは目を瞬いたが、答えようとはしなかった。

「何も、その被り物を取るようにと、強いるつもりはありませんよ、イーファー。その下に何があるか、私にはわかっています。それを確認してもらいたいだけです。ウルフラン殿と同じように、あなたの首にも、奴隷の首輪の痕が残っています。そうですね？」

若い修道女の薄茶色の瞳が、怪しくきらめいた。不思議な炎を宿したその目が、ひたとフィデルマに向けられていた。

「ご存じなら、なぜお訊ねになるのです？　ええ、私は、東サクソン王国のある農場で、奴隷として育てられました」

「そして、ウルフラン修道院長があなたを見出し、シェピーのご自分の修道院に連れ帰るために、あなたの自由を買い取られたのも、その農場でだった」

若い修道女は、ただ肩をすくめただけであった。

「私どもに、その農場の主《あるじ》の名前とその場所を、教えてもらえますか？」と、フィデルマは求めた。「それとも、ここにおいでのウルフラン院長殿にお訊ねしましょうか？」

イーファー修道女は、唇を噛んだ。やがて、彼女は静かに答えた。「〝フォッバズ・タンのフォッバ〟の農場でした」フィデルマの顔に、微笑が広がった。

「マリヌス司令官殿、二枚の粘土板に記されている名前を、読みあげていただけますか？」

衛兵隊の司令官は、二枚の粘土板を取り上げ、目を眇《すが》めるようにして、読みあげた。「〝フォッバズ・タンのフォッバ〟」

「この娘が、フォッバの農場で育ったからといって、ただそれだけのこと。ほかに何か意味があるということには、なりますまい」とウルフランが、失墜した自分の権威を少しでも取り返そうと、割って入った。

「でも、意味があるのです。イーファーから聴き取りをしました折に、彼女は、自分は本来はケント王国の出なのだが、子供の頃に東サクソン王国に連れてこられたのだ、と私に告げております。もっとも、奴隷として、そこで育ったということには、触れておりませんでしたが。イーファーは、エインレッドの妹であり、ウィガード殿の娘なのです」

娘は、目に激しい怒りをきらめかせながら、頭をぐいっと上げた。

「エインレッドの妹であることは、罪ではありません」

フィデルマは、悲しみの翳《かげ》の差す微笑みを、頬に浮かべた。

「ええ、罪ではありませんとも。あなたがエインレッドと同じ薄茶色の瞳をしていることが兄妹であることの証として不十分でも、聖ヘレナの礼拝堂《チャペル》で目にした、あなた方の睦まじげな話し合いの様子から、私には、お二人が兄妹であると、わかったと思いますよ。あなた方の接吻の仕方も……」

「礼拝堂にいたあの女性は、イーファーだったのですか？」と、フーリウス・リキニウスが驚いて、大きな声を出した。「でも、あの時、修道女殿は、あれはイーファーだとは言われませんでしたよ」

「あれは、あなたでしたね、違いますか、イーファー？」とフィデルマは、念を押した。

イーファーは、肩をすくめた。フィデルマが言った通りだと、その表情が告げていた。

「そうではないかと、察してはいました。でも、確信がなかったのです」と、フィデルマは吐息をついた。「兄妹の間の接吻は、恋人のそれとは、違います。エインレッドは妹に対して、保護者のように接していました。違いますか？　あなたの安全を守ろうと、優しく、常に心を配っていました。母親が殺され、あなた方二人が奴隷として売られた時から、エインレッドはあなたの保護者の役を務めてきました。あなた方は、子供から若者へと成長していきましたが、エインレッドはいつもあなたの側《そば》に寄り添っていてくれた。そしてフォッバがあなたを辱めた時、彼は目には目を求めました。しかしパトックの介入があったお蔭《かげ》で、彼は絞首台から救われ、スタングランドへ連れて行かれました。それ以来、ローマで再会するまで、あなたは彼と会う機会がなかった」

「その通りです。隠す気は、ありません」とイーファーは静かな威厳を見せて、告白した。

「でも、そのどこが、犯罪なのでしょう?」

「あなたは、フォッバの死後も、彼の跡継ぎのために、その農場で働いていました。そして、運命の転機が、ウルフラン修道院長という形で、訪れたのです。自分の修道院に連れて行こうと、ウルフラン院長殿が、知的な、そして彼女の意のままに喜んで従う奴隷を求めて、やって来たのです。彼女は、あなたの自由を購《あがな》ってくれました」

フィデルマは、体を強張らせ、戸惑いながら坐っているウルフラン院長を見た。確認を促している視線だった。ウルフランは、ただ頷くことでそれに応えた。

だが、混乱した声で、「イーファーがウィガード殿の娘だとは、知らなかったのです」と、付け加えた。

「もちろん、そうでしょうね」とフィデルマは、ウルフランに同意した。「でも、その時点では、イーファーも、自分たちの過去について、きわめておぼろな記憶しか持っておりませんでしたので、自分たちがウィガード殿の子供であることも、父親が、母親のみならず自分たちをも殺害するよう命じていたことも、それも教会における高位の地位を得ようがためであったことも、知らなかったのです」

「では、どうやって……」と、マリヌスが言いかけた。

「イーファー、私たちに聞かせてくれますか?」とフィデルマが、司令官マリヌスの質問をさえぎった。「あなたが、自分たちの暗い過去を初めて知ったのは、いつ、誰からだったのです?」

若い修道女は、反抗的に顎をぐいっと突き出した。これが拒否の仕草だと、フィデルマにはわかった。だが、少し待ってみた。そのうえで、自分で話すことにした。「パトック司教は、高い知性をそなえた人でしたが、ただ一つ、欠点がありました。彼は、ローマ人が〝肉の罪〟と呼ぶ悪徳に染まっていたのです。とりわけおぞましいのは、相手が望もうが望むまいが、自分の目的を強引に遂げようとする、そのやり方でした」

イーファーは、これまでは必死に平静を装おうとしていたが、今や激しい動揺を見せていた。フィデルマは、先を続けた。「パトックは、エインレッドの身の上を、彼が妹を守るために主人を殺害した過去を、知っていました。パトックは、彼の主人が〝フォッバズ・タンのフォッバ〟だったことも、知っていました。それに、ウルフラン院長殿が会話の中でふともらしたことから、イーファーもフォッバに関わりありと知り、そこから彼女こそエインレッドの妹だと察しをつけたのです……」

「しかし、それとウィガード殿を、どうやって結びつけることができたのです?」とセッビが、話の流れに口をはさんだ。

「簡単な話です」と、フィデルマは彼に答えた。「ローナンは、ウィガード殿の子供たちを買った男の名前を知っていました。彼はそれをオシモに伝え、そのオシモがそれをコルネリウスに話し、コルネリウスが……」

「パトックに告げたのだ！」とエイグダルフが、わかったぞとばかりに、そう叫んだ。

「そしてパトックが、あなたに告げた。そうですね、イーファー？」とフィデルマは向きなおって、さまざまな感情の測りがたいもつれに引きつっているイーファーの顔を見下ろした。

「パトックがなぜその話をあなたに告げたのか、その理由は、私から話しましょうか？」

若い修道女が、突然、フィデルマに向かって、怒りを炸裂《さくれつ》させた。彼女の身も心も、怒りに燃える復讐の女神と化していた。

「その必要は、ありません。あの男は、私を誘惑しようとしました。私がそれを拒絶すると、あの豚は、腹を立てて、私に全てを告げたのです……私の父親についての、あらゆる話を！」

最後の言葉は、まるで苦い毒薬であるかのように、彼女の口から吐き捨てられた。

「では、ウィガードが自分の父親だと、知っておったのか？」とゲラシウスは、驚愕してイーファーに問い質《ただ》した。

「あの晩、夕食の後、私はウィガードと対決しようとしました。私は、彼が一人で庭園を散策するのを待ち、彼を詰問しました。否定されることを願ってでした……」

「私も、あんたたちを目撃した」とセッピが、イーファーの言葉に裏付けを与えた。「もっとも、ウィガード殿を見たのであって、相手が誰かは、わからなかったが」

「どういうことになりました？」とフィデルマは、イーファーを促した。「彼は、否定したのですか?」

「ひどい衝撃だったようでした。でも、彼は我に返って、私に、その夜遅くに自分の部屋に来るようにと、告げました」とイーファーは、それに答えた。「否定も、肯定も、しませんでした」

「でも、あなたは、知りました」とフィデルマは、そこを追及した。「あなたは、ウィガード殿が父親であると、知ってしまった。そして、そのことをエインレッドに話したのですね? エインレッドがあなたのために人を絞殺したのは、それが初めてではなかった。ウィガード殿と会うあなたの約束を、エインレッドが代わりに果たしたのですね? エインレッドはウィガード殿の部屋へ行き、円形闘技場《コロッセウム》に出掛ける前に、彼を殺したのです」

フィデルマは、確信を持って、ゲラシウス司教へ向きなおった。

「エインレッドは、過去に、フォッバを殺害しております。そして今、彼は自分の父親、ウィガード殿を殺《あや》めたのです。母親とイーファーと彼自身に対して、あの男が行ったことゆえの殺害でした」

「そのあと、エインレッドは、ローナン・ラガラッハを、同様の手口で殺害しました」と、急に思考の筋道が見えてきたエイダルフが、フィデルマのあとを受けて、しゃべり始めた。「パトックはイーファーに、この情報はローナン・ラガラッハから出たものだと告げました。でも、それがオシモとコルネリウスを経由して彼に届いたものだという説明を省いてしまったのです。

そこでイーファーは、この秘密を知っているのは、パトックを除いて、ローナン・ラガラッハのみだと考えてしまったのです。ローナンとパトックもまた、彼女の強い求めによって、兄のエインレッドが絞殺したのです！」

事件をかくも簡明に解き明かせたのだ。エイダルフは得意げな笑みでもって、話を締めくくった。ところが、その後で、自分の論法に大きな欠点があることに気づいた。エインレッドは、夕食の後、円形闘技場へ出掛けたではないか。しかも、その後、コルネリウスの邸に腰を据えて、葡萄酒を飲んでいたのだった。エインレッドがずっと遅くなって帰ってきたのを、セッビ修道士が見ている。となると、エインレッドには……

エイダルフは、フィデルマが彼を見て微笑していることに気づいた。そして、やっと悟った。フィデルマの今の解説は、イーファーに向かって意図して彼女が仕掛けた罠だったのだ。

「違う！　それは違います！」

イーファーが、鋭く叫んだ。その激しさに、彼らは皆、彼女を振り向いた。イーファーは立ち上がっていた。その細い体が、震えていた。

「兄のエインレッドは、優しい人でした。ごく素朴で、生命《いのち》が神聖であることを、信じていました。動物を愛して、出会った人のために何でもしてあげようとする人でした。私のためにも、何だって……」

「殺人だって？」リキニウスはそう嘲《あざけ》ると、ゲラシウス司教を振り向いた。「司教殿は、もう全ての事実をお聞きになったと思いますので、これから……」

「いけない！　お止め！」ウルフラン修道院長だった。その耳をつんざくような悲鳴は、皆を驚愕させた。一瞬、人々の注意は、ウルフランに向けられた。だがすぐ、彼らはイーファーに視線を戻した。現実とは思えない緩慢《かんまん》(2)な動きで、イーファーがゆっくりと床にくずおれてゆく。鮮やかな赤い染みが、彼女のストラの前面に、みるみる広がっていった。

　フィデルマは急いで進み出て、イーファーが床に倒れ込む寸前に、彼女を抱きとめた。

　胸に深く刺さったナイフの柄が、全てを語っていた。

　ひどい衝撃に打ちのめされたウルフランの口から、静かに嘆きの声がもれた。

「なぜなの？」人々が近寄ってきて若い修道女のまわりに半円形を作る中で、フィデルマはイーファーに問いかけた。

　イーファーは、目を瞬かせて、フィデルマに焦点を合わせようとした。その顔は、苦痛に歪んでいた。

「私に、どうか、祝福を……罪を犯した私に……」

「どうして、あなたが、このようなことをするのです？」とフィデルマは、ふたたび問いかけた。

「エインレッドの魂を……救うために」と、イーファーは低く呟いた。

「説明して」とフィデルマは、彼女をそっと促した。

イーファーは、今や、吐血し始めていた。

「私は、恐れては、いない……」と、彼女は囁いた。そして、その褐色の目が、突然はっきりと焦点を結んだ。「あなたは、間違っています、フィデルマ。あの晩、あの部屋へ行ったのは、私だった」

「では、彼が待ち受けていたのは、やはり若い娘だったんだ」半円形に並んでいる人々の後ろをうろうろしていたイネが、そっと呟いた。「だから、あの晩は、寝支度をするのに、私の手伝いが要らなかったんだ」

イーファーが死の手に捕らえられるまでに、そう時間がないことは、誰の目にも明らかだった。

「あそこに、行ったのですね?」フィデルマは、ふたたびイーファーに向きなおって訊ねた。

「ウィガード殿に会いに、行ったのですね?」

ふたたび、咳の発作が、イーファーを襲った。

「行きました……私が知ったことを、ふたたび彼に告げに……エインレッドと私は、彼の子だと。彼が私たちや母を殺させようと、人を雇ったことも、知っていると」

「ウィガード殿は、否定したのですか?」

「もし、否定したら、私は……耐えた……耐えられたかも。でも彼は、全て白状した……涙にむせび、私に背を向けて、彼は、寝台の横に、跪《ひざまず》いてしまった……」彼女は、ふたたび咳きこんだ。「ああ、もし彼が、私に……あるいはエインレッドに……それとも亡き母の霊に、赦しを乞うたのなら……。でも、違った。あの男は、神に、自分の赦しを乞うた。私がそこにいるのに……自分が否認した実の娘が、そこにいるのに、あの男のしたことは……自分への赦しを、神に願うことだった。その背が、目の前にあった。寝台の横に、跪いて、祈っていた。まるで……」体を揺するような咳に、彼女の言葉が途切れた。「まるで、神が……道を示して下さったようだった。私は、そっと彼の〈祈禱用の細帯《プレイヤー・コード》〉を、取り上げた……あの男は、気づく暇《いとま》もなく死んでいた」

まさに最期の息を引き取ろうとしているのに、イーファーの声には、陰惨な満足があった。

ゲラシウスは、信じかねて目を瞠り、イーファーを見つめた。

「そのような細い体のお前に、どうして大の男が絞め殺せるのだ?」

イーファーの目は、早や焦点を結ぶ力を失っていた。彼女の傍らには、大きな血溜まりができていた。にもかかわらず、その口許に、かすかに悪意の翳を帯びた笑みが仄《ほの》めいた。

「私は、農場の奴隷……家畜の殺し方を学んで……大きくなった。十二歳で、豚を絞めていた……大の男を殺すことなど、容易《たやす》いこと」

イーファーの体が、苦しげに波打ち、ふたたび咳が続いた。

フィデルマは、さっと屈みこんだ。

「シスター、もう、あまり時間がありません。もしあなたがウィガード殿を殺したのであれば、ローナン・ラガラッハも、あなたが手にかけたのですか?」

死を前にした娘は、頷いて、それを認めた。

「今、シスターが言われた理由から。パトックは、この秘密を知っている者がほかにいるとは、言わなかった。ローナン・ラガラッハの名前だけ。だから、アイルランド人修道士を、殺した。ウィガードの恐ろしい秘密は……パトックと彼しか知らないと思って」

「だけど、宮殿衛兵隊が総出で探しまわって発見できずにいたローナン・ラガラッハを、どうやって発見したんだ?」と、リキニウスは詰問した。「ローナン・ラガラッハの顔を知りもしなかったのに?」

イーファーが顔をしかめた。痛みのせいでもあるが、半ばは面白がってだった。

フィデルマが、彼女に代わって、答えてやった。

「あの時、共同墓地にいたのですね。ウルフラン院長殿と一緒に。人事不省から醒めかけていた時、私はウルフラン院長殿の声を聞いたような気がしましたもの」

イーファーは、皮肉な笑いを面に浮かべた。

「全くの偶然で。院長は、ウィガードの墓に花を手向けようと……その時、アイルランド人修道士に、気づいた」

「どうして、それがローナンだとわかった?」とリキニウスは、その点をなおも確かめたがった。

　それに答えたのは、今度はエイダルフだった。

「イーファーは、共同墓地で見かけた男が、殺人が行われた日の午前中にウィガード殿について自分に質問してきた男だと、見て取ったのだ。イーファーは、その朝、来客棟の外で、その男に呼び止められていたのだが、その後に公開されたローナン・ラガラッハの人相風体から、自分を呼び止めた男こそローナンだったと、あとになって悟ったわけだ」

「ローナンに最初に会った時のことを私どもに話したのは、イーファーにとっては、失策でした」とフィデルマも、そのことに触れた。「イーファーは、共同墓地でローナンを見かけると、ウルフラン院長殿からこっそり離れて、彼を地下墓所までつけてゆき……」と言いさして、フィデルマは肩をすくめた。

「その通り」とイーファーは、フィデルマの解釈を認めた。その言葉尻は、咳の発作となって終わった。

「そして、パトックのほうは？」とフィデルマは、イーファーを促した。

　イーファーの目が、燃え立った。

「私が、殺したわ。あいつは、豚……あの男は、フォッバと同じ。私を、犯そうとした。そのことだけでも……死んで当然。しかも、あいつは、父の秘密を、知っている者の一人。今日の午後、あいつの部屋へ入っていった時、私を疑い始めたらしく……」

イーファーの頭のほうに跪いていたエイダルフは、これを聞いて愕然として、イーファーに問い質した。

「では、我々がパトックの部屋に入っていった時、エインレッドは何をしていたんだ？　犯行現場としか、見えなかったのに。もし下手人でないなら、どうして彼は逃げ出したのだ？」

フィデルマは、彼を見上げた。

「イーファーがパトックを殺害した時、彼はイーファーの法衣を摑み、一部を引きちぎったのです。イーファーが、このローマで買ったブローチを留めていた箇所でした」と、フィデルマが説明を続けた。「イーファーは、自分の部屋に戻ってから、それを失くしたことに気づきました。これは、彼女をパトック殺しに結びつける証拠となってしまいます。そこでイーファーは、兄のエインレッドに、死体が発見される前にパトックの部屋に行って、ブローチを取り返してきてと、頼みました。エインレッドにとって不運なことに、私たちが部屋に入ってきて、その現場を目撃してしまったのです――パトック殺害の現場ではなく、妹の犯行を隠すためにブローチを取り戻そうとしていた現場でしたのに」

エイダルフは、フィデルマを驚愕の視線で凝視した。

「わかっていらしたのですか？」むしろ、詰問の口調だった。「今日、我々がここに集まるずっと以前から、犯人はイーファーだと、わかっておられたのですか？」

「イーファーがこの物語の中に入っているのではと疑い始めたのは、かなり前からでした。初めてエインレッドに会った時、彼はイーファーのことを〝シスター〟と呼んでいたのです。その時から、何かおかしいと、胸に引っかかっていたのです。初めのうちは、言葉のはずみだ、彼はただ〝修道女《シスター》〟を意味しているのだ、と思っていました。でも、そのうちに、彼は実の〝妹〟という意味で〝シスター〟という表現を使っているのだ、単なる宗教的な意味合いの〝シスター〟を指しているのではないと、気づいたのです」

エイダルフは、苦々しい顔になった。自分が誤った臭跡を追っているのに、そのまま放っておかれたことが情けなかった。

「でも、パトック殺害の下手人はエインレッドだ、ということも、あり得ますよ」と彼は、何とか自分の面目を保とうとした。「とにかく、彼は、妹のために殺人を犯した男なのですから。彼が〝フォッバズ・タンのフォッバ〟を絞殺したことを、忘れないで下さい」

死を目前にした娘の体を、低い溜め息が、震えのように走った。「私です……エインレッドではなく……フォッバを殺したの、エインレッドではなかった……フォッバは私を犯し……私は、豚を殺した……豚のように……エインレッドの手は……血に汚れてはいない」

イーファーの肌の色が斑《まだら》となり、唇が不自然にひきつれた。咽喉の奥深くで、ごぼごぼと音がして、全てが静止した。一同が見守るその目前で、奇妙な斑模様はさっと引き潮のように消え、肌は黄色みを帯びた蠟の色へと、変わった。

フィデルマはそっと手を伸ばして娘の瞼を閉じてやり、祈りの姿勢となって、胸に十字を切った。

「〝レクイエム・エテルナム・ドナ・エア、ドミネ……（主よ、永遠の安らぎを与え給え……）〟」とフィデルマが、厳粛にラテン語の祈りの言葉を唱え始めた。ほかの人々も、一人、また一人と、死者への祈りに加わった。彼らの声が、高く、低く、千々《ちぢ》に乱れながら、静かに流れた。

第十八章

太陽は、心地よいとは言い難いほど蒼穹《そうきゅう》高くに昇り、そこから不思議な白色光となって仮借なく下界に降り注いでいた。それが、ローマの生き生きと輝く純白の建造物どころか、もっと黒ずんだ地味な物体までも、眩《まぶ》しくきらめく姿へと変貌させている。フィデルマは、雄大な大河ティヴェレの茶色の流れに架かるプロビ橋近くの木造桟橋で、粗い布地の日除けの陰に坐っていた。背後に見えているアウェンティヌスの丘の険しい斜面が少しは影を広げてくれてはいるものの、それもこのむき出しのティヴェレ川の土手までは、とても届いていない。

彼女の傍らで、エイダルフがいかにも落ち着かなげに行ったり来たり歩きまわっていた。

「舟は何時頃到着すると、言われましたたっけ?」と彼は、フィデルマに問いかけた。この質問は、今が初めてではなかった。

フィデルマは彼を窘《たしな》めることはせず、何回目かの答えを、大人しく繰り返した。「正午ですわ、エイダルフ。船頭は、オスティアやポルトに向かう人たち何人かをここで乗せて、川を下っていくはずです。どうやら私たち、一番乗りのようね」

エイダルフは、気懸りで仕方がないようだ。

「それにしても、一人旅なんて、賢明でしょうかねえ」

彼女は、頭を振った。

「オスティアまで、私の身に、何も起こりはしませんわ。〝ボッビオのコロンバヌス〟(1)の修道院には、私の同国人の修道士がたが所属しておいでですが、その何人かがアイルランドへお帰りになるために、ちょうどオスティアに来られるそうです。私はそのご一行に合流させていただくことになっています。そこから、ご一緒にマッシリアへ向かい、さらにアイルランドへの帰国の旅を続けるのです」

「その方たちと、オスティアで落ち合えることは、確かなのでしょうね?」とエイダルフは、さらに気にした。

フィデルマは、彼の気の揉みように、微笑した。彼は、ローマの街を横切ってこの桟橋まで、どうしても同行すると言い張って、フィデルマが泊っていたアルセニウスとエピファニアの夫婦が営む宿から、ついてきたのである。ウィガードの死についての謎が解決してからのこの数日、二人の間には、奇妙なぎごちなさが生じていた。

「どうしても、行かなければならないのですか?」とエイダルフが、唐突に言いだした。

フィデルマは、雄弁に肩をすくめてみせた。

「ええ」と、彼女の答えは簡潔だった。「帰らなければなりません。私どもの『修道院宗規』に教皇様の認可と祝福を頂いたからには、私は使命を果たしたわけですから、もうキルデアの修道院へ帰っていくことができます。それに、〝アード・マハのオルトーン〟様へお届けする書簡も、何通かお預かりしていますもの」フィデルマはそこで言葉を切って、考えこみながらエイダルフの顔を見守った。「あなたのほうは、あとどのくらい、ローマに滞在することになりそうです？」

わかりかねるというように両手を広げたのは、今度はエイダルフの番だった。

「カンタベリーへの帰国の旅の準備が調うのは、おそらく数年先でしょう。新任のカンタベリー大司教殿にお教えしなければならないことが、夥《おびただ》しいばかりにありますからね」

フィデルマは、目を瞠《みは》った。新大司教の叙任については、何も耳にしていなかったのだ。

「では、いろいろありましたが、ついにウィタリアヌス教皇も、カンタベリー大司教を決定なさったのですね？　昨日の午後は、ずっと会議で閉じ込められていらしたので、あなたにお会いしないままでお別れすることになるのかと、思っていました。大司教への叙任をお受けになったのは、〝ヒリダヌムのハドリアヌス〟殿かしら？」

エイダルフは、後ろめたそうに、足を踏み替えた。

「実は、まだ公にされていないのです。でも……」と彼は、手振りで言葉に区切りを入れた。そして、内密裡の話だという口調で、声を潜めた。「違うのです。ハドリアヌス殿ではありません。彼は、教皇のご指名を、辞退しました。そして、自分の代わりに、初めはアンドリウス殿という別の修道院長を推挙したのですが、アンドリウス殿には、健康上、この地位をお受けすることは無理でした」

「それで？　どなたが選出されたのでしょう？　まさか、セッビ修道士ということなど……？」

エイダルフは、穏やかな微笑で、それに答えた。

「いいえ、セッビではありませんよ。テオドーレ殿(2)という、タルソス出身の初老のギリシャ人修道士です。彼は、四年前から、亡命者としてローマに来ていましてね。タルソスがムハンマドの信奉者であるアラビア人の手に陥《おち》た時、安全を求めて、ローマに逃れてこざるを得なかったのです」

フィデルマは驚いた。

「ギリシャ人を？　東方正教会の剃髪《ていはつ》(3)をした人物を？」

エイダルフは、わかっていますという心得顔で、微笑した。

「きっと、皮肉なことと思われるでしょうね。でもテオドーレ殿は、ローマ・カトリックについて十分に学んだうえで、ローマの教えを受け入れると、約束されました」

「あなた方サクソン諸王国の王や高僧がたは、この人物に好意的ではありますまいね」と、フィデルマは指摘した。「とりわけ、我らが友、あの〝リポンのウィルフリッド〟は」エイダルフも、同意した。

「我々がいましばらくローマに留まる理由も、そこにあるのです。教皇ウィタリアヌスは、テオドーレ殿にローマ・カトリックの在り方を受け入れるための指南役として、ハドリアヌス殿を選ばれました。さらに教皇は、テオドーレ殿がいよいよカンタベリーに赴く時の相談役にも、ハドリアヌス殿を任命されました。テオドーレ殿がギリシャ正教のやり方をサクソン諸王国に導入したりすることがないようにと、慮《おもんぱか》ってのことです。ギリシャ正教の慣行は、コロンバの教会の、つまりケルト・カトリックの慣行と、ほとんど変わりませんからね」

フィデルマは、悪戯っぽい笑いを頰に浮かべた。

「それは、大変だこと。せっかく、ローマ・カトリックの勝利にこぎつけたウィトビアの教会会議《シノド》の決定が、こともあろうにローマが任命した大司教によって覆《くつがえ》されてしまうことになるのでしたら、一大事ね」

エイダルフも、フィデルマの揶揄《やゆ》はわかっているものの、彼の答えは真剣だった。

「あなたが言われるように、この任命を面白く思わない人間は、大勢いるでしょうね」

「セッビ修道士やイネ修道士は、どうなります？」

「イネは、テオドーレ大司教の個人的な従者という地位を喜んで引き受けましたし、セッビのほうは、しばらくローマに滞在を続けたうえで、スタングランドの修道院長という地位に就くために、帰国するはずです。彼の野心が、長らく望んできた地位です。彼は、それ以上は、望みますまい」

フィデルマは、素早い一瞥を、エイダルフに向けた。

「そして、あなたは？」

「私ですか？　私は、ウィタリアヌス教皇に、テオドーレ殿の許に秘書官《スクリーバ》兼サクソンの法律と慣習に関しての助言者として留まると、お約束しました。我々のカンタベリーへの出立《しゅったつ》までに、少し時間がかかるのも、そのためです。テオドーレ殿は、多くのことを学ばれねばならないわけですが、それだけではないのです。彼は今、ただの修道士です。そこで、大司教位への叙任を授けられるためには、東方正教会の儀式を捨ててローマ・カトリックの儀式に従うと誓ったうえで、助祭、司祭、司教というローマ・カトリックの叙階を次々と受けねばなりませんのでね」

フィデルマは、まるで興味深いものを見つけたかのように、桟橋の板張りをじっと見つめ続けていた。一、二分もの間、一言も口をきかなかった。

「では、テオドーレ殿のそうした準備が調うまで、あなたもカンタベリーにお戻りになれないのね？」

「そうなのです。あなたは、これで、キルデアへ帰られるのですね。そこへ戻られて、その先ずっと、そちらに？」

フィデルマは、眉を曇らせたまま、質問にまともに答えることは、しなかった。

「エイダルフ、お別れするのは、淋しいわ……」

桟橋の外れで、何やら動きがあった。ウルフラン修道院長のよく見なれた、専横的で厳《いか》つい長身が、こちらへ勢いよくやって来ようとしていた。二人のおどおどとした見習い修道女が、その後に従い、例の耳障りな声の指図に従って、院長の荷物を運んでいる。ウルフランは突然フィデルマとエイダルフの姿に気づき、故意に二人に背を向けて、自分のお供たちに歩みを止めさせた。フィデルマたちが坐っている日除けの下にやって来るよりは、強い陽射しの中に立って待つほうを選んだようだ。

「〝高慢は破滅の先駆け、傲慢《ごうまん》は堕落の先触れ〟」と、フィデルマは呟《つぶや》いた。

エイダルフは、それを受けて、にやっと笑った。

「彼女、いっこう賢明になってはいないようですね」と、彼も同感の相槌を打った。「ウルフランは、自分の前身を絶対暴かれたくなかった。自分がかつては奴隷だったという事実より、王家の娘だったという幻想に生きていたかった、ということですね」

フィデルマは、テレンスの〝ヴェリタス・オディウム・パリト（真実は、憎悪を醸《かも》し出す）〟を引用して、それに答えた。「私には、ウルフランが気の毒に思えますわ。自分に十分な信頼が持てず、人の尊敬を受けるためには架空の物語を考え出さねばならないというのは、悲しいことでしょうね。この世に生じる害悪のほとんどは、自分を重要な人物と考えたがり、人にもそれを印象づけようとする人間によるものですわ」

「エピクテトス(4)のあの皮肉な言葉、何でしたっけ？」とエイダルフは、思い出そうと眉をしかめながら、訊ねた。フィデルマは、「エピクテトスの問いかけのことを言っておいでなのかしら、〝さてさて、あなたが死んだとて、全世界が覆るだろうかな?〟という。本当に、皮肉ね」とフィデルマは、笑いながら告げた。「ともかく、ウルフランは、あの気の毒な悲しいイーファー修道女の代わりに、もう新しい見習い修道女たちを見つけたみたい。私は、今もなお、イーファーのことを、悲しんでいますのに」

二人の新しい見習い修道女たちに、彼女の荷物をどこへ置くべきか、彼女たちはどこに立って控えているべきかなどについて、注意を与え続けているウルフランのほうを、フィデルマは頷いてみせた。

「彼女は、変わらないでしょうね」というのが、エイダルフの見方だった。「ずっと、あの人と一緒に旅をなさらないで済むようにと、祈っています」

「あら、あの人の態度がどうであろうと、私はいっこう構いませんわ。ご本人が、お嫌なだけでしょうよ」とフィデルマは、おかしそうにエイダルフを振り返った。だが彼は、目を凝《こ》らして、ほかのほうを見ていた。新たに、誰かが桟橋目指して、大股にやって来る。エイダルフがあまりにも驚いた顔をしているので、フィデルマもそちらを振り向いて、彼の凝視を辿った。

ラテラーノ宮殿衛兵隊の小隊長《テッセラリウス》フーリウス・リキニウスが、箱を抱えてやって来ようとしている。彼はウルフラン修道院長とそのお供たちを通りすぎて、日除けの下のフィデルマの前までやって来た。

「ローマをお発ちになると、今朝初めて耳にしたのです、シスター」と彼は挨拶をした。その顔にさっと恥ずかしげな表情が広がった。

フィデルマは、どぎまぎしている若い兵士を、笑顔で見上げた。

「一介のアイルランド人修道女の旅立ちの手配に、ラテラーノ宮殿衛兵隊の士官殿が関心を持って下さるとは、思わなかったのです、フーリウス・リキニウス」とフィデルマは、真面目な口調で、彼に答えた。

「自分は……」と言いかけて、リキニウスは唇を噛んで、言葉を途切らせた。エイダルフは、大河ティヴェレの流れの褐色の波模様を興味深そうに眺めている態《てい》を装っている。リキニウスは、彼にちらっとぎごちない視線を向けてから、先を続けた。「この贈り物を、お持ちしたのです……ローマ滞在の思い出に」

フィデルマは、麻布にくるんだ品を差し出しながら、文字通り顔を赤く染めている若者を見つめた。それが木箱であることは、はっきり見て取れた。彼女はごく真面目な態度でそれを受け取り、布の包みを開いた。現れたのは、珍しい黒い木で作られた小箱だった。箱には、美しい細工がほどこされていた。この木材を、フィデルマは以前に一度だけ見たことがあった。

「エメヌス（黒檀《エボニー》）と呼ばれる木です」と、リキニウスが説明を加えた。

「とてもきれいね」とフィデルマは、リキニウスに告げた。ごく小さな銀の留め金と蝶番《ちょうつがい》が、黒い木に映えて輝いていた。「でも、このようなことをしていただいては……」

「それ、空《から》ではないんです」とリキニウスは、熱っぽく続けた。「開けてみて下さい」

フィデルマは、真面目な面持ちで、それに従った。箱の内側は、十二の仕切りに分かれて、ベルベットが張られていた。その一つ一つに、ガラスの薬瓶《ファイアル》が納まっていた。

「これ、何でしょう？　薬草からとった治療薬かしら？」

エイダルフも、今は興味を惹かれて、振り向いている。

リキニウスは、まだ真っ赤な顔をしながらも、屈みこんでガラス瓶を一本取り上げ、コルクの栓をはずした。

その匂いを恐る恐る嗅いでみたフィデルマは、驚きに目を大きく瞠った。

「香料だわ！」と、彼女は囁《ささや》いた。

リキニウスは、上気して、ごくりと息を呑んだ。

「ローマの婦人たちは、こうした香水を、よく使うのです。あなたに対する尊敬の印です。どうか受け取って下さい、〝ギルデアのフィデルマ〟殿」

フィデルマは、急に狼狽《ろうばい》して、「私は、そんな……」と言いかけた。

リキニウスは衝動的に手を伸ばし、フィデルマのほっそりとした手を取って、握りしめた。

「あなたは、自分に、女性について多くのことを教えて下さいました」と彼は、熱っぽく語りかけた。「自分は、そのことを、忘れません。ですから、これを受け取って下さい。自分を思い出して下さる縁《よすが》に」

フィデルマの胸に、我知らず悲しみがこみ上げてきた。気がつくと、目に涙をたたえていた。

彼女は、キアンのこと、エイダルフのことを思った。〈選択の年齢〉をこれから迎えようとする、十代前半に戻ることができるものなら、あらゆる未来が待ち受けている、あの頃に返れるものなら、どんなに素晴らしいことか。彼女は微笑もうとした。だが、それは、歪んだ、苦い微笑にしかならなかった。

「この贈り物、いただきますわ、リキニウス。これにこめて下さった、あなたのお気持ちに感謝して」

リキニウスは、エイダルフに見つめられていることに気づいて、さっと背筋を伸ばし、素っ気ないと見えるばかりの、無表情な顔になった。

「ありがとうございます、シスター。ご無事にご帰国をと、祈らせていただけますか？　神が常にあなたと共にましますように、〝ギルデアのフィデルマ〟殿」

「〝ディア・アー・ガッハ・ボーハー・ア・ロキー・トゥー〟、リキニウス。私どもは、アイルランド語で、こう言うのです。〝あなたの進む全ての道に、神があなたと共にましますように〟、と」

ラテラーノ宮殿衛兵隊の若い衛兵は、きりっと姿勢を正してフィデルマに敬礼をすると、くるっと背を向けて、大きな歩調で立ち去っていった。

エイダルフは、面白くなさそうにしばらく躊躇《ためら》いを見せていたが、やがて、からかいめかして、言ってみた。

「ここでもまた、勝利をおさめられたようですね、フィデルマ」

フィデルマは、さっと顔をそむけてしまった。だがエイダルフがその面《おもて》に怒りの色を見て取る暇《いとま》は、十分にあった。彼は、顔をしかめた。このように彼女を怒らせるとは、自分は何を言ったのかと、彼は訝《いぶか》った。彼女は、黒檀の香水箱を、なおも少しの間、もてあそんでいたが、ふたたび麻布にくるむと、鞄の中にしまい込んだ。エイダルフは、彼女の前に、ぎごちなく立ちつくしていた。

「フィデルマ……」と彼は、躊躇いがちに声をかけようとした。だがすぐに言葉を切り、母国サクソンの言葉で、悪態をついた。

フィデルマは、彼の口から、意外にも苛立ちの言葉が吐きだされたことにびっくりして、さっと頭を上げた。エイダルフは桟橋の外れへ、視線を向けている。

フィデルマがそちらを見やると、椅子駕籠《レクティクーラ》が到着したところだった。ラテラーノ宮殿衛兵《クストーデス》の一隊が、正式制服姿で、駕籠《かご》につき従っている。キリスト教国ローマというより、異教《ペイガン》時代のローマ帝国の余韻を漂わせる、公的儀礼用の軍服だった。長身のゲラシウス司教が駕籠から降り立ち手を振って、随行の者たちを脇に控えさせると、一人で桟橋を進んでき始めた。

ウルフラン修道院長が、急いで出迎えに進み出た。フィデルマが坐っている辺りまで、彼女の耳障りな、よく響く声が聞こえていた。

「まあ、司教様、では、私が今日ローマを発つと、お聞きになられたのですね？」とウルフランは、彼に挨拶の言葉をかけた。

ゲラシウスは足を止め、あたかも彼女を初めて見るかのように見やって、目を瞬《しばたた》いた。

「ほう？　いや、知りませんでしたな」と、彼の声はよそよそしかった。「よい旅路であるよう、お祈りしますぞ。儂は、これから人に会おうとしているところでな」

司教は、そう告げると、傲慢な顔を憤慨の色で染めているシェピーの修道院長を残して、急ぎ足で桟橋を進み続けた。

「〝高慢は、破滅の先駆け〟」エイダルフが、そっと繰り返した。

ゲラシウス司教は、フィデルマが坐っている場所へと、真っ直ぐにやって来た。彼女は、司教を前にして、躊躇うように立ち上がった。

「〝キルデアのフィデルマ〟」〈ローマの司教〉でもある全ローマ・カトリックの教皇ウィタリアヌスの伝奏官《ノメンクラートル》ゲラシウス司教は、フィデルマにそう声をかけながら笑顔の挨拶を送り、エイダルフにも軽く頷いた。「我らの都をあとにされる前に、帰国の旅の安からんことを心よりお祈りしようと、やって来ずにはおられませんでな」

「この上もないお心遣い、ありがたく存じます」とフィデルマは、それに答えた。

「お心遣い？　とんでもない、我々は、あなたに深く感謝しておりますぞ、フィデルマ殿。あなたの努力……それに、もちろんエイダルフ修道士の助勢……それらがなかったなら、ローマはサクソン諸王国とアイルランドとの間に恐ろしい軋轢《あつれき》が生じるのを目にすることになったでありましょうな」

フィデルマは、肩をすくめた。

「私は、自分が訓練されてきた技能で働いただけのこと。感謝していただくことではありません、ゲラシウス様」

「しかし、もしウィガードの死はアイルランド人修道士の仕業であったなどという噂がサクソン人の耳に入ろうものなら……」と、ゲラシウスは肩をすくめた。その後、彼は、ややためいを見せた。それから、彼女に素早く視線を走らせた。「あなたは、この件に関する教皇猊下《げいか》のご希望を尊重して下さるものと、儂は考えておるのだが?」

ゲラシウスは、フィデルマの皮肉な含み笑いに、驚かされた。

「こうして足をお運びになった本当の理由は、それなのでございましょう、ゲラシウス様? 私がローマを当惑させるようなことはしないと、確認なさるためでございますね?」

司教は、この女性の直截《ちょくせつ》な発言に仰天し、目を瞬いた。だがすぐに、彼女の言葉通りなのだと気がついて、顔をしかめた。彼がアイルランド人修道女の旅立ちを見送ろうと、ローマ全市街をほぼ横切るほどの距離をやって来たのは、まさに彼女の指摘通り、この気懸りのせいであった。フィデルマは、まだ微笑んでいる。彼も、彼女に笑みを返した。

「あなたにかかっては、全てお見通しのようだな、〝キルデアのフィデルマ〟?」と彼は、苦笑気味に問いかけた。

フィデルマは、やや間《ま》を置いて、「いささか理解しがたい点も、ございます」と正直なところを告げ、エイダルフのほうをちらっと見やった。だが彼は、ゲラシウスに気をとられていた。

「さよう、この話題が出たので、ここで言っておきたいが、サクソンの諸王や高位聖職者への報告は、ウィガードを始め、パトック、エインレッド、イーファーという彼の随行者たち、……彼らはいずれも〈黄色疫病《イエロー・プレイグ》〉に斃《たお》れた(5)、という形にしておくのが最善の策であろう……と儂は考えておる。この疫病が猖獗《しょうけつ》している折から、これを疑問視する者は、誰もおるまいからな」

「私ども、そのことは、すでに同意しております」とフィデルマは答えた。「聖職者がたが、男性であれ女性であれ、司教であろうと修道院長であろうと、大罪人やもっとも下層の農民と変わることなく、男であり女であるのだという真理を教会が隠そうとなさる意図は、私も尊重いたします」

「もし人々が神の御言葉を説く人間に敬意を払わなくなれば、どうやって御言葉を尊《たっと》ぶよう、人々を導くことができよう？」と、ゲラシウスは、この決断の正当性を主張した。

「ウィガード殿の死の真相が、何人《なんぴと》にであろうと、私の口からもれることはございません。ご心配なさいませんよう」と、フィデルマは彼に確言を与えた。「でも、ほかの方々も、これに関わっておられますが……」

　フィデルマは、まだ二人の見習い修道女に指示を与えているウルフラン修道院長のほうを、さりげなく頷いてみせた。ゲラシウスは、彼女の身振りの指す方《かた》を見やった。

「ウルフランですかな？　あなたが指摘されたように、彼女は虚栄心の塊だ。ローマは、常に虚栄の市《いち》であった。また、野心渦巻く巷《ちまた》でもあった。そして今、セッピは、己の野心を満たすことになって、大人しく納まっておる。イネも、問題ない。彼は新しいカンタベリー大司教の召使いという安定した地位を手に入れたからな。そして、エイダルフはというと……」

　ゲラシウスは振り向いて、サクソン人修道士に、思慮深い目を向けた。

　それを、フィデルマがさえぎった。「エイダルフ殿は、理性の人です。野心など、持っておられません。ですから、あなた様のご提案の意味するところを、十分に理解できる人間です。彼には、説明だけで、十分。何の賄賂も、必要ありません」

　ゲラシウスは、重々しく、フィデルマに頭《こうべ》を下げた。

「あなたも、そうですな、〝キルデアのフィデルマ〟殿。あなたは、お国の女性の在り方についても、儂にいろいろ教えて下さった。おそらく、ローマにおいて、我々が女性に公的な社会地位を拒んでいるのは、間違っておるのかもしれぬ。あなたのように稀なる才能を持つ女性も、いるのだからな」

「話題を変えてよろしいでしょうか、ゲラシウス様？」とフィデルマは、当惑を隠した。「お願いしておりましたことが、一つございましたが、あの件に、何か手を打っていただけたかどうか、お伺いしてもよろしゅうございましょうか？」

　ゲラシウスは、面に笑みを広げた。

「キリスト教徒共同墓地で、祖父とともに巡礼に蠟燭《ろうそく》を売っている、〝ネレウスの息子アントニオ〟という少年のことですな？」

　フィデルマは頷いた。

「すでに、手配は済んでおりますぞ、修道女殿。アントニオ少年は、北のルッカの地に建つ福者《ブレッシド》フリディアンの修道院へ送られることになった。フリディアンは、あなたのお国の人でしたな」

「私も、福者フリディアンのことは、聞き知っております」とフィデルマは、相槌を打った。

「アイルランド北部のアルスター王の王子で、宗門にお入りになった方です」

「アントニオ少年が、あなたの同国人のお一人が建立なされた修道院で教育を受けるということは、我々のあなたに対する謝意の表明として、ごくふさわしかろうと考えましたのでな、修道女殿」

「あの子のために、このご配慮を、喜んでおります。あの子は、きっと、信仰の世界に名誉ある貢献をすることでしょう。あの少年に手を貸すことができまして、嬉しゅうございます」

　この時、突然、ティヴェレの川面《かわも》を渡って、叫び声が聞こえてきて、フィデルマの注意をそちらに向けさせた。船が一隻、係留場所を離れ、対岸からフィデルマたちのいるこちら岸の桟橋へと、半円形を描くようにして漕ぎ寄せてくるところであった。

「どうやら、あなたを運んでくれる船のようじゃな、修道女殿」と、ゲラシウスが見て取った。

さっと、フィデルマの面に狼狽が走った。こんなにすぐに？　こんなに早く？　まだ語りつくせないでいることが、いろいろとあるのに？

ゲラシウスは、その表情に気づき、それを正確に解釈して、彼女に手を差し伸べた。フィデルマがそれを取り、軽く頭を垂れた時、彼は微笑を浮かべた。彼も、やっと彼女の教会、ケルト・カトリックの慣行に慣れてきたのだ。

「あなたの業績についての我々の感謝は、常にあなたと共にありますぞ、修道女殿。帰途が安全であり、あなたがいついつまでも元気に過ごされることを、祈ります。〝デウス・ウォビスクム（神の恵みが、あなたと共にあることを）〟」

ゲラシウス司教はフィデルマに背を向け、エイダルフに短く頷くと、憤然とするウルフラン院長には目もくれずに、待っている椅子駕籠のほうへと、桟橋を遠ざかっていった。

大型の船が、十二人の逞《たくま》しい漕ぎ手の櫂さばきで、ゆったりと揺れながら、桟橋に近づいてきた。

フィデルマは、きらめく緑の目を上げて、エイダルフの温かな褐色の目を見つめた。

「いよいよ」と、彼はゆっくりと告げた。「あなたの旅立ちのときですね」

フィデルマは、名残惜しい思いを振り払おうと努めて、溜め息をついた。

「〝ヴェスティジア……ヌッラ・レトロルスム（後ろへ向かう歩みはない）〟」彼女は、ホラティウスの中の一行を、そっと呟いた。

エイダルフが怪訝《けげん》な顔をしたが、彼女はわざわざ説明しようとはしなかった。

その代わり、彼女はゆっくりと彼を見つめ、その顔に浮かぶ表情を読み取ろうとした。だが、彼女には、読み取れなかった。

「あなたとお別れするのは、淋しいわ、〝サックスムンド・ハムのエイダルフ〟」と、彼女はそっと告げた。

「私もです、〝ギルデアのフィデルマ〟」

そして彼女は、気づいた、二人の間に、ほかには何も言うべきことはなかった。

フィデルマは、微笑んだ。おそらく、少し引きつった笑顔だったろう。そして、衝動的に手を差し伸べて、彼の両手を取った。「新しい大司教殿に、あなた方のお国のやり方を、よくご教授なさいな、エイダルフ」

「あなたと議論を戦わせることができなくなるのは、淋しいですよ、フィデルマ。でも、多分私たち、お互いから少しばかり学び合うことは、できたのでしょうね？」

船は、すでに桟橋に横付けになっていた。ウルフランとその二人の見習い修道女たちは、もう荷物を積みこみ、前のほうに自分たちの席を確保していた。水夫の一人がフィデルマの鞄を受け取って船に積みこんでくれたが、今は、彼女が乗り込む手助けをするために、待ち遠しげに待っている。

一、二分、フィデルマとエイダルフは向かい合って立っていた。やがて、いつもの悪戯っ子のような微笑でその呪文を破ったのは、フィデルマだった。彼女はくるりと背を向けると、軽やかな足取りで船尾に下りて、席を占め、半ば振り返るようにして、桟橋に立ちつくしているエイダルフを、振り返った。

塩辛声の大声の命令が出され、漕ぎ手たちは船を桟橋から押し出した。一分後には、船は流れに乗っていた。次の大声の指図で、櫂《かい》は茶色の細波《さざなみ》を掻き、船は、船足も早く下流へ向かって進み始めた。

フィデルマは、片手を上げ、桟橋に今はただ一人立っているエイダルフの姿が次第に小さくなっていくのを見つめた。フィデルマは、やがてその手を下ろしたが、曲線を描く川筋に阻まれて見えなくなるまで、エイダルフの姿を見つめ続けていた。

真昼の照りつける太陽の下での労働の辛さを楽にしようと、漕ぎ手たちが船唄を歌い始めた。

雲は薄れる、時化《しけ》もおさまる

頑張りゃ、どんな嵐も、何のその
ヘイア・ウルリ！　ノストゥルム・レボアンス・エコー・ソネット・ヘイア
そうれ！　儂らの掛け声、響かせろ！

フィデルマは、そっと溜め息をつくと、座席に背を凭《もた》せて坐り、船が大河を南へとかなりの速度で下ってゆくにつれて次々と滑るように流れ去る両岸の土手に目を向けた。フィデルマたちは、ローマの街を取り巻く丘や、密に立ち並ぶ建物を過ぎ、川岸の桟橋をいくつも通過して、やがて二つの土手にはさまれた平地へさしかかった。平らな、むき出しの地面だ。森の木蔭もなく、美しく広がる耕地も見られない。深い川は、大きくうねりながら流れてゆく。フィデルマが大いなるティヴェレの景観として聞かされていた景色とは、およそかけ離れた眺めであった。

時折、上に松の木立を頂く丘を目にすることもあったが、ほとんどは不毛の地であった。わずかに貧弱な小麦畑もあるが、それもところどころに、といった程度だ。もっとも、最近コンスタンス皇帝の軍勢がここを通過したばかりだということを思い出す必要があると、フィデルマも気づいた。うねりながら流れるティヴェレ川沿岸のこの荒地は、自然によって生み出されたものではないのだ。人間のなせる業だったのだ。

フィデルマの記憶によれば、やがて大河は、双子のような二つの港、オスティアとポルトの間で、どっと地中海に注ぐはずだ。その近くで、ティヴェレは、葉脈のような、葦茂る細い無数の流れとともども、聖なる島《イソラ・サクラ》に沿って、二つに分岐する。この辺りの鹹水《かんすい》の沼沢に囲まれて広がる低地帯の眺めは、とてもローマへの麗しき入場門とは言い難い。しかし、オスティアとポルトは、世界の津々浦々とローマとを結ぶ船が出入りする、古代ローマ時代から開かれていた二大海港なのだ。

　景色が少し変わってきた。今フィデルマの目に映るのは、緩やかな丘辺に広がる銀緑色のオリーヴの茂みだった。かつては小麦畑であった土地は、今や荒地と化して、コンスタンス皇帝によってもたらされた荒廃の中に辛うじて生き残ったオリーヴの茂みのみが、それに取って代わっているのだ。だが、その銀緑色は、彼女がなじんできた母国アイルランドの濃緑《こみどり》とは違うことに、フィデルマは気づいた。ここに広がるのは、母国の温暖な風土の中で溢れんばかりに野を埋めつくす茂みや深い木蔭[6]とは全く異なるものだった。両側をフクシアの花に縁取られたアイルランドの丘辺の小径は、灰色の丸石がごろごろと転がる岩原を通って、やがては平らな岩盤が広がる海辺に至るのだが、その岩石の間にさえ、サフラン色の花の茂みが点々と彩りを添えてくれていた。緑の丘はなだらかに連なり、暗く底知れぬ沼は野茨やヒースに囲まれていた。イラクサに周囲を守られている森には、櫟《いちい》や榛《はしばみ》が生い茂り、その間には、スイカズラの蔦《つた》も伸びていた。

　フィデルマは、はっと驚いた。望郷の思いにかられていたようだ。そして、彼女は、改めて気づいた、自分は、帰国することを、ふたたび母国語を耳にすることを、自分の世界で安らぎとくつろぎを味わうことを、これほど渇望していたのかと。ホメロスは書いていたではないか？〝人の目に、母国の光景より慕《した》わしいものが、またとあろうか〟と。ああ、きっとホメロスの言う通りなのだ。

フィデルマは、目の前を流れ去る風景にじっと視線を向けた。思いは、ふたたびエイダルフ修道士へと戻っていった。彼との別れを、これほど悲しんでいる今の自分に、フィデルマは戸惑った。彼女はエイダルフにずっと友情を抱いてきた。彼女は今、それをこれまでよりもう少し深い友情に変えたがっていたのだろうか？というより、さらにしっかりとした友愛を築きたいと思っていたのだろうか？アリストテレスは言っている、〝友情とは、二つの体に宿った一つの魂だ〟と。この言葉は、正しいのだろうか？今彼女が、何かが自分の中から失われたと感じているのも、そのせいなのか？彼女は、自分への怒りに、唇をきゅっと引き結んだ。彼女は、絶えず自分の物事に対する姿勢を、理性でもって律しようと努めてきたはずなのに。そうやって、感情に溺れることを、避けてきたはずだったのに。時には、感情だの理性だのと区別することさえ忘れていたのに。それにしても、他人の思考や態度を分析することのほうが、自分の心や行動を解き明かすより、遙かに容易であるようだ。あれは、誰の言葉だったろう、〝医師よ、先ず自らを治せ〟というのは？思い出せない。アイルランド語の古い諺にも〝病人のほうが医者〟というのがある。そうなのかもしれない。

彼女は、流れ去る川沿いの風景へと視線を戻し、両岸に生育している生気にかける緑を見つめた。アイルランドの植生が繰り広げる豊かな緑と、何という対比だろう。彼女は、後ろを振り返り、曲線を描いて流れるティヴェレ川の彼方に姿を消した見えざるローマを、じっと見つめた。ふたたび、エイダルフの面影が、ちらっと胸をかすめた。

フィデルマは、悲しみに翳《かげ》る微笑みを、ひっそりと頰に浮かべた。ホラティウスの、あの言葉は、本当だ。〝後ろへ向かう歩みはない〟。そうなのだ、今や、後ろへ進むことはできない。前へ、進むのだ。故国へ向かって。

訳註

歴史的背景

1　ケルト・カトリック教会＝アイルランドでは、キリスト教は五世紀半ば（四三二？）に聖パトリックによって伝えられたとされるが、その後速やかにキリスト教国になり、聖コルムキルや聖フルサを始めとする多くの聖職者たちが現れた。彼らは、まだ異教の地であったブリテンやスコットランド等の王国にも赴き、熱心な布教活動を行っていた。しかし、改革を進めつつあったローマ教皇のもとなるローマ派のキリスト教との間には、復活祭《イースター》の定め方、儀式の細部、信仰生活の在り方、神学上の解釈等さまざまな点で相違点が生じており、ローマ教会派とアイルランド（ケルト）教会派の対立を生んでいた。だが、フィデルマの物語の時代（七世紀中期）には、アイルランドにおいても次第にローマ教会派が広がりつつあり、九～十一世紀には、アイルランドのキリスト教もついにローマ教会派に同化していくことになる。

2　ニカイアの総会議《カウンシル》＝三二五年、コンスタンティヌス大帝によって招集されたニカイアの総会議は、復活祭の日の定め方やその他の議題で議論が紛糾《ふんきゅう》し、議場は騒然となった。

結局、復活祭は「春分に次ぐ満月後の最初の日曜日」と、一応の決着をみた。

第一章

1　ラテラーノ宮殿＝プラティウス・ラテラーヌス（第二章訳註19参照）の宮殿の跡に建てられた建物で、サン・ジョヴァンニ（聖ヨハネ）大聖堂に隣接し、十四世紀まで教皇の宮殿であった。

2　サン・ジョヴァンニ（聖ヨハネ）大聖堂＝サン・ジョヴァンニ・イン・ラテラーノ聖堂。ネロ帝暗殺計画に加担したとして処刑されたプラティウス・ラテラーヌスの没収された宮殿の跡地にコンスタンティヌス帝が建立し教皇に寄進したもの。教皇庁がヴァティカンに移る一三七七年まで、カトリック教会の中心であった。

3　アンジェラス＝聖母マリアへの祈り。〝アンジェラス・ドミニ（主《しゅ》の御使い）〟で始まり、〈御告げの祈り〉と呼ばれている。現在では、朝、昼、夕の三回、毎日捧げられる。

4　サクソン人たちは……敵が多いらしい＝ブリテン島のサクソン諸王国におけるキリスト教は、六六四年のウィトビア教会会議《シノド》によって、ローマ・カトリック教会の指導に従うと決定された（第一作『死をもちて赦《ゆる》されん』の背景）が、この第二作『サクソンの司教冠《ミトラ》』はその直後の事件として描かれている。サクソン諸王国には、まだコロンバ派のケルト・カトリックの信仰が根強く残っていた時代の物語である。

5 尊者《ヴェネラブル》＝教皇庁が公認する尊称。福者《ブレッシド》に列せられる前段階になる。

6 自分の……修道院の宗規＝修道女フィデルマは『死をもちて赦されん』の事件を解決してアイルランドへ帰国しようとしていた直前に、アード・マハ（現在のアーマー）の大司教オルトーンから、彼女の所属するキルデアの修道院の『宗規』に教皇の認許と祝福を授かって来るようにとの指示が届き、ローマへやって来た。こうしてこの第二作の物語が始まるが、教皇の拝謁を待つ間にも、一つ、事件を解決している。短編集『修道女フィデルマの叡智《えいち》』に収録されている「聖餐式《せいさん》の毒薬」に描かれている殺人事件である。

7 〝アード・マハのオルトーン〟＝アード・マハは、女神マハの城砦であったとされ、多くの神話や古代文芸の舞台となってきたアルスター地方南部の古都。四四四年（諸説あり）、聖パトリックによって大聖堂がマハの丘（アード・マハ、アーマー）に建立され、ここがアイルランドのキリスト教の最高権威の座とされた。また、その付属神学院もアイルランドの学問の重要な拠点となっていった。《修道女フィデルマ・シリーズ》は、オルトーンがここの大司教であった時代の物語で、作品中でしばしば言及される。

8　ペラギウス＝三六五？〜四一八年。四〜五世紀頃、修道士として、ローマで修道院生活の指導や著述にあたっていた神学者。イギリス人とも、アイルランド人とも言われている。〈原罪〉や〈幼児洗礼〉を否定し、〈自由意志〉を強調して、人は自分の力で救われるのであって、神の恩寵によって救われるのではないと説く。彼の主張する神学は、アウグスティヌスやヒエロニムスに〈異端〉として激しく攻撃され、四一八年のカルタゴ宗教会議で、破門された。

9　キルデア＝現在のアイルランドの首都ダブリンの南に位置する地方。アイルランドで聖パトリックに次いで敬慕されている聖ブリジッドによって、この地に修道院が建てられたという。

10　フィデルマ＝《修道女フィデルマ・シリーズ》の主人公。フィデルマは、このシリーズの中で、七世紀アイルランド最大の王国モアン〔現在のマンスター地方〕の王女であり国王のターニシュタ〔継承予定者〕コルグーの妹と設定されている。したがって正式名称は、モアンの王国の王都であり王家の居城でもある地名キャシェルを冠して、〝キャシェルのフィデルマ〟。

しかし、五世紀に聖女ブリジッドによってキルデアに建立された修道院に所属していた時期には、正式な呼称として〝キルデアのフィデルマ〟とも称されていた。修道院で学んだキリスト教文化の学識を持った尼僧であると共に、アイルランド古来の文化伝統の中で、恩師〝タラのモラン〟師の薫陶を受けた法律家でもある。

11　ゴール人＝ゴールは、古代ローマの属領。ガリア。フランス、ベルギー、オランダ南部等に広がる地域を指す古地名。

12　クラウディウス＝紀元前一〇～五四年頃。ローマ皇帝クラウディウスI世。四三年にローマ軍を率いてブリテン島に侵入し、五一年にはブリトン人の指導者カラタクス（カラクタクス）を捕らえ、ローマに連行した。

13　聖ブリジッド＝四五三？～五二五年頃。ブリギット、ブライドとも。アイルランドで聖パトリックに次いで敬慕されている聖職者。若くして宗門に入り、めざましい布教活動を行った。アイルランド最初の女子修道院をキルデアに設立。アイルランド初期教会史上、重要な聖女。詩、治療術、鍛冶の守護聖者でもある。

14　モラン師＝フィデルマの恩師であり、最高位のオラヴの資格を持つブレホンとして、シリーズの中でしばしば言及される。

15　〝カンタベリーのエイダルフ〟修道士＝現在海外諸国で刊行されている《修道女フィデルマ・シリーズ》のほとんどの作品に登場する若いサクソン人。アイルランド（ケルト）教会派のフィデルマとは違ってローマ教会派に属する修道士ではあるが、常にフィデルマのよき助手、優れた協力者として行動し、彼女と共に謎を解明してゆく。このシリーズの中のワトソン役。出身地の地名を冠して〝サックスムンド・ハムのエイダルフ〟とも呼ばれる。

16　ウィガード＝ウィグバルド、ウィグヘアルド。ケント王国の司祭。第六代カンタベリー大司教デウスデーディトゥスの没後、その後任に選出されるが、正式に叙階を受けるためローマに滞在しているうちに、疫病に罹《かか》って死亡。第七代カンタベリー大司教には、六六九年、〝ダルソスのテオドーレ〟が就任した。

17　コロンバ＝五二一？〜五九七年頃。コルムキル。しばしば〝アイオナのコルムキル〟、あるいは〝アイオナのコロンバ〟と呼ばれる。アイルランドの王家の血を引く貴族の出。聖人、修道院長。デリー、ダロウ、ケルズなどアイルランド各地に修道院（三十七箇所とも言われる）を設立したが、五六三年、十二人の弟子と共にスコットランドへ布教に出かけた（一説には、修道院内の諍いの責任をとっての出国とも）。彼は、スコットランド王の許可を得て、その西岸の島アイオナに修道院を建て、三十四年間、その院長を務めた。さらにスコットランドや北イングランドの各地で修道院の設立や後進の育成などに専念し、諸王国間の軋轢《あつれき》を仲裁するなど、多方面に旺盛な活躍をみせ、その生涯のほとんどをスコットランドでおくった。とりわけアイオナの修道院は、アイルランド教会派のキリスト教とその教育や文化の重要な中心地となっていた。数々の伝説に包まれたカリスマ的な聖職者であり、また古代アイルランド文芸に望郷の思いを詠った詩を残す詩人でもある。

18　パラディウス＝四三二年頃、没。聖パラディウス。よくアイルランドにキリスト教を伝えたのは聖パトリックと言われるが、厳密に言えば、それ以前にキリスト教は伝わっており、アイルランド最初の司教は聖パトリックではなく聖パラディウスである、とも言われている。したがって、聖パトリックは彼の後継者ということになるが、後世、聖パトリックに注目が集まり、聖パラディウスの影は薄くなってしまった。

19　パトリック＝三八五～三九〇年頃の生まれ。没年は四六一年頃。聖パトリック。アイルランドの守護聖人。ブリトン人で、少年時代に海賊に捕らえられて六年間アイルランドで奴隷となっていたが、やがて脱出してブリテンへ帰り、自由を得た。四三二年（？）アイルランドに戻り、アーマーを拠点としてキリスト教を伝え、多くのアイルランド人を入信させた。

20　ウィトビアの教会会議《シノド》＝六六四年、ノーサンブリア王国ウィトビア（あるいはウィットビー。旧名ストロンシャル）の修道院において、ノーサンブリア王オズウィーの主催という形で開催された教会会議。復活祭の定め方、教義の解釈、信仰の在り方等、当時対立が顕著となったローマ教会とアイルランド（ケルト）教会の妥協を求めるための会議であったが、最終的には、オズウィー王が天国の鍵の保持者聖ペテロに従うと決定したため、イングランド北部の教会は聖ペテロが設立したとされるローマ教会に属することとなり、その結果アイルランド教会派はさらに孤立してゆき、ついに十一世紀にはローマ教会に同化していった。《修道女フィデルマ・シリーズ》の第一巻『死をもちて赦されん』は、このウィトビア教会会議を物語の背景としており、アイルランド教会派に属する修道女フィデルマは、サクソン人でローマ教会派のエイダルフと、そこで初めて出会ったのであった。

21　デウスデーディトゥス＝在位六五五～六六四年。デウスデーディット（〝神に従う者〟の意）。西サクソン人。アングロ・サクソン人として、初めてカンタベリー大司教（第六代）となる。在職中の六六四年に、疫病のため死亡。その前後に日蝕《につしょく》があったと、ベーダは『英国民教会史』に記載している。

22　〈黄色疫病《イエロー・プレイグ》〉＝黄熱病《イエロー・フィーバー》。きわめて悪性の流行病で、病状の後期に肌や白目が黄色くなる黄疸症状をしばしばともなうため、アイルランドではブーイ・コナル「黄色のぶり返し」と称された。五四二年、エジプトで発生し、商船によってヨーロッパへ伝播して猛威をふるい、五四八～五四九年にはアイルランドにまで及んだ。アイルランドは、五五一〜五五六年に、とりわけはなはだしい大流行にみまわれた。

六六四年に、ヨーロッパは再度この疫病の猛威にさらされ、一説によればヨーロッパの人口の三分の一が失われたという。アイルランドでも、六六四年から六六八年にかけて、全人口の三分の一が死亡したと見られる。大王や諸国の王たち、高名な聖職者たちも、大勢この疫病に斃《たお》れた。より安全な地域への脱出を求める人々も多く、コルマーン司教が弟子を連れてモアンを去ったのも、この疫病からの逃避行であったと言われる。その一方、アード・マハの修道院長オルトーンのように、〈黄色疫病〉にかかりながらも回復し、人々の救済に献身した人々もいた。オルトーンは両親を失った子供たちのために孤児院を設立し、先端に小さな穴を開けた牛の角に牛乳を入れ、それを飲ませて乳飲み子たちを育てた、と伝えられる。

23　ブレホン＝古語でブレハヴ。古代アイルランドの〝法官・裁判官〟で、〈ブレホン法〉にしたがって裁きを行う。きわめて高度の専門学識を持ち、社会的に高く敬われていた。ブレホンの長《おさ》ともなると、大司教や小国の王と同等の地位にある者とみなされた。〈ブレホン法〉は、数世紀にわたる実践の中で複雑化し洗練されて、五世紀には成文化されたと考えられている。しかし固定したものではなく、三年に一度、大王《ハイ・キング》の王都タラにおける〈大祭典〉で検討され、必要があれば改正された。〈ブレホン法〉は、ヨーロッパの法律の中できわめて重要な文献とされ、十二世紀半ばに始まった英国による統治下にあっても、十七世紀までは存続していたが、十八世紀に、最終的に消滅した。

24　〝赤い髪のマハ〟＝父王の没後、アイルランド第七十六代の王となる（紀元前三七七年頃）。〝マハの丘《アード》（アード・マハ）〟を築いたとされる（現在のアーマー）。

25　皇帝コンスタンス＝六三〇〜六六八年、在位六四一〜六六八年。東ローマ皇帝コンスタンス二世。エジプト遠征、シリア遠征等で勝利をおさめるが、六六八年にシラクサで暗殺された。

26　福者《ブレッシド》＝教皇庁が死者の聖性を公認した人物への尊称。のちに聖者《セイント》に公認されることが多い。しかし〈聖なる人〉という意味で、もっと広義に用いられることもよくある。たとえば、聖パトリックも、ブレッシド・パトリックという呼ばれ方をすることがある。

27　プラッセード＝プラクセデス、プラッセとも呼ばれる、一〜二世紀頃の殉教した聖女。九世紀には、教皇パスカーリス一世によって、ローマに見事な聖プラクセデス教会が建立されているが、フィデルマの物語は七世紀半ばであるので、これは五世紀頃建立されていたという、ささやかな小礼拝堂を指しているのであろう。

28　巌《ペテロ》の上に建立さるべし＝ガリラヤの漁師であったシモン・バル・ヨナは、イエスの弟子に加わり、イエスから信頼され愛されて岩を意味するペテロという呼び名を与えられた。
〝我《われ》はまた汝《なんぢ》に告《つ》ぐ、汝《なんぢ》はペテロなり、我《われ》この磐《いは》の上《うへ》に我《わ》が教会《けうくわい》を建《た》てん、黄泉《よみ》の門《もん》はこれに勝《か》たざるべし。われ天国《てんこく》の鍵《かぎ》を汝《なんぢ》に与《あた》へん……〟（『マタイ伝』第十六章十八～十九節）。

第二章

1 アイルランド五王国＝エール五王国とも。エールは、アイルランドの古名の一つ。七世紀のアイルランドは、五つの強大なる王国、すなわちマンスター（モアン）、レンスター（ラーハン）、アルスター、コナハトの四王国と、大王《ハイ・キング》が政《まつりごと》を行う都タラがある大王領ミースの五王国に分かれていた。〝アイルランド五王国〟は、アイルランド全土を指すときによく使われる表現。またマンスター、レンスター、アルスター、コナハトの四王国は、大王を宗主に仰ぎ、大王に従属するが、大王位に就くのも、主としてこの四王国の国王であった。

2 大王《ハイ・キング》＝アイルランド語ではアルド・リー。〝全アイルランドの王〟、あるいは〝アイルランド五王国の王〟とも呼ばれる。紀元前からあった呼称であるが、強力な勢力を持つようになったのは、二世紀の〝百戦の王コン〟、その子である三世紀のアルト・マク・コン、アルトの子コーマック・マク・アルトの頃。実質的な大王の権力を把握《はあく》したのは、十一世紀初めの英雄王ブライアン・ボルーとされる。大王は、三年に一度、ミースの王都タラで、政治、軍事、法律等の会議や、文学、音楽、競技などの祭典でもあった国民集会〈タラの祭典〉を主催した。

しかし、アイルランドのこの大王制度は、一一七五年、英王ヘンリー二世に屈したロリー・オコナーをもって、終焉を迎えた。

3　オスティア＝ティヴェレ川の河口にある古代ローマの町。古くからのローマの海港。

4　コンスタンティヌス帝＝二八〇（二〇八?）～三三七年。コンスタンティヌス一世。最初のクリスチャン皇帝。在位三〇六～三三七年。ローマ帝国を再統一し、新首都をコンスタンティノープル（〝コンスタンティヌスの新しい都〟）に建設。キリスト教信仰を初めて公認した皇帝。コンスタンティヌス大帝とも。

5　聖ヘレナ＝二五〇頃～三三〇年。ヘレン。コンスタンティヌス帝の母。三一二年頃、六十歳を過ぎてキリスト教に改宗し、敬虔博愛の信徒となり、聖地へ巡礼に出たと伝えられている。旅先で死亡したとも言われる。

6　シェピー＝ブリテン島南東部（ケント王国の沿岸）の、テムズ川河口の島。

7　アイルランド僧フルサ＝？～六四五年または六五〇年。アイルランドの聖者、修道院長。アイルランドで活躍した後、六三〇年頃にブリテン島に渡り、修道院を設立した。しかし勃発した戦乱の中で庇護者であった王が亡くなったため、六四〇年頃に大陸に渡り、その後はフランスで活躍した。彼はしばしば恍惚状態におちいり、天国や地獄、天使や悪魔などの幻影を見、それを記述した。これに刺激されて、多くの幻想文学が生まれたが、とりわけ地獄の幻想は、ダンテの『神曲』の地獄の描写に影響を与えたと言われる。

8　ダロウ＝アイルランド中央部の古い町。五五六年、聖コルムキルによって設立された修道院で有名。この修道院にあった装飾写本『ダロウの書』は、アイルランドの貴重な古文書で、現在はダブリンのトリニティ大学が所蔵。

9　トゥアム・ブラッカーン＝アイルランド北西部のゴルウェイ地方の町。六世紀に設立された修道院は、神学、医学の学問所としても名高かった。

10　リンデスファーン＝ノーサンブリアの東海岸の小島、ホリー島の別名。リンデスファーンの修道院は聖エイドーンによって設立され、ノーサンブリア王国のもっとも重要な修道院となった。装飾写本『リンデスファーンの福音書』でも有名。

11　アイオナ＝ブリテン島で聖コルムキルの教えに従うケルト（アイルランド）・カトリック教会の信奉者は、コロンバ派、あるいはアイオナ派と呼ばれた。アイルランド人によるブリテン島の布教の中心は、アイオナ島に修道院を設立した聖コルムキルであるが、ノーサンブリア人はコルムキルをコロンバという名で呼んだ。

12　聖マタイが言っておられるように＝『マタイ伝』第六章二十四節。〝人《ひと》は二人《ふたり》の主《しゅ》に兼《か》ね事《つか》ふること能《あた》はず、或《あるひ》はこれを憎《にく》み彼《かれ》を愛《あい》し、或《あるひ》はこれに親《した》しみ彼《かれ》を軽《かろ》しむべければなり。……〟。

13　ガウラの壊滅的な戦＝古代アイルランドの伝説群の一つ〈フィニアン英雄譚〉では、首領フィンを中心に多くの戦士が活躍したが、フィンの没後は次第に衰運に向かい、このガウラの戦をもって、終焉を迎える。ガウラは、現ダブリン州のギャリスタウン辺りと推測されている。

14　オスカー＝〈フィアナ戦士団〉の英雄たちの首領フィンの孫で、英雄でもあり〈オシアン伝説〉で名高い詩人でもあったオシーンの子。ガウラの戦では、〈フィアナ戦士団〉を率いて戦い、戦場に斃れた。孫の死を悼んで、フィンが船で冥界から現れたとも、伝えられる。妻のエイディーンは、夫の亡骸《なきがら》を見て、悲しみのあまりに息絶えた。父オシーンは、オスカーの遺体をベン・エイダーの頂に運び、そこに塚を築いた。

15　メルキアデス＝ミルティアデス。聖人、教皇。在位三一〇〜三一四年。

16　ガイウス・カルプルニウス・ピソ＝一世紀のローマの政治家、文人。文学サークルを率いていた。六五年、ネロ帝暗殺計画に加担したとして、自殺を強いられた。

17　ペトロニウス・アルビテル＝小説『サテュリコン』の著者はペトロニウスとされるが、これはガイウス・ペトロニウス・アルビテルのことであると言われる。アルビテルはネロ帝の愛顧を受けていたが、ネロ帝暗殺計画に加担したとして、自殺を強制された。

18　ルカン＝三九〜六五年。ルカヌス。スペイン生まれの、ローマの詩人。叙事詩『ファルサリア』を著した詩人。

19　プラティウス・ラテラーヌス＝ローマ貴族ラテラーヌス一族の一人。作中（第二章）で言及されているように、彼もネロ帝暗殺計画に関わったとして、処刑された。彼の宮殿の跡地に建造され教皇に寄進された建物が、サン・ジョヴァンニ聖堂とそれに隣接する教皇の住居宮殿であった。

20　ヴァンダル族＝五世紀初めに、ゴールとスペインを侵略し、北アフリカにヴァンダル王国を建国した民族。四五五年には、ローマをも侵略、略奪。その蛮行ゆえに、無知なる者、故意による文化・芸術の破壊者と見做され、〝野蛮人〟の別名となった。

21 〝七つの丘〟＝ローマを取り巻くアウェンティヌス、カエリウス、カピトリヌス、エスクイリヌス、パラティヌス、クイリナリス、ヴィミナリスの七つの丘。〈七つの丘の都〉は、ローマの別名。

22 〈フェナハス法〉＝今日では、〈ブレホン法〉と呼ばれる。古代アイルランドの法律。フェナハスの語源は、〈自由民〉を意味するフェニ。

23 教皇ウィタリアヌス＝在位六五七～六七二年。東西カトリック教会の分裂の緩和を試みた教皇。

24 福者《ブレッシド》エイドーン＝アイオナの修道士。司教。聖人。？～六五一年頃。王子時代に、アイオナに亡命の身を寄せて教育を受けていたオズワルド王の後援によって、パウリヌスが失敗したノーサンブリアへのキリスト教布教に、最初に成功した布教者。王自ら、しばしば彼の伝道の通訳を務めたという。ノーサンブリアのリンデスファーンに修道院を設立し、初代の院長となった。

第三章

1　聖コロンバン＝五四三頃～六一五年。コロンバヌスとも。アイルランドの聖人。レンスター地方の名門の出と言われる。五九〇年頃、十二人の仲間と共にゴールに渡り、各地に修道院を設立。アイルランドの原始キリスト教的な修道院規律でもって布教活動を行ったが、それがゴールの修道院の在り方と異なっていたため攻撃を受け始め、転々とヨーロッパ各地を移動することとなった。六一三年頃に、ボッビオに落ち着き、この地に修道院を設立。ボッビオの修道院は、大図書館と古文書の収蔵で、有名になった。

2　ボッビオ＝イタリア北西部の町ジェノヴァの北東部。六一二年に、コロンバンが修道院を建立。中世ヨーロッパの文化の中心地の一つとなった。後世、百冊余りの貴重な写本が発見された。現在は、ヴァティカン図書館等に所蔵されている。

第四章

1　大王《ハイ・キング》オラヴ・フォーラ＝アイルランドの第十八代（一説には、第四十代）の大王とされる。伝承によれば、初めて法典の体系化を行い、また〈タラの祭典〉を創始した、とされている。

2　ホノリウス司教＝六五三年に没。ローマから派遣されて、カンタベリー大司教となった。

第五章

1　〝ペルガモンのガレノス〟＝カレノス、ガレン、ガレヌス。一二九？～二一六年？。小アジアのペルガモン生まれのギリシャの医師。ローマ皇帝の侍医。彼の数多くの著書は、長い間、ギリシャ、ローマ、アラブの医師たちにとっての貴重な学術文献であった。

2　ヘロフィルス＝〝カルケドンのヘロフィルス〟。紀元前三五五？～二八〇年？。紀元前四～三世紀に活躍したギリシャの病理学者、解剖学者。アレクサンドリアの医学校の創立者の一人とされている。カルケドンは、ボスポロス海峡に面した小アジア北西部の町。

3　アウレリアヌス城壁＝アウレリアヌス帝（二一二？～二七五年、在位二七〇～二七五年。ルキウス・ドミティウス・アウレリアヌス）は、貧しい兵士から軍の高官となり、皇帝にのぼりつめた。ゴート族を退け、パルミラを破り、エジプトを奪回した皇帝。彼が建造したローマの街を取り囲む長大な城壁は、彼の名を取ってアウレリアヌス城壁と呼ばれている。

4　大司教アウグスティヌス＝？〜六〇四年頃。イタリア生まれの大司教。五九六年、教皇グレゴリウスの命《めい》で、三十人の布教団の長として、アングロ・サクソンの島に派遣される。彼はまずケントに上陸し、イアルセンバート王に厚遇され、カンタベリーでの布教を許された。彼はブリテンの司教たちの協力も得て、宣教に成功し、カンタベリーに聖堂を建立した。また、学院の設立、書籍の蒐集、イアルセンバート王のアングロ・サクソン法の明文化への助力など、文化面でも大きな功績を残した。

第六章

1　マルクス・アウレリウス・アントニヌス＝一二一〜一八〇年、在位一六一〜一八〇年。ローマ皇帝。

2　アレクサンデル・セウェルス＝二〇八？〜二三五年、在位二二二〜二三五年。ローマ皇帝。

3　カリクストゥス＝教皇カリストゥス一世。奴隷に生まれ、主人の金を紛失したことから捕らえられ投獄されるなど、波乱の半生をおくるが、後に自由の身となり、二一七年には教皇に選出された。彼の多くの見解や改革は、論議を巻き起こした。二二二年、騒乱の中で落命。

4　〝リポンのウィルフリッド〟＝六三三（六三四？）～七〇九（七一〇？）年。ウィルフリス。ノーサンブリア生まれのリポンの修道院長。ヨークの司教。六六四年のウィトビア教会会議では、ローマ派のリーダーとしてアイオナ派を論破。修道院の設立や伝道活動のほか、芸術の後援などでも活躍。古代英国の教会史の中で、もっとも重要な人物の一人に挙げられている。

第七章

1　〈リキニウス法〉＝紀元前四世紀の護民官のリキニウス・カルヴス・ストロとリキニウス・セクスティウスが、紀元前三六七年に成立させたリキニウス＝セクスティウス法。共和期ローマの最高官職コンスルの一人はプレブス（平民）から選出する、大土地占有を制限する等の内容を盛りこんだ、プレブスの権利を守る革新的な法。

この作品で活躍する、先祖を秘かに誇りとしているラテラーノ宮殿の若い衛兵隊小《テッセ》隊長《ラリウス》フーリウス・リキニウスは、このリキニウス護民官の末裔と設定されているようだ。

2　ゲンセリック王＝ガイセリック。三九〇？～四七七年、ヴァンダル族の王。在位四二八～四七七年。全ローマ領アフリカや地中海沿岸を征服し、四五五年にはローマをも侵略。ヴァンダル王国は、五三四年に、ローマの将軍ベリサリオスによって、滅亡へと追いこまれた。

3　コンスタンティノープル＝コンスタンティノポリス。現在のイスタンブール。国内統一を果たしたコンスタンティヌス一世が、三三〇年にボスポロス海峡に臨むトルコの北西部に建造した町。その後、ここが東ローマ帝国の首都と定められた。一四五三年に、オスマン・トルコ帝国に占拠された。

4　タラント＝イタリア南東部の、地中海湾岸の港町であり、沿岸軍事基地でもあった。

第八章

1　強姦についての法律＝古代アイルランドのブレホン法では、強姦はフォルカーとスレーに分けられていた。フォルカーは、暴力による強姦。スレーは、その他の状況において、たとえば酔った女性に対するものなど、本人の同意を得ずに行われた性交。短編「毒殺への誘《いざな》い」（『修道女フィデルマの洞察《どうさつ》』に収録）で、言及されている。
酔った女性への強姦も、その他の女性に対する行為と同じように厳罰を科せられた。ただし、その女性の側に不用意な態度があった場合、たとえば、既婚女性が付き添いなしに酒場に出掛けた場合、法の保護は受けられず、弁償金は与えられない。なかなか具体的に定められた法であったようだ。

弁償金は、父親、夫、兄弟等、女性の後見人の〈名誉の代価《オナー・プライス》〉と、身体的障害に対する制裁金から成っており、第一夫人以外の妻や内縁の妻の場合は、半額が支払われたようだ（Fergus Kelly, *A Guide to Early Irish Law* による）。

2　スクラパル＝貨幣単位の一つ。一スクラパルは、銀貨一枚、あるいは乳牛の二十四分の一頭分。つまり、二十四スクラパルで、乳牛一頭、あるいは金貨一枚ということになる。

第九章

1　オガム文字＝石や木に刻まれた古代アイルランドの文字。三〜四世紀に発達したものと考えられている。オガムという名称は、アイルランド神話の中の雄弁と文芸の神オグマに由来するとされている。

一本の長い縦線の左側や右側に、あるいは横線の上部や下部に、直角に短い線が一〜五本刻まれる。あるいは、長い線をまたぐ形で、短い直角の線（あるいは、点）や斜線が、それぞれ一〜五本、刻まれる。この四種類の五本の線や点、計二十の形象が、オガム文字の基本形となる。この文字を用いて王や英雄の名などを刻んだ石柱・石碑は、今《こん》日《にち》も各地に残っている。石柱、石碑の場合は、石材の角が基線として利用されている。しかし、キリスト教と共にラテン文化が伝わり、ラテン語アルファベットが導入されると、オガム文字はそれにとって代わられた。

2 〈ウェアギルド〉＝アングロ・サクソンやゲルマンにおける賠償金。

3 タメシス川＝テムズ川の古名。

4 〈名誉の代価《オナー・プライス》（エネクラン）〉＝ローグ・ニェナッハ。地位、身分、血統、資力などに応じて、慎重に定められる各個人の価値。被害を与えたり与えられたりした場合など、この〈名誉の代価〉に応じて損害を弁償したり、弁償を求めたりする。

5 〈血の代償（エリック）〉＝〈ブレホン法〉の際立った特色の一つは、古代の各国の刑法の多くが犯罪に対して〝懲罰〟をもって臨むのに対し、〝償い〟をもって解決を求めようとする精神に貫かれている点であろう。各人には、地位、血統、身分、財力などを考慮して社会が評価した〝価値〟、あるいはそれに沿って法が定めた〝価値〟が決まっていて、殺人という重大な犯罪さえも、被害者のこの〈名誉の代価〉を弁償することによって、つまりは〈血の代償金《ブラッド・マネー》〉を支払うことによって、解決されてゆく。

　この精神や慣行は、神話や英雄譚の中にも、しばしば登場している——たとえば、アイルランドの三大哀歌《エレジー》の一つと言われる『トゥーランの子らの運命』も、有力な神ルーの父を殺害したためにルーから過酷な弁償を求められたトゥーランの三人の息子たちがたどる悲劇を物語る。

6　ウォーディンやスノールやフレイール＝ウォーディンは、北欧神話のオーディンにあたる。軍事、知識を司る、ゲルマンの最高神。スノールは、北欧神話のトールにあたる、雷、天候、豊穣の神。フレイールは、平和、繁栄、結婚、戦争の女神。オーディンの妻で、神々の母と称されるフリッグと同一視されることも多い。

7　〝ヒッポのアウグスティヌス〟＝三五四～四三〇年。北アフリカ生まれの聖人。ヒッポの司教。キリスト教の思想と信仰の集大成者。カルタゴで放縦な青年期を過ごすが、三八七（三八六？）年にキリスト教に入信。人間性の堕落、恩寵の優位、神の摂理の絶対性等を強調し、ペラギウスと真っ向から対立して論争し、ついに彼をキリスト教会から排斥した。

第十章

1　アラム語＝古代ペルシャ帝国の共通語。

2　バッカナリア＝古代ローマのバッカス祭。バッカスは酒と牧畜の神（ギリシャ神話のディオニソスに相当）。この祭りの中では、陽気なばか騒ぎや酒宴が繰り広げられた。

古代ギリシャのディオニソスの祭りにおいて、彼の死を悼む信女たちが哀悼《あいとう》の抒情詩を合唱するが、その中からヨーロッパ演劇は芽生え、ギリシャ悲劇へと展開してゆく。しかしディオニソスの祭りは、一面、彼の甦《よみがえ》りに狂喜する、陽気な酒宴と乱痴気騒ぎでもあった。この滑稽《こっけい》部分に活躍するのが、ディオニソス＝バッカスの、半人半馬（あるいは、山羊）の従者サテュロスたちであった。彼らの猥雑なまでに陽気な乱痴気騒ぎは、十二月に数日間にわたって祝われる収穫祭や冬祭り（冬至祭）であるサターナーリア（第十二章訳註7参照）の陽気な浮かれ騒ぎや酒盛りを連想させる。

アテネのディオニソス祭は、やがて演劇の大祭典となり、詩人たちは悲劇三部作と喜劇一篇の四作品をもって演劇祭に参加するようになった。その中から、ギリシャ悲劇の三大詩人、ソフォクレス、エウリピデス、アイスキュロスたちが古代ヨーロッパの演劇史に登場するのだが、この三部作に付随する喜劇に、サテュロスたちは深い関わりをもっていた。

3　ヒポクラテス＝紀元前四六〇？〜三七七年？。ギリシャの医師。高潔な〝医の倫理〟を唱え、それを自分の弟子たちに伝えた。〝医学の父〟と敬われている。今日でも、医に志す学徒は、〈ヒポクラテスの宣誓〉を誓う。

4　『神秘なる病について』＝古代人は癲癇《てんかん》を神秘的な不可解な病と考えて、〝神秘なる病〟（神聖病）と称した。ヒポクラテスは、著書『神秘なる病について』の中で、この迷信を否定し、この病も医学的、合理的に説明のつく原因によって生じるのだと論じている。

5　キリストの〝使い女《め》〟＝〈御告げの祈り（アンジェラスの祈り）〉の中で、聖母マリアは天使の伝える御告げに、「我は主の使い女なり」と答える。

6　マンスター王国＝モアン王国。モアンは、現在のマンスター地方。アイルランド五王国中、最大の王国で、首都はキャシェル。町の後方に聳える巨大な岩山〈キャシェルの岩〉の頂上に建つキャシェル城は、マンスター王の王城でもあり大司教の教会堂でもあって、古代からアイルランドの歴史と深く関わってきた。現在も、この巨大な廃墟は、町の上方に威容を見せている。

7　ヨハン・クリソストム＝三四七頃～四〇七年。コンスタンティノープルの司教、聖書学者。優れた弁舌で有名となり、クリュソストモス（黄金の口）と呼ばれるようになった。三九八年、大司教となり、聖職者に厳しい規律を求め、宮廷、教会、一般社会の道徳的腐敗や奢侈《しゃし》の改善に取り組んだ。宮廷の女性たちの風紀や華美な装いを激しく非難したため、皇妃エウドクシアの怒りをかい、二度にわたる追放の中で、最後は悪天候をついての徒歩旅行を強いられて、衰弱死したという。

8　アンティオキア＝古代シリアの首都。商業都市であると同時に、初期キリスト教信仰の中心地の一つ。

第十一章

1 〈詩人の棒〉＝あるいは〈オガム文字の杖〉。榛《はしばみ》、櫟《いちい》、箱柳《はこやなぎ》などの細い板や枝、あるいは樺《かば》などの樹皮に、オガム文字（第九章訳註1参照）を刻んだらしい。この古代アイルランドの木片は、学術、法律、文学等、広い分野にわたる古文書であった。また、石造十字架や石碑などにも、石材の角を基線として、よくオガム文字が刻まれていた。この〈詩人の棒〉という古代の書物は、修道院の図書館等では、一冊分をまとめて袋に入れ、壁の釘《ペッグ》の列に吊るされていた、とも考えられている。《修道女フィデルマ・シリーズ》のほかの巻にも、この〝書物〟や図書館は描かれている。シリーズの他の巻では、よく〈詩人の木簡〉という訳語も使っている。

なお、古くは、〈詩人〔フィリヤ〕〉は学者でもあり、またさらに古くは、言葉の魔力を通して超自然とも交信をなし得る神秘的能力を持った人でもあり、社会的に高い敬意や畏怖をもって遇された存在であった。

2 〈☧《カイ・ロウ》〉＝ギリシャ語による〝キリスト〟の綴りの初めの二文字、カイ（Chi。ギリシャ語のX）と、ロウ（Rho。ギリシャ語のP：英語のR）を組み合わせたキリストを表すマーク。

3　剃髪《ていはつ》は、コロンバ式＝この時代、カトリックの聖職者は剃髪をしていたが、ローマ教会の剃髪は頭頂部のみを丸く剃る形式であった。しかしアイルランド（ケルト）教会では、それとは異なる形をとっていた。著者は《修道女フィデルマ・シリーズ》の中でよくこの点に言及しているが、たとえば、本作の中でも、〝後ろの髪は長く伸ばし、前頭部は耳と耳を結ぶ線まで剃り上げ〟と、説明している。

第十二章

1　〈養育制度《フォスタレッジ》〉＝子供を信頼する人物に預け、養育して教育も授けてもらう制度。著者は、『幼き子らよ、我がもとへ』の第十一章で、「子供たちは七歳になると、親元を離れて教育を受ける。これはごく普通に行なわれていることである。この慣行は、〈養　育《フォスターリング》〉と呼ばれており、養父母は養い子たちをその身分にふさわしく育て教育することを求められる。少女は、多くの場合、十四歳で教育を終了するが、時には、フィデルマ自身のように、十七歳まで続けることも可能である。……〈養育〉は、双方の家庭にとって好ましいものとされる慣行であり、法的な契約でもあるのだ。これには、法律上、二種類ある。一つは〈好意の養育〉であり、養育費はいっさい支払われない。もう一つは、実の両親が子供たちの養育費を支払う〈契約による養育〉である。そのいずれであれ、〈養育〉は、社会におけるもっとも主要な子弟教育の手段なのである」と述べている。

2　〈デルカッド〈瞑想〉の行《ぎょう》〉＝ディアハットとも。古代アイルランドの瞑想法。『幼き子らよ、我がもとへ』の第一章で、「フィデルマは、〈デルカッド〉の行によって、憂慮を心から払いのけようとした。おぼろにかすむ遙かな昔より、アイルランドの幾世代もの神秘家《ミスティック》たちは、外の世界から入りこむ無用な雑念や立ち騒ぐ心をしずめつつ、アイルランド語で〝心の静謐《せいひつ》〟を意味するシーハーンの境地を求めて、この瞑想法をきわめてきたのであった」と、述べられている。

3　ドゥルイド＝古代ケルト社会における、一種の〈智者〉。語源は、〈全《まった》き智〉を意味する語であったと言われる。きわめて高度の知識を持ち、超自然の神秘にも通じている人とされた。アイルランドにおけるドゥルイドは、預言者、占星術師、詩人、学者、医師、王の顧問官、政《まつりごと》の助言者、裁判官、外交官、教育者などとして活躍し、人々に篤く崇敬されていた。

しかし、キリスト教が伝えられてからは、異教、邪教のレッテルを貼られ、民話や伝説の中では〝邪悪なる妖術師〟的イメージで扱われがちであるが、本来は〈叡智の人〉である。宗教的儀式を執り行うことはあっても、かならずしも宗教や聖職者ではないので、ドゥルイド教、ドゥルイド僧、ドゥルイド神官という表現は、偏ったイメージを印象づける。

4　〝ヒリダヌムのハドリアヌス〟＝七〇九年、あるいは七一〇年に没。〝カンタベリーのハドリアヌス〟、あるいはアドリアン。アフリカ生まれの修道院長。作品中で描かれているように、六六四年にカンタベリー大司教指名者《デジグネイト》ウィガードが亡くなった時に、教皇にこの地位に就くように求められたが、それを固辞して代わりにテオドーレを推挙した。さらに教皇にテオドーレの補佐を務めるよう求められて、カンタベリーへ赴いた。任地カンタベリーで、彼はテオドーレに聖アウグスティヌス修道院の院長に任命され、約四十年、この職を務めたが、この修道院の神学校で彼の教えを受けた人々の中から、多くの修道院長や司教が現れた。

5　パブリリウス・シーラス＝紀元前一世紀頃に、ローマ演劇の世界で活躍し、人気を博したマイム作者、マイム俳優。また、広く読まれていたストア哲学的な大部の格言集の著者である、とも言われている。

6　ユデア＝パレスチナの中部、死海西側の山地で、イエスやダビデの生誕の地。

7　サターナーリア（サトゥルヌス）祭＝森の神で、農耕神でもあるサトゥルヌスの祭り。宴が催され、葡萄酒に酔い、さまざまな楽しみに耽《ふけ》る、陽気な、あるいは放埓な祝祭。その中で、歌、踊り、曲芸、手品はもとより、滑稽な寸劇、愉快な、あるいは乱暴な悪戯なども、盛んに楽しまれた。

古代ギリシャ・ローマ演劇は、ローマ帝国の末期には、演劇本来の精神と生気を失って、退廃的な見世物的興行に堕し、勢力を得てきたキリスト教徒からの激しい非難もあって、次第に凋落《ちょうらく》し、滅亡していった。しかし、中世宗教劇として演劇が再生するまでの、いわゆる〝演劇の暗黒時代〟にも、このような祝祭や大道芸、放浪芸等の形で、演劇精神、とりわけ喜劇精神は生き続けていく。たとえば、この作品の中で言及されている、召使いが年に一度、主人と身分を交換するという祭りの中での趣向も、サターナーリアの人気ある〝お遊び〟だったのであろう。

演劇性を内包した、この遊びはヨーロッパ各地に、いろんな形態で広がっていったらしい。たとえば、厳《いか》めしい修道院の中にも、〈少年僧正〉という遊びが見られる。一年に一日だけ、修道院で一番地位の低く、ごく若い見習い修道士が僧正（司教）に選ばれ、この日は高僧たちまで、この〈少年僧正〉に仕えることになるのだ。

シェイクスピアの愉快な喜劇『じゃじゃ馬馴らし』にも、この〝お遊び〟が顔を出している。じゃじゃ馬娘のカタリーナを求婚者のペトルーキオがいかに見事に従順貞淑な花嫁に変貌させてゆくかという、よく知られているストーリィは、実は劇中劇であって、その外枠は、若い貴族たちの悪戯の世界である。泥酔して眠り込んでいる鋳掛屋スライを、若者たちが領主館に担ぎこみ、目覚めたスライに、あなたは長い間患っていらしたご領主様です、我々は皆、あなたの臣下ですと告げて、次第にスライがそれを信じ込むのを皆で楽しむという、いささか意地の悪い悪戯なのだ。カタリーナとペトルーキオの物語は、彼らが〝領主様〟のお慰みにと演じてお見せする芝居なのである。シェイクスピアのこの趣向は、地位や身分の取り替え遊びという、サターナーリアで楽しまれていたコミカルな伝統を思わせる。作者ピーター・トレメインは、七世紀を舞台とする本書『サクソンの司教冠』の中で、サターナーリアの喜劇的な伝統を、悲劇的な苦い翳《かげ》として組み込んでいるようだ。

第十四章

1 〈聖なる墓〉＝エルサレムのキリストの墓。

2 聖ペテロが……時を告げた＝〝その折《をり》しも、また鶏《にはとり》なきぬ。ペテロ「にはとり二度《ふたたび》なく前《まへ》に、なんぢ三度《みたび》われを否《いな》まん」とイエスの言《い》ひ給《たま》ひし御言《みことば》を思《おも》ひいだし、思《おも》ひ反《かへ》して泣《な》きたり〟（『マルコ伝』第十四章七十二節）。

3 殉教者ローレンス＝？〜二五八年。ローマの助祭。多くの人に施しを与え、〝施しの聖者〟と称されていたが、ローマ皇帝ウァレリアヌスによる迫害の中で、死亡した。確かに殉教者ではあるが、焼き網の上で火炙りの刑に処せられたという有名な伝説は、当時の極刑は剣による処刑であったから信じがたい、とされている。その墓の上に建立された聖ローレンス聖堂を始め、五つの礼拝堂が彼に捧げられている。

4　モーゼとエアロン＝〝是《ここ》に於《おい》てモーセとアロンはパロの許《もと》にいたりヱホバの命《めい》じ給《たま》ひしごとくに行《おこな》へり即《すなは》ちアロンその杖《つゑ》をパロとその臣下《しんか》の前《まへ》に擲《なげう》ちしに蛇《へび》となりぬ〟（『出エジプト記』第七章十節）。

5　〈真《まこと》の十字架〉＝カルタゴの丘で磔刑が行われた時に、イエスが架けられたとされる十字架。フィデルマが言うように、ただの木片を〝聖十字架〟であると称して高額で売りつけるいかがわしい聖遺物売りが、古くから横行していたらしい。

6　〝ケオスのエラシストラトゥス〟＝前三世紀の解剖学者。生理学の基礎を築いたギリシャ人の医師。

7　アレクサンドリア図書館の大破壊＝プトレマイオス朝のプトレマイオス一世がエジプトのアレクサンドリアに創設した、古代の最大の図書館。厖大な学術書や文学書を所蔵。当時の第一級の学者たちが集まる学術の大殿堂でもあった。しかし、幾度かの火災その他で、甚大なる被害も蒙ってきた。
　ユリウス・カエサル（ジュリアス・シーザー）の侵攻の際にも、大火災が起こっている。これは、彼の艦隊の一隻から火が出て、それが延焼したものと考えられているが、作中でコルネリウスが語るように、この壮大なる叡智の殿堂を嫉視したカエサルの指示のもとでの放火との風説も流れたようだ。

そのほか、二七〇年代の内戦による被害や、これまた作中で言及されている七世紀のイスラム教徒による破壊などでも、大きな被害を受けた。だが、最悪の破壊は、四世紀末から五世紀にかけてのキリスト教徒による蛮行であって、図書館は厖大な数の書籍を失ったと言われる。

その際に、アレクサンドリアの学問の中心人物の一人ヒュパティアも、虐殺されている（四一五年）。彼女は、五世紀に実在した、美貌の天文学者であった。このアレクサンドリアとヒュパティアの悲劇は、スペインの超大作映画『アレクサンドリア』（アレハンドロ・アメナーバル監督）で描かれている。これは、二〇一一年日本でも、公開された。古代文化史の中で脚光を浴びることなく忘れ去られてきた、この実在の女性学者像は、フィデルマ・ファンには興味深いかもしれない。

作者トレメインは、ヒュパティアには言及していないものの、アレクサンドリア図書館の悲劇を、この『サクソンの司教冠』の重要な背景として、巧みに取り上げている。

8　オストロゴス＝東ゴート族の一派。イタリア半島に東ゴート王国を建国した。

第十五章

1　カリマコス＝紀元前三一〇?～二四〇年。ギリシャの詩人、文献学者。

2　〝トゥールの聖マーティン〟＝三一六頃〜三九七（四〇〇？）年。パンノニア（現ハンガリー）のローマ軍兵士であったが、若くしてキリスト教に帰依。三七二年に、フランスのトゥールの司教となる。重病者の治療などで、多くの奇蹟を起こしたと言われる、中世にもっとも人気のあった聖者。フランスとドイツの守護聖人。

3　教会の敷地の外に葬った＝カトリック教徒の墓地が教会の敷地内に設けられるようになって以来、罪人や自殺者など祝福を授かることなく逝った者たちを聖なる墓地に葬ることができなくなった。

第十六章

1　〈フィアナ〉＝大王、諸国の王、族長などが抱えていた護衛戦士団。最もよく知られているのは、伝説的な英雄フィン・マク・クールを首領に戴いた戦士たち〈フィアナ〉で、彼らの冒険を描いた数々の物語は、フィニアン・サイクル（オシアン・サイクル）として名高い。〝フィアナ〟は、現代アイルランド語では〝兵士〟の意味。

2　「時には、……一つになったように感じるの」＝『死をもちて赦されん』の中での、親友エイターンの打ち明け話（実際には、このような形では語られていないが）。

第十七章

1　〈魂の友《ソール・フレンド》（アナムハラ）〉＝〝心の友〟と表現されるような友人関係の中でも、さらに深い友情、信頼、敬意で結ばれた、精神的支えともなる唯一の友人。ほかの《修道女フィデルマ・シリーズ》の中でも、よく言及される。

2　ストラ＝古代ローマの、女性用の緩やかな長衣。ここでは、尼僧の長い法衣。

第十八章

1　〝ボッビオのコロンバヌス〟＝聖コロンバン（第三章訳註1参照）。

2　テオドーレ殿＝六〇二？〜六九〇年。〝タルソスのテオドーレ〟。テオドロス。シチリアのタルソス生まれのギリシャ人。教皇の命で、六六九年にイギリスに渡り、カンタベリーの第七代大司教となったため、〝カンタベリーのテオドーレ〟とも呼ばれる。イギリスにおける信仰の確立と統一に努め、ローマ教会派とアイルランド教会派の融和をはかる等、精力的に活躍した。彼の許には、アングル人、サクソン人、アイルランド人、ブリトン人等、各国から大勢の修道士や神父たちが集まり、カンタベリーは学問の中心地となっていった。

3　東方正教会の剃髪《ていはつ》＝ローマ派やコロンバ派の剃髪は頭髪の一部を剃るが、東方キリスト教の剃髪は、頭全体を剃る。

4　エピクテトス＝六〇?～一二〇年?。ストア派の哲学者。奴隷であったが、主人により解放され、ローマで哲学を学んだ。しかし、ほかの哲人たちと共に、九〇年?ドミティアヌス帝により、ローマから追放された。

5　〈黄色疫病《イエロー・プレイグ》〉に斃《たお》れた＝ベーダの『英国民教会史』は、ウィガードは疫病で没した第六代カンタベリー大司教デウスデーディトゥスの後任に選出され、教皇による正式な叙任を受けるために教皇庁に赴いたが、そのローマ滞在中に、彼もまた疫病に斃れた、と記している（第一章訳註16参照）。

だが、トレメインはこの状況を作品の背景に用いて〝ウィガード殺人事件〟を創作しながら、教皇庁高官のゲラシウスに〝難しい政治的事情を慮って、ウィガードの死は疫病によるものと公表させてもらいたい〟とフィデルマに協力を頼んだ、という形にして、虚構の殺人事件を、見事に史実に回帰させている。

6　母国の……茂みや深い木蔭＝アイルランドの風景としてまず我々が思い浮かべるのは、緩やかに起伏する緑の丘や静かな湖といった、いかにも牧歌的な景色であろう。実のとところ、この緑の草地の下に広がる土壌の多くは地味《ちみ》に乏しく、決して農耕に適した土地とは言えないのだが、少なくとも一見したところは、緑輝く麗しき国土であり、〈エメラルドの島〉という美称にふさわしい。しかし、我々のこの麗しのアイルランドのイメージにも、〝豊かな森〟は出てこない。アイルランドの自然の景観は、森林に乏しいのだ。

しかし、かつてのアイルランドの国土は鬱蒼たる森林に覆われ、そこには大型獣も猛禽類も生息していた。神話の神々や英雄譚の勇士たちは、大猪や大鹿を追って野山を駆けめぐっていた。古代や中世の隠者たちも、この豊かな恵みの中で、自然を友として暮らしていた。その深い大森林が壊滅状態になったのは、イギリスの産業革命期に、特に石炭や石油が豊富に産出され始める以前に、工業を支える燃料として、イギリスによって容赦なく森林伐採が行われたからであった。

修道女フィデルマの復活

若竹七海

かれこれ十年以上前になるが、イギリスの小さな町、シュルーズベリを訪れたことがある。ミステリファンならぴんとくるであろう、かの「修道士カドフェル」の舞台となった場所だ。当時、カドフェル・シリーズは世界中で大ヒット。テレビドラマにもなって、物好きな観光客がシュルーズベリに押し寄せていた。いうなれば、村おこしのチャンスだったのだろう、観光協会にはカドフェル・マップが置いてあり、カドフェルの各言語の本や絵葉書、ジグソー・パズルや像が売っており、物語の舞台となったシュルーズベリ・アベイのステンドグラスは、作者エリス・ピーターズをしのぶカドフェル仕様の真新しいものに。さらには、カドフェルの世界を楽しみながら謎解きが出来るというミステリ・アトラクション「シュルーズベリ・クエスト」なんてものまでできているというお祭り騒ぎのまっただなかへの来訪であった。

当然のことながら、同じアホなら踊らなきゃというわけで、わたしはカドフェル・グッズを買いまくり、カドフェル名所を見て回り、アトラクションで謎解きに興じたわけだが、そうしながら多少の後ろめたさを感じていた。

いや、わたしはカドフェルのファンなんですよ。すごく楽しんで読んだし、ドラマも全部観た。そのうえグッズまで購入して家に飾ってるんだから。でも、なんというか、自分がカドフェル・ファンを気取るニセ・カドフェル・ファンなんじゃないかという気分からどうしても逃れられなかったのだ。

その理由ははっきりしている。カドフェルは十字軍の従軍経験を持つ十二世紀の修道士である。って、なんだそれ。わたしは十字軍はおろか、十二世紀のイギリスについてなにも知らない。それ以前に、キリスト教のことなんかなにもわかっちゃいないのだ。読書を楽しむのに知識は必要ない。それでも、おそらくキリスト教に親しみ、キリスト教世界に育った読者ほど、わたしはカドフェルを理解できていないにちがいない。

ネットが普及する以前の八〇年代に大学教育を受けたわたしは、教養が大きな価値を持っていた時代の最後の生き残りといえる。小説を読むときに「作者がどのような意図を持ってこの文章を書いたのか」考えろという教育を受けてもきた。一方で、教養など実生活にはなんの役にも立たない、作者の意図より読者の読みとり方が大切だ、とする思想の洗礼も受けたのだが、カドフェルのような作品を前にすると、わたしのなかの「教養主義」的なものがむくむくと顔をのぞかせ、「知らないことは恥ずかしい、知らないのに知ったような顔をしているのはさらに恥ずかしい」と劣等感を刺激し始めるのだ。

こんなバカげたコンプレックスは、かつては一部の知的特権階級の個人財産であった教養を、そっくりネットに移して誰でも一瞬で閲覧できるようになってからは、消えてなくなったにちがいない。知らなきゃ検索すりゃいいんだもんね（細かく言えば、知識と教養は別物であって、知識という点を時間をかけてゆっくり結んで線にして面にして、個人の知的空間のなかでそのひとなりに立ち上げなくちゃ教養にはならないわけで、どれだけ知識をかき集めたところでわたしの劣等感はそう簡単になくなりやしないのだが、そこらへんのことを言い出すと長くなるので、やめにして）。ネットがあたりまえに存在する時代＝教養が個人の脳内から電脳空間に移植された時代に生まれ育った読者は、どんな時代の、どんな舞台設定でも素直に受け入れて読めるんだろうなあ、と半ば本気でうらやましく思う。

ともあれ、わたしってカドフェル・ファンなの、などと言うたびに、どことなく後ろめたさを感じる事態は、イギリス史やキリスト教とまっこうから取り組む気にもなれない以上少しも改善されぬまま、時がすぎた。で、ある日……フィデルマが出た。

修道女フィデルマ・シリーズの邦訳第一作は長編『蜘蛛の巣』である。この本の帯やあらすじ紹介文を読んで、わたしはのけぞった。まず、修道女というのがいかん。いやでも修道士カドフェルを連想してしまう。さらに惹句《じゃっく》が「ケルト・ミステリ」。これもよくない。ファンタジイに親しんできた手前、ケルトの知識は多少はある。多少はあるからこそ、このあたりで例の「教養主義」の小鬼が起きあがり始める。あらすじには「七世紀のアイルランドを舞台に、マンスター王の妹で、裁判官・弁護士でもある美貌の修道女フィデルマが、事件の糸を解きほぐす」とあった。こうなったら小鬼はもう大暴れである。「やい、おまえ、ケルトとかアイルランドとか中途半端にわかったような顔してるけど、ほんとはなんにも知らないだろ。え？どうだ」とコンプレックスをつつきまわしてくれるのだ。

うわあ、さわらないでおこう。わたしは『蜘蛛の巣』を本棚の奥へとしまいこんだ。

ところが、この『蜘蛛の巣』、続いて出た『幼き子らよ、我がもとへ』も周囲の読書家の評判がよく、あちこちで熱狂的なお奨めの言葉を聞かされた。おそるおそる読んでいないと言うと、

「いやこれ絶対、若竹はまるよ」

と、どういう根拠かわからない太鼓判を押される始末である。しかたなく本を引っ張り出し、「ブレホン」とか「ドーリィー」とか、太字の言葉に出くわすたび萎《な》えそうになりつつなんとか読み進めてみた……のだが。

なにしろ舞台は科学捜査なんて影も形もない七世紀。事件を解決するためにすることといえば、徹底した聞き込みだ。要するにインタビューの連続。ひとに会って話を聞いて、また別のひとに会って話を聞いて、この繰り返しである。まあ、たいていの探偵物はこういう形態をとるに決まっているのだが、この尋問の繰り返しが面白くなるか単調で退屈になるか、そのあたりが作者の腕の見せ所だろう。というよりも、ここは読者の関心がどこらへんにあるかによっ

て、面白く読めるか、退屈してしまうか、わかれるところと言うべきかもしれない。

たとえば、フィデルマの尋問シーンだが、七世紀のケルトの世界を具体的かつ絵的に表現することで、尋問の単調さを彩っている。へえ、このころのアイルランドってこんなだったんだ！　と大喜びする読者が大勢現れたと聞いている。が、すみません、わたしは眠くなった。

なにしろこのヒロインが完璧すぎる。頭が抜群に良くて、場の空気を読むことに長けていて、神だのケルトの法だのにとんでもなく精通しておられる。でもって、大真面目に事件について語り、法や神についての考え方について語っておられるのだが、そこにはユーモアもウィットも感じられない。いや、感じられないのはたぶん、わたしが悪いのだろう。なにしろ「いまのはユーモアあふれる発言だったんですよ」と作者が地の文でフォローしてるんだから（フィデルマの目が茶目っけをみせてきらめいた、とかね）。

そのうえこの尋問シーン、みんな話が長い。いくら舞台が七世紀だって、読んでるこっちは二十一世紀に生きているのだ。のんびりと同じ話を何度も繰り返されるのに耐えられるほど、わたしは気が長くない。こうしてついに意識は睡魔にのっとられ、それが毎晩繰り返され、結局は、他に読む本もあることだし、と再度、お蔵入りとなったのだった。

さようなら、フィデルマ。もう二度と会うこともないだろう。

その数年後のことである。眠りにつこうとしていたわたしは、突如わき起こったぶきみな物音に飛び起きた。

「ケッケッケッケ〜！」

なにごとならんと見回すと、それは隣のふとんにいた夫から発せられた音声であった。こいつは『修道女フィデルマの叡智《えいち》』を読みながら、なんと笑っていたのだった。

フィデルマ読んで、笑うか？

「だって、おかしいんだよ」

夫はケッケッという笑い声のあいまに言った。

「邪神を奉じて悪逆のかぎりを尽くした大王の墓があるんだよ。千五百年も封印されてたってのに、その中から深夜、助けてくれえって声が聞こえてきちゃうんだよ。で、大騒ぎになるんだ。この設定、おかしくない？」

読んでみればと押しつけられて、わたしは不承不承、この短編集を開いた。どうせまた、尋問シーンをえんえんと読まされるんだろうな、と思ったら、案の定、徹底した聞き込みが始まったのだが……あれ？　退屈じゃない。

考えてみればあたりまえ。だって短編だもの。事件が起こり、捜査が始まって、尋問シーンに退屈する前に謎が解かれて一件落着。おまけにずっと同じ状況、同じキャラクターにしばられるなんてこともない。あるときはローマ訪問中に訪れた小さな教会で、またあるときは旅の途中で立ち寄った人里離れた旅籠《はたご》で、そして大王の墳墓でと多彩な設定だから飽きるヒマもない。才色兼備で冗談の通じない完璧なヒロインに何百ページもつきあわされてはたまらないが、数十ページくらいならけっこう楽しいではないか。

おまけに、作中では、七世紀のアイルランドのキリスト教やその社会構造が繰り返し丁寧《ていねい》に説明される。これだけしつこく説明されるってことは、誰も、おそらく欧米のクリスチャンだって、フィデルマの作品世界についての教養なんて誰も持ち合わせてない——作者以外には——ってことだもんね。だとすれば、小鬼も暴れようがなく、劣等感が刺激されるどころか、普通の面白いミステリを読んだときと同じ満足感を得られたのだ。

ひょっとして、フィデルマって短編にかぎるんじゃないの？

やがて日本での第二短編集『修道女フィデルマの洞察』が出て、わたしのこの思いは確信に変わった。ヒロインにユーモアがないとはいえ、各作品の設定はなかなかおかしい。嫌われ者の族長が自分を憎む七人を招いて宴を催し、かんぱーい！と葡萄酒《ぶどう》をあおってすぐ絶命、とか。疲れて帰って爆睡して目が覚めたら隣に死体が、とか。旅から修道院に戻って、晩ご飯にまにあったわ、とお祈りを捧げ始めたらとたんに「ギャー！」と悲鳴が、とか。

競馬場で騎手と王の愛馬が殺された事件、離れ小島で起きた転落死の調査と八方大活躍のフィデルマは、短編のほうがより生き生きと人間らしく見える。そもそも短編小説の原型は、炉端でおばあさんが子どもたちに語り聞かせる昔話だと思うのだが、語り手の興の乗り方、息づかい、即興や聞き手の反応を見て物語の方向性を変えるといったようなプリミティヴな娯楽の心地よさが、フィデルマの短編にも現れているような気がする。

思うに、著名なアイルランド学者だという作者ピーター・トレメインは、七世紀のアイルランド世界の宗教観、倫理観、法体系というシステムの先進性と美しさに感銘を受け、それを完璧に体現し世に伝えるためにフィデルマというキャラクターを生み出したのではあるまいか。出発点がそこなら、フィデルマに人間味が乏《とぼ》しい理由もなんとなく理解できる。どんなに優れたシステムであっても、それを運用するのが人間という不完全な生き物である以上、いつでもうまく機能できるわけではない。が、情報収集と論理によってのみ真実にたどり着き、それだけを根拠に犯人と罪状を決定し、社会に秩序をもたらすという理想を実現するためには、フィデルマに人間味なんか必要なかった、というよりあっては困る、ということなのかもしれない。

その理想が、短編ではちょこっと脇に寄せられている感があり、おかげでそのぶんフィデルマがのびのびしているということなのじゃないだろうか。もっとも、そのせいで、「いやいや、こいつが犯人だって名指しするには根拠が薄くはありませんかね」とつっこみたくなるような作品も、ないわけではないのだが。

そんな次第で、わたしのなかで修道女フィデルマは復活した。いや、いい。フィデルマの短編は面白い。そうあちこちで吹聴していたら、どういうわけか長編の解説依頼が来た。しかたがないので過去の長編を読み返し、途中でルス・モール・ナ・コルと毒人参《ヘムロック》の煎《せん》じ汁を飲まされたような睡魔に襲われつつも読み終えた。

で、結論を言うと、今回の長編『サクソンの司教冠《ミトラ》』は面白いですぞ。おなじみの相棒エイダルフ（この名前を見ると、映画『ロード・オブ・ザ・リング』のイアン・マッケランが頭の中に出てきちゃう。ガンダルフ……なので、フィデルマと見つめ合うシーンがロマンティックに読めない！）とローマの宮殿衛兵隊の小隊長を従えて、ローマの町を観光しながら殺人と宝物窃盗《せっとう》事件の捜査に駆け回るフィデルマ、というのが今回の設定だ。

例によって多少くどすぎたり長すぎたりする箇所がないわけでもないが、地下通路で迷いかけたり、死体を発見し謎のアラビア人の会話を立ち聞きし、挙《あ》げ句《く》の果てに頭を殴られて気絶したり、売春宿におしかけて大女の女将を投げ飛ばしたり、聞き込みの合間にアクションも盛りだくさんとサービス精神旺盛な娯楽大作になっているので眠気を催すひまもない。もちろん、ローマ教会とサクソン陣営、それにアイルランド、それぞれが現世の利益とキリスト教の解釈をめぐっての思惑が入り乱れるあたりの読み応えも十分だ。

それにしても、『修道女フィデルマの叡智』に入っている短編「聖餐式の毒杯」は、今回の『サクソンの司教冠』事件が始まる直前に起きた事件であろう。となると、やたらこまめに死体と殺人に遭遇しているフィデルマというひと、存在自体がなんだかほのかにユーモラスに見えてこようというものだ。

訳者紹介　早稲田大学大学院博士課程修了。英米演劇，アイルランド文学専攻。翻訳家。主な訳書に，C・パリサー『五輪の薔薇』，P・トレメイン『蜘蛛の巣』『幼き子らよ、我がもとへ』『蛇、もっとも禍し』『アイルランド幻想』など。

検印
廃止

サクソンの司教冠《ミトラ》

2012年3月16日　初版
2021年4月30日　再版

著者　ピーター・トレメイン

訳者　甲《か》斐《い》萬《ま》里《り》江《え》

発行所　(株)　東京創元社
代表者　渋谷健太郎

162-0814/東京都新宿区新小川町1-5
電話　03・3268・8231-営業部
　　　03・3268・8204-編集部
URL　http://www.tsogen.co.jp
振替　00160-9-1565
工友会印刷・本間製本

ISBN978-4-488-21816-4　C0197